OPEN是一種人本的寬厚。

OPEN是一種自由的開闊。

OPEN是一種平等的容納。

OPEN 3/27

肉身之道

作　　者　桑謬爾・巴特勒
譯　　者　陳蒼多
責任編輯　江怡瑩
美術設計　吳郁婷
發 行 人　王學哲
出 版 者
印 刷 所　臺灣商務印書館股份有限公司
地址：臺北市10036重慶南路1段37號
電話：(02)23116118・23115508
傳眞：(02)23710274・23701091
讀者服務專線：0800056196
郵政劃撥：0000165-1號
E-mail：cptw@ms12.hinet.net
網址：www.commercialpress.com.tw
出版事業登記證：局版北市業字第993號

初版一刷　2003年12月

定價新臺幣480元
ISBN 957-05-1829-4（平裝）／42330010

OPEN 3/27

The Way of All Flesh
肉身之道

桑謬爾．巴特勒
Samuel Butler ／著
陳蒼多／譯

臺灣商務印書館 發行

目次

001 一種反擊，一種自我解脫：《肉身之道》的孩童經驗——陳超明
003 譯序
005 《肉身之道》

一種反擊，一種自我解脫：《肉身之道》的孩童經驗

政大英文系教授兼主任　陳超明

以寫實的手法，加入尖銳的嘲諷，桑謬爾．巴特勒的這本小說《肉身之道》很眞實的呈現十九世紀英國小孩成長的痛苦軌跡。大量採用個人及周遭親人的故事，巴特勒從一八七三年開始動手寫這本以自身經驗爲主軸的小說，然而在他有生之年卻不敢出版，以免傷害他的親人。一九〇三年，在他死後一年，出版商出了這本小說，馬上引起了當時文人的注意。蕭伯納（Bernard Shaw）說，他從巴特勒身上學的比從任何作家多；吳爾芙（Virginia Woolf）說，這本小說與衆不同，更加原創，更加有趣，更加生動（more original, more interesting, and more alive）。

很多批評家都承認，巴特勒確實是十九世紀最富獨立思考的小說家。從著迷於達爾文的進化論到後來反對英國維多利亞時期的道德、文化與宗教規範，巴特勒可說是當時期的社會良心與智者（Victorian sages）。然而與當代的思想家或文化學者不同的是，他的作品充滿嘲諷、矛盾與活力。讀他的小說需要抱持一種反傳統，打破一切規範的心理準備。巴特勒的風格建立在矛盾（paradox）上：道德的動力被顚覆了；遵循傳統是不可饒恕的罪；攻擊所有的規範卻提不出任何解決之道。閱讀這本小說的讀者，不斷地挑戰自己對道德、宗教的認知與訓練，腦子裡充滿作者無情的挑撥與玩弄。

這本以客觀敍述，遵循時間次序的自傳性小說，主要是描述彭提菲家族三代的故事。故事的主人翁爾內斯特．彭提菲（Ernest Pontifex）從小在牧師父親的肉體與精神的處罰下，試圖追求自我的解脫與

成長。在追尋的過程中，他發覺父親所代表的維多利亞主流價值，不但誤導他的人生觀，甚至是一股戕害文化與心靈的力量。作者透過爾內斯特的反抗及錯誤認知，極力解放童年的一切憤怒、對抗與無力的怒氣。他擁有絕佳的記憶力，無法忘記童年的一切，也無法原諒童年所受的痛苦。作者在爾內斯特身上再現受傷害的靈魂——由於父母及老師的愚蠢與殘暴而受傷的純潔靈魂。任何讀者讀完這些控訴，都會傷心掉淚；而任何父母家長閱讀此小說應該會不寒而慄。巴特勒對小孩的同情成為此小說最重要的特色。當一個需要依靠大人生活的孩童，遭受身體與精神的虐待，哪一個人不會心痛。從巴特勒的觀點，這種傷害是要由整個社會來負責的。父權社會所加諸在小孩的禁錮與道德宗教規範，往往是一無形殺手，背離了宗教與道德原始的意義。

閱讀巴特勒的小說，當然除了這些文化與社會的主題意識外，不能忽略其小說中的藝術。這本小說以寫實爲底，卻充滿了幻想 (fantasy) 與象徵 (symbolism) 的手法。爾內斯特的入獄以及與妓女的調情，都可看出作者超越寫實小說的企圖心。小說中的嘲諷與看似客觀卻矛盾的評論與描寫，都可以提供閱讀的樂趣，讀者可以慢慢品嚐。當然這本小說也有其藝術上的缺點。有的批評家認爲，巴特勒太強調批判，小說中充滿憤怒與報復的心態，削弱了其文學美感；而且爲了配合主題，很多情節架構有些牽強；而人物更是其弱點，人物刻畫配合其諷刺主題，缺乏情感深度 (emotional depths)。

作爲一個十九世紀作家，巴特勒以這本小說解構了當時的主流體制，也成爲了時代的良心。我們這一代的讀者，拿起此書，能從作者辛辣的筆觸，感受到跨越時空的一種內心的苦悶 (agony)，無疑地我們都在記憶的深刻中，分享作者以自身經驗所提煉出心中的吶喊。我們都需要反擊，我們都需要解脫！

譯序

對文學有興趣又愛書成痴的我，很早就聽過這本《肉身之道》（*The Way of All Flesh*）的名字。記得有一次看一部電影，電影中提到這本書，字幕上打出的翻譯是「死」，當時心中認爲，想必是一本探討生死之道的作品（「肉身之道」四個字確實會讓人聯想起「死亡」）。多年來忙於教學與翻譯，苦無機會接觸這部作品。在一個偶然的機會，發現「現代文庫」把《肉身之道》列入二十世紀一百本最佳小說之中，且名列十二，它之前的一到十一名的作品，如《尤利西斯》、《大亨小傳》、《羅麗泰》、《美麗新世界》、《兒子與情人》、《憤怒的葡萄》等都已譯成中文，爲本地的讀者提供了豐富的精神食糧，唯獨《肉身之道》雖出版於二十世紀初，卻仍然在譯界乏人問津，因此我更加相信，在外國名著的介紹方面，台灣的出版商一味趕時髦，把當代的名家捧上天，把已去世的作家打入冷宮，確實造成了翻譯名著的斷層現象，因此下決心翻譯此書，無論本書的文體多麼艱深。

就翻譯而言，譯者對於譯出語（source language）與譯入語（tanget language）都要有很深的造詣。但就本書的文字而言，恐怕譯者對譯出語要有相當程度的功夫才能勝任。

就本書的內容而言，則屬於比較容易了解的層次：對於維多利亞時代中產階級價值的諷刺。本書原本的寫作期間是一八七三年至一八八四年之間，但卻遲至作者去世後的一年（一九〇三年）才出版，據說是爲了避免冒犯書中所嘲諷的人物。

本書是抗議文學，也是成長小說。它所「反抗」的是家庭，是父親、宗教、社會、自我。之所以說「成長」，是因爲，它描述主角努力追求自我發現、自由與自決的過程。衆所公認，這本小說啓發了毛姆、喬伊斯、湯瑪斯、吳爾芙，尤其更是影響了大師蕭伯納對於宗教與金錢的看法。蕭伯納在所著的《巴巴拉少校》一劇的前言中，直稱作者是「一位天才」，也是「十九世紀後半期最偉大的英國作家」。威廉・馬克斯威爾（William Maxwell）甚至在《紐約客》撰文指出：「如果房子著火了，我所要救出的維多利亞時代小說將是《肉身之道》。」

馬克斯威爾的這句話不能保證，我的中文翻譯也會成爲台灣讀者在火災中搶救的對象。我的翻譯旨在拋磚引玉，希望台灣出現更多眞金不怕「火」鍊的翻譯作品。是爲序。

第一章

記得在本世紀開始，當我還是一個小男孩的時候，有一個老年人，穿著及膝短褲與毛線長襪，經常拄著一根拐杖，在我們村莊的街道蹣跚地來回走動。他在一八〇七年時想必都快八十歲了，至於比一八〇七年更早的那段時光，我想，我是幾乎記不得他了，因爲我是在一八〇二年出生的。幾綹白髮垂在這個老人耳邊，他的肩膀往前彎，膝蓋虛弱無力，但是卻仍然精神矍鑠，在我們的那個小世界——巴勒罕——之中仍然相當受人尊敬。他名叫彭提菲。

據說，他的妻子是他的一家之主。有人告訴我，他的妻子結婚時帶來了一點錢，但不會很多。她身材高眺，肩膀寬闊（我曾聽父親說她是日耳曼女人）。她堅持要嫁給彭提菲先生：當時彭提菲先生很年輕，性情太好了，不會對追求他的任何女人說「不」。這對夫妻生活在一起還算快樂，因爲彭提菲先生的性情很溫順，不久就學會屈就於妻子比較暴躁的脾氣。

彭提菲先生的職業是木匠，有一度也是教區執事。然而，在我對他有記憶的時候，他已經相當發跡，不再必須依靠雙手的勞力謀生。在較早的時候，他自學畫圖。我不會說他畫得很好，但是，他畫到那種程度，卻是令人很驚奇的。我的父親在大約一七九七年時成爲巴勒罕地方的牧師，擁有彭提菲先生的很多畫，畫中的內容經常是地方性的題材，下過工夫卻不露斧鑿，很可能被認爲是早期某位傑出大師的作品。我記得這些畫鑲在玻璃框中，掛在教區牧師家的書房，跟房間中所有其他東西一樣透著綠色，因爲出現在窗子四周的常春藤樹葉，邊緣反射著綠光。我不知道這些畫最後將會是什麼結局，將會進入什麼新的境界中。

彭提菲先生不滿足於當一位畫家，他也想成為一位音樂家。他親手在教堂建造了一架風琴，又在自己的家中建造了一架較小的風琴。他彈風琴跟畫畫一樣好；就職業的標準而言不是很好，但是比人們所期望的好了很多。我自己在很小的時候就很喜歡音樂，而彭提菲先生很快就發現了這一點，因此他很偏愛我。

也許大家會認為，他攬事太多，幾乎不可能很發達，但其實不然。他的父親是一位按日計酬的散工，他自己並沒有資本起家，靠的只是明智的頭腦與健康的身體。然而，在他的庭院中卻可以看到很優秀的棟木，整個建築看起來結實又令人感到舒適。在十八世紀快結束，也就是我的父親去到巴勒罕前不久，他已經擁有一座大約九十畝的農場，大大提升了生活。除了農場之外，還有一間老式但舒適的房子，附加一座迷人的花園和一座果園。此時，木匠的工作是在一間附屬小屋中進行，而這間附屬小屋曾是一些修道院建築的一部分，其殘存的部分可以見之於所謂的「教堂院子」之中。房子本身點綴著盛開的金銀花與攀爬的玫瑰，成為整個村莊的裝飾品。房子內部的擺設很有示範作用，一如外部也有裝飾作用。有人說，彭提菲夫人為自己那張最好的床的床單上了漿，我十分相信這種說法。

我多麼清楚地記得，彭提菲先生所建造的風琴佔了客廳一半的空間，空氣中散發出一兩顆乾枯蘋果的香味，那是摘自屋外的「日本木瓜」的蘋果。還有一張畫著獲獎公牛的畫，掛在壁爐架上方，是彭提菲先生自己的作品。另有一張透明畫，畫著一個人在雪夜為一輛馬車提燈，也是彭提菲先生的作品。然後是另一張畫，畫著那兩個預報天氣的年老又矮小的男人與女人。此外，還有那對牧羊人和牧羊女的瓷像，一些闊口瓶，插著開花的羽毛似綠草，其間有一兩隻孔雀毛將它們分開，以及一些瓷碗，裝滿枯萎的玫瑰葉，用粗粒鹽做為乾燥劑。這一切都早已消逝無蹤，變成一種記憶。但是雖已不見蹤影，對我而言卻仍然透露出芬芳的氣息。

不只如此，還有彭提菲夫人的廚房——以及廚房外隱約可見的洞穴室地窖，從那兒露出牛奶罐淡色表面的亮光，或者也許是擠奶女工撇取乳脂時手臂與臉孔所發出的亮光。再有，就是彭提菲夫人的貯藏室，她在其中儲存寶貴的東西，包括有名的唇用油膏，是她特別引以爲傲的東西之一，每年都要爲她所喜歡接待的客人提供一種樣品。她寫出了製造這種油膏的處方，在去世前的一兩年送給我母親，但是我們卻一直無法像她那樣如法炮製。在我們還是小孩子的時候，她有時會問候我母親，幫我們請假，讓我們去跟她喝茶。她會再三邀請我們。至於她的脾氣，我們一生不曾遇見這樣一位可喜的老夫人。無論彭提菲先生必須忍受她的什麼壞脾氣，我們卻沒有什麼好抱怨的。到時候，彭提菲先生會彈奏風琴給我們聽，我們會站在他四周，張著嘴，認爲他是世界上最聰明的男人——當然除了我們的爸爸。

彭提菲夫人沒有幽默感，至少我想不起她有這方面的徵象，但是她的丈夫卻很有趣，只不過很少人會從他的外表猜測到這一點。我記得父親有一次叫我到他的工作坊去拿一點膠水。我到達時，老彭提菲剛好在責罵他的兒子。他抓住這個男孩——一個笨頭笨腦的人兒——的耳朵，說道，「什麼？又糊塗了——頭腦混沌。」（我想，他是認爲這個男孩精神恍惚，因此說他糊塗了。）「孩子，聽我說，」他繼續說，「有些男孩先天愚蠢，你是其中之一；有些男孩後天愚蠢——你又是這種人，吉姆——你既是先天愚蠢又是後天更加愚蠢——還有一些男孩」（此時情況達到高潮，男孩的頭和耳朵被扭來扭去）「被人硬把『愚蠢』戳進去，但願你不是這樣，孩子，因爲我要硬把『愚蠢』從你身上扯出來，只不過爲了做到這一點，我必須打你的耳光。」但是，我並沒有看到這個老年人眞的打吉姆的耳光，他只是假裝要嚇嚇他，因爲這兩個人彼此心照不宣。我記得還有一次聽到他對著村莊中那個抓老鼠的人大聲說：「過來這兒，你這個三天又三夜的人，你，」以後我才知道，這是暗示這個抓老鼠的人喝醉酒的時間是三天三夜。但是，我不想再說這些瑣事了。每當有人提到老彭提菲的名字，我父親的臉孔總會亮起來。「艾德華，我告訴你，」他會對我說：「老彭提菲不僅是一個能幹的人，也是我所知道的最能幹的人。」

那時年輕的我無法忍受他這樣說。「親愛的父親，」我回答說：「他做了什麼事呢？他只是稍微會畫畫，但是他有辦法讓一張畫入選『皇家學會』畫展嗎？他是建造了兩架風琴，能夠在其中一架風琴彈《參孫》(*Samson*)中的小步舞曲，在另一架風琴彈《希皮歐》(*Scipio*)中的進行曲；他是一位很好的木匠，有一點愛打趣；他是一個很善良的老人家。但是，他實際上並沒有那麼能幹，為何要如此誇大呢？」

「我的孩子，」父親回答：「你不能藉由作品來評斷，而是要藉由作品與周遭情況的關係來評斷。難道你認為喬托或費利波．黎皮會有一張畫入選畫展嗎？我們在巴都亞時去觀賞的任何一張壁畫，如果現在送去參展，難道有一點點機會被掛起來展示嗎？嗯，『皇家學會』的人會很生氣，甚至不會寫信給可憐的喬托，叫他來把壁畫取走。呸！」他繼續說，顯得更加激動：「如果老彭提菲有了當初克倫威爾的機會，他就會做出克倫威爾所做出的所有事情，並且做得更好。如果他有喬托的機會，他就會做出喬托所做出的所有事情，並且不會做得比他差。事實上，他是一位村莊的木匠；我可以負責任地說，他一生做事不曾草率過。」

「但是，」我說，「我們不能以這麼多『如果』來評斷別人。如果老彭提菲是活在喬托的時代，他可能會是另一位喬托，但是他並不是活在喬托的時代。」

「艾德華，我告訴你，」我的父親很嚴肅地說：「我們評斷一個人，不應根據他們所做的事情，而是在於他們讓我們感覺到他們有能力去做。如果一個人已經做了足夠的事情，無論是在繪畫、音樂，或生活方面，讓我感覺到可以在緊急的時候信任他，那麼，他就已經做了足夠的事情。我評斷一個人，不是根據他實際上在畫布上畫了多少東西，也不是根據他在生命的畫布上留下了什麼事跡，而是在於他讓我感覺到他有想法與目標。如果他讓我感覺到，我自己認爲可愛的東西，他也認爲可愛，那麼我就不再要求什麼了。他的文法也許不完美，但我仍然了解他；他與我和諧一致。艾德華，我要再說一次，那位老彭提菲不僅是一個能幹的人，也是我所知道的最能幹的人。」

面對這種情況，我再也沒有什麼可說了。我的姊姊對我使眼神，要我保持沈默。每當我跟父親意見不同時，姊姊總是設法對我使眼神，要我保持沈默。

「談到彭提菲那位成功的兒子，」我的父親噴著鼻息，是我惹起他情緒激動的。「他甚至沒資格擦他父親的靴子。他一年賺數千鎊，而他的父親一直到晚年也許一年都只賺三千先令。兒子是一個成功的人；但是他的父親，穿著灰色毛線長襪，戴著寬邊帽，穿著棕色燕尾服，在巴勒罕街上蹣跚走著，卻比得上一百位喬治．彭提菲，儘管喬治．彭提菲擁有馬車、馬匹，十分氣派。」

「但是，」他又補充說，「喬治．彭提菲也不是傻瓜。」於是我們就必須談到彭提菲家的第二代了。

第二章

老彭提菲先生是在一七五〇年結婚，但是有十五年的時間，他的妻子並沒有生育。十五年之後，彭提菲夫人讓全村莊的人都感到很驚奇，因爲她的身體顯示出明確的跡象：可能爲她的丈夫帶來一位男繼承人，或女繼承人。人們早就認爲她沒有希望了。但當她去請教醫生有關一些徵狀所透露的意義，醫生告訴她之後，她竟然很生氣，當場著實辱罵醫生，說他胡言亂語。她拒絕縫衣服，拒絕準備坐月子。要不是她的鄰人們對她的身體狀況的判斷比她高明，暗中把事情預備好，她就會完全沒有準備了。也許，她害怕復仇女神，只不過她確實不知道復仇女神是什麼人物、什麼東西；也許，她害怕醫生說錯了，人們會笑她；但是，無論她是基於什麼原因拒絕去承認明顯的事實，她總之是確實拒絕去承認的——直到一月份一個下雪的夜晚，他們以緊急的速度去催促醫生穿過難走的鄉村道路前來。醫生到達時，發現有兩個病人，而不是一個病人，需要他幫助，因爲已經有一個男嬰誕生，適時取名爲喬治，以紀念當時統治英國的國王。

我非常相信，喬治．彭提菲遺傳了這個倔強的老女人——他的母親——較大部分的性情。這個母親雖然在世界上只愛她的丈夫（多多少少只愛他一人），但卻對這位在晚年意外降臨的孩子深具柔情。然而，她卻幾乎不去表現出這種感情。

這個男孩長大了，成爲一個眼睛明亮、身體結實的小伙子，智力很高，也許有一點太沉迷於讀書。由於在家中很受疼愛，所以他很喜歡父親與母親，任何人的天性都是如此。但是，除了父母之外，他並不喜歡其他人。他有很健康的「屬我」感，盡可能避免「屬你」感。他在英格蘭一個位置最佳也是最健康的村莊的曠野中長大，小小的四肢有了很充分的發展。在那些日子裡，孩子們的頭腦並不像今日那樣負擔過重。也許基於這個理由，這個男孩很熱衷於學習。七、八歲時，他在閱讀、寫作和算術方面都勝過村莊中同年紀的任何其他男孩。我的父親那時還不是巴勒罕地方的教區牧師，不記得喬治．彭提菲的童年，但是我聽過鄰居告訴他說，他們認爲這個男孩非常敏捷又激進。他的父親和母親自然爲自己的孩子感到自豪，他的母親還決定讓他有一天當上國王或顧問。

然而，決定讓自己的兒子贏得生命中較豐富的獎賞是一回事，在這方面與命運周旋則又是另一回事。喬治．彭提菲很可能長大時成爲一名木匠，僅僅繼承父親成爲巴勒罕地方的一名次要企業家，然而卻比實際的他更是一位眞正成功的人物——因爲我認爲，在這個世界上，像命運之神賜給老彭提菲先生和夫人的那種實在的成功並不很多。然而，在大約一七八〇年，當喬治．彭提菲十五歲的時候，彭提菲夫人一位嫁給費爾利先生的妹妹到巴勒罕探親，待了幾天。費爾利先生是一位出版商，主要是出版宗教方面的作品，在巴特諾斯特街擁有一棟住宅。他的事業已經發跡，妻子也跟著發跡。姊妹之間已經有幾年沒有很密切的來往。我無法準確記得費爾利先生與夫人如何作客於他們的姊姊與姊夫那間安靜但卻極爲舒適的房子中，但是，基於某種理由，他們是來訪了，並且小喬治不久就很受到姨丈與姨媽的寵愛。一個敏捷、聰明的男孩，加上談吐良好，身體健康，父母體面，是很有潛在價值的，而一個需要很多下屬的熟練商人，也不大可能忽視這種潛在價值。在離開之前，費爾利先生向孩子的父親與母親建議，要把孩子引進自己的事業之中，同時保證說，如果孩子表現得好，他並不需要有人提攜。彭提菲夫人很關心兒子的未來，所以沒有拒接妹婿的提議，於是事情很快安排好，在費爾利夫婦離開的大約兩星期後，喬治就乘坐馬車到了倫敦，他的姨丈與姨媽去接他，安排他跟他們住在一起。

這是喬治生命中重要的開始。此時，他穿上比以前所穿的還時髦的衣服，從巴勒罕地方伴隨他而來的鄉村式步態與發音，很快地完全不見蹤影了，雖然他並不是生長於所謂的受教育的人之中，但是不久之後，人們就看不出來了。這個男孩很注意自己的工作，不辜負費爾利先生的重視。有時，費爾利先生會讓他到巴勒罕度幾天假。不久之後，他的父母就看出，他的談吐風度不同於他從巴勒罕所帶過去的談吐風度。他們很爲他感到自豪，不久就各就其位，不再表現出父母支配孩子的模樣，因爲事實上也沒有這個必要。喬治一直都很善待他們，做爲回報，終其一生都對父親與母親保有一種深情；而我認爲，他不曾對其他男人、女人或孩童有過這樣的深情。

喬治待在巴勒罕的時間一直不是很長，因爲從倫敦到巴勒罕的距離不到五十哩，有直接的馬車可以到，所以旅程並沒有窒礙之處。因此，無論是這個年輕人，還是他的父母，都不會覺得新奇感在逐漸減弱。喬治喜歡天黑後的新鮮鄉村空氣與綠色田野，而他在巴特諾斯特街早就很習慣天黑——在當時就像在現在一樣，巴特諾斯特街是一條狹窄又陰暗的巷子，而不是一條街道。儘管他很高興看到農夫與村人的熟悉臉孔，但他也喜歡有人看到他，恭賀他已長大，成爲一個外表好看又幸運的年輕小伙子，因爲他並不是那種不露鋒芒的年輕人。他的姨丈請人在晚上教他拉丁文與希臘文。他很喜歡這兩種語言，很快又很容易就精通了很多男孩要花幾年的時間才學會的語言。我想，他所學得的知識給了他一種自信心，無論他是否有意，人們都感覺得出來。無論如何，他不久就開始裝出評斷文學的模樣，進而又評斷藝術、建築、音樂與其他一切，過程也很順利。像他父親一樣，他知道金錢的價值，但是他卻比父親招搖，又不如父親心胸寬大。在還是男孩的時代，他是一個徹底的世故小伙子，他的良好表現，所根據的是自己經個人的實驗後所體驗到的原則，不是父親那種較深沉的信心——這種信心在他父親身上是很具本能成分的，他並無法加以說明。

我說過，他的父親對他感到很驚奇，但並不去管他。兒子已經相當疏遠父親，父親非常清楚，只是無法說出來。幾年之後，每當兒子回來住幾天，就穿上最好的衣服，一直到這個年輕人回到倫敦，他才換上平常的衣服。我相信，老彭提菲先生感覺自傲又有深情，也有點害怕兒子，好像害怕一種自己所無法完全了解的東西，儘管外表和諧一致，行事方式畢竟與他不同。彭提菲夫人則沒有這種感覺。對她而言，喬治是絕對完美的，她很高興地看出——或者自認看出——兒子的五官與性情都像她以及她的家人，不像她的丈夫及其家人。

在喬治大約二十五歲時，他的姨丈以很優厚的條件邀他成為合夥人。他幾乎沒有理由後悔這樣做。這個年輕人為一種已經很有活力的事業灌注了新的活力。當他三十歲時，分紅已不少於一年一千五百鎊了。兩年後，他娶了一位大約小他七歲的女人，獲得了她帶來的可觀嫁妝。這個女人在一八〇五年最小的孩子亞蕾希出生時去世，丈夫沒有再娶。

第三章

在本世紀的早期，有五個小孩和兩三位保姆開始定期造訪巴勒罕。不用說，他們是彭提菲家人新興的一代。那對老夫妻——他們的祖父母——對他們表現得溫柔又體貼，有如對待郡長的孩子一般。這些小孩的名字分別是伊莉莎、瑪麗亞、約翰、希波德（跟我一樣生於一八〇二年）以及亞蕾希。彭提菲先生經常把「少爺」或「小姐」冠在孫兒輩的名字前面——只有他最喜愛的亞蕾希是例外。對他而言，拒絕孫子們的要求，就像拒絕妻子的要求一樣不可能；甚至老彭提菲夫人也要屈服於兒子的這些孩子們，允許他們擁有各種自由——雖然她也關心我的幾個妹妹和我自己，僅次於她的孫子，但她從來就不會給予我們這些自由。這些孫子只需要注意兩項規定：進入房子時必須把鞋子擦乾淨，還有，他們不能在彭提菲先生的風琴中灌進太多的風，也不能把風琴管取出來。

住在教區牧師家的我們，最期望的事情，是彭提菲家的小孩每年到巴勒罕的造訪。我們會獲得一些重要的自由。我們會去跟彭提菲夫人喝茶，以便見到她的孫子，然後我們的這些年輕朋友們會被邀請到教區牧師家，跟我們一起喝茶；我們有了心目中快樂的時光。我情不自禁愛上了亞蕾希，其實我們是彼此愛上對方，當著我們的保姆面前公開又不害羞地自稱或互稱是妻子或丈夫。我們很快樂，但是由於是很久以前的事情，所以我已經幾乎忘記一切——除了我們當時感到很快樂。幾乎唯一永遠留在我印象中的一件事是，希波德有一天打了保姆，取笑她，並且在保姆說要離開時，還叫著說：「妳不要離開——我要故意留著妳，可以折磨妳。」

然而，在一八一一年的一個冬天早晨，我們在後面育兒室穿衣服時，卻聽到教堂鐘聲響起，然後我們被告知，那是老彭提菲夫人去世了。我們的男僕約翰告訴了我們這件事，並且以嚴厲又輕浮的口氣補充說，他們正在敲鐘，要來把彭提菲夫人帶走。原來，她患了中風，十分突然地去世了。我們都感到很震驚，尤其是因爲我們的保姆告訴我們說，如果上帝喜歡的話，我們都有可能在那一天中風，直接被送往「審判的日子」。根據那些最可能了解此事的人的說法，「審判的日子」無論如何會在幾年以內來臨，然後整個世界會被燒毀，我們會遭受永恆的折磨，除非我們比現今更加改過向善。這一切都是那麼令人驚慌，所以我們就開始尖叫、吵鬧。保姆爲了她自身的安寧只好叫我們放心。然後我們哭了（但表現得比較鎮靜），因爲我們記起一件事，老彭提菲夫人的家不會再有爲我們準備的茶與蛋糕了。

然而，在葬禮的那一天，我們卻很興奮。老彭提菲先生根據本世紀初仍然很普遍的一種習俗，分發給村莊的每位居民一小塊麵包，名叫「施捨麵包」。我們以前不曾聽說過這種習俗。雖然我們時常聽到小麵包，但以前卻未曾見過。尤有進者，這些麵包是送給身爲村莊居民的禮物。我們被當做大人看待，因爲我們的父親、母親和僕人都各拿到一塊麵包，但也只是一塊而已。我們不曾想到自己是居民；還有，小麵包是新製的，而我們非常喜歡新製麵包；之所以很少吃這種麵包，或者不曾吃過這種麵包，是因爲大人認爲這種麵包對我們不好。因此，我們對於老朋友彭提菲夫人雖具有深情，卻必須去抗拒各種力量的分化，包括對考古學的興趣，公民權與財產權，小麵包本身的賞心悅目以及有益健康，和我們的自重感——源於我們曾和一位已經死亡的人有過親密關係。經過進一步研究之後，我們認爲似乎沒有理由去設想我們之中有任何人會早夭，所以，我們樂於想到是別人被埋在教堂墓地中。因此，我們在很短時間之中，就從極端的沮喪狀態轉變到同樣極端的狂喜狀態。我們知覺到，這位朋友的死很可能讓我們受益。因此，我們看到了一個新的天堂以及一個新的塵世。我想，有一段時間，我們都很關心村莊每個人的健康，雖然他們的情況很不可能再導致一次「施捨麵包」的分發。

在那些日子裡，所有重大的事情都似乎很遙遠。我們很驚奇地發現，拿破崙實際上還活著的。我們還以爲，這樣一位偉大的人物只可能活在很久以前，但其實他畢竟就好像站在我們自己的門口。這樣就加強了「審判的日子其實可能比我們所認爲的更加接近」的看法，但是保姆卻說，一切都沒問題了，而她是很了解情況的。在那些日子裡，雪在巷子停留的時間比現在長，也積得比現在深，而有時牛奶在冬天拿進來時會結凍，我們都到後面廚房去看。我想，現在鄉村各地也有教區牧師的住宅，有時牛奶在冬天拿進來結凍時，孩子們也會去看那種奇景，但是，我卻不曾在倫敦看過結凍的牛奶，所以我認爲，冬天比以前溫暖了。

在彭提菲先生的妻子去世後大約一年，他自己也去與在天之靈的祖先會合了。我的父親在彭提菲先生去世的那一天看見了他。這個老年人對於日落有自己的看法，他在菜園的一道牆上建了兩節階梯，只要夕陽清晰可見，他就站在那兒看著夕陽西下。我的父親那天下午就在太陽要西下的時候去找他，看到他的兩臂靠在那道牆的頂端，望向田野遠方的夕陽，而我的父親則是站在穿過田野的一條小徑上。我的父親聽到他說：「再見，太陽；再見，太陽。」同時夕陽開始西沉。我的父親從他的聲調與模樣看出，他感覺很虛弱。第二天太陽還沒有下山之前，他就去世了。

沒有人分發「施捨麵包」。他的一些孫子去參加葬禮，我們勸他們分發「施捨麵包」，但並沒有效果。比我大一歲的約翰．彭提菲看不起小麵包，他對我暗示說，如果我想要的話，想必是因爲我的爸爸與媽媽買不起。我記得，我們因此打了起來，我認爲是約翰．彭提菲打輸了，但也許是相反。我記得是我妹妹的保姆——因爲我當時不需要保姆了——把打架的事告訴長輩，我們全都受到可恥的處罰，但是，我們完全從夢中驚醒過來了。要經過很久之後，我們才不會在聽到有人提到「小麵包」時羞恥得耳朵發痛。就算以後曾有過很多「施捨麵包」，我們也不屑再去碰一個了。

喬治・彭提菲為父母立了一個墓碑，那是位於巴勒罕教堂的一塊普通的石板，上面刻著以下的碑文：

獻給我們的父親

約翰・彭提菲：生於一七二七年八月十六日，死於一八一二年二月八日，享年八十五歲。

也獻給我們的母親

露絲・彭提菲：生於一七二七年十月十三日，死於一八一一年一月十日，享年八十四歲。

他們在世時以平實但典範的方式履行宗教、道德與社會責任。

獨子謹立

第四章

一兩年後，就是滑鐵盧之役，然後歐洲重見和平。之後喬治．彭提菲先生出國，不只一次。我記得以後在巴特斯比看到他第一次出國所寫的日記。那是一份獨特的文獻。我讀的時候，感覺到作者在開始之前已經下定決心，只去讚賞自認爲值得讚賞的事物，只藉著幾代自命不凡的人物和冒牌貨所傳承給他的眼光去看待大自然與藝術。彭提菲先生第一眼看到白朗峰就陷入很俗套的狂喜狀態中。「我無法表達自己的感覺，我喘不過氣，然而還是幾乎不敢呼吸，因爲我第一次看到群山之王。我似乎想像這位保護神坐在他那巨大的王座上，高高位於那些野心勃勃的同胞上方，在唯一擁有的威力之中睥睨宇宙。我被這種感覺壓得透不過氣來，幾乎失去了官能，在發出第一聲叫喊之後，無論如何不想說話，直到一陣淚水湧出，心中感到某種舒慰。雖然我第一次在『隱約可見的距離』（只不過，我感覺好像已派遣自己的靈魂和眼睛去追逐這個距離）沉思著這種莊嚴的景色，但是，我還是痛苦地強迫自己不要去沉思。」他從日內瓦上方以較近的距離觀看阿爾卑斯山之後，走完了下坡路十二哩中的九哩路：「我的理智和感情都變得飽和了，無法靜靜坐著；我藉著運動來耗盡感覺，找到一種舒慰。」後來，他到達強孟尼克斯，在某一個星期日到孟坦維去看冰海。在那兒，他在訪客登記簿上寫了以下的詩。據他說，他認爲這首詩「很適合那個日子與景色」：

主啊，看到祢親手所創造的這些奇景，
我的靈魂在神聖的敬意中傾向祢。
這些可畏的孤寂，這種可怕寧靜，

那兒像金字塔一樣莊嚴的無瑕白雪，
這些尖塔似的高峰，那些微笑著的平原，
這片海由一個永恆的冬天所君臨，
這一切都是祢的成就，在凝視這一切時
我聽到一種沈默的語言在讚美著祢。

有些詩人在寫了七、八行之後總是會開始蹣跚起來。彭提菲先生爲最後兩行詩感到很是困惱，幾乎每個字都至少擦掉再重寫一次。然而，在孟坦維的訪客登記簿上寫詩，他想必只能讀一、兩次。就整首詩而言，我應該說，彭提菲先生認爲這首詩很適合那個日子，這倒是很正確的；就冰海而言，我不想太嚴苛，所以關於這首詩是否也很適合那個景色，就不表示意見了。

然後彭提菲先生到達聖伯納山隘，在那兒又寫了一些詩，這一次我想是用拉丁文寫成。他也注意要對「教會招待所」及其情況留下適當的印象。「整個這段最不尋常的旅程，似乎像一場夢，尤其是結局。我置身在溫文儒雅的社會中，而在最崎嶇不平的岩石之中，在經年積雪的地區之中，竟然有各種舒適品與住宿的地方。我認爲自己是睡在一間修道院之中，佔據著拿破崙本人的床，我也認爲自己置身於古老世界中最高的無人居住之處，置身於各個部分都受到讚揚的一個地方，所以我有一段時間睡不著。」爲了加以對照，我可以在這兒引用他的孫子爾內斯特——關於他，讀者們很快就會知道更多的訊息——去年寫給我的一封信中的一個段落。這一段是這樣寫的：「我到聖伯納山隘，看到了狗。」以後，彭提菲先生到了義大利。他在那兒看了畫作以及其他藝術作品——至少在當時很時髦的畫作與藝術作品——心中興起了很有教養意味的讚賞之情。關於佛羅倫斯的尤菲吉畫廊，他寫道：

「今天早晨，我已在畫廊中待了三小時。我已做了決定：如果要我對在義大利所看到的所有珍品選擇一個房間，那就是這個畫廊的『講壇』。『講壇』裡面有〈麥第奇的維納斯〉、〈探究者〉、〈角力者〉、〈舞蹈的牧神〉，以及一座美妙的阿波羅雕像。這些作品勝過羅馬的〈拉奧孔〉和〈眺望樓阿波羅〉。除外，『講壇』還有拉斐爾的〈聖約翰〉，以及世界上最偉大的大師的很多其他傑作。」如果將彭提菲先生的熱情流露，和我們時代的批評家的狂想加以比較，那會是很有趣的事情。不久以前，一位很受尊嚴的作家告訴世人說，他在面對米開朗基羅的一座雕像時，感覺「想要歡忻地叫出來」。如果批評家們已經認定一座眞正的米開朗基羅雕像其實不是眞實的，我懷疑他在面對它時是否還會感覺想要叫出來，或者，如果一座有名的米開朗基羅雕像其實是別人的作品，他是否還會這樣做。但是，我認爲，六、七十年前一個有錢卻沒有頭腦的自命不凡人物，跟現在這位作家是非常相同的。

彭提菲先生提到尤菲吉畫廊中的「講壇」，自認可以安全地以他身爲有品味又有教養的人士的名聲做賭注。現在我們再來看看孟德爾遜①對於同樣這間「講壇」的想法。孟德爾遜同樣感到很安全，並寫道：「然後我去『講壇』。這個房間小得令人覺得可喜，只要十五步就可以走完，然而它卻包含了一個藝術的世界。我再度找出自己所喜歡的那張安樂椅，是位於那座〈奴隸磨利小刀〉的雕像下面。在佔據了這張安樂椅後，我自得其樂了兩小時，因爲我在這兒一眼就可以看到〈卡德利諾的聖母〉、教皇朱利亞斯二世、拉斐爾的一張女性人像，以及上方培魯吉諾所畫的一張可愛的『聖家』，並且〈麥第奇的維納斯〉是那麼靠近我，我都可以用手碰到，而再過去，提香的作品……，其間的空間則有拉斐爾的其他畫作、提香的一張人像、多孟尼奇諾的一幅作品，等等，等等，所有這些作品都位

①德國哲學家，為音樂家孟德爾遜的祖父——譯註。

於一個小半圓圈所形成的周界之中，不會比你自己的一個房間大。在這樣一個地方，一個人會感到自己無足輕重，並且可能學會謙卑。」其實「講壇」是一個不可靠的地方，不適合像孟德爾遜這樣的人在裡面學習謙卑。他們通常每走近「謙卑」一步就又走離兩步。我很知道孟德爾遜爲自己在那張椅子上坐了兩小時給自己加了多少分。我很想知道他多常注視自己的錶，看看兩小時是否到了。我很想知道他多常告訴自己說，如果人們知道了他的眞實身分，他就是一個大人物，就像創造出他眼前的作品的任何一位藝術家一樣；我很想知道他多常想著：是否有任何一位參觀的人認出他，讚賞他在同樣的椅子中坐那麼久的時間；我很想知道他多常感到很生氣，因爲看到人們走過他身邊，卻不去注意他。但是，如果人們知道了他的眞實身分，也許他就不只坐兩小時了。

現在再回到彭提菲先生身上。無論他是否喜歡自己所認爲的希臘與義大利藝術傑作，他總之是帶回了義大利藝術家的一些複製品。我確實認爲，他相信這些複製品會經得起與原作之間的最嚴密比照。在分這位父親遺留的家具時，有兩幅複製品給了希波德。我到巴特斯比拜訪希波德和他的妻子時，時常在那兒看到這兩幅畫。其中一幅是沙索菲拉托所畫的聖母，頭上戴著藍色頭巾，使得頭部一半籠罩在陰影中。另外一幅是卡羅．多爾奇畫的抹大拉的瑪利亞，有著一頭很纖細的頭髮，手中拿著一個大理石花瓶。年輕的時候，我總是認爲這兩幅畫很美，但是隨著一次又一次造訪巴特斯比，就越來越不喜歡。並且也看到兩幅畫到處寫了「喬治．彭提菲」這個名字。最後，我試著稍微加以批評，但是希波德和他的妻子都會立刻挺身辯護。他們說，他們不喜歡父親與公公，但是，他的才能與一般的能力是無庸置疑的，他在文學與藝術方面也無疑具有完美的鑑賞力——是的，他在國外旅行時所記的日記就足以證實這一點。我想再引用這本日記的一小段，然後就不再提及它，逕自繼續敘述我的故事。彭提菲先生在停留於佛羅倫斯時寫道：「我剛剛看到大公和他的家人乘坐兩輛六馬馬車經過，但是並沒有引起很多人的注意，然而，就算我這個在這兒完全沒沒無聞的人經過了，也會引起同樣多人的注意。」其實他一丁點兒也不相信他在佛羅倫斯或任何其他地方是完全沒沒無聞呢！

第五章

據說，幸運女神是一個盲目又無常的養母，隨意把禮物賜給養子。但是，如果我們相信這樣一種指控，那就是對她相當不公平了。請你追蹤一個人的生涯，從出生到死亡，注意「幸運女神」如何對待他。你會發現，一旦這個人死了，我們大多都只能證明幸運女神在表面上的無常。幸運女神的盲目只是無稽之談；她能夠在所喜愛的人還沒有誕生之前早就發現他。「我們」就像「今天」，而「我們的父母」是我們的「昨天」。但是，經由父母的清晰天空所象徵的好天氣，幸運女神的眼睛卻可以看出即將來臨的暴風雨；她會笑著把所喜愛的人放置在倫敦的一條巷子，或者把她決定毀滅的人放置在國王的王宮。她很少會去憐憫她以無情的方式所養育的人，也很少會讓所喜愛的養子完全失望。

喬治．彭提菲是不是幸運女神所喜愛的養子呢？整體而言，我要說他不是，因爲他並不認爲自己是如此。他太虔敬，不會認爲幸運女神是一個神祇；他接受幸運女神所給予的任何東西，不會感謝她，因爲他堅信，無論他得到了什麼對自己有利的東西，都是他自己所得到的。其實，是在幸運女神先讓他能夠得到之後，他自己才得到。

「是我們創造出妳——幸運女神，」詩人這樣說。其實，是在幸運女神先讓我們能夠創造她之後，我們才創造出她。這位詩人沒有談到「我們」是如何被創造出來的。也許有些人並不依賴先行者與環境，自身之中就具有一種非關因果關係的原動力。但這應該是一種很難了解的問題，最好避開它。我們只要說，喬治．彭提菲並不認爲自己很幸運，而不認爲自己很幸運的人是很不幸的。

是的，他很富有，受到人們普遍的尊敬，先天身體很健康。如果他少吃、少喝一點，就永遠不會感到身體違和。也許他的主要力量在於一個事實：雖然他的能力比一般人好一點，但又不太過分好。很多聰明人就是因為這樣而遭殃的。成功的人會比鄰居們多看到一點，就像鄰居在有機會時也能夠看到，但所看到的，不會到讓他們困惑不解的程度。知道得太少，比知道得太多更加安全。人們會譴責「知道得太少」，只不過他們也很不願意去「知道得太多」。彭提菲先生在處理與事業有關的事情時，都表現得很明智。就這方面而言，我此刻所能想到的最佳實例是：他在為公司的出版作品做廣告時，風格有了革命性的改變。當他第一次成為合夥人時，公司的一個廣告本來是這樣寫的：

適合在這個「季節」贈送別人的書籍。

《虔誠的鄉村教區居民》一書指導基督徒如何在一生之中安全又成功地處理每日的生活；如何度過安息日；應該先讀《聖經》的哪些部分。本書包含所有的教育方法，以及一些祈禱文，有助於那些增強靈魂的最重要美德，是針對聖餐儀式的論述。此外，本書也包含生病時導正靈魂的規則。因此，這本論著中包含了得救所需要的所有規條。增修第八版。定價十便士。

購買本書贈送他人，將享有折扣。

他成為合夥人後不久，廣告就變成了以下的形式：

《虔誠的鄉村教區居民》是一本有關基督徒虔誠信仰的完全手冊，定價十便士。

如購此書免費贈送他人，將享有減價優待。

這件事是邁向現代標準的多大一步啊！別人沒有知覺到古老風格很不適宜，而他卻知覺到，其中涉及多麼大的智力啊！

那麼，喬治．彭提菲的甲冑的弱點何在呢？我想是在於一個事實：他的發跡太快速了。如要以正當的方式享受大財富，看來是需要幾代的轉化教育。如果一個人逐漸地安於逆境，則逆境比僅僅一生就飛黃騰達，更能爲大多數人所心平氣和地接受。然而，某一種好運通常都會終生伴隨白手起家的人。倒是他們的第一代孩子，或者第一代與第二代的孩子，比較危險。民族的最成功表現不可能忽然再現，一定會有成功的起伏。個人也是如此。任何一代之中，成功越輝煌，則一般而言其後的衰微就越嚴重，除非復原的時間來臨。一個成功的人，他的孫子時常會比兒子更加成功——那種刺激祖父的精神潛伏在兒子之中，藉著靜養而蓄勢待發，準備在孫子身上重新發揮。尤有進者，一個很成功的人都有一點混血兒的成分。他是一種新的動物，由很多不爲人熟悉的因素結合在一起。我們都很清楚，無論是動物或植物的變態繁殖，都是不固定的，不可靠的——縱使它們確實是能夠生殖。

彭提菲先生的成功確實是過分快速的。在他成爲合夥人之後才過了幾年，他的姨丈和姨媽就在幾個月之內相繼過世。此時他才發現，他們已指定他爲繼承人。如此，他不僅是事業的唯一合夥人，並且也繼承了大約三萬鎊的財產，而這在當時是一筆很大的數目。金錢蜂湧而來，而金錢來得越快，他就越喜歡金錢，只不過，就像他時常所說的，他看重金錢，並不是爲了他本身著想，而是只爲了讓心愛的孩子無後顧之憂。

然而，如果一個人很喜愛自己的金錢，他就不容易經常也很喜愛自己的孩子。這兩者就像上帝與財神。麥考萊爵士在一段文章中將一個人從書本中所可能獲得的快樂，跟他的朋友所可能帶來的不方便加以對照。「柏拉圖，」他說，「永遠不會悶悶不樂。塞萬提斯永遠不會急躁不耐。德謨斯特尼斯永遠不會無緣無故來臨。但丁永遠不會停留太久。政治見解的差異不會離間西塞羅。異端不會激起博絮埃的恐懼。」我敢說，關於麥考萊爵士所提到的一些作家，我的評價也許跟他不同，但是我卻同意他的主要論點，那就是，任何的這些作家都不會讓我們感到困惱，但是，我們的一些朋友卻不像作家，並不總是那麼容易打發。喬治．彭提菲面對他的孩子和他的金錢，就有這種感覺。他的金錢從來不會對他粗魯無禮；他的金錢從不會發出聲音，也從不會製造垃圾，吃飯的時候也不會把東西濺在桌布上，出去的時候也不會不關門。他的紅利從來不會吵架，他也從來不會擔心「抵押貸款」在成年時變得揮霍無度，讓他負債累累，遲早必須還清。大兒子約翰有些性向使他很擔心，而第二個兒子希波德無所事事，時常說謊話。如果他的孩子們知道父親在想什麼，他們也許會回答說，父親並沒有以粗暴態度對待金錢，但卻時常以粗暴態度對待孩子。他不曾以匆促或性急的方式處理金錢，而這也許就是他和金錢處得那麼好的原因。

我們必須記得，在十九世紀之初，父母與孩子之間的關係仍然很不令人滿足。菲爾亭、理查遜、史摩雷與薛理丹斯描述的那種暴烈型的父親，現在幾乎不可能見之於文學之中，就像費爾利先生與彭提菲先生針對《虔誠的鄉村教區居民》一書原來所做的廣告，也不可能見之於文學之中。但是，這種類型的父親在當時一直持續著，想必是對於本性的一種很密切的描述。奧斯汀小姐的小說中的父母，不像在她之前的小說家筆下的父母，那樣像野獸，但是，她顯然以懷疑的眼光看待這些父母，並且在她的大部分作品中也很顯然透露一種不自在的感覺：家庭中的父親是最有力量的。在伊莉莎白時代，父母與孩子之間的關係整體而言似乎比較親切。在莎士比亞的作品中，父親與兒子大部分都是朋友，罪惡也沒有達到最令人厭惡的境地。後來，清教徒主義才長時間以猶太人的理想灌輸人心，也就是我們在日常生活中應該努力去宣揚的那些猶太人的理想。有什麼先例沒有祭出亞伯拉罕、耶弗他，以及利甲的兒子耶拿達呢？在那個時代中，幾乎所有理性的男人或女人都相信，舊約的每一個音節是逐字從上帝的口中說出來的，所以，要引用以及遵照上述這些人所說的話是多麼容易啊！尤有進者，清教徒主義限制了自然的愉悅，以悲哀取代歡樂，忘記了一個事實：各個時代的不幸虐待行爲並沒有獲得人們的支持。

彭提菲先生對待孩子，也許比他的一些鄰居嚴格了一點，但並不嚴格很多。他一個星期打他的男孩兩、三次，有些星期則次數較多；但在那個時代，父親經常打男孩。如果其他人都有較公正的觀點，則一個人就很容易附合他們。但是，很幸運的是，或者很不幸的是，「事情的結果」與「導致結果的人的有罪或清白」之間並沒有任何關係。事情的結果完全取決於所做的事情——無論所做的事情可能是什麼。同樣地，有罪或清白與事情的結果也沒有任何關係。有罪或清白是取決於一個問題：是否有足夠扮演角色的理性人物會做出一些事情，就像扮演這種角色的人所已經做出來的。在那個時候，大家都承認，孩子不打不成器，並且聖保羅也把「不順從父母」視爲很大的罪惡。如果孩子們做出彭提菲先生所不喜歡的事，他們顯然是不順從父親。在這種情況下，一個明智的人顯然只有一條途徑可循：趁他的孩子們太年輕還不會表現嚴重的抗拒行爲時，抑制他們那種最先出現的自我意志徵象。如果孩子們的意志在童年時被「大肆突破」——借用當時很流行的一個措詞——那麼，他們就會養成服從的習慣，不會冒然破壞這種習慣，除非到了二十一歲以後。等他們到了二十一歲以後，就可以隨自己高興去行事。身爲父親的人應該知道如何保護自己，不然他和他的金錢就會受制於孩子們，他也無可奈何。

我們多麼不了解我們的思想啊！——是的，我們確實很了解我們那些不由自主的行動，但我們卻不了解我們那些有意識的反思。人類確實爲自己的意識感到自豪！我們誇耀自己不同於風、浪、落石和植物，因爲後者不知道爲何成長？我們也誇耀自己不同於流浪的動物，因爲後者追逐獵物，並不藉助於理性。我們很清楚自己在做什麼，爲何那樣做，不是嗎？我認爲，現在人們所提出的一個觀點是有些道理的，那就是，我們較無意識的思想和較無意識的行動，主要塑造了我們的生活以及我們的子孫的生活。

第六章

彭提菲先生不會爲自己的動機費心。那時的人不像現在那樣會省思；他們比較遵循粗略的處事方法生活。阿諾德博士還沒有播下我們現在正在豐收的眞誠思想家種子；人們看不出有什麼理由不應該過自己的生活——只要這樣做不會爲自己帶來不幸的後果。然而，就像現在一樣，他們時常遭遇到比自己所預想到的更多不幸的後果。

就像本世紀初的其他富人一樣，彭提菲先生大吃大喝，超過保持健康需要的程度。縱使他的身體非常健康，也受不了長期吃東西過量，以及現在需顧及的喝酒過量。他的肝時常失調，下來吃早餐時，眼圈看起來黃黃的。然後年輕人就知道，他們最好要小心了。一般而言，並不是父母吃酸葡萄引起孩童牙癢難受。富有的父母很少吃很多酸葡萄；對孩童而言很危險的是，父母吃太多甜葡萄。

我承認，這件事情最初看來似乎很不公平：父母可以享受，而孩童卻要因此受罰，但是，年輕人應該記住，有很多年的時間，他們是父母的重要部分，因此在父母身上享受了很多樂趣。如果他們現今遺忘了那種樂趣，那就像一個人在經過一夜的酒醉後感到頭痛，因此忘記了樂趣。一個人喝醉酒後頭痛，並不會認爲自己與喝醉酒時不同，他不會說，是前夜喝醉的他應該受到處罰，不是今天早晨頭痛的他應該受到處罰。孩子們也不應該抱怨他們從父母身上所得來的頭痛，因爲一致性的持續雖然不是那麼即刻明顯，但就兩種情況而言都是同樣眞實的。眞正嚴酷的是：父母在孩子出生之後享有樂趣，而孩子卻因此受罰。

在這些黯淡的日子裡，彭提菲先生對於事情採取很陰鬱的觀點，在心中對自己說：儘管他自己對孩子們很好，但孩子們卻不喜愛他。然而，有誰會去愛一個肝臟失調的人呢？他會大聲對自己說：這種忘恩負義的表現是多麼卑鄙啊！對他自己而言尤其是多麼殘酷啊！因爲他自己曾是一位模範兒子，經常尊敬且服從父母，儘管父母沒有把百分之一的錢花在他身上，而他卻把錢大把花在自己的孩子身上。「總是同樣的那回事，」他會對自己這樣說：「年輕人擁有的越多，就想要越多，並且我們就越不會得到感謝。我已犯了一個大錯，我對孩子們太寬大了。不要緊，我已對他們盡責，並且還不僅如此。如果他們沒有對我盡責，那是上帝與他們之間的事情。無論如何，我是沒有罪的。嗯，我本可以再婚，成爲也許更具深情的第二個家庭的父親，等等，等等。」他對於提供孩子們昂貴的教育感到很可惜。他沒有看出，孩子們受教育所遭受的損失，比他所遭受的損失還大，因爲孩子們受教育後很容易失去謀生的能力，而不是有助於獲得謀生的能力；他們在達到應該獨立的年紀時，還是要依賴父親幾年之久。公立學校的教育阻斷了一個男孩的後退之路，使他不再能夠成爲一名工人或機工，但卻只有工人或機工能夠很穩定地自力謀生——當然，除非有些人一生下來就繼承了財產，或者在年輕的時候就過著衣食無虞的日常生活。彭提菲先生並沒有看到這一切。他只看到，他花在孩子身上的錢，比根據法律應該花的更加多。你還能怎樣呢？難道他不可能讓兩個兒子去學習當菜販嗎？如果他有這種想法，難道他不可能甚至明天早晨就採取行動嗎？每當他生氣時，他就喜歡談談採取這種措施的可能性。是的，他不曾讓兩個兒子中的任何一個去學習當菜販，但是，這兩個男孩一起交換意見後，時常表示希望父親這樣做。

有時候，當彭提菲先生不是很滿意時，他會把兩個兒子叫來，對著他們揮動著遺囑，自得其樂。他會在想像中把兩個兒子從遺囑中排除掉，一個接著一個，把錢留下來建救濟院，但最後又不得不恢復他們在遺囑中的地位，以便下一次生氣時，又可以將他們從遺囑中剔除，逞一時之快。

當然，如果年輕人的行爲受到還活著的人的遺囑所影響，那是很不對的，只能等著最後身受其害。然而，父母對著兒女晃動遺囑以及揮動遺囑，那種權力也很容易被濫用，不斷造成很大的折磨，所以，如果可能的話，我想要立法，讓任何人從生氣那一天算起的三個月中不能立遺囑，並且，如果他在沒有權力立遺囑的期間去世的話，已經判他有罪的官吏或法官，可以以自認正確合理的方式處理他的財產。

彭提菲先生會把兩個男孩叫進餐廳。「親愛的約翰，親愛的希波德，」他會這樣說：「看看我吧。我是白手起家的，當初我只穿著父親和母親送我到倫敦時所穿的衣服。我的父親給我十先令，我的母親給我五先令，當零用錢，但我認爲他們對我很寬厚。我一生不曾向父親要一先令的錢，也不曾從他身上取得任何東西，除了每個月給我的小錢，直到我有了工作，開始領薪水。我自食其力，我期望我的兒子也是如此。請不要認爲，我會勞碌一生，賺錢給兒子花。如果你們想要擁有錢，就必須像我自己一樣去賺，因爲我向你們保證，我不會留給你們一分錢，除非你們表現出很值得我這樣做。現在的年輕人似乎期望享有我小孩時代不曾聽到的各種奢侈與嗜好。嗯，我的父親是一個普通木匠，而你們兩位都上公立學校，一年花我好幾百鎊，但是當我是你們的年紀時，卻坐在費爾利姨丈的會計事務所一張桌子後面辛苦地工作。如果我當時有了你們一半的優勢，有什麼事是我做不到的呢？你們也許會成爲公爵，或者在還未被人發現的國家中建立新帝國。但是縱使是如此，我還是懷疑你們的成就是否會跟我的成就成比例。不，不，我只讓你們讀完中學和大學，然後如果你們喜歡的話，就要在這個世界上自食其力。」

就這樣，他讓自己處在一種很有道德意味的憤怒情境中，有時會基於當刻所捏造的某種藉口，當場伸手去打兩個男孩。

然而，就小孩而言，彭提菲家的兩個男孩是很幸運的。一般而言，有十家的小孩處境比他們糟，只有一家比他們好。他們吃健全的食物，喝健全的食物，睡在舒適的床上，生病時有最好的醫生照顧，享有用金錢所能獲得的最佳教育。雖然缺少新鮮空氣，但卻似乎不會很影響孩子們住在倫敦巷子中自得其樂：他們大部分都會唱歌、玩耍，好像是置身在蘇格蘭的荒地上。如此，孩子們不曾經歷過溫暖的心智氣氛，因此通常都不會發覺缺少了這種氣氛。年輕人擁有一種美妙的能力：不是喪命，就是適應環境。縱使他們不快樂——很不快樂——但是，令人驚奇的是，他們並不會去發現自己不快樂，或者，他們只會把不快樂歸因於自己的罪過。

對於希望過安靜生活的父母。我有一個建議：要告訴你的孩子們說，他們很頑皮，比大部分的孩子還頑皮。要指著一些朋友家的年輕人，說他們是完美的模範，讓你自己的孩子們深深覺得不如別人。由於你比他們的勝算更大，所以他們無法與你爭辯。這是所謂的道德影響力，這將會使你能夠隨心所欲威嚇他們。他們會認爲你很懂，他們不會經常逮到你說謊，不會懷疑你並非你所自居的心靈人物和完全誠實的人。他們也不會知道：你是多麼懦弱，一旦他們以堅持與評判的態度與你爭辯，你會多麼快就逃走。你擁有骰子，並爲你的孩子和你自己擲骰子。你要在骰子中灌鉛，因爲你很容易阻止你的孩子去檢視骰子。要告訴他們說，你是多麼特別縱容他們；要堅稱你賜給了他們無可計數的好處，首先是把他們生到這個世界來，但尤其是以你自己的小孩的身分而不是以其他人小孩的身分，把他們生到這個世界來。要說，每當你發脾氣，希望藉著服用靈魂的鎮定劑來使自己感覺不舒服時，你都是關心他們最高的利益。要喋喋不休地說出這些最高的利益。要在精神上灌輸他們硫磺與解毒藥，諸如已故的溫徹斯特主教所說的主日故事。你握著所有的王牌；就算你沒有握著所有的王牌，你也可以偷王牌。如果你以判斷力使用王牌，你就會成爲快樂、團結又敬神的家庭主人，甚至就像我的老朋友彭提菲先生一樣。是的，你的孩子也許有一天會發現有關的一切，但那時已經太遲，對他們不會有什麼用，也不會對你造成什麼不便。

有些諷刺家對生命有怨言，因爲所有的歡樂都出現在生命的前半部，我們必須眼見歡樂逐漸減少，一直到我們也許只留下老年的痛苦。

在我看來，青春就像春天，是一個過分受到讚美的季節——如果剛好是爲人所喜愛的季節，那倒是很可喜；但是，實際上它卻很少爲人所喜愛，並且一般而言，比較常見的是凜冽的東風，而不是溫和的微風。秋天是較圓熟的季節，我們在花兒方面有所缺憾，但卻在果實方面獲得補償而有餘。方特尼爾在九十歲時被問及一生最快樂的時光是什麼，結果他說，他不知道有比當時九十歲更快樂的時光，但是，也許他最美好的時光是介於五十五歲和七十五歲之間。約翰生博士也認爲，老年的愉悅遠勝過青春的愉悅。是的，在老年時，我們活在死亡的陰影中，這種陰影就像達摩克雷斯的劍一樣，可能在任何時刻掉落下來，但是，我們早就發現生命是「受驚嚇」而不是「受傷害」，所以我們已經變得像是住在維蘇威火山下的人，冒著危險，卻不會感到很擔憂。

第七章

只要幾句話就足以交代我在前一章一直提到的大部分年輕人。彭提菲家兩個年紀較大的女孩伊莉莎和瑪麗亞，她們既不是眞的很漂亮，也不是眞的很醜，並且在各方面都是典型的年輕女人。但是，亞蕾希卻極爲漂亮，且個性活潑、多情，與其他兄弟姊妹形成強烈的對照。在她身上可以看到她祖父的特性，不僅在臉孔方面如此，在喜歡開玩笑方面也是如此（她的父親並不喜歡開玩笑），只不過亞蕾希的玩笑透露出一種喧囂又有點粗俗的半幽默成分，很多人認爲這就是機智。

約翰長大時是一個好看又溫文有禮的小伙子，五官有一點太規則，透露出高雅的輪廓分明。他的衣著很好看，談吐優雅，並且孜孜不倦鑽研書本，所以很受老師的喜愛。然而，他卻天生擅長外交，比較不受男孩的歡迎。他的父親儘管時常要對他說教一番，卻在他年紀越來越大時爲他感到很自豪。尤其進者，他的父親看出，他也許會成爲一位很好的事業家，在他手中，未來家中的遠景不可能走下坡路。約翰知道如何迎合父親，在很早的時候就獲得父親的信任，因爲父親天性喜歡相信別人。

他的弟弟希波德無法跟他比，自己也很清楚，因此接受了自己的命運。希波德長得不像哥哥那麼好看，談吐也不那麼優雅。小孩時代，他非常激情，然而此時他卻緘默又害羞，並且我也要說，他在身心兩方都很怠惰。他的外表不像約翰那樣整潔。他比較無法表明自己的立場，比較不擅長迎合父親多變的情緒。我不認爲他能夠衷心喜愛任何人，但是，家中的每個人都在壓制他的感情，而不是引發他的感情，只有他的妹妹亞蕾希是例外，而就希波德那種有點陰沉的性情而言，亞雷希是有點太活潑，太生氣勃勃了。希波德時常是替罪羔羊。我有時認爲他要對抗兩個父親——他的父親以及哥哥約翰。我們幾乎也可以再加上第三個與第四個，那就是他的姊姊伊莉莎與瑪麗亞。也許，一旦他很強烈地感覺到自己受到束縛，他就不會去忍受，但是，他天性膽怯，而父親的強勢作風迫使他在外表上與哥哥和姊姊保持最大程度的和諧關係。

就某方面而言，兩個男孩對他們的父親是很有用的。我是說，父親讓他們兩人彼此對立。父親只給他們微薄的零用錢。他會對希波德強調說，哥哥的權利自然是最重要的，同時又對約翰堅持「家中人口衆多」這個事實，很嚴肅地指出，家中開銷很大，等到他去世後，並沒有很多錢可分。父親不介意他們兩人是否交換意見，只要他們不在他面前這樣做。希波德甚至不會在父親背後抱怨。我在小孩時代，在學校，以及後來在劍橋，都跟他很熟，就像任何人可能跟他很熟的程度。但是，甚至當他的父親還活著時，他都很少提到父親的名字；父親去世之後，我也不曾聽到他提到一次。在學校，他不像哥哥那樣很強烈地不爲人所喜歡，但是他太遲鈍，缺少活力，不會很受歡迎。

在還沒有從學校畢業之前，他早就決定要當牧師了。彭提菲先生是知名的宗教書籍出版商，他要兩個兒子之中至少有一個獻身於教會，這是很妥當的事情。這樣可能有助於事業，或者無論如何有助於保持事業的穩定。何況，彭提菲先生與主教和教會的顯要人物多多少少有利害關係，可能希望藉由自己的影響力而讓兒子晉升高職。這個男孩未來的命運，從童年最早的時候就很清楚地呈現在自己眼前，並且由於自己的默認，也被認爲是已經決定好的事情。然而，父親還是允許他有一點自由。彭提菲先生會說，讓一個男孩有所選擇是很正確的事情。他也很公平，會讓兒子去享有從其中所能獲得的任何好處。他宣稱，他非常害怕強迫任何年輕人去從事自己所不喜歡的職業。他不會對自己的兒子施加壓力，要他從事任何職業，尤其是像牧師這樣神聖的工作，他更不會這樣做。當家裡有訪客而且兒子在房間時，他會這樣說。他說得很明智，很巧妙，所以聽著他說的客人，都認爲他是行爲明智的模範人物。他說的時候語氣也很強調，紅潤的下巴與禿頂看起來很仁慈，人們很難不被他的言談所迷。我相信，鄰近有兩、三位一家之主都讓他們的兒子有選擇職業的絕對自由——但我確定，他們事後都有相當的理由後悔這樣做。訪客們看到希波德顯得很羞怯，對於父親如此體貼他的願望完全不為所動，會在心中自忖著：這個男孩似乎不可能跟父親一樣有成就。他們會認為，他是一個不熱心的年輕人，應該表現得更有活力，應該比外表所顯示的更加意識到自己的優勢。

這個男孩非常堅定地相信，整個事情是很公正的。他在不自在之中保持沈默，但是，這種不自在的感覺太深沉又持續不斷，他反而無法充分感受到，無法與自己達成協議。他唯恐，一旦稍微反抗，父親臉上就會眉頭深鎖。如果是一個比較堅強的男孩，就不會認眞的看待父親那種激烈的威脅或粗魯的譏笑，但是，希波德不是一個堅強的男孩；無論是對還是錯，他總之以為父親都準備將威脅付諸行動。「反抗」不曾使他獲得自己想要的任何東西，「屈服」也是如此——除非他所想要的東西，剛好是他的父親想要給他的。就算他曾經存有抗拒的想法，但目前卻是沒有。由於缺少發揮的機會，他已完全失去反抗的力量，所以反抗的希望幾乎不存在。現在只剩遲鈍的默認，就像一隻驢子蹲伏在兩個重擔之間。他可能有過一種不確定的理想，但這種理想並非他的眞實情況。他可能時而會夢想自己是一位軍人或水手，遠在異國之中，或者甚至夢想自己是高原上一位農夫的男孩，但是，他沒有足夠的條件，所以沒有任何機會把夢想變成現實，於是他就在自己的河流——緩慢且又泥濘的河流——之上漂浮著。

我想，《教義問答》在很大程度上造成現今普遍存在於父母與子女間的不快樂關係。《教義問答》這部作品完全以父母的觀點寫成。寫這本書的人沒有找一些孩子來幫助他。他自己顯然不是很年輕，我也不認為他喜歡孩子——儘管書中出現「我的好孩子」這樣的字眼。如果我沒有記錯的話，教義問答老師有一次說出這樣的字眼，但畢竟聲音很粗澀。年輕人心目中對這本作品的一般印象是：他們出生時的罪惡並沒有在施洗時洗除，而僅僅「他們很年輕」這個事實就透露出一種成分，多多少少明顯地意味著罪的本質。

如果讀者需求《教義問答》的一種新版本，我很想在其中引介幾句話，堅持我們有責任追求各種合理的快樂，避免各種可以以榮譽的方式避免的痛苦。我想要看到老師們教孩子們一件事：孩子們不應該只因爲別人說喜歡某些東西，就跟著說自己也喜歡，但事實上並不喜歡，還有，如果他們對於某件事情一無所知，卻又說他們相信那件事情，那是多麼愚蠢啊。如果有人認爲，增加這些內容後，教義問答會變得太長，那麼我就要刪除有關對於鄰居的責任和有關聖餐的文字。我想要把那段以「我希望我們的主我們天上的父」爲開始的文字改成——。不過，也許我最好還是回到希波德身上，把改造「教義回答」的事留給較能幹的人。

第八章

彭提菲先生做了決定：在讓兒子成爲牧師之前，先讓他成爲一間大學的特別研究員。這樣，兒子就能夠立刻維持生計，如果他父親的教會朋友無法給他一份聖俸的話。這個男孩在學校表現得足夠優秀，可以實現這個計畫。他被送到劍橋的一間較小的學院，立刻跟隨最好的私人教師唸書。在希波德取得學位大約一年前，學校採用了一種考試制度，增加了他獲得獎學金的機會。本來，無論他有什麼能力，那都是古典方面的，不是數學方面的。如今這種考試制度大大鼓勵了古典方面的研究，是以前所未曾有過的情況。

希波德很明智地看出：如果用功的話，他就有機會獨立自主，並且他也喜歡成爲一名特別研究員。因此他很努力，最後終於取得學位，獲得獎學金指日可期。有一段時間，身爲父親的彭提菲先生確實很高興，告訴兒子說，他要提供兒子任何標準作家的作品，由兒子來選。這個年輕人選了培根的作品，於是十卷裝訂得很漂亮的培根作品就出現了。但是，經過稍微檢視後，他卻發現是二手貨。

既然他已獲得學位，接下去的事情就是期待牧師的任命令——關於此事，希波德並沒有去想及，只是加以默認，視爲是有朝一日當然會發生的事。然而，此時這件事已經確實很逼近了，只是幾個月以後的事。他感到有點驚恐，因爲一旦他當了牧師，就無法解脫這種職位。他不喜歡近期的牧師任命令，也不喜歡遠期的任命令，甚至還有點試圖要逃避。關於這一點，可以從他的兒子爾內斯特在他父親的文件中所發現的以下這封信中看出來。信的內容寫在金邊紙上，墨水褪色了，信用一條帶子整齊地繫著，但是沒有任何按語或評語。我照抄如下：

親愛的父親：我不喜歡提出一個算是已經決定好的問題，但是，隨著時間的逼近，我開始很懷疑是否適合成為一位牧師。我要很欣慰地説，我並不是對英國國教有一點點的懷疑。我也能夠很誠摯地認同三十九條條款中的每一條。這些條款在我看來，確實都是人類智慧的最高峰；神學家佩利也沒有留下漏洞，讓對手有可乘之隙。但是，我確定你並不希望我隱瞞你一件事，那就是，我並沒有感覺到內心呼喚我去當一名福音的牧師，雖然當主教任命我時，我必須説我有感覺到。我努力要去獲得這種感覺，我真誠地祈求這種感覺，有時還隱約認為已經有了這種感覺，但是不一會兒後，卻又逐漸減弱了。雖然我完全沒有嫌棄成為牧師，並且也相信，一旦成為牧師，我將努力體現上帝的榮耀，促進祂在塵世的福祉，然而，我還是感覺到，我需要先做別的事情，然後才有充分理由投身教會。我知道，儘管我有獎學金，但仍然花了你很多錢。然而，你曾教我要聽從良知，而我的良知告訴我説，如果我成為牧師的話，就會是做錯了事。上帝可能賜給我勇氣；我可以向你保證，我一直持續祈求這種勇氣。但是，祂卻可能不會賜給我這種勇氣；如果是如此，難道不是最好努力去尋求別的東西嗎？我知道，你和約翰都不希望我從事你的行業，我對金錢也一無了解，但是，難道沒有別的事是我能夠做的嗎？我不喜歡在讀醫學或法律時要求你供養我。一旦我得到獎學金——應該是不久的事——首先我要盡量不再花你的錢，我也可以藉著寫作或收學生賺一點錢。我相信，你不會認為這封信不得體。我非常不願意引起你的不安。我希望你會體諒我此刻的感覺；這種感覺只是源於我對良知的看重，而你自己最經常把良知灌輸給我。請在不久後給我一點回音。我希望你的感冒好一點了。代向伊莉莎和瑪麗亞問候。

愛你的兒子希波德．彭提菲

親愛的希波德：我能夠了解你的感覺，也不想阻止你表達感覺。你有這種感覺是十分正確又自然的事。只不過信中有一個段落，一旦你加以反思，無疑就會覺得它是不得體的。我在這兒只想指出，這個段落讓我很傷心。你不應該說，「儘管我有獎學金」。如果你能夠做任何事情來幫助分擔你受教育所加諸我的重擔，那麼錢就應該交給我。你信中的每一行文字都讓我相信，你的敏感達到病態的地步，這是魔鬼引誘人們走向毀滅最喜歡使用的方法。就像你所說，你的教育花了我很多錢。我盡一切努力要提供你好處。身為一位有教養的英國人，我急於把好處提供給我的兒子，但我並不想見到金錢被浪費掉。我必須從頭開始，只因為你腦中有一些愚蠢的顧忌，而你應該抗拒這些顧忌，因為這些顧忌對你而言是不正確的，對我而言也是不正確的。

不要屈服於那種想要有所改變的不安定慾望；這種慾望正是毀滅現今很多男女的禍因。當然你不必接受任命：沒有人會強迫你；你是完全自由的；你已二十三歲，應該明白自己心中的想法；但是，你為何不早一點明白？不要等到我花了錢送你上大學後才透露出反抗的意味？除非我相信你已下決心要接受任命，不然我是永遠不會送你去上大學的。我曾接到你的信，表示非常願意被任命為牧師；你的哥哥與姊妹可以證明，我沒有對你施加任何種類的壓力。你誤解自己的想法，苦於一種緊張的膽怯。這種膽怯也許很自然，但也可能對你自己造成嚴重的後果。我的感冒還沒有痊癒，看到你的信後所引起的焦慮自然是在折磨我。願上帝指引你做較好的判斷。

愛你的父親G．彭提菲

希波德在收到這封信後提起了精神。「我的父親，」他在心中想著，「告訴我說，如果我不喜歡的話，就不必接受任命。我是不喜歡，因此我將不接受任命。但是信中所寫的『對你自己造成嚴重的後果』是什麼意思呢？這句話是隱藏著一種威脅，只是我無法把捉到嗎？這句話難道不是意在產生一種威脅的效果，但又實際上不具有威脅性嗎？」

希波德很了解父親，不大可能誤解他的意思。但是，既然他已在反抗的路上走了這麼遠，如果可能的話，他也眞的很不想被任命爲牧師，所以他就決定繼續冒險。於是他就寫了以下這封信：

親愛的父親：你告訴我說，沒有人會強迫我當牧師，我真心感謝你。我知道，如果我的良知嚴肅地反對當牧師，那麼你是不會強迫我接受的。因此，我已經決定放棄了。我也認為，如果你繼續允許供應我金錢，一直到我獲得獎學金——不會很久了——那麼，我以後就不再花你的錢。我會盡快決定從事什麼職業，也會立刻讓你知道。

愛你的兒子希波德．彭提菲

我現在必須寫下他父親的回信。回信很簡短。

親愛的希波德：我已經收到你的信。我無法想像你寫信的動機，但卻很清楚你寫信的效果。你將不會收到我的一分錢，除非你清醒過來。如果你堅持愚蠢又邪惡的行為，我會很樂於記起，我還有其他孩子，可以依賴他們的行為，來增加我的信譽與快樂。

愛你但又困惱的父親G．彭提菲

我不知道這封信緊接著的後續如何，但是最後的結局卻很完美。也許希波德的內心很失望，也許他把父親對他的外在催促詮釋爲自己內心的呼喚，而我確知他很眞誠地祈求這種呼喚，因爲他堅決相信祈禱的效果。所以我要繼續敘述下去了。丁尼生曾說，有很多事情是靠著祈禱創造出來的，是世人所夢想不到的，但是，他很明智，不去說出所創造的事情是好的還是壞的。如果世人夢想到或驚覺到祈禱所創造出來的一些事情，那也許也是很好的。但是這個問題確實是很困難的。最後，希波德在取得學位後，很快又很幸運地得到了獎學金，並於同年——一八二五年——的秋天被任命為牧師。

第九章

亞拉比先生是克南斯福地方的教區牧師，而克南斯福是離劍橋有幾哩遠的一個村莊。他也取得了很好的學位，獲得一筆獎學金，以後又接受大學的牧師聖俸，大約一年四百鎊，加上一間房子。他的私人收入不超過一年兩百鎊。後來他放棄獎學金，娶了一個比自己年輕很多的女人。這個女人爲他生了十一個孩子，其中有九個——兩個兒子和七個女兒——活著。兩個最大的女兒嫁了很好的丈夫，但是在當時，他還是有五個女兒未婚，年紀在三十和二十二之間——而兩個兒子也還沒有過獨立的生活。很明顯地，如果亞拉比先生有什麼三長兩短，他的家人的情況就會變得很糟，而亞拉比先生與夫人想到此事時應該很不快樂。

讀者們，你曾經有過一年兩百鎊的不太大收入嗎？你曾經同時有兩個兒子必須創業，有五個女兒仍然沒有結婚，一旦你爲她們找到丈夫，就會非常感謝——如果你知道如何去找的話？整體而言，道德會在一個人的老年時帶來心靈的和平——也就是說，道德並不是一個大騙子，但是，如果你處在像亞拉比先生這樣的情況下，難道你還會自以爲過了一種道德的生活嗎？

縱使你的妻子是個好女人，你並沒有厭倦她，她的身體並沒有很壞，並沒有拖累你自己的健康；縱使你的家人在成長的過程中都很有精力，很和藹，很有常識，但是，如果你處在像亞拉比先生這樣的情況下，難道你還會自以爲過了一種道德生活嗎？我知道很多老年男女以道德出名，但是早就不再去愛那跟他們生活在一起的伴侶了。或者，他們有長得又醜又討人厭的待字閨中女兒，一直無法爲她們找到丈夫；他們厭惡這些女兒，又暗中被她們所厭惡。或者，他們有兒子，很愚蠢又過著放縱的生活，永遠讓他們耗神又擔心。一個人爲自己惹來這些事情，這難道是道德的嗎？有人應該爲道德做研究工作，就像那個年老的培克史尼夫．培根很榮幸地爲科學所做的研究工作。

但是，還是回到亞拉比先生和夫人吧。亞拉比夫人談到自己嫁掉了兩個女兒，好像這是世界上最容易的事情。她以這種方式談著，因爲她聽到其他母親也這樣做，但是在內心深處，她卻不知道自己是怎麼做到的，甚至不知道是不是自己所做的。原來，她先是努力在一個年輕人身上演練一些策略，她曾在想像中一再預習這些策略，但卻發現不可能在實際上加以應用。然後是幾個星期模糊的希望、恐懼，以及小小的計謀，但計謀時常是不智的。然後，不知怎麼地，最後這個年輕人被束縛住了，拜倒在她女兒的石榴裙下，愛神的箭穿過他的心。她認爲這全是僥倖，幾乎沒有希望或完全沒有希望再施展一次。其實她又施展了一次，並且如果幸運的話也可能再施展一次——但是，五次！這是很可怕的：嗯，她寧願坐月子三次，也不要去經歷嫁一個女兒的耗神過程。

無論如何，這種事還是必須做。可憐的亞拉比夫人每次看著一個年輕人，總是指望他成爲未來的女婿。家有女兒的爸爸和媽媽時常會問年輕人：他們對女兒的意向是不是很高貴？我想，年輕人在接受邀請到仍有未嫁女兒的家庭之前，有時也可以問女兒的爸爸和媽媽：他們的意向是不是很高貴？

「親愛的，我請不起一位副牧師，」亞拉比夫妻在討論接著要怎麼做時，亞拉比先生對妻子這樣說。「最好是在某個星期日請一個年輕人來幫助我一段時間。一個星期日一金幣就可以做到。我們可以採取不固定的方式，一直到我們找到一個適合的人。」他們認定，亞拉比先生的健康不像以前那麼好，他在執行星期日的職務時需要有人幫忙。

亞拉比夫人有一個好朋友，名叫柯維夫人，是有名的柯維教授的妻子。她是所謂的眞正的心靈女人，有一點肥胖，微微長了一點鬍子，在大學生之中交遊廣闊，尤其是在那些喜歡參與當時正達到高潮的福音運動的人之中更是如此。她每兩星期舉行一次晚上派對，在其中，祈禱是款待活動的一部分。她不但是心靈女人，熱心的亞拉比夫人也時常宣稱，她同時也是一位徹底的世俗女人，擁有男性明顯的好眼光。她也有女兒，但是她經常對亞拉比夫人說，她不如亞拉比夫人幸運，因為她的女兒一個個嫁出去了，離開了她，要不是還有她的教授先生，她的老年就會過得很淒涼了。

當然，柯維夫人了解大學所有單身牧師的情況，正可以幫助亞拉比夫人替丈夫找到一個合格的助手。於是，亞拉比夫人就在一八二五年十一月的一個早晨開車前去，約好要跟柯維夫人早一點吃午飯，度過下午的時光。吃完飯後，兩個女人就一起離去，而一天的事情就開始了。她們如何應對呢？她們如何看穿對方呢？她們表現什麼忠心的態度假裝沒有看穿對方呢？她們表現什麼溫和的虛擲時光方式拖長談話，討論某一位執事的心靈健康，以及在解決他的心靈健康問題之後，又討論那些跟他有關的正面和負面事情呢？這一切都必須留給讀者去想像。柯維夫人很習慣於為自己計畫事情，所以她會為任何人計畫事情，不會完全不去做。很多母親在有需要的時候都求助於她；只要她們是心靈女人，柯維夫人都會盡力幫助她們。如果一位年輕的文學士的婚姻不是在天堂中促成，那麼也許就在柯維夫人的客廳中促成，或者無論如何在她的客廳中努力嘗試。這一次，她們把大學中隱約有希望的所有執事都完全討論過了，結果柯維夫人那天下午宣布：我們的朋友希波德大約是她所能夠接觸的最佳人選。

「我並不確知他是一個特別迷人的年輕人，親愛的，」柯維夫人說，「他只是一個家庭的次子，但是他已經獲得獎學金。縱使身為出版商彭提菲先生的次子，也應該有什麼地方令人感到很舒適的。」

「嗯，是的，親愛的，」亞拉比夫人自滿地回答。「這就是人們的感覺。」

第十章

這次會面就像天下所有其他的好事一樣，總是會有結束的時候。白天很短，而亞拉比夫人要開六哩路的車子到克南斯福。她繫好頭巾，坐在駕駛座，聽差詹姆士並沒有在她的外表上看到什麼變化，也幾乎不知道，他正要跟女主人一起把一連串可喜的幻想駛回家。

柯維教授曾經經由希波德的父親出版了作品，因此，柯維夫人在希波德開始上大學時就很照顧他。她過去已經有一段時間盯著希波德，覺得有責任為這個年輕人找到一個妻子，就像可憐的亞拉比夫人覺得有責任努力為一個女兒找到一個丈夫。柯維夫人寫信給希波德，要希波德去看她，信中的遣詞用句喚起他的好奇心。希波德去的時候，她就把亞拉比先生健康每下愈況一事告訴他。柯維夫人在解決自己的困難後，又基於興趣，提議要希波德連續六個星期日到克南斯福，承擔亞拉比先生一半的職務，代價是一個星期日半個金幣。柯維夫人無情地削減了一慣的津貼，而希波德不夠堅強，沒有拒絕。

希波德不知道柯維夫人為了他的心靈平靜正在進行計畫，只知道是要去賺三個金幣，也許自己的學問會讓克南斯福的居民吃驚。就這樣，他在十二月初的一個星期日早晨走到了教區牧師住宅——當時，他被任命為牧師只有幾個星期之久。他曾很努力地講道，講道的題目是地質學，因為當時地質學很顯然成為神學上令人擔憂的問題。他在講道中說，地質學總是有其價值——他心胸很開放，不會輕視地質學——所以，地質學證實摩西在「創世紀」中所提供的有關開天闢地的敘述有其絕對的歷史特性。凡是第一眼看來就似乎違反這種觀點的現象，只不過是偏頗的現象，一經檢視就會崩潰。這是眼光優秀的表現。希波德到達教區牧師家，準備在禮拜儀式之間吃飯，亞拉比先生則非常熱心地稱讚他的初入社交界之行，而家中的小姐們幾乎找不到言語來表達她們的讚賞之情。

希波德對女人一無所知。他唯一接觸過的女人是自己的姊妹們，其中有兩位還經常在改正他的錯誤。除外就是一些學校的朋友，他的姊妹們曾要求父親邀請這些朋友到爾姆赫斯。這些年輕的小姐也許很害羞，所以和希波德不曾相處得很融洽。或者也許她們很聰明，對他說了很靈巧的話。他自己不會說出靈巧的話，也不想要別人說。何況，她們都談及音樂——而他討厭音樂——或談及圖畫——而他討厭圖畫——或談及書——而他除了經典作品之外很討厭書。然後，有時有人要他跟她們跳舞，但他不會跳舞，也不想學跳舞。

在柯維夫人的派對上，他又見到一些年輕的小姐，有人把他介紹給她們。他努力要讓自己討人喜歡，但是別人總覺得他沒有做到。柯維夫人的那一夥年輕小姐絕不是大學之中最吸引人的小姐，希波德也許有理由不被她們之中大部分的人所迷。一旦他有一兩分鐘的時間跟一位較漂亮又合意的女孩相處在一起，就會立刻被一個不像他那樣害羞的男人所排擠掉。他只好一個人偷偷溜走，在女孩子們的心目中，他的感覺就像那個性無能的人站在醫病的「畢士大」池子旁。

我不知道，一個眞正很棒的女孩會讓他做出什麼事，但是命運之神也沒有賜給他這樣一個女孩——除了他的妹妹亞蕾希。如果亞蕾希不是他的妹妹，他也許會喜歡她。經驗在他身上所導致的結果是：女人不曾對他有任何好處，而他也不習慣與她們快樂地交往。就算他可以在她們之間扮演哈姆雷特的角色，這個角色也會在他被要求去演出的戲劇版本中完全刪除掉，使他無法相信這個角色的存在。至於接吻，他在生活中不曾吻過一個女人，除了他的妹妹，以及我自己的妹妹——當我們全都還是小孩子的時候。除了這些吻之外，他一直到後來才被要求早晚在父親的臉頰上印上一個嚴肅但卻無力的吻。在我看來，這是當時希波德對於接吻一事的了解程度。結果是，他變得不喜歡女人，視她們爲神秘的人兒，其行事方式不同於他自己的行事方式，其想法也不同於他自己的想法。

既然有了這些先例，希波德一旦發現自己成爲五個陌生的年輕小姐讚賞的對象，自然感到很害羞。我記得我自己還是男孩的時候，有一次被請到我的一個妹妹寄宿的女子學校去喝茶。我當時大約十二歲。在喝茶的時候，一切都很順利，因爲學校的女校長在場。但是有一段時間女校長離開了，只剩下我一個人跟女孩子待在一起。一旦女校長轉身走開，那個大約跟我同樣年紀的女孩王就走上來，手指指著我，做了一個鬼臉，很嚴肅地說道，「一個—卑鄙的男—孩！」所有的女孩都輪流學她做同樣的手勢，說同樣的話，譴責我是一個男孩。我非常驚慌。我想，我當時是哭了出來。經過很久之後，我才能夠再面對一個女孩而不會有想要逃走的強烈慾望。

希波德最初的感覺跟我自己那次在女子學校的感覺一樣，只不過亞拉比家的小姐並沒有說他是一個卑鄙的男孩。她們的爸爸和媽媽都很熱忱，很巧妙地幫助他爬上了談話的梯磴，所以飯還沒有吃完，希波德就認爲這家人眞的很迷人，感覺好像他們正以他不曾習慣的方式欣賞著他。

吃飯時，他那羞愧的模樣逐漸減弱。他絕不是平凡的人，相當具有學術的聲譽。他身上不具非傳統或荒謬的成分。他讓年輕小姐們所留下的印象是十分有利的，就像她們讓他所留下的印象一樣。她們對男人不是很了解，就像他對女人不是很了解。

他一離開，家中的和諧氣氛就被一個問題引來的暴風雨所破壞了。這個問題就是：她們中哪一位應該成爲彭提菲夫人？「親愛的，」她們的父親說，因爲他看出她們似乎不可能自己去解決這件事情，「就等到明天以打牌的方式決定吧。」說完後，他就退到書房，喝了一杯晚間的威士忌，抽了一管菸草。

第十一章

第二天早晨，希波德就在房間中充當一個學生的家教，而亞拉比家的幾位小姐則在年紀最大的那一位小姐的臥房中打牌，以希波德為賭注。

贏牌的人是克麗絲蒂娜，也就是第二個未婚的女兒，那時是二十七歲，因此比希波德大四歲。妹妹們抱怨說，這等於拋出一位丈夫，讓克麗絲蒂娜去抓住他，因為她本來年紀大很多，是沒有機會的。但是，克麗絲蒂娜表現出一種不常見的方式與她們爭論——她本來天性柔順，性情很溫和。她的母親認為最好還是支持她，於是她當場打發走兩個有危險性的女兒去拜訪住在一段距離外的朋友，只允許值得信賴的幾個女兒待在家裡。她們的兄弟甚至不知道到底是怎麼回事，只認為父親之所以找助手是因為他眞正需要助力。

待在家的女孩們遵守諾言，盡力幫助克麗絲蒂娜，因為除了基於公平的考量之外，她們也認為，越快解決希波德，就越快有另一位執事到來，由她們來贏取。一切都很快速地處理好了，所以在希波德下次來訪的時間——就是第二個星期日——之前，那兩個不值得信任的姊妹實際上並不在家裡。

這一次，希波德置身在新朋友們——亞拉比夫人堅持要他這樣稱呼她們——的家中，感到十分自在。亞拉比夫人說，她對年輕人很感興趣，就像母親一般，特別是對牧師更是如此。希波德相信她所說的每句話，就像他從年輕的時候起就相信父親以及所有長輩的話。吃飯的時候，克麗絲蒂娜坐在他旁邊，很明智地玩著牌，就像她在姊妹的臥房中玩牌時一樣。希波德每次跟她說話，她就微笑（微笑是她的優勢之一）。她表現出自己所有天眞爛漫的模樣，使出自己認為最迷人的解數。誰能譴責她呢？根據她跟姊妹們在樓上所閱讀的拜倫作品，希波德並不是她的理想，但是，他卻是屬於可能範圍內的實際人物，並且，就實際人物而言，他畢竟不是一個很壞的實際人物。她還能怎麼做呢？逃走嗎？她不敢。嫁給比自己身分低的人，然後被認爲有辱家門嗎？她不敢。待在家中，成爲老處女，被人譏笑嗎？如果可能避免的話，她不要這樣做。她做了唯一可以合理預期的事情。她本來快溺死了；希波德也許只是一根稻草，但是她能夠抓住他，因此就抓住他了。

眞愛的過程從來就不會很順利，但眞正做媒的過程則有時會很順利。目前這件事唯一可以抱怨的地方是，進行太緩慢了。希波德很容易扮演所被指定的角色，比柯維夫人和亞拉比夫人所敢於期望的還容易做到。克麗絲蒂娜迷人的模樣使他心軟了：他讚賞克麗絲蒂娜所說的每句話透露高度的道德意味。她對姊妹、父親與母親都表現得很溫柔；她準備承擔別人似乎不願意承擔的任何小小的責任；她的模樣很活潑。這一切對他而言都是很迷人的；他雖然不習慣於與女人交往，卻仍然是一個人類。克麗絲蒂娜對他表現出謹愼但卻顯然很眞誠的讚賞之情，令他很高興。她似乎以一種更有利的觀點看待他，了解他的程度勝過這個迷人的家庭之外的任何人。她不像他的父親、哥哥和姊姊那樣冷落他，反而讓他說出實情。她專心傾聽他想說的一切，並且顯然要他說得更多。他告訴一個大學朋友說，他知道自己墮入情網了。他眞的是如此，因爲他喜歡跟這位亞拉比小姐待在一起，勝過自己的姊妹們。

除了已經提到的那些可取之處外，克麗絲蒂娜也有另一個長處，那就是，她擁有很美的女低音。她的聲音確實是女低音，因爲她無法唱到比最高音部中的D調更高的聲音。唯一的缺點是，這種聲音在低音中不會對應地變低。然而，在那個時候，人們都知道，女低音甚至包括了女高音——如果女高音無法唱到女高音音符，並且女低音也不一定具有我們現在賦予女低音的那種特性。她的聲音所缺少的音域和力量，由她唱歌時的感覺加以彌補了。她把那首〈那麼明亮又美麗的天使〉轉變成較低的調子，以適合自己的聲音，就像她的媽媽所說的，如此證明她完全了解和聲學的定律。不僅如此，她也在每次暫停時，從鍵盤的一端到另一端增加一種和音急速彈奏的裝飾法，所根據的是女家庭教師所教她的原則。如此，她把生命與趣味加在一種音樂上——韓德爾以某種形式創造出那種音樂，每個人想必都感到很沉重，她是這麼說。至於她的女家庭教師，她確實是一位成就不凡的音樂家：她是劍橋有名的克拉克博士的學生，經常演奏馬金希所改編的《亞特蘭大》的序曲。然而，希波德還是過了一段時間才能提起勇氣，進行最高潮的求婚動作。他很清楚地自認愛上了對方。但是一個月又一個月過去了，亞拉比先生仍然對希波德心存很大的期望，不敢表示自己已經能夠執行職務，同時又很不情願支出那麼多半個金幣。然而對方仍然沒有求婚的表現。克麗絲蒂娜的母親向希波德保證說，克麗絲蒂娜是世界上最好的女兒，對娶她的人而言會是一種無價之寶。希波德很熱烈地回應亞拉比夫人的說法，但是他雖然除了在星期日來教區牧師住宅之外，一星期又造訪兩、三次，但卻還是沒有求婚的動作。「親愛的彭提菲先生，她是很誠實的，」有一天亞拉比夫人說，「至少我相信她是這樣。她並不是沒有仰慕者——哦！不——她有一大堆，但她也是很難取悅的。無論如何，她會屈服於一個偉大又善良的男人。」說完，她很嚴肅地看著希波德，希波德臉紅起來。但是日子一天天過去，他仍然沒有求婚的意思。

另一次，希波德確實把自己的心事告訴柯維夫人。讀者可以猜出，他從柯維夫人身上獲得了什麼有關克麗絲蒂娜的訊息。柯維夫人嘗試了吃醋心理的策略，暗示他可能有競爭的對手。希波德顯得很驚恐，或者假裝如此。嫉妒心所引發的一種初期與微弱的痛苦感覺掠過他心中，他開始很自豪地相信，他不僅墮入情網，並且也不顧一切地墮入情網了，否則他不會感覺到這種吃醋的心理。無論如何，一天又一天過去了，他還是沒有求婚。

亞拉比家的人表現得很有判斷力。他們縱容他，一直到他的後路實際上被切斷了，只不過他仍然自認後路是開著的。在希波德幾乎每天造訪教區牧師家的大約六個月之後的某一天，話題剛好轉到長期訂婚一事上。「亞拉比先生，我不喜歡長期訂婚，你呢？」希波德很無禮地說。「不喜歡，」亞拉比先生以一種很尖銳的聲調說，「也不喜歡求婚成為長期抗戰，」並且看了希波德一眼，後者無法假裝誤解這種眼光。希波德盡快回到劍橋，並且由於擔心與亞拉比先生之間的談話懸而未決，就寫了下面一封信，在同一天下午由一位私人信差送到克南斯福。信的內容如下：

最親愛的克麗絲蒂娜小姐：我不知道妳是否猜到我長期以來對妳的感覺。由於唯恐把妳扯進訂婚的境地之中，我盡可能隱藏自己的感覺。一旦妳訂了婚，一定會拖延很久的時間。但是，無論情況可能是如何，我都不再能夠隱藏我的感覺了。我熱忱地、真心地愛妳，我寫這些文字給妳，請求妳成為我的妻子，因為我不敢相信我的舌頭可以充分表達對妳的深情是多麼地強烈。

我無法假裝我的內心不曾經歷過愛情，也不曾經歷過失望。我曾經愛過，而我的心經過了很多年，才遠離了我在目睹她成為別人的妻子後的那種悲痛感覺。無論如何，那已經過去了。在見到妳後，我倒很高興曾經經歷過一度自認會很致命的那次失望經驗。由於那次經驗，我對於愛情變得比較不熱忱了——我也許不應該這樣。但是，這次經驗已經增加了我十倍的力量，讓我能夠欣賞妳的很多魅力，也增加了我的慾望，讓我想要娶妳為妻。請寫給我幾行回信，託信差帶回來給我，讓我知道妳是否接受我的求婚。如果妳接受了，我會立刻去跟亞拉比先生與夫人談談此事；我希望有一天能獲准稱呼他們為岳父、岳母。

我應該告訴妳，如果妳同意成為我的妻子，我們可能要經過幾年後才能完婚，因為我必須等到獲得大學的牧師聖俸才能結婚。如果妳因此認為最好還是拒絕我，那麼我會感到很悲傷，而不是很驚奇。

永遠最忠於妳的希波德．彭提菲

這就是希波德斯所接受的公立學校教育以及大學教育所能夠爲他做的一切！然而，他卻認爲自己的信寫得很好，並且特別慶幸自己很巧妙地虛構以前曾愛過女孩的故事。如果克麗絲蒂娜抱怨他對她不熱情，他打算以此爲藉口。

我不必寫下克麗絲蒂娜的回信，她當然是接受了。儘管希波德很害怕老亞拉比先生，但是，我認爲，要不是因爲訂婚後需要拖很長的時間才結婚，希波德是不會鼓起勇氣眞正去求婚的，因爲在訂婚期間，可能會發生很多事情，以致解除婚約。儘管他可能多麼不贊成別人長期訂婚，但我卻懷疑他是否特別反對自己長期訂婚。一對情人就像日落與日升：每天都有日落與日升，但是我們卻很少看到它們。希波德假裝自己是人們所能想像的最熱忱的情人，但是，借用此刻流行的粗俗話，這全是「擺架子」。克麗絲蒂娜是墮入了情網，她其實有二十次墮入了情網。但是，克麗絲蒂娜很敏感，每次聽到有人提到「米索隆吉」②，總是要忽然哭起來。有一個星期日，希波德意外地忘記把講道盒帶回去，她就在睡覺時把講道盒抱在心胸的地方，第二個星期日必須歸還時，還顯得很悲淒。但是，我不認爲希波德曾在睡覺時抱著克麗絲蒂娜的一隻舊牙刷。嗯，有一次我認識一個男人，他擁有情婦的溜冰鞋，抱著它睡了兩個星期，等到必須放棄時就哭出來了。

②詩人拜倫在此地服役時死亡——譯註。

第十二章

希波德的訂婚進行得很順利。但是那個年老的紳士，禿了頭，臉頰紅潤，在巴特諾斯特街的一家會計事務所工作；他遲早必須被告知他這個兒子心中在想什麼。希波德自問，這個年老的紳士對這種情況可能有什麼想法呢？內心不禁感到焦慮不安。無論如何，惡事終必敗露。希波德和他的未婚妻也許很粗心地決定要立刻把此事完全說出來。他寫信給父親，寫出他和克麗絲蒂娜——她幫他起草信的內容——認爲很有孝心的所有事情，並表示自己渴望盡快結婚。他無法不這麼說，因爲克麗絲蒂娜就在他肩旁，並且他知道，這樣寫是很安全的，因爲他相信父親是不會幫他的。他在信末要求父親使用可能支配的任何影響力來幫助他謀得聖俸，因爲大學的聖俸可能還要幾年之後才有缺。如果父親不幫他謀生，他就沒有其他機會可能結婚，因爲他和未婚妻都沒有錢，除了他的獎學金，而他的獎學金當然會在他娶妻子後失效。

希波德所採取的任何步驟，在他父親的眼中都一定是令他不快的。但是，希波德在二十三歲時竟然想娶一個一文不名又大他四歲的女孩，這件事卻提供了一個美好的機會，而這個年老的紳士——我現在可以這樣稱呼他，因爲他至少六十歲了——以非常渴望的心情擁抱了這個機會。

「你對亞拉比小姐表現出幻想的熱情，」父親在收到兒子的信後寫道：

這種難以言喻的愚蠢，讓我內心充滿最強烈的恐懼感。儘管我體認到愛情是盲目的，但是我還是相信這位小姐本身是一個守規矩又和藹可親的年輕人，不會有辱我們的家門，但是，就算她比我所能期望的媳婦好過十倍，然而你們兩人都很窮，這是你們的婚姻所無法克服的障礙。除了你之外，我還有四個孩子，我的花費不可能允許我存錢。今年花費特別多：我必須買進兩塊不算小的土地，因為剛好有人出售，而我早就想要以這種方式讓我的財產變得十全十美。我不顧花費讓你接受教育，讓你擁有不錯的收入——很多像你這樣年紀的年輕人都還要靠家裡養。我如此讓你的生命有了一個很好的開始，可以聲稱你不會再拖累我了。人盡皆知，長期訂婚是無法令人滿意的，就你的情況而言，結婚似乎會無限期拖下去。請告訴我，我有什麼門路可以為你謀得聖俸呢？我能夠各處去請求人們供養我的兒子嗎？就因為他想要在沒有足夠收入的情況下結婚？

我不想寫得很不仁慈，這絕不是我對你的真實感覺。但是，直言不諱卻時常比任何溫和的言語更加仁慈，因為溫和的言語最後可能不會有實質的成果。當然，我記得你已經成年，因此能夠做自己喜歡做的事，但是，如果你想要堅持法律的精確條文規定，不考慮你的父親的感覺，那麼一旦有一天你發現我也堅持同樣的自由，你也不必驚奇。相信我吧。

愛你的父親G．彭提菲

我發現了這封信，以及他已經寫過的那些信，還有一些信，我不必在這兒提供。但是這些信都瀰漫同樣的語氣，並且信的結尾都透露出多多少少明顯的「揮動遺囑」意味。我在希波德的父親去世後認識希波德的很多年之中，記得他對父親都表現得沈默無言，倒是他保留父親的信件，加上對信件的背書，卻是「口才」十足。「我父親的信」，這句背書似乎微微透露出健康與自然的意味。

希波德沒有把父親的信拿給克麗絲蒂娜看，我相信也沒有拿給任何人看。他本性喜歡秘而不宣，並且太早受到過多的壓抑，無法針對父親說出抱怨的言語或發發牢騷。他對於做錯事情仍然沒有很明確的感覺，他覺得錯誤的事情就像一種模糊又沉重的重量，每天都存在，夜間醒過來時，仍然繼續存在，但是他幾乎不知道那是什麼。我大約是他最好的朋友，但我很少看到他，因爲我無法跟他相處很久的時間。他說我沒有敬意，然而我卻認爲，我對值得尊敬的東西都有相當的敬意，而他認爲，以黃金打造的那些神祇，實際上都是較低賤的金屬塑造成的。就像我所說的，他不曾對我抱怨他的父親，並且他所剩的其他朋友都像他自己一樣，顯得認眞又拘謹，具有信仰福音主義的傾向，對於任何不順從父母的行爲，都深具罪惡感；他們事實上是善良的年輕人，而我們是不能對善良的年輕人發牢騷的。

一旦克麗絲蒂娜的這位情人告訴她說，他的父親表示反對，並且結婚的時間可能拖延，她就提議要他解除婚約——我不知道她有多麼眞心想這樣做。但是，希波德卻拒絕了。「至少，」他說，「目前不要這樣做。」克麗絲蒂娜和亞拉比夫人知道，她們能夠應付他，於是就在這種不很令人滿意的基礎上，婚約持續著。

希波德訂婚了，並拒絕立刻解除婚約，如此提升了他對自己的信念。雖然他很遲鈍，但卻暗中相當自許。他讚賞自己在大學的優良表現，讚賞自己過著純潔的生活（有一次我說，只要你脾氣好一點，就會像一個剛生下來的蛋那麼純潔），也讚賞自己在金錢方面無瑕的正直表現。一旦謀得聖俸，他就有希望在教會中獲得升遷。當然，他也有可能有一天變成主教，而克麗絲蒂娜也說，她相信最後會是如此。

克麗絲蒂娜是牧師的女兒，也是牧師的未婚妻，她的思緒自然是在宗教方面的。她堅決相信：縱使她和希波德無法在這個世界獲得一個尊貴的職位，他們的美德也會在下一個世界獲得充分的激賞。她的宗教見解與希波德的宗教見解完全相合。她和他有多次談到上帝的榮耀，也談到一旦希波德獲得牧師聖俸，並且他們結了婚，他們就會完全獻身於上帝的榮耀。她很確定那種會接著出現的美妙結果，所以她時常懷疑上帝怎麼可能是盲目的：上帝確實很急著要排除那些阻止希波德快一點獲得聖俸的教區牧師。

在那些日子裡，人們在信仰方面表現出一種單純的率眞態度，是我在現在受教育的男人和女人之中所不曾觀察到的。希波德不曾想要去懷疑《聖經》中任何文字的字面準確性。他不曾讀過任何爭論這件事的書籍，也沒有見過任何人懷疑這件事。沒錯，人們是有點害怕地質學，但其實並不嚴重。如果《聖經》上說，上帝在六天之中創造這世界，那麼他就是在六天之中創造這世界，不多也不少；如果《聖經》上說，上帝讓亞當睡著，取出他的一根肋骨，造出一個女人，那麼事實上就是如此。他，亞當，可能就像他自己，希波德．彭提菲，一樣，在一座花園中睡著了，可能是在克南斯福教區的花園，時間是夏天的月份，花園是那麼美，只是比較大，裡面有一些很馴服的野生動物。然後，上帝走到他身邊，可能是亞拉比先生或他的父親，巧妙地取出他的一根肋骨，沒有驚醒他，神奇地治療傷口，沒有留下手術的痕跡。最後，上帝也許把肋骨拿進溫室，把它變成另一個年輕的女人克麗絲蒂娜。情況就是如此。此事沒有困難，也沒有困難的徵兆。難道上帝不能做自己喜歡的任何事情嗎？祂難道不是在自己的聖書中告訴我們說，祂是這樣做的嗎？

這是五十、四十或者甚至二十年前受過相當教育的年輕男女，對於摩西的宇宙開創論所抱持的一般態度。因此，有關異端的爭論並沒有爲有進取心的年輕牧師們提供什麼空間，教會也沒有察覺到，它自此爲大城鎮的窮人展示了某種活動。這一切都留給那些繼承衛斯理的人去費心，幾乎沒有表現出抗拒或合作的態度。在異教國家中的傳教工作，事實上是很有活力地進行著，但希波德並沒有感受到有什麼聲音召喚他去當傳教士。克麗絲蒂娜不只一次向他暗示這一點，並且向他保證說，如果她成爲一位傳教士的妻子，跟他一起共患難，那對她而言會是一種不可言喻的快樂。她和希波德甚至可能殉教；當然，他們會同時殉教。很多年後，在教區教師住宅的花園涼亭中，殉教是不會很痛苦的。這樣會保證他們在來世享有榮耀的未來。無論如何，在這方面的死後聲譽——縱使他們不會奇蹟似地復活——以及諸如此類的事情，以前曾在殉教者身上發生。然而，希波德並沒有被克麗絲蒂娜的熱情所鼓舞，所以克麗絲蒂娜就訴諸羅馬天主教，這是比異教更危險的敵人。與羅馬天主教爭鬥，甚至很可能為她以及希波德贏得殉教的榮冠。是的，羅馬天主教在那時是十分安靜的，但是那是暴風雨前的寧靜，這一點她很確定，基於純粹的理性而進行的任何辯論，都無法提供她更深沉的信心。

「最親愛的希波德，我們，」她大聲說，「將永遠是忠誠的一對。我們將堅強屹立，彼此扶持，縱使面臨死亡亦復如此。上帝仁慈，也許會免於我們被活活燒死。祂可能會，也可能不會。哦，主啊」她眼睛轉向天堂，露出祈禱的神色，「赦免我的希波德吧，不然就允許他遭受斬首之禍。」

「最親愛的，」希波德嚴肅地說，「我們不要過分激動。如果審判的時辰來臨，我們將準備好面對它，過著安靜、謙卑的克己與奉獻的生活，為上帝的榮耀而奉獻。讓我們祈求上帝，要祂讓我們能夠祈求這樣一種生活。」

「最親愛的希波德，」克麗絲蒂娜大聲說，擦乾聚集在眼中的淚珠，「你一直都說得很正確。讓我們在言行方面都表現得很克己、純潔、正直、眞實。」她兩手合十，一面說，一面看著天堂。

「最親愛的，」她的情人回答，「我們到目前為止都努力要表現得像這樣。我們並不是世俗的人；讓我們注意，讓我們祈禱，使得我們可能一直到死都表現得像這樣。」

月兒已升起，涼亭露濕，所以他們暫停進一步說出自己的願望，等候一個較方便的季節。在其他的時間，克麗絲蒂娜都會想像自己和希波德勇敢地面對幾乎每個人的蔑視，以完成某種偉大的使命，有助於「救世主」的榮耀。爲了達到這個目的，她能夠面對任何事情。但是，在她的想像快終了時，總是會出現一種小小的加冕情景，高高位於天堂的金色區域，並且由「上帝之子」親自爲她戴上一個王冠，四周有一群天使和大天使露出嫉羨和讚賞的神情觀看著——但希波德卻不在情景之中。如果有所謂的「正義的財神」，克麗絲蒂娜一定會去結交他。她的爸爸與媽媽是很值得尊敬的人，以後將會接受「天國的華廈」，過著極爲舒適的生活。她的姊妹們也無疑會如此，甚至她的兄弟們也是。但是，就她自己而言，她覺得有一種更高貴的命運在爲她預備著，她務必緊盯著。走向這種更高貴的命運的第一步是：她與希波德結婚。然而，儘管克麗絲蒂娜會有這種宗教浪漫主義奔放的時刻，她其實是一個性情溫和、本性仁慈的女孩，如果嫁給一位明智的普通信徒，而不是牧師——例如一位旅館老闆——那麼，她也會變成一個很好的女房東，當然很受客人的歡迎。

這就是希波德的訂婚生活。這一對情人彼此交換很多小禮物，很愉快地爲彼此準備很多小小的驚奇。他們不曾吵架，不曾與別人調情。亞拉比夫人以及希波德未來的小姨子們都很崇拜他，儘管她們不可能再找一位執事來，像當初希波德幫助亞拉比先生時一樣，讓她們以玩牌的方式來決定配上哪一個女兒。此時，希波德當然是免費幫助亞拉比先生做事。然而，有兩個妹妹卻在克麗絲蒂娜還未結婚之前就找到了丈夫，而兩次希波德都扮演媒介的角色。最後，七個女兒中只剩兩個是單身了。

經過三、四年之後，老彭提菲先生就很習慣於兒子的訂婚一事了，視之爲可以忍受的事情。在一八三一年的春天，也就是在希波德第一次走路到克南斯福的五年多之後，大學有權授予的最佳聖俸之一意外地懸缺。當時有兩個比希波德資深的研究員，一般預期他們可能會接受此一聖俸。但是基於各種理由，他們都婉拒了。於是，聖俸就提供給希波德，當然也爲他所接受，金額是一年不少於五百鎊，加上一間很相配的房子和一座花園。然後，老彭提菲先生表現得比人們所期待的更慷慨，支付一萬鎊給他的兒子和媳婦終生使用，使用不完則留給所指定的後代。一八三一年七月，希波德和克麗絲蒂娜結爲夫妻。

第十三章

這對快樂的新人乘坐馬車離開教區牧師住宅，按照習俗，有人對著馬車丟了相當數目的舊鞋。然後馬兒在村莊的盡頭轉過角落，人們可以看到它在兩、三百碼遠的地方慢慢穿過一座樅樹灌木林，然後就不見蹤影了。

「約翰啊，」亞拉比先生對男僕人說，「把門關起來吧。」然後他走進門裡面，嘆了一口氣，似乎在說，「我已經做到了，我還活著。」原來，這個老年紳士突然興起一陣熱烈的歡樂心情，在馬車後面追了二十碼路，爲的是對它丟去一隻拖鞋，並且也的確丟出去了。

但是，當希波德和克麗絲蒂娜的馬車經過了村莊，靜靜在樅樹林旁行駛時，他們的感覺又如何呢？在這個時刻，甚至最堅強的心也一定會變得不中用，除非這顆心是在一個熱愛中的人的胸中跳動著。如果一個年輕的男人置身在波浪起伏的大海中的一隻小船上，跟已經訂婚的新娘待在一起，兩人都很暈船，而如果暈船的情郎能夠在美嬌娘情況最糟的時候抱著她的頭，在快樂中忘掉痛苦——那麼，他就是在戀愛中，一旦他的馬車經過樅樹林時，心就不會變得不中用。其他人——很不幸，結過婚的人之中，較多數的人都必須被歸類爲「其他人」——一定會經歷到一刻鐘或半小時較嚴重或較不嚴重的惡劣狀態，視情況而定。就數目而言，我認爲，那些住在從聖喬治的漢諾威廣場開始的街道中的人，所受到的精神痛苦，比那些住在紐格特的死刑犯牢房中的人更強烈。一個男人在與一個新娶但卻不曾眞正愛過的女人單獨相處的最初半小時之中，是義大利人所謂的「死神的女兒」以最可怕的方式施加毒手的時候。

死神的女兒沒有放過希波德。到目前爲止，希波德表現得很好。當克麗絲蒂娜自願放他走時，他曾大方地堅守自己的職位，從此以後很以此爲榮。從那之後，他都對自己說，「我無論如何是榮譽的化身；我並非，」等等，等等。是的，在表現大方的那個時刻，所謂的「現金支付」的時候仍然很遙遠；當父親正式同意他的婚姻時，事情開始看起來更嚴重；當大學聖俸懸缺，而他加以接受時，事情看起來更加嚴重；但是，當克麗絲蒂娜確實提出結婚的日子時，希波德的心就變得虛弱無力了。

由於訂婚後拖得很長，所以他陷入一種窠臼之中，一想到要改變就感到不安。他自忖著：克麗絲蒂娜有很多年的時間跟他相處得很好。爲何——爲何——爲何他們不應該餘生都像現在一樣持續下去呢？但是，他其實並沒有逃脫的機會，就像羊兒被驅趕到屠夫房子的後面，並且就像羊兒一樣，他覺得抗拒也沒有什麼用，所以他就沒有抗拒了。事實上，他表現得很得體，大家都一致認爲，他是人們所能想像到的最快樂的人兒之一。

然而，我們現在改變一下隱喻好了。雨滴已經實際落下來，而這個可憐的人跟他所愛的人兒吊在半空中。他所愛的人兒現在是三十三歲，外表看起來也是如此：她一直在哭著，眼睛和鼻子都紅紅的。如果亞拉比先生在對著馬車丟了拖鞋後，臉上寫著「我已經做到了，我還活著，」那麼，希波德的馬車在駛過樅樹林時，他的臉上是寫著「我已經做到了，但我不知道如何可能活得久一點？」然而，這種情況在教區牧師住宅時並不很明顯。在那兒，他只看到那個戴著女帽的頭上下動著；當他踏上馬鐙時，那個戴著女帽的頭剛好超過路邊的籬芭。除外，他只能看到馬車那個黑黃相間的車身。

有一段時間，這對夫妻沒有說什麼：他們在最初的半小時中有什麼感覺呢？這要由讀者們去猜想，因爲我無法告知。然而，半小時後，希波德卻從靈魂的一個奇異角落中搜索出一個結論：既然他和克麗絲蒂娜結婚了，那麼他們越快進入未來的彼此關係之中就越好。只要陷於困難中的人，做出他們能夠清楚地自認合理的第一件合理小事情，那麼他們將總是會發現，下一個步驟就顯得較容易了解又較容易進行。希波德想著：那麼此時此地所要加以考慮的第一件最明顯的事情是什麼呢？關於他和克麗絲蒂娜與此事之間的相對關係，應該採取什麼公平的觀點呢？顯然，他們的第一次正餐是婚姻生活的第一個共同責任與享樂。同樣明顯的，克麗絲蒂娜有責任點這一餐，而希波德有責任吃這一餐，爲這一餐付錢。

在希波德離開克南斯福，前往「新市場」途中的大約三哩半路程後，他腦中閃現了那些導致這個結論的論點，以及結論本身。他很早就吃早餐，但是卻沒有平常的胃口。他們在中午時離開教區牧師住宅，沒有留下來吃婚禮早餐。希波德喜歡早一點吃正餐；他想到自己開始餓了。從這兒很容易就獲致上一段所敘述的那個結論。在經過幾分鐘的進一步沉思後，他向新娘提出這件事，於是兩人沈默就打破了。

希波德夫人沒有準備要面對這樣突然的重要事情。她的神經從來就不是最強有力的，已經因爲早晨的婚禮而達到最緊張狀態。她想要逃避對方對她的觀察；她意識到自己看起來有點老，比起早晨當了新娘的她所希望看起來的樣子是有一點老。她害怕面對女店主、女僕、侍者——害怕面對每個人以及每件事情。她的心跳得很快，幾乎講不出話，更不可能在一間陌生的旅店中面對一位陌生的女店主，經歷點菜的考驗。她請求希波德放過她。只要這次由希波德來點菜，她會在未來的任何一天和每一天負責點菜。

但是，這樣一種荒謬的藉口是無法打發冷酷的希波德的。他現在是主人。克麗絲蒂娜不是在不到兩小時前很嚴肅地答應要尊敬與服從他嗎？她難道要爲了這樣一件小事而表現得很倔強嗎？他臉上那種生動的微笑不見了，取而代之的是一種蹙額神色，是那個專橫的老人——他的父親——可能會嫉羨的那種蹙額神色。「最親愛的克麗絲蒂娜，這是無稽之談，」他很溫和地說，並且在馬車上跺著腳。「爲丈夫點菜是妻子的責任；妳是我的妻子，我期望妳爲我點菜。」希波德是很講求邏輯的。

新娘開始哭出來，說希波德不厚道。希波德並沒有說什麼，只是在心中決定一些無法說出來的事情。那麼，這就是他六年來不屈不撓的忠心所導致的結果嗎？當克麗絲蒂娜自願放他走時，他卻堅持訂婚，就是爲了這樣一個結果嗎？克麗絲蒂娜曾談到責任與心靈，結果就是這樣嗎？——在結婚的第一天，她就沒有看出服從上帝的第一步是在於服從他嗎？他想要讓馬車駛回克南斯福；他要向亞拉比先生與夫人抱怨；他其實不想與克麗絲蒂娜結婚；他並沒有與她結婚；這全是一場可怕的夢；他要——但是有一種聲音一直在他耳中響著：「你不能，不能，不能，不能。」

「我不能嗎？」這個不快樂的人兒對自已尖叫著。

「不能，」冷酷的聲音說，「你不能。你是一個已婚的男人。」

他在馬車自己的角落中往後靠，第一次感覺到英國的婚姻法律是多麼不公正。但是他要買密爾頓的散文作品，讀讀他那本論離婚小冊子。也許他可以在「新市場」買到。

就這樣，新娘在馬車的一個角落哭著，而新郎在另一個角落生著氣。他也很害怕她，是只有新郎才可能有的那種害怕。

然而，新娘的角落那兒很快就傳來一陣微弱的聲音：

「最親愛的希波德——最親愛的希波德，請原諒我；我做了很錯誤的事情。請不要生我的氣。我會點——點——」但是因爲啜泣的緣故，「菜」這個字卻說不出來。

希波德聽到這些話，心頭的重擔開始釋下，但是他只是看向她，並沒有顯得很愉快。

「請告訴我，」對方的聲音開始說，「你想要吃什麼，我會告訴女店主，等我們到達新市——」

但又是一陣啜泣，話又沒有說完。

希波德心頭的重擔越來越輕。她畢竟是不會駕馭他了嗎？何況，她不是已經把他的注意力從她身上轉到了他那即將來臨的一餐嗎？

他抑制更多的恐懼心理，說道——但聲調仍然很陰鬱——「我想我們可以有一隻烤雞，加上麵包調味品，還有新採的馬鈴薯和綠豌豆，然後我們會看看他們是否可以給我們櫻桃果餡糕點和一些奶油。」

又過了幾分鐘，他把她拉到身邊，吻掉她的淚珠，向她保證說，他知道她會成爲他的好妻子。

「最親愛的希波德，」她回答說，「你眞是個天使。」

希波德相信她說的話。又過十分鐘，這對快樂的夫妻就在「新市場」的客棧下車了。

克麗絲蒂娜很勇敢地做著辛苦的工作。她暗中很急切地請求女店主不要讓她的希波德等太久的時間。

「巴爾貝夫人，如果妳有現成的湯，我們就可能少等十分鐘，因爲我們可以在等著烤雞的時候喝湯。」

看啊，由於有了需要，她就有了勇氣！但是，她其實頭痛得很厲害，無論如何想要獨處一會兒。這一餐很成功。一品特的雪利酒溫暖了希波德的心，他開始希望事情終究還是會很順利的。他已經贏得了第一場戰鬥，獲得了很大的威望。事情是多麼容易啊！他爲何從來沒有以這種方式對待他的姊妹呢？下一次見到她們時，他就要這樣做。他以後也許可以抗拒他的哥哥約翰，或者甚至他的父親。當我們因爲喝了酒、征服了別人而感到很興奮時，我們就是這樣建立起空中樓閣。

蜜月結束時，希波德夫人成爲整個英國最忠誠、順從的妻子。根據古老的說法，希波德在開始時就「殺了貓」。那是一隻很小的貓，事責上僅僅是一隻小貓，或者，他本來也許害怕面對這隻貓，但是他還是挑激牠，進行了殊死戰，當著妻子的面前大膽地抓起牠滴血的頭。其餘的事情就很容易了。

奇怪的是，在這之前，我都把一個人描寫得很膽怯又很容易受欺負，但他卻在結婚那一天突然變得脾氣暴躁。也許我太快省略掉他求婚的歲月了。在求婚歲月中，他成爲大學的導師，最後成爲助理院長。我不曾見過一個人在當了五、六年常駐的特別研究員後，自我看重的感覺卻沒有充分發展出來。沒有錯，一旦到達他父親的房子方圓十哩之內，一種魔法就會立刻籠罩在他身上，使得他的膝蓋變得無力，雄偉的氣概離他而去，他又感覺自己像一個長得過大的嬰兒，被一層永恆的雲所籠罩。但是，那時他並不常在爾姆赫斯。一旦他離開了，那種魔法就又不見了，他又成爲大學的特別研究員與導師，成爲助理院長，成爲克麗絲蒂娜的未婚夫、亞拉比家女人的偶像。從這一切我們可以推測：如果克麗絲蒂娜是一隻巴巴利母雞，在表現任何抗拒的行爲時豎起羽毛，那麼，希波德就不敢威嚇她，但是，克麗絲蒂娜並不是一隻巴巴利母雞，她只是一隻平常的母雞，且比一般的母雞少有了一份個人的勇氣。

第十四章

希波德此時是一個名叫「山上的巴特斯比」的村莊的教區牧師。村莊有四、五百位居民，散布在一個很大的區域之中，全都是農夫與從事農業的工人。教區牧師的住宅很寬闊，位於一座山的邊緣，俯視怡人的景色。鄰居相當多，都可以互訪，但是，除了一兩家之外，他們全是四周村莊的牧師和牧師家庭。

彭提菲夫婦受到這些鄰居歡迎，被視爲地區上的重量級人物。他們說，彭提菲先生很聰明；他曾是優秀的文學家，也是優秀的學生，事實上是一位完美的天才，然而也擁有很多健全又實際的常識。身爲傑出的出版家彭提菲先生的兒子，他不久就會繼承一筆很大的財產。他不是有一個哥哥嗎？有的，但是父親的財產很多，希波德也許會分得不少。當然，他們會舉辦餐會。而彭提菲夫人是多麼迷人的女人啊；她也許並不眞的很漂亮，但她的微笑很可愛，模樣活潑又柔媚。她也很忠於丈夫，丈夫也忠於她；他們確實符合人們對於往昔的情人的想法：在那個墮落的時代很難得遇到這樣一對夫妻；這眞是十分美妙，等等，等等。這就是鄰居們對這對新來的人的評語。

至於希波德自己的教區居民呢？農人很有禮，工人和工人的妻子很順從。是會有意見稍微不同的時候，是某位粗心的祖先遺傳下來的，但是，希波德夫人很自豪地說，「我認爲我可以信賴希波德去處理那種事。」教堂那時是晚期諾曼人的有趣樣本，摻上一些早期的英國人成分。在那時，這座教堂會被認爲是維修得很不好，但是在四十或五十年前，很少教堂是維修得很好的。如果這一代有一種更獨特的特色，那就是，他們是教堂的偉大復建者。

霍拉斯在他的頌詩中宣揚教堂的復建：

羅馬人啊，你飽受諸罪的懲罰，
在大部分的情境下，你是無辜的，
直到你重建諸神的神廟，並將
破碎、醜陋的神像從黑煙中尋回。

在奧古斯都的時代以後，羅馬連續有很長的時間情況出現了問題，但是，我不知道，這是因爲它修復神廟，還是因爲它沒有修復神廟。在君士坦丁的時代之後，神廟確實全都出現問題，然而羅馬仍然是一個具有某種重要性的城市。

希波德在巴特斯比並沒有待幾年的時間，就發現自己有餘裕可以從事一件有用的工作。那就是重建巴特斯比教堂。他花了相當多的費用重建這座教堂，自己很慷慨地捐助了很多錢。他自己當建築師，節省費用；但是，在大約一八三四年希波德開始重建時，大家並不很了解建築，如果多等幾年，結果就會比當時更令人滿意了。

每個人的工作，無論是文學、音樂、圖畫、建築或任何其他東西，經常都是一種自我描述；一個人越努力要隱藏自己，他的性格就越會不自禁地清楚顯示出來。我在寫這本書的同時，很可能一直在判自己的罪，因爲我知道，無論我是否喜歡，我都是以很確實的方式描述我自己，而在描述任何呈現在讀者面前的角色時，則沒有那麼確實。我很遺憾情況是如此，但是我也無能爲力。在這樣賄賂復仇女神之後，我要說，我一直深深認爲，經過整修後的巴特斯比教堂，很眞實地描述了希波德本人；任何的雕刻家或畫家，如非大師，都無法如此描述希波德。

我記得，在希波德結婚後，當古老教堂仍然矗立時，我曾跟希波德待在一起，大約有六、七個月之久。我去教堂，感覺起來想必像乃縵（Naaman）在某些場合的感覺一樣，也就是在他被治癒了痲瘋病後必須陪主人回家時的感覺。我帶走了我對這座教堂以及對人們的回憶，其生動的程度勝過我對希波德的講道的回憶。甚至現在，我都還能夠看到那些男人穿著長及腳跟的藍罩衫，不少老婦人穿著深紅斗篷；還有成排的愚鈍、茫然的莊稼漢，身體難看、臉孔醜陋、無精打采、冷漠無情，非常像卡萊爾斯描述的革命前的法國農人，回想起來很令人不愉快。這些人現在已被較聰敏、動人、有希望的一代所取代，而這一代已經發現，他們也有權利享有自己所能獲得的快樂，並且更了解獲得快樂的最好方法。

他們一個接著一個蹣跚走進來，呼吸凝結成蒸氣，因爲那時是冬天。土裡土氣的長靴發出高聲的碰撞噪音；他們進來時敲擊掉長靴上的雪。透過開著的門，我暫時瞥見一片淒涼、沉重的天空，也瞥見積著雪的墓碑。不知怎麼地，我發現，韓德爾爲「農夫就在近處」這幾個字所配的曲調已經進入我腦海中，不可能再把它驅逐出去。老韓德爾以多麼美妙的方式了解這些人啊！

當他們走過讀經桌時，都向希波德點頭（「這一帶的人確實很謙恭有禮，」克麗絲蒂娜對我低語，「他們認識自己的長輩」），然後他們在靠牆的一長排座位中就座。唱詩班爬上了特別席，拿著樂器，包括一支大提琴、一隻單簧管以及一隻伸縮喇叭。我看到了他們，不久也聽到了他們，因爲在禮拜之前要先唱讚美詩。如果我沒有記錯的話，那是宗教改革前某種禱文的一種狂野曲調，一種遺跡。不到五年前我曾在威尼斯的「ＳＳ．吉歐凡尼．爾．巴爾羅」教堂聽到一種曲調，認爲是這種曲調的遠祖。在六月一個灰色的海邊安息日，我又在遠方的大西洋中部聽到這種曲調。當時既沒有風，也沒有浪，所以移民們都聚集在甲板上，他們那哀怨的聖歌飄揚在天空的銀色霧靄中，飄揚在荒野的大海中，而大海已然發出嘆息聲，一直到它不能夠再嘆息了。或者，在威爾斯山邊的某一次美以美教會野營佈道會中，也可能聽到這種曲調。但是，在教堂中，這種曲調是成爲絕響了。如果我是一個音樂家，我會把這種曲調當做一首衛斯理教會交響曲中的柔板的樂旨。

現在不再有單簧管、大提琴以及伸縮喇叭了，那是吟遊詩人的狂野歌唱，歌唱著伊熱克爾地方的陰鬱人兒，音調不和諧，但卻透露無限的悲情。那種嚇壞嬰兒的吼猿、巴仙地方那種吼叫的公牛，以及村莊的鐵匠，都不見了。歌聲優美的木匠不見了。那個有著紅頭髮的強壯牧羊人不見了。他那吼叫的歌聲比其他牧羊人都活潑；後來其他牧羊人唱出「牧羊的人們，跟你們的羊群待在一起吧，」他才因爲羞愧而顯得迷亂，只好沉默無聲，好像他們在爲他的健康祝飲。這一切都已死，透露出邪惡的意味，縱使在我第一次看到時亦是如此。但是，這一切仍然殘留一點唱詩班的生命，以吼叫的聲音唱出以下的歌聲：

wick-ed hands have pierced and nailed him, pierced and nailed him to a tree.

（惡意的雙手已經刺透並釘住他，刺透他並把他釘在一棵樹上）

但是，無論如何描述，都無法提供有關效果方面的適當概念。我最後一次在巴特斯比教堂時，有一個容貌可愛的女孩在彈著小風琴，四周有學童組成的唱詩班，合著最正確的讚美詩吟唱著聖歌；他們是在唱著「古代與現代讚美詩」。高高的教堂座位不見了，不僅如此，往昔唱詩班唱歌所在的特別席也被拆除了，被視爲是可咒的東西，可能讓人想起高高的地方。而希波德年紀很大了，克麗絲蒂娜躺在教堂墓地中的紫杉木下。

但是在以後的晚上，我卻看到三個年紀很大的男人呵呵笑著從一間不同教派的禮拜堂走出來，他們確實是我的老朋友——鐵匠、木匠以及牧羊人。他們的臉上露出滿足的神情，所以我確知他們一直在唱著歌，顯然不是伴隨著大提琴、單簧管和伸縮喇叭的古老榮耀，但卻仍然是唱著有關天國的歌，不是唱著有關新款式天主教教義的歌。

第十五章

讚美詩吸引了我的注意力，等到結束之後，我才有時間審視會衆。他們主要是農人——肥胖的有錢人，有一些是跟妻子與孩子從兩、三哩外的偏僻農場來的。他們厭惡天主教以及可以說具有天主教意味的任何東西。他們是明智的好人，嫌惡任何的理論，他們的理想是維持現狀，也許保留一點往昔戰時的可愛意味，以及一種做錯事的感覺：感覺到並沒有完全控制天氣。他們希望產品價錢高一點，工資便宜一點，但是除此之外，只要事情盡量沒有改變，大部分就很滿足了。他們容忍——就算不喜愛——所有熟悉的事物，厭惡所有不熟悉的事物。他們聽到人們懷疑或實踐基督教時同樣會感覺很驚恐。

「希波德與他的教區居民之間可能會有什麼相同的地方呢？」那天晚上克麗絲蒂娜這樣對我說，當時她的丈夫有一會的時間不在場。「當然，我是不應該抱怨，但是，我要告訴你，我很傷心，因為我看到一個像希波德這樣有能力的人卻被閒置在這樣一個地方。只要我們是在格斯伯利，因為那兒住著A君、B君、C君，還有D爵士，你是知道的，十分靠近，那麼，我就不會感覺是生活在這樣一片沙漠之中了。但是，我想當局這樣做是出於好意，」她以比較高興的語氣補充說，「這樣，只要主教到這個地方，他當然會來看我們，如果我們是在格斯伯利，他可能就去看D爵士了。」

也許我現在已經足夠清楚地指出，希波德所被派去的是什麼樣的地方，以及他所娶的是什麼樣的女人。至於希波德自己的習性呢？他曾辛苦地走過泥濘小路，穿越大片千鳥出沒的草地，去探望一位佃農垂死的妻子。他為她帶去自己餐桌上的肉與酒，不是一點點，而是很大量。根據他的見解，他是在進行自己所謂的精神慰藉。

「先生，我唯恐要下地獄，」生病的女人嗚咽著說。「哦，先生，請救我，請救我．不要讓我到那兒。我無法忍受，先生，我會嚇死，一想到此事，我就嚇出一身冷汗。」

「湯普遜夫人。」希波德很嚴肅地說，「你必須對於『救贖主』的寶血有信心；只有祂能救妳。」

「但是，先生，你確定嗎？」她說，很渴望地看著他，「祂會寬恕我嗎？——因爲我不曾是一個很好的女人，我確實不曾是——當我問及我的罪是否獲得寬恕時，唯願上帝會親口立刻說，『會的』——」

「但是，湯普遜夫人，妳的罪會獲得寬恕的，」希波德很嚴厲地說，因爲他已經很多次重複說出理由，並且已經忍受這個不快樂的女人的疑懼整整一刻鐘了。然後他不再說話，重複唸著〈探望病人〉中的祈禱詞，阻止這個可憐的女人再度表示對自己的情況很擔憂。

「先生，你難道不能告訴我嗎？」她看到希波德準備要離開了，就露出可憐的模樣說道，「你難道不能告訴我說，並沒有審判的日子，並沒有地獄嗎？先生，沒有天堂，我是可以忍受的，但是有了地獄，我是無法忍受的。」希波德聽了非常震驚。

「湯普遜夫人，」他以強調的口氣回答，「我請求妳在這樣的時刻不要在內心懷疑我們的宗教的這兩個基石。如果世界上有一件很確定的事情，那就是，我們全都將出現在『基督的審判座位』前面，壞人將被吞沒在一大片永恆的火燄中。如果妳懷疑這一點，妳就會迷失了。」

這個可憐的女人在一陣突然的恐懼情緒中把發燒的頭埋在被單中，恐懼終於在淚水中尋求解脫。

「湯普遜夫人，」希波德說，手放在門上，「安靜下來吧，要鎮定。湯普遜夫人，請你必須相信我的話，在審判的日子，妳的罪會被耶穌的血洗得白淨。是的，」他很狂熱地說，「縱使妳的罪是深紅的，也將變得像羊毛那樣白，」然後，他盡快離開農舍中那種有臭味的氣息，走到外面純潔的空氣中。

他回到家，意識到自己已經盡了責，爲一個垂死的罪人提供了宗教的慰藉。他那位很讚賞他的妻子在教區牧師住宅中等著他，告訴他說，不曾有牧師像他那樣忠於信徒的福祉。他很相信她的話；他天生很容易相信人家告訴他的任何話。有誰比他的妻子更了解此事的事實呢？可憐的人兒！他已經盡力了，但是，如果一隻魚離開了水，那麼應該對牠盡力做什麼事呢？他已經留下了肉與酒——這一點他做得到。他會再去探望她，留下更多的肉與酒。他每天辛苦走過同樣的千鳥出沒的田野，在旅途的終點傾聽同樣的兇兆之苦。他每天都壓制了這種兇兆之苦，但並沒有將它排除，一直到最後，一種慈悲的虛弱狀態降臨在這位受苦的女人身上，她不再關心自己的未來，而希波德確信她的心靈現在已經安息在耶穌身上了。

第十六章

他不喜歡自己的職業中的這一部分——他其實很厭惡——但自己卻不承認。不承認事情的習慣已經變得根深蒂固了。然而，有一種不明確的感覺困擾著他：如果沒有生病的罪人，或者，如果這些生病的罪人無論如何會以更不在乎的態度面對永恆的折磨，那麼，生命就會比較令人愉快了。他並沒有感覺到自己得其所哉。倒是農人們看起來好像得其所哉。他們肥胖、健康、滿足；但是他和他們之間有一道很深的鴻溝存在。一種嚴肅與扭曲的神色開始出現在他的嘴角，所以，縱使他沒有穿著黑外衣、打著白領帶，小孩子也可能知道他是一位牧師。

他知道自己在盡責。他每天都更加堅定地相信這一點。但是，他並沒有很多的責任可以盡。他沒有什麼消遣。他不喜歡任何野外運動，也就是在四十年前被認爲適合牧師的野外運動。他不騎馬，不射擊，不釣魚，不打獵，不打板球。說句公道話，他不曾眞正喜歡讀書；在巴特斯比有什麼讓他讀書的誘因呢？他不讀舊書，也不讀新書。他無興趣於藝術、科學或政治，但是如果這三者出現了他所不熟悉的任何發展，他就會很快表現得很不悅。是的，他是自己寫講道稿的內容，但是，甚至他的妻子也認爲，他的長處在於他的生活榜樣（這是一種長久的自我奉獻行爲），而不是在於他在講壇上的言詞。早餐後，他都會退隱到書房。他會從《聖經》中摘錄小片斷，很整齊地將它們跟其他小片斷結合在一起。他把這種工作稱之爲造就「新舊約的和諧」。在這些摘錄的文字旁邊，他以很完美的字跡抄上其他人的摘錄文字，包括梅狄（根據希波德的看法，只有梅狄眞正了解〈啓示錄〉）、派屈克，以及其他古老的神學家。多年來，他每天早晨都這樣固定地工作半小時，其結果無疑是很有價値的。經過幾年之後，他聽他的孩子們唸功課，在唸功課的時辰中，從書房每天傳出來不斷重複的尖叫聲，把可怕的故事散布到房子各地。他也喜歡收集壓乾的植物標本，經由父親的管道，《星期六雜誌》有一次提到他，說他是第一位在巴特斯比地區發現某種植物的人，植物的名字我已忘記。這一期的《星期六雜誌》用紅色摩洛哥皮裝訂起來，保存在客廳的桌子上。他會在花園中漫步；如果聽到一隻母雞咯咯叫，他就會跑去告訴克麗絲蒂娜，並立刻去找雞蛋。

亞拉比家的兩位小姐有時會去跟克麗絲蒂娜待在一起。她們說，姊姊和姊夫過著田園般的生活。克麗絲蒂娜做此選擇真的很快樂——她們不久就深信「克麗絲蒂娜曾有過選擇」的虛構故事。希波德有了克麗絲蒂娜也眞的很快樂。每當兩個妹妹跟克麗絲蒂娜待在一起時，不知怎麼地，克麗絲蒂娜總是有一點想要避免打牌，只不過她有時會非常喜歡玩釘板紙牌戲或惠斯特紙牌戲。但是，她的兩個妹妹知道，如果提到那件打牌的事情，她們就永遠不會再被邀請到巴特斯比，而整體來說，被邀請到巴特斯比是很值得的。就算希波德的脾氣有點暴躁，他也不會在她們身上發洩。

希波德天性緘默；如果他能夠找一個人幫他煮飯，他會寧願住在一座沙漠島上。他在內心深處很贊同頗普所說的「人類最大的麻煩是男人」，或者諸如此類的話——只不過女人更糟，除了克麗絲蒂娜是例外。然而，儘管如此，有訪客來的時候，他都表現出很好的臉色，比幕後的人所期望的還好。

他也很樂於引介自己在父親辦公的地方所遇見的任何文學名人的名字，於是他不久就建立起一種廣博的名聲，甚至克麗絲蒂娜自己也很滿意。

人們問道，有誰像巴特斯比的彭提菲先生那樣正直又純潔呢？如果教區事務出現了困難，有誰比他更適合請教呢？有誰像他那樣很幸運地將眞誠又不懷疑的克麗絲蒂娜結合以一個世俗的男人？人們實際上就是這樣稱呼他。他們說，他是一個很令人讚賞的事業家。是的，如果他說要在某一個時候付一筆錢，錢一定會在指定的那一天出現，這對任何人而言都是很大的榮譽。他先天膽怯，只要可能出現一點點的阻力或公開的宣揚，他就無法做得過頭，而他那正確的舉止和有點嚴肅的表情，會強力地阻止他做得過頭。他不曾談到錢，只要有人談到錢，他一定會改變話題。無論聽到什麼卑鄙的事情，他都會露出無可言喻的恐懼神色，這就足夠保證他自己並不卑鄙。除了平常買肉和買糕餅方面的記帳之外，他不處理什麼商務。我們已經知道，他的嗜好——如果有的話——是很單純的；他一年有九百鎊收入，還有一間房子；鄰近地方的物價很便宜，並且有一段時間沒有孩子來拖累他。如果希波德不令人羨慕，還有誰會被人羨慕，然後被人尊敬呢？

然而，我卻認爲，克麗絲蒂娜整體而言比丈夫還快樂。她不必去探望生病的教區居民。處理家事以及記帳提供了她所希望做的工作。她說得好，她的主要責任是針對丈夫——愛他，尊敬他，不要讓他生氣。說句公道話，她已盡力履行了這種責任。要不是她老是告訴丈夫說，他是最美好又最明智的人，那麼也許情況會好一點，因爲在丈夫小小的世界中，每個人都是這樣告訴他，不久他就不再懷疑這件事了。至於他那種時常會變得很暴烈的脾氣，克麗絲蒂娜都會在看到一點點爆發的徵兆時小心加以適應。她很早就發現，這是最容易的方法。脾氣很少是針對她自己而發的。在結婚前，她甚至早就研究他的行爲的細微處，知道如何在火似乎缺少燃料時爲它添加燃料，然後以明智的方法將它澆熄，讓煙盡可能減少。

在金錢方面，她是非常小心翼翼的。希波德一年給她四次零用錢，做爲買衣服、零用、小小的捐獻以及送禮物之用。就捐獻與送禮物而言，她是很慷慨的，花費佔了收入的一大部分。其實她的穿著很節省，常把剩餘的衣服送給別人或捐獻出去。哦，希波德每次想到一件事就感到很舒慰：他的這位妻子，凡是未經授權的花費一分錢也不會亂花！更不用說她絕對服從，她的意見與他自己的意見在各方面都完全符合，還有，她都不斷向他保證說，他所想要說，所想要做的每件事都是很正確的。她在金錢方面表現得很精確，這對他而言是多麼強有力的一種力量啊！隨著歲月的推移，他越來越喜歡妻子，就像他本性喜歡任何有生命的東西。他也誇讚自己當初堅持不解除婚約——如今這種美德正在爲他帶來獎賞。縱使克麗絲蒂娜每一季的花費有時會超過三十先令或兩、三鎊，她也總是會很清楚地讓希波德知道赤字是怎麼產生的：例如，她買了一件非常貴的晚禮服，可以穿很久，或者，她需要爲某人意外的婚禮買一件很大方的禮物，超過那一季的預算。所超過的花費總是會在下一季或下幾季償還，縱使一次只超過十先令。

然而，我相信，在他們結婚大約二十年之後，克麗絲蒂娜原來那種處理金錢的完美方式有了衰退的跡象。她連續有幾季的時間逐漸有拖欠的情況，後來演變成長期的借貸，是一種家庭式的國債，金額在七鎊到八鎊之間。希波德最後認爲一定要提出告誡，所以就利用銀婚紀念日告訴克麗絲蒂娜說，她的負債取消了，同時請求她從此以後要努力讓花費與收入平衡。她突然流出愛與感激的淚，告訴他說，他是最美好、最慷慨的人。於是，在婚姻生活的其餘歲月中，她不曾再拖欠一先令。

克麗絲蒂娜跟丈夫一樣非常憎惡各種改變。她和希波德已經擁有他們在世界上幾乎所能希望獲得的一切。那麼，爲何人們還想要引進各種變化，而又沒有人能夠預告變化的結果？她深深相信，宗教早就達到最終的發展境地，無法在理性的人的心中孕育出比英國國教所教誨更完美的信仰。她無法想像比牧師的妻子更榮譽的地位——除了主教的妻子。由於希波德的父親有影響力，希波德很可能有一天會當上主教。然後——然後那小小的瑕疵就會出現在她身上。那是英國國教在實踐方面的小瑕疵——其實不是教義之中的瑕疵，而是政策之中的瑕疵。她相信，英國國教的政策在這方面整體而言是錯誤的。我是指「主教的妻子不得冠上丈夫的職銜」這個規定。

這就是她的妹妹伊莉莎白一直在做的事情。伊莉莎白是一個壞女人，道德品格非常可疑，內心一直是一位天主教徒。也許，人們不應僅僅考慮世俗的尊嚴，但是世事是如此，這種事對他們而言很重要——無論他們是否應該這樣做。克麗絲蒂娜身爲平實的彭提菲夫人，或者溫徹斯特主教的妻子，其影響力無疑會是很大的。如果她置身在一個足夠顯目的領域中，可以讓人們廣泛感覺到其影響力，那麼，像她這樣一個人一定是會很有份量的。但是，一旦成爲溫徹斯特夫人，或主教夫人——這聽起來很不錯——誰又會懷疑她爲善的力量不會增加？並且情況會更加美好，因爲如果她有一個女兒，那麼女兒並不會成爲主教夫人，除非她也嫁給一位主教，而這是不可能的。

這些就是她對於自己的美好日子所做的思考。在其他的時間，說句公道話，她都會懷疑自己是否在各方面表現出應該表現出的心靈一面。她必須堅持下去，堅持下去，一直到拯救路上的每一個敵人都被征服，撒旦本身也受傷，躺在她的腳下。有一次，她想到自己也許可以暗中贏過同時代的一些人——首先，如果她不去吃黑香腸，因爲每次他們宰了一隻豬，她都大吃黑香腸；其次，如果她注意不要讓餐桌上出現頸部扭斷的雞，只吃割斷喉嚨、已流完血的雞。聖保羅與耶路撒冷教會堅稱，甚至改教的異教徒也不能吃被勒死的東西，不能喝血。他們禁止此事，視之爲本質上顯然可鄙的罪惡。因此，她最好將來要避免這種事，看看是否會有值得注意的心靈成果出現。她確實避免這種事了，並且她也發現，自從下決心那一天起，就感覺到內心比較強有力，比較純潔，在各方面都感覺更具心靈的修養。希波德不像她那樣強調這一點。但是，由於是由她決定希波德應該吃什麼，所以她能夠注意不讓他吃扭斷頸部的雞。至於黑香腸，很幸運的是，希波德在男孩時代曾看到家人做黑香腸，不曾消除對這種東西的嫌惡心理。克麗絲蒂娜希望此事比實際的情況更具儀式成分。就此事而言，如果她是溫徹斯特夫人，她就可能做出身爲平實的彭提菲夫人甚至無法去試做的事情。

這對可敬的夫妻就這樣辛苦地前進，一個月又過了一個月，一年又過了一年。讀者們如果過了中年，並且與牧師有所涉及，也許會記起很多教區牧師和他們的妻子，他們在物質方面無異於希波德與克麗絲蒂娜。我的回憶與經驗延伸的時光幾乎有八十年之久，是從我自己在一間教區牧師住宅的育兒室中開始的。我應該說，我描繪了大約五十年前一個英國鄉村牧師生活中較美好的一面，而不是較不美好的一面。然而，我還是要承認，今天是看不到像這樣的人了。在英國再也找不到比他們更團結或整體而言更快樂的夫妻了。只有一件遺憾的事情籠罩在他們早期的婚姻生活之中：我是說，他們不曾生下一個活著的孩子。

第十七章

隨著歲月的推移，這種遺憾也隨著消除掉了。在克麗絲蒂娜結婚的第五年一開始。她就安全產下一個男嬰。那一天是一八三五年九月六日。

消息立刻傳到老彭提菲先生那兒，他聽到這個消息後確實很高興。他的大兒子約翰的妻子只生了女兒，他非常擔心男性後代會斷了香火。因此，這個好消息加倍受到歡迎，爾姆赫斯地方喜氣洋洋，而約翰．彭提菲所住的渥本爾地方則是籠罩在沮喪的氣氛中。

在渥本爾，約翰．彭提菲感覺到造化弄人的無情，因爲他不可能公開表示憎惡。但是，高興的祖父卻不去介意約翰．彭提菲可能有什麼感覺，或可能沒有什麼感覺。他想要有一個孫兒，而今如願以償，這樣對每個人而言就足夠了。既然好運降臨在希波德夫人身上，她就可能爲他帶來更多的孫兒。這會是很令人滿意的，因爲如果孫兒少於三個，他是不會感到安全的。

他拉鈴叫管家過來。

「格斯磋，」他很嚴肅地說，「我要到地窖去。」

然後，格斯磋拿著一根燭火引導著他，讓他走進儲存著最美好的酒的內層地窖。

他走過了很多箱子：有一八〇三年的葡萄牙葡萄酒，一七九二年的匈牙地葡萄酒，一八〇〇年的紅葡萄酒，一八一二年的雪利酒。他走過了這些酒以及很多其他的酒，彭提菲家的這位一家之主進入內層地窖，並不是爲了這些酒。有一個箱子看起來是空空的，後來燭光完全照在上面，才顯示出裡面只有一個一品脫的瓶子。彭提菲先生的目標就是這瓶東西。

格斯磋時常對著這瓶東西沉思。它是大約十二年前由彭提菲先生自己放置在那兒的，那時他去拜訪他的朋友——知名的旅行家瓊斯博士——剛回來。但是，箱子上面並沒有牌子提示裡面裝的是什麼。主人有時會忘記帶鑰匙出去；格斯磋不只一次利用這種機會，想盡辦法去試探瓶子裝的是什麼東西，但是瓶子卻封得很緊，儘管他滿心歡喜，希望藉著智慧打開一條門徑，卻仍屬枉然，並且所有其他的門徑也是如此——他完全無法知道裡面裝的是什麼。

現在，神秘就要解開了。但是，啊呀！好像甚至要啜飲一口裡面的東西的最後一次機會也要永遠失去了，因爲彭提菲先生把瓶子拿在手中，在仔細檢視封口之後，對著亮光舉了起來，他微笑著，拿著那瓶東西離開了箱子。

然後災難出現了。他絆到一個空籃子。格斯磋聽到跌倒的聲音——玻璃破碎了，不一會兒，地窖的地板上流滿了曾被保存了那麼多年的液體。

彭提菲先生表現出平常沉著的模樣，喘著氣，大聲警告格斯磋。然後，他站起來，跺著腳，就像克麗絲蒂娜不想爲希波德點菜時，希波德也跺腳一樣。

「這是來自約旦河的水，」他生氣地大聲說，「我一直保存著，是爲了施洗我的長孫。去你的，格斯磋，你怎麼敢那麼粗心，把那個籃子亂放在地窖？」

我想，當時那些聖河的水也許直立了起來，在地窖的地板上形成一堆，開始譴責他。格斯磋以後告訴其他僕人說，他的主人所使用的語言讓他的脊骨都凝固了。

然而，當格斯磋聽到「水」這個字的那個時刻，卻又看到了自己的途徑，飛快跑到餐具室。主人還沒有注意到他不在時，他就拿著一小塊海棉以及一個水盆回來，開始吸取約旦河的水，好像它們是一般的餿水。

「先生，我會過濾的，」格斯礎柔順地說。「會變得十分乾淨的。」

彭提菲先生聽他這樣一講，心中燃起了希望。不久之後，格斯礎藉助於一張吸墨紙和一個漏斗，在彭提菲先生眼前把水過濾乾淨了。最後，彭提菲先生發現有半品特的水被留住了，他認爲這樣就足夠了。

然後，他準備去造訪巴特斯比。他訂了好幾籃最精美的食品，選了一大籃精美的飲料。我說「精美」的飲料，但不是「最精美」，因爲他在最初的興奮心情中選了一些最佳的酒，然而經過思考後，卻認爲任何事情都有中庸之道，何況他將要帶去約旦河最好的水，所以他只要送去一些次好的酒。

在前往巴特斯比之前，他在倫敦待了一兩天。其實他此時很少待在倫敦，因爲他已超過七十歲了，實際上已經退休了。約翰·彭提菲一家人緊盯著他的動靜，發現他跟律師們有一次面談，心中不禁一陣驚慌。

第十八章

希波德在生命中第一次感覺到自己做對了一件事情，可以期望在不驚慌的心情下與父親見面。這位老紳士確實寫給了他一封非常熱忱的信，表示想要成爲生下來的男孩的教父——不，我最好把整封信寫下來，因爲這封信顯示出寫信的人處在最佳狀態中。信的內容如下：

親愛的希波德：你的信讓我真的感到很高興；由於我本來已決定做最壞的打算，所以我更加高興。請接受我對我的媳婦以及對你最衷心的賀喜之意。

我很早就保存了一瓶約旦河的水，準備用來施洗我的第一個孫兒——如果上帝應允的話。這瓶水是我的老朋友瓊斯博士送給我的。你會同意我的看法：雖然聖禮的效力並不取決於施洗的水的來源，然而，如果其他條件一樣，那麼約旦河的水是具有一種感情成分的，不應等閒視之。諸如這樣的小事情有時會影響一個小孩整個未來的生涯。

我會帶自己的廚子去，也已經告訴他要為施洗餐會準備好一切。請在你的餐桌能夠容納的情況下，盡量邀請你最好的鄰居。對了，我已經告訴雷修爾**不用準備一隻龍蝦**—你最好自己駕著馬車到梭特尼斯買一隻（因為巴特斯比離海岸只有十四或十五哩路）。至少我認為，那兒的龍蝦比英國任何其他地方都好。

我已經記下你的男孩在到達二十一歲時我所要給他的一些錢。如果你的哥哥約翰繼續只生女孩，我可能以後會給這個男孩更多的錢。但是有很多人向我要錢，並且我也不像你所想像的那樣富裕。

愛你的父親G．彭提菲

幾天後，寫這封信的人坐在一輛輕便馬車中出現了。馬車把他從吉登罕載到巴特斯比，其間的距離是十四哩。廚子雷修爾跟車伕坐在車座上，馬車盡量能承載的籃子，則放置在車頂以及其他地方。第二天，約翰．彭提菲一家人就要來了，而伊莉莎、瑪麗亞以及亞蕾希也要來。亞雷希特別請求當男孩的教母。彭提菲先生決定要來一次快樂的家庭派對，所以他們全都必須來，他們全都必須很快樂，否則情況對他們而言會更糟。第二天，那個引來這一切騷動的男孩終於受洗了。希波德本來要把他取名為喬治，跟老彭提菲先生同名，但是，說來奇怪，彭提菲先生卻表示反對；他喜歡「爾內斯特」這個名字。「爾內斯特」這個字③正開始要流行，他認為，擁有這個名字，就像接受約旦河的水施洗一樣，可能對這男孩的性格產生一種永恆的作用，在他生命方較關鍵時刻永遠影響他。

他們要求我當這男孩的第二教父，我也很高興有機會見到亞蕾希。我已經有幾年沒有見到她，但卻經常跟她通信。自從在童年時代一起玩耍以來，她和我就一直是朋友。她的祖父與祖母去世後，她與巴勒罕這個地方斷絕了連繫，但是我跟彭提菲家的親密關係卻得以持續，因為我跟希波德是中學與大學的同學。我每次看到亞蕾希，都會更加讚賞她，認為她是我所見過的最美好、最仁慈、最機智、最可愛以及（在我心目中）最漂亮的女人。彭提菲家的人都長得很好看；他們一家人都發育健全、身材均匀。但是甚至就好看的外表而言，亞蕾希卻是個中翹楚。至於在造就一個可愛的女人的所有其他特性方面，好像本來要留給三個女兒且本來對她們而言會是很足夠的那些資質，卻全都分配給了亞蕾希自己一個人。她的姊姊沒有獲得一丁點兒，而她卻獲得了全部。

我無法說明她和我為何沒有結為夫妻。我們兩人心知肚明，這樣說想必對讀者而言就足夠了。我

③ earnest，意思是「真誠的」——譯註。

們之間存有最完美的同情與了解；我們知道，我們兩人都不會與別人結婚。我有十幾次向她求婚；說出了這一點後，我也不想再多說了，因爲對所要敘述的故事的發展並沒有必要性。過去的幾年，我們的見面曾有過困難，所以我沒有見她，但我已說過，我跟她繼續保持密切的通信關係。這一次我又見到她，當然大喜過望。此時她剛好三十歲，但是，我認爲她看起來比以前更漂亮。

她的父親當然是派對之「獅」④，但是，他看到我們全都很溫順，全都十分願意被他吃掉的樣子，就隨意而不是刻意對著我們吼叫。我們看到了一種美妙的情景：他把餐巾塞在老年人紅潤的腮下，讓餐巾垂在寬闊的馬甲上方，同時枝形吊燈的高高亮光閃耀在老年人禿頂上那片看來很慈祥的頭蓋骨，像是一顆伯利恆之星。

湯是眞正的鱉湯，這個老年紳士顯然很滿意，快要開始說話了。格斯礎站在主人的椅子後面。我坐在希波德夫人的左邊，剛好面對她的公公，可以經常觀察他。

最初的十分鐘之久，大家忙著喝湯，僕人忙著把魚端進來。如果我是在不久前才決定了自己對他的看法，也許當時我就會想著：他是一個多麼高雅的老年人，他的孩子們會多麼爲他感到自豪啊。但正當他在使用龍蝦醬時，卻忽然臉紅起來，臉上充滿一種極爲苦惱的神情，對著桌子兩端的地方投以兩次祕密但卻強烈的眼光，一次投給希波德，另一次投給克麗絲蒂娜。這兩個可憐的人兒當然看出，有什麼事情極爲不對勁，我也是。但是，我猜不出是什麼事情，後來我才聽到這個老年人在克麗絲蒂娜的耳中發出嘶嘶聲：「這不是雌龍蝦。如果這個男孩自己的父親都分不出雄龍蝦與雌龍蝦」，他繼續說，「那麼，我用約旦河的水施洗這個男孩，爲他取名爲爾內斯特，又有什麼用呢？」

我也愣住了，因爲我自認一直到那個時刻都不知道龍蝦有雌雄之分，只是隱約認爲，在伴侶關係

④ lion，「社會場合的明星」——譯註。

方面，龍蝦就像天堂中的天使，幾乎是很自然地從岩石和海草滋長出來。

下一道菜還沒有吃光，彭提菲先生就恢復了常態，從那個時候一直到晚上結束，他都處在最佳狀態中。他跟我們大家談到那瓶約旦河的水。他談到瓊斯博士如何把那瓶水帶過來，加上幾石罐其他的水。取自萊茵河、隆河、易北河，以及多瑙河。他談到自己在海關遭遇到什麼困難，談到他們本來是要用歐洲最大河流的水製造出混合飲料，也談到他——彭提菲先生——當初挽救這瓶約旦河的水，免於被倒入酒杯中，等等，等等。「不，不，不，」他繼續說，「那是不行的，你們知道；那是很褻瀆神聖的想法。所以我們各帶一瓶一品特的約旦河的水回家，而混合飲料沒有摻這種水好多了。可是前天我幾乎難逃一劫。我去拿這瓶水，準備帶到巴特斯比，結果絆到了地窖中的一個籃子。要不是我非常小心，瓶子一定會破掉，但是我還是把它保住了。」而格斯礎一直站在他的椅子後面。

不再有什麼事情激怒彭提菲先生了，所以我們度過了一個愉快的晚上。每次我在注意我的教子以後的生涯時，就會想起這個愉快的晚上。

我一兩天之後再去拜訪，發現彭提菲先生還在巴特斯比，由於肝病和沮喪的情緒發作而臥病在床——他的肝病和沮喪情緒越來越嚴重。我待下來吃午餐。這位年老的紳士脾氣很不好，很難以取悅。他什麼都吃不下，完全沒有胃口。克麗絲蒂娜努力要哄他吃一點點羊排多肉的部分。「我憑什麼理由能夠吃羊排？」他生氣地說，「親愛的克麗絲蒂娜，妳忘記妳必須應付一個完全亂掉的胃，」然後他把盤子推開，噘著嘴，皺著眉頭，像是一個頑皮的大小孩。縱使我根據以後的了解來寫，我想我也只能在此事之中看到塵世上逐漸增多的痛苦，也就是與人類之中的變遷有緊密關聯的那種騷動不安。我想，在秋天的時候，每當一片樹葉變黃，它就不再在乎樹液，長久發出沙沙聲，使得母樹很不舒適——但是，如果大自然很用心的話，它確實會去發現一種較不惱人的繼續運作方式。為何各代要以重疊的方式同時存在呢？爲何我們不能像卵一樣被埋在整齊的小室中，各有一萬或兩萬鎊的英國銀行鈔票安置在我們四周，然後像黃蜂一樣醒過來，發現爸爸與媽媽在牠身邊留下豐富的糧食，但在牠還沒有開始獨立過著有意識的生活之前的幾個星期，爸爸與媽媽就被麻雀吃掉了？

大約一年半後，巴特斯比的局勢改觀了——因爲約翰．彭提菲夫人也安全產下一個男嬰。又經過大約一年，喬治．彭提菲突然中風發作，很像他的母親的情況，但是他享壽不及母親的長。當他的兒女打開遺囑時，發現原來要留給希波德的兩萬鎊（除了希波德結婚時決定給他和克麗絲蒂娜的那筆錢之外），已經減少爲一萬七千五百鎊。彭提菲先生留了「一些錢」給爾內斯特，而所謂的「一些錢」證明是兩千五百鎊，將儲存在受託人的手中。其餘的財產則分配給約翰．彭提菲，只不過每個女兒除了繼承自母親的五千鎊之外，也獲得大約一萬五千鎊的遺產。

那麼，希波德的父親是告訴了他事實，但並不是全部的事實。無論如何，希波德有什麼權利抱怨呢？是的，讓他很難堪的是，他本來以爲他和兒子會成爲獲利者，會獲得遺產的榮耀，然而實際上，錢卻一直從希波德的口袋被取走。另一方面而言，父親無疑地認爲，他不曾說要給希波德任何的錢；他有充分的權利處理自己的錢。如果希波德沉迷於不當的期望中，那不關他的事。事實上，他很慷慨地供應希波德衣食；縱使他從希波德的那一份中取去兩千五百鎊，但卻仍然是留給希波德的兒子，這終究而言還是一樣的意思。

沒有人能夠否認，立遺囑的人有絕對的權利。然而，讀者會同意我的看法：要是在那次命名餐會中，所有的事實都展現在希波德和克麗絲蒂娜眼前，他們也許就不會認爲那次命名餐會是很大的成功。彭提菲先生生前曾在爾姆赫斯教堂立了一個碑，紀念他的妻子（是一塊石板，有骨灰缸以及小天使，像國王喬治四世的私生子，還有其他的一切），並留下空間，要在妻子的墓誌銘下面刻上他自己的墓誌銘。我不知道墓誌銘是他的一個孩子所寫，還是他的孩子們找一個人爲他們寫。我不相信其中有什麼諷刺的意向。我相信，這是要傳達一個訊息：只有「審判日」才能讓任何人知道彭提菲先生曾是一個多麼好的人。但是，我最初還是認爲墓誌銘透露出狡猾的意味。

墓誌銘一開始是出生與死亡的日期，然後指出，死者多年來都是「費爾利與彭提菲公司」的老闆，也是爾姆赫斯教區的居民。其中見不到一個褒貶的字眼。最後幾行如下：

他現在躺在這兒等待最後日子一次
歡樂的復活
要到那一天才會發現
他是什麼樣的人。

第十九章

然而，我們卻同時可以這樣說：他活到了將近七十三歲，死時又很富有，如此想必與周遭萬物和諧一致。有時我聽人們說，某某人的一生是一則謊言。但是，不可能有任何人的一生是一則很差勁的謊言。只要一個人的一生持續下去，它最壞的情況是：十分之九是眞實的。

彭提菲先生的一生不僅持續很長的時間，並且一直到終了都很發達。這樣難道不夠嗎？活在這個世界上，我們最明顯的工作難道不是要盡量利用這一生嗎？——難道不是要觀察什麼事物眞正有助於長壽與舒適，然後據以採取行動？除了人之外，所有動物都知道，生命的要務是享受生命——動物確實在人以及其他環境許可下盡量享受生命。最享受生命的人，就是過了最美好的一生。上帝會注意不讓我們過分享受生命而反受其害。如果彭提菲先生要受到譴責，那就是，他沒有少吃、少喝一點，如此少受肝病之苦，且也許可以多活一兩年。

「善」並沒有用處，除非它有助於長壽與富裕。我這樣說是概括性的，是有例外的。讚美詩的作者說，「正直的人將不會缺少『善』。」這可能只是詩的破格，或者這是表示說，凡是缺少「善」的人就不是正直的。還有一種假定的說法：如果一個人享受長壽又沒有缺少「善」，那麼，他對於實際目的而言也是足夠美好的。

凡是彭提菲先生很看重的東西，他都不曾缺少。是的，如果他也曾去看重自己所不喜歡的東西，那麼他也許會快樂一點。但是，要點就在於「如果他也曾去看重」。我們全都沒有做對事情，明知很容易讓自己過著舒適的生活，但卻不去做。然而，就這個特殊的情況而言，彭提菲先生並不介意；如果他去得到自己不想要的東西，也不會對他有很大的好處。

在阿諛的行爲之中，最糟的莫過於對美德誇讚一番，好像美德的眞正本源對它本身而言並不夠好，必須從與自己無關的一位祖先中取得家系，好像是藉著心靈的先驅演繹而來。再怎麼爲美德捏造家系，都不如它的眞正家系來得古老與値得尊敬。美德源自人類在自身的福祉方面的經驗——這一點雖然不是絕對無誤的，卻仍然是最不會發生錯誤的。如果一種制度必須有一種比這更好的基礎才能運作，那麼，它本身之中一定含有一種很不穩定的成分，無論我們把它放在什麼基座上，它都會傾倒。

這個世界早就確定了一件事：道德與美德是最終會爲人類帶來安寧的兩樣東西。「如果你有美德，」筆記簿這樣說，「你就會快樂。」是的，如果一種著名的美德時常無法做到這一點，那麼它只是一種陰險的惡德。如果一種著名的惡德並不會在一個人的晚年帶來很嚴重的危害，那麼，它就不像人們所說的那樣是很壞的惡德。很不幸的是，雖然我們全都同意一個最重要的看法，即美德有助於快樂，惡德終會導致傷悲，但是，我們對於細節並不那麼意見一致，也就是說，關於任何固定的習慣，諸如抽菸，是否有助於快樂，或者相反？

也許我的觀察不周到，我發現，父母對孩子的不仁慈與自私通常並不會對父母本身造成不良的後果。父母可能使孩子多年過著陰鬱的生活，但父母卻不會遭受任何傷害。因此，我要說，如果在某些限度之內，父母讓孩子的生活成爲孩子的一種負擔，那並不表示父母非常不道德。

假定彭提菲先生不是一個性格很高貴的人，那麼普通人本來就不必要具有很高貴的性格。我們的道德和心智水準，只要跟「主要」或「中庸」部分的人——也就是一般的人——一樣就足夠了。

基本上，享有長壽的富人是很中庸的。我們將經常發現，最偉大與最明智的人是最中庸的——他們在美德或惡德的極端狀態中保持最佳的「中庸」。如果他們沒有這樣做，就幾乎不會很成功。由於有多麼多的人完全失敗，所以只要一個人表現得不比鄰人差，那對他而言就是不小的光榮了。荷馬告訴我們說，有一個人總是認眞追求「超越別人與高於別人的境地」。這個人想必是多麼難於相處又不討人喜歡！荷馬筆下的英雄一般而言下場都不好；我相信，這位男士——無論他是誰——遲早也是這種下場。

擁有珍貴的美德也是一種很高的標準。珍貴的美德就像珍貴的植物或動物，無法在這世界上持久。如果一種美德要能耐用，就必須像金子一樣熔合以某種較常見但較耐久的金屬。

人們把美德與惡德加以區分，好像它們是兩樣東西，各不具有彼此的成分。其實情況不是如此。凡是有用的美德都混合一點惡德，而任何惡德——如果有的話——都含有一點美德。美德與惡德就像生命與死亡，或心靈與物質——如果不彼此緩和就無法存在。最絕對的生命也包含死亡，而屍體在很多方面仍然是有生命的。所以有人說，「但願祢，主啊，終能彰顯做錯的事，」這表示，甚至我們所能構想出的最高理想，也要與惡德妥協，默許時間的施虐——只要不太暴烈。「惡德尊敬美德」，這是衆人皆知的，我們稱之爲「僞善」。我們應該有一個字眼，來形容「美德經常尊敬惡德」或「美德之尊敬惡德無論如何是明智的」。

我承認，有些人一旦做出比別人更高道德標準的事情，就會感覺很快樂。然而，如果他們喜歡這樣，他們就必須滿足於「美德就是美德本身的獎賞」。如果他們發現崇高的唐吉訶德式行爲是一種很昂貴的奢侈，其獎賞要等到來世才享有，那麼，他們也不要抱怨。如果他們努力要同時盡量利用今世與來世，結果變得可憐兮兮，那麼他們也不要感到驚異。雖然我們也許不會相信基督教成長紀錄中的那些細節，但是，大部分的基督教教誨將會繼續成爲眞實的教誨，好像我們接受了那些細節。我們不能同時服侍上帝與財神。那些有信仰的人認爲有些東西是最值得擁有的，但通向這些東西的道路與門路卻是很狹窄的。《聖經》在這方面說得最好不過了。有人這樣想，這是很好的；有人在商業之中投機，時常受到傷害，這也是很好的。但是，如果大部分的人離開「中庸」以及常軌，那就不好了。

就大部分人以及大部分情況而言，快樂——在這個世界上所享有的物質方面的具體成功——是美德的最安全考驗。進步是經由快樂，不是經由極端與鮮明的美德，而最有美德的人都傾向「過度」，不是傾向「禁欲」。借用一種商業的隱喻，競爭是那麼強烈，而邊際效益大大削減，所以美德不能拋棄任何眞正的機會，其行動必須基於「從經營中實際賺錢」，而不是基於「一種討人喜歡的企劃書」。美德因此不會疏忽一個重要的因素，那就是，我們可能不會被逮到，也可能先喪命，而有些人雖然在其他事情方面足夠謹愼與節省，卻會疏忽這個重要因素。一種合理的美德會適當地看重這種可能性，不會過分，也不會不及。

畢竟，「快樂」比「權利」或「義務」更是安全的準則。我們很難知道什麼事物會提供我們「快樂」，但是我們時常更難去分辨「權利」與「義務」。如果我們在「權利」與「義務」方面發生了差錯，我們就會陷入可悲的困境，就像如果對於「快樂」有了錯誤的看法，我們也會陷入可悲的困境一樣。一旦人們在追求快樂時受到傷害，他們會很容易發現錯誤，看出哪裡發生問題了，然而，如果人們在追求虛幻的義務，或有關正確的美德的虛幻觀念時，受到了傷害，就不會那麼容易發現錯誤了。事實上，一旦魔鬼披上了天使的衣服，則只有非常有技巧的專家才能看穿。魔鬼時常僞裝成天使，所以跟天使談話幾乎都不安全了。謹愼的人會去追求快樂，視之爲一種較單純、較値得尊敬以及整體而言遠較値得信任的準則。

現在回到彭提菲先生身上。除了享有長壽且成功的一生之外，他也留下很多的後代。他不僅以平常的修正方式把自己的生理與心智特性傳給所有的後代，並且也把很多較不容易傳達的特性傳給所有的後代——我是指他的金錢特性。我們可以說，他獲得金錢特性的方法是：靜靜坐在那兒，讓金錢迎向他。但是，有多少人，金錢並沒有迎向他們呢？這些人在金錢迎向他們時並沒有去取得，或者縱使他們掌握了金錢一會兒，卻無法將之與自己結合在一起，藉由他們傳給後代。彭提菲先生做到這點了。他保有了可以說是自己創造出來的東西，而金錢就像一種能力方面的名聲——容易創造，不容易保有。

那麼，請接受他吧，因爲一般而言，我並不像我的父親那樣對他那麼嚴格。如果你以任何很高的標準去判斷他，那麼他並不算什麼。如果你以一般的標準去判斷他，則他並沒有什麼缺點。我已經在前一章一次說出一切，不想再重複，以免打斷敘述的線索。我應該繼續敘述，不去修正讀者所提出的判斷，儘管讀者也許會太匆促地下判斷，不僅判斷喬治．彭提菲先生，也判斷希波德與克麗絲蒂娜。現在我要繼續我的故事了。

第二十章

兒子出生後，希波德見識到很多本來只是模糊地體認到的事情。他本來不知道嬰兒會造成那麼大的不便。嬰兒終於很突然地降臨在這個世界上，以可怕的方式打亂了一切：爲何嬰兒不能偷偷降臨，不要對家庭制度造成那麼大的震盪？希波德的妻子也沒有很快從坐月子之中恢復，有幾個月的時間一直都是病人。她又是一個造成不便的人兒，並且還很花錢，干擾到希波德的計畫。希波德本來都從收入之中存錢，以備不時之需，或者在有了家庭之後做爲供應糧食之用。現在他就要有家庭了，所以更需要存錢，而這個嬰兒卻在阻礙他。理論家也許會說，孩子是一個人的本體的持續，但是一般而言，這樣說的人都是自己沒有小孩。實際有家的人比較了解。

在爾內斯特出生後大約十二個月，第二個小孩又降臨了，也是一個男孩，取名爲約瑟夫，然後在不到十二個月後，一個女孩降臨，取名夏洛蒂。在這個女孩出生前的幾個月，克麗絲蒂娜到倫敦看約翰·彭提菲家人。由於她了解自己懷孕了，就花了很長的時間參觀「皇家學院」的畫展，觀看會員所畫的各類型的女性美，因爲她已認定這次要生的是一個女孩。亞希蕾警告她不要這樣做，但她還是堅持。生下來的孩子確實並不美，但是我無法說是不是看畫所造成的。

希波德一直不喜歡孩子。他總是盡快避開孩子，而孩子也是盡可能避開他。他會自問：哦，爲何孩子不可能在降臨世界時就已經長大了？如果克麗絲蒂娜能夠生下幾位已經長大的牧師，具有很溫和的觀點，但傾向於福音派教義，享有不錯的聖俸，並且在各方面都很像希波德自己，那麼，這樣也許就比較有道理了。或者，如果人們可以在店裡買自己喜歡的任何年齡與性別的現成孩子，不必要經常必須在家生產，從頭開始，那麼，這樣也許會好一點。但是，他事實上並不喜歡這樣。他的感覺就像當初被要求與克麗絲蒂娜結婚時一樣——感覺有很長的時間一直進行得很不錯，寧願在現在的立足點上繼續下去。就結婚而言，他是不得不假裝喜歡。但是，時間改變了，如果他現在不喜歡一件事，他可以使用一百種無懈可擊的方式來表示自己的不喜歡。

如果希波德在較年輕時曾更加反抗父親，那麼情況可能會好一點：由於他並沒有這樣，所以他就更加期望自己的孩子絕對服從他。他說（克麗絲蒂娜也說），他相信自己能夠對孩子寬大，比他的父親對他自己更寬大。他說（克麗絲蒂娜也說），他的危險會是在於太縱容，必須提防這一點，因爲最重要的責任是教導小孩在各方面服從父母。

不久前他讀到一位東方旅行家的故事。這位旅行家在探險阿拉伯和小亞細亞的某些偏遠地區時，來到了一個頑強、嚴肅、勤奮的小小基督教社區，所有的人都非常健康，證明是利甲的兒子約拿達實際活著的後代⑤。不久之後，有兩個人，穿著歐洲服裝，但是講著破英文，從膚色看來顯然是東方人，一路上行乞到巴特斯比，自稱是那個基督教社區的人。他們說，他們在籌募資金，要促成他們的族人去信仰基督教的英國分支。其實。他們是騙子，因爲一旦希波德給了他們一鎊，而克麗絲蒂娜從自己私人的錢包拿給他們五先令，他們卻去巴特斯比的下下個村莊買醉。但是，這位東方旅行家的故事仍然屬實。還有羅馬人——他們的偉大也許是由於一家之主施加於所有成員的健全權威。有些羅馬人甚至殺死小孩。這樣是做得太過分了，但是羅馬人不是基督徒，並不比基督徒明智。

這件事情產生了一個實際的結果，那就是，希波德內心相信——克麗絲蒂娜也是如此——他們有責任教導孩子應該怎麼做，甚至從嬰兒時代就開始。父母應該小心注意小孩執拗表現的初徵，立刻把

⑤約拿達曾命全家人及後代永遠不得喝酒——譯註。

這種初徵連根拔起，以免它們有時間成長。希波德把捉這種像凍僵的蛇似的隱喻，在心中珍愛著它。

在爾內斯特還不會爬的時候，父母就教他跪；在他還不大會講話的時候，父母就教它口齒不清地唸出主禱文，以及一般的告解。他們認爲，這些東西再早教也不爲過。如果爾內斯特的注意力飄搖不定，記憶力不濟，那就像是一根毒草，會長得很快，除非立刻把它拔起來，而拔起來的唯一方式就是打他，或者把他關在櫥櫃中，或者不讓他享有童年的一些小小玩樂。他還不到三歲就能夠閱讀，並且多少會寫作。還不到四歲，他就在學拉丁文，並且會三種算術。

至於這個孩子本身，他天生脾氣溫和，喜愛保姆，喜愛小貓與小狗，只要准許他去喜歡的東西，他都會喜愛。他也喜歡母親，至於他的父親呢，他在以後曾告訴我說，他只記得對父親存有恐懼與畏縮的感覺。克麗絲蒂娜並沒有規勸希波德不要嚴格地把功課強加在這個男孩身上，也沒有規勸希波德不要在男孩做功課的時候持續打他。希波德不在的時候，孩子的功課就委託給克麗絲蒂娜。她很傷心地發現，她唯一能夠做的事情就是打他，而她打他的效果跟希波德一樣好；然而，她卻喜歡這個男孩，而希波德則從來不喜歡他。在很久之後，她才能去除這位長子心中對她的情愛。但是她堅持下去。

第二十一章

眞奇怪！克麗絲蒂娜相信她喜愛這個男孩，確實喜愛他，勝過喜愛另外兩個孩子。她對此事的看法是：從來沒有兩位父母像希波德和她自己那樣，對孩子們的最高福祉表現得那麼無私，那麼忠心。她確知，光明的前途在等著爾內斯特，因此更加需要對他嚴格，讓他從一開始就不受到各種罪惡的污染。她不能做白日夢。我們從閱讀中獲知，在救世主還沒有出現之前（救世主現在已經降臨），每一位猶太人保姆都沈溺於白日夢之中。但是不久之後，就會有一個太平盛世出現，確實不會遲於一八六六年。到時候，爾內斯特的年紀剛好適合面對這個盛世。人們需要一位現代的以利亞⑥來引導這個盛世的到臨。天堂將爲她做見證：她不曾畏懼讓自己以及希波德去殉教，也不會畏懼讓她的男孩去殉教——如果爲了服侍她的「救世主」需要犧牲男孩的生命的話。哦，不會的！如果上帝要她獻出長子，就像上帝要阿伯拉罕所做的，那麼，她會將長子帶到「匹格伯利燈塔」，然後跳下去——不，她不能這樣做，其實也不需要——別人可能這樣做。用約旦河的水施洗爾內斯特並不是平白無故的。施洗的人不是她，也不是希波德。他們並沒有刻意去做這件事。一旦需要聖河的水來爲一位聖嬰施洗，就有水道出現了。聖水從遠處的巴勒斯坦流過陸地與海洋，到達孩子所在的房子的門口。嗯，可眞是奇蹟！是的！是的！她現在看到一切了。約旦河已經離開了河床，流進她自己的房子。硬要說這不是奇蹟，是沒有用的。奇蹟都是用某種方法創造出來的；信的人和不信的人之間的差異在於一個事實，那就是，前者能夠看到一個奇蹟，而後者不能。猶太人甚至無法在拉撒路的復活以及供養五千人的事蹟

⑥希伯萊先知——譯註。

中看到奇蹟。約翰．彭提菲一家人不會在「約旦河的水」一事之中看到奇蹟。奇蹟的本質不在於方法被提供，而是在於採行遭遇困難後所獲致的方法，以達到一個偉大的目標。大家都會認爲，瓊斯博士是受到指示才把聖水帶來。克麗絲蒂娜要把此事告訴希波德，讓他了解……然而，也許最好不要這樣做。女人在這種事情方面的洞察力比男人深沉又正確。內心最充滿完全神性的是女人，不是男人。但是，他們爲何沒有在使用聖水後把它珍藏起來呢？這些水千萬不應丟棄，但卻還是被丟棄了。然而，這樣做也許也是最好不過了，不然他們可能會太看重這些水，使得這些水成爲心靈危難的本源——也許甚至成爲心靈自傲的本源，而這種自傲正是她所最厭惡的所有其他罪惡中的罪惡。至於約旦河流到巴特斯比地方的那個水道，那倒不重要，就像河流在巴勒斯坦所流過的土地並不重要一樣。瓊斯博士確實是很世俗的——相當世俗。很遺憾的是，她的公公也是如此，只是程度比較低。她的公公內心無疑是很具靈修的成分，年紀越大越是如此，但是他還是沾染上世俗的意味，也許一直到他去世之前的幾個小時都是如此。然而，她和希波德卻爲了基督而放棄了一切。他們並不是世俗的。至少希波德不是。她曾是很世俗的，但是她確知，自從不再吃被勒死的雞和血之後，她的善意就增強了——這就是「在約旦河洗滌」與「在大馬士革的阿巴拿河和法巴爾河洗滌」所形成的對照。她的男孩將永不會去觸碰一隻被勒死的雞，也不會去觸碰一條黑香腸——無論如何，她是能夠注意這一點的。她的男孩應該擁有柔巴地方的一塊珊瑚——在那些海岸上都有珊瑚蟲，只要花一點精力就可以容易擁有。她要寫信給瓊斯博士說到此事等等。有幾年的時間，每天有連續幾小時都是這樣度過的。是的，希波德夫人是根據自己的觀點去喜愛自己的這個孩子，過分地溺愛他。但是，她在睡眠中所做的夢，比起她在清醒的時刻所做的白日夢，卻全是嚴肅的現實。

我已說過，爾內斯特兩歲時，希波德就開始教他閱讀。希波德在開始教爾內斯特後的兩天就開始打他。

「很痛苦，」希波德對克麗絲蒂娜說，但是這是唯一所能做的事，因此也就做了。這個孩子虛弱又蒼白，所以他們不斷請來醫生，爲他開甘汞以及詹姆斯藥粉。一切的表現都透露出愛意、焦慮、膽怯、愚蠢以及無耐心。他們在小事情上表現得很愚蠢；凡是在小事情上表現得很愚蠢的人，也會在大事情上表現得很愚蠢。

老彭提菲先生不久後就去世了，然後情況顯示：他在遺留財產給爾內斯特的同時，也在遺囑中做了小小的改變。這是很令人難以忍受的，特別是，他們無法對立遺囑的人傳達一點心聲，因爲立遺囑的人「再也無法傷害他們」了。至於男孩本身，任何人都一定看出來：他這次獲得遺產，對他而言會是一種絕對的不幸。留給一個年輕人少量的遺產，也許是人們所能加諸他的最大傷害。這樣會戕害他的精力，減弱他積極找工作的慾望。很多年輕人走入歧途，都是因爲他們知道，在成爲成年人後將會繼承幾千鎊的遺產。希波德和克麗絲蒂娜很可能受託去關心他們的男孩的利益，並且一定要比男孩在二十一歲時更能判斷這些利益何在。何況，如果約拿達的父親，或者更簡單地說，利甲——如果利甲留給孫子們大筆財產，那麼，約拿達就不可能很容易去教養他的孩子們。「親愛的，」希波德在跟克麗絲蒂娜第二十次討論這件事後這樣說，「親愛的，在面對這種不幸時，唯一能夠指引和安慰我們的事情是：在實際的工作中尋求庇護。我會去拜訪湯普遜夫人。」

在那些日子裡，希波德都會以比在其他日子裡稍微快速與稍微決毅的方式告訴湯普遜夫人說，她的罪全都被洗得白淨了，等等。

第二十二章

我的這位教子和他的弟弟與妹妹還是小孩子的時候，我有時會在巴特斯比待一兩天。我幾乎不知道為何去那兒，因為希波德和我已越來越疏遠了。但是，一個人有時會陷入習慣性的窠臼中，所以我與彭提菲家人之間所謂的友誼繼續存在著，只不過此時只是初期的友誼。我的教子比他家裡另外兩個小孩更令我感到愉快，但是他並沒有表現出孩童那種很活潑的模樣，倒很像一個虛弱、蒼白的小老頭，這是我所不喜歡的。然而，小孩子卻都願意表現得很友善。

我記得，在這樣的一次造訪的第一天，爾內斯特和他的弟弟徘徊在我身邊，手中滿握著枯萎的花，最後把花拿給了我。此時我做了他們所期望我做的事：我問他們附近是否有一家糖果店。他們說有，於是我摸摸口袋，但只找到兩便士加半個便士。我把錢給了他們，於是這兩個分別是四歲和三歲的小孩子就蹣跚走開了。不久後他們回來了，爾內斯特說，「用所有這些錢買不到糖果，」（我感覺到他們在譴責我，但其實他們沒有這個意思）「我們用這個，」（拿出一個便士）「以及這個，」（拿出另一個便士）「能夠買到糖果，但是用所有這些錢卻買不到，」然後他把那半便士放在那兩個便士上。我想他們是想要買一個兩便士的蛋糕，或諸如此類的東西。我覺得很有趣，就讓他們以自己的方式去解決這個難題，因為我很想知道他們會怎麼做。

爾內斯特很快就說，「我們可以把這個還給你，」（拿出那半個便士）「而不把這個和這個還給你嗎？」（拿出那兩個便士）。我表示同意，他們鬆了一口氣，高高興興地跑去買了。我後來又給了他們一些禮物和小玩具，如此完全征服了他們的心。他們開始對我透露祕密。

他們告訴我很多事情，恐怕是我不應該聽的。他們說，如果爺爺活久一點，可能被封爲爵士，那麼爸爸就會成爲高貴的人士，但是爺爺現在在天堂跟亞拉比奶奶一起唱美麗的讚美詩給耶穌基督聽，耶穌基督很喜歡他們。還有，當爾內斯特生病時，他的媽媽告訴他不必害怕死亡，因爲他會直接上天堂——只要他爲自己功課做得很差以及激怒爸爸一事感到難過，只要他答應永遠、永遠不要再激怒爸爸。還有，當他上天堂時，爺爺與亞拉比奶奶會見他，他會一直跟他們在一起，他們會對他很好，教他唱美麗的讚美詩，比現在他很喜歡的讚美詩更美，等等，等等。但是，他卻不希望死去，並且在病好轉之後感到很高興，因爲天堂沒有小貓，他也不認爲天堂有櫻草可以泡櫻草茶。

他們的母親顯然對他們很失望。「歐維頓先生，我的孩子都不是天才，」有一天早晨在吃早餐時，她對我說。「他們的能力不錯，並且感謝希波德的教導，他們就年齡而言算是心智早熟，但是他們不是天才：這與天才差得很遠，不是嗎？」

當然，我是說出「這與天才差得很遠，」但是，如果我說出眞心話，那會是「夫人，立刻給我咖啡，不要說些無稽之談。」我並不知道什麼是天才，但是，就我對天才的概念而言，我應該說，這是一個愚蠢的字眼，越早留給御用科學家與文學家去處理越好。

我不確知克麗絲蒂娜在期望什麼，但是我想像是諸如此類的期望：「我的孩子應該全是天才，因爲他們是我的孩子，是希波德的孩子，他們不是天才，可眞是不妥。但是，當然了，他們不可能像希波德和我小時候那樣優秀、聰明，如果他們顯示出這種跡象，那也是不妥的。無論如何，很幸運的是，他們不是這樣，然而，他們不是這樣，也眞是可怕。至於天才——哎呀——嗯，天才在一誕生時就應該表演智力上的翻斛斗，而我的孩子之中卻沒有一位能夠上報。我不要我的孩子擺架子——希波德和我擺架子，對他們而言就足夠了。」

可憐的女人，她不知道，眞正的偉人都穿著一件隱形外衣，在其遮蔽之下進出於人們之中，沒有人知道他是偉人。如果外衣無法經常讓他看不到自己的偉大，也無法多年讓所有其他人看不到他的偉大，他的偉大不久就會縮小到很平常的程度。人們也許會問：成爲偉人有什麼用呢？回答是，你可能會更加了解別人——無論是活著的人或死去的人——的偉大，可能從這些人之中選擇較好的同伴，並且一旦選擇好了，可能更加享受與了解這種同伴。還有，你可能把快樂提供給最好的人，過著那些還未誕生的人的生活。人們會認爲，這對於偉人而言就是足夠實質的利益了，不用再想要對我們作威作福，甚至在僞裝成「謙卑」的姿態時也是想要作威作福。

有一個星期日我也在那兒，看到孩子的父母很嚴厲地教小孩要遵守安息日的規則。小孩子在星期日不能剪下東西，也不能使用顏料盒。小孩認爲這是很嚴苛的規定，因爲他們的堂兄弟——約翰·彭提菲家的小孩——可以做這些事情。他們的堂兄弟可以在星期日玩玩具火車。雖然他們自己已經答應只玩星期日火車，但還是被禁止玩所有玩具交通工具。他們只准許做一件事——可以在星期日晚上選擇自己的讚美詩。

晚上的時候，小孩進入客廳，特別被准許唱一些讚美詩給我聽，但不是唸出來，目的是要讓我聽聽他們唱得多麼棒。第一首讚美詩由爾內斯特來選，他所選的一首是有關一些人要去「日落樹」那兒。我不是植物學家，不知道日落樹是什麼種類的樹，但是讚美詩是這樣開始的，「來，來，來；來到日落樹，因爲日子已消失。」曲調很美。爾內斯特很喜歡，因爲他非常喜愛音樂，並且有很好聽的小孩子聲音，也喜歡唱出這種聲音。

然而他卻很晚才學會發出困難的c或k音。他不是唱成come，而是唱成tum, tum, tum。

「爾內斯特，」希波德說，他坐在爐火前的安樂椅中，雙手交叉在胸前，「你難道不認爲，如果你跟其他人一樣唱成come而不是tum，會很棒嗎？」

「我確實是唱成tum，」爾內斯特回答，意思是說他唱成come。

希波德星期日晚上總是脾氣很壞。也許牧師們對於一天的時光感到很無聊，就像他們的鄰人一樣，也許他們累了，或者無論可能是什麼原因，總之，他們在星期日晚上很少處在最佳的狀態中。我已經在那個晚上看到了徵兆：我的主人脾氣很不好。當爾內斯特的爸爸說他唱出的字不正確時，爾內斯特趕快說，「我確實是唱成tum，」我聽了後感到有點緊張。

希波德注意到兒子很快就反駁他，於是他從安樂椅站起來，走到鋼琴旁。

「不，爾內斯特，你沒有那樣唱，」他說，「你不是那樣唱的，你是唱tum，不是come。現在跟著我說come。」

「tum，」爾內斯特立刻說，「這樣好一點嗎？」無疑他是認爲好一點了，但其實沒有。

「哎，爾內斯特，你沒有用心：你沒有用心去努力。你早就應該學會說come了。嗯，喬伊會說come，不是嗎？喬伊？」

「是的，我會，」喬伊回答，他說出一個與come差不遠的字。

「看，爾內斯特，你聽到嗎？這不會有困難的，一點也不困難。現在，慢慢來，想一想，跟著我說come。」

男孩沈默了一會，然後又說了tum。

我笑出來了，但是希波德不耐煩地轉向我，說道，「歐維頓，請不要笑，不然這個男孩就會認爲這件事不要緊，其實很要緊，」然後他轉向爾內斯特，說道，「現在，爾內斯特，我再給你一次機會，如果你不說come，我就會知道你執拗又頑皮。」

他看起來很生氣，同時爾內斯特的臉上籠罩上一層陰影，像是一隻小狗在遭受責罵卻不知道原因時的樣子。這個小孩很清楚將會發生什麼事情，顯得很驚恐，當然又說了一次 turn。

「很好，爾內斯特，」他的父親說，生氣地抓起他的肩膀。「我已盡力要挽救你，但是如果你還要這樣，你就是自討了，」說著他把這個早就哭出來的小可憐拉出房間。又過了幾分鐘，我們可以聽到尖叫聲從餐廳傳出來，穿越那道將客廳與餐廳分開的玄關，知道爾內斯在慘遭修理了。

「我已經把他送上床，」希波德回到客廳時這樣說，「現在，克麗絲蒂娜，我想我們要讓僕人進來禱告。」於是他拉鈴要僕人來禱告，雖然他其實是個「現行犯」。

第二十三章

男僕威廉走進來，爲女僕們準備好椅子，他們很快排好隊。先是克麗絲蒂娜的女僕，然後是廚子，然後是女傭，然後是威廉，然後是車伕。我坐在他們對面，注視著他們的臉孔，同時希波德讀著《聖經》中的一章。他們都是很好的人，但是我不曾看過像他們臉上那種完全茫然的神情。

希波德開始時唸舊約中的一些詩，是根據他自己的某種方式唸出來的。這一次他是唸〈民數記〉中的第十五章：我看不出這一章跟當時在進行的任何事情有什麼特殊的關係，但是，我認爲，整章之中所透露的心境卻很像希波德自己的心境，所以我在聽到之後就比較能夠了解他的想法與行爲。他所唸的詩如下：

但是那故意犯罪的，不管是以色列人或外僑，都是犯了侮慢上主的罪，一定要被處死。
因為他藐視上主的話，故意違犯他的命令。他被處死是罪有應得的。
以色列人還在曠野的時候，有一個人在安息日出去撿柴，被發現了。
這個人被帶到摩西、亞倫，和全體會眾那裡。
他被關起來，因為當時不知道該怎麼懲罰他。
後來上主對摩西說：「這個人必須處死；全體會眾要在營外用石頭打死他。」
於是全體會眾把他帶到營外，照著上主的命令，用石頭打死他。
上主命令摩西，

要吩咐以色列人說：「你們要在衣服邊緣上縫上繸子，在每根繸子上接上一條藍色的帶子。你們世世代代都要這樣做。

這繸子是要提醒你們，每當看見它就會想起我一切的誡命，並且遵行。這樣，你們才不至於遠離我，隨從自己的意願和慾望。

這繸子是要提醒你們遵守我一切的誡命。你們要聖化歸屬於我。

我是上主——你們的上帝；我曾領你們出埃及，要做你們的上帝。我是上主。」

當希波德在唸這些文字的時候，我的思緒遊蕩著，回歸到我在下午時所注意到的一件小事。幾年前，一群蜜蜂在屋頂的石板下面築巢，不斷繁殖，所以客廳在夏天窗子開著時，時常有蜜蜂飛來飛去。客廳的壁紙圖案是一束束紅色與白色玫瑰。我看到幾隻蜜蜂在不同的時間飛到壁紙上的這些一束束的玫瑰，嘗試著吸取花蜜，以爲它們是眞正的花。牠們嘗試了一束花後，又嘗試下一束，然後下一束，又下一束，最後來到最接近天花板的那一束，然後又一束一束往下嘗試，就像牠當初一束一束往上嘗試，一直到牠們在沙發後面停下來。然後，牠們再一束一束往上嘗試，再度到達天花板。就這樣，牠們一直持續下去，後來我就懶得去看牠們了。我想到這家人不斷祈禱，日以繼夜，一星期又一星期，一個月又一個月，年復一年，禁不住認爲他們多麼像蜜蜂在牆上上上下下，一束又一束，卻沒有想到一件事：很多關聯的想法可能存在，然而主要的想法卻無望地付諸闕如，且永遠如此。

希波德唸完後，我們全都跪下來，牆上的卡羅．多爾奇和沙索費拉多的畫俯視著我們把臉孔埋在椅子中，背部都朝上。我注意到，希波德在祈禱中唯願我們在各方面都可能「表現出眞正的誠實與良知」，並且在唸出「眞正的」這個字眼時微笑著。然後，我的思緒又回歸到那些蜜蜂身上，心中想著，畢竟有一件事也許是很好的，無論如何對希波德而言是很好的，那就是。我們的祈禱很少獲得相當程度的反應。如果我當時認為我的祈禱有一點點被上帝聽到的可能性，我就會祈禱某一個人在不久之後對待希波德，一如他對待爾內斯特，但是我這樣祈禱會得到反應嗎？

然後，我的思緒飄盪到一件事情上：人們都會計算自己浪費了多少時間，如果一天挪出十分鐘，就可以做多少事。正當我在想著要提出什麼不道德的暗示，暗示此事以及花在家庭祈禱（應該只要適可而止）上面的時間，忽然聽到希波德開始說，「我們的主耶穌基督的恩寵，」然後在幾秒鐘後，儀式就結束了，僕人們又魚貫走出去，就像他們當初魚貫走進來。

他們一離開客廳，克麗絲蒂娜就不加思考地談到懲罰爾內斯特一事，因為她對於我曾目睹此事感覺有點羞愧。她開始為此事提出辯解，說此事讓她感到很傷心，也讓希波德感到很傷心，以及等等的，但是「這是唯一能做的事。」

我冷冷地聽她說，但卻盡量表現得很有風度。晚上其餘的時間，我都默默無言，表示我不贊同所目睹的那件事。

第二天我要回到倫敦，但在臨走之前，我說我想帶一些新鮮的雞蛋回家，所以希波德就帶我到村莊一個工人的家。這個工人住在離教區牧師住宅不遠的地方，很可能提供我新鮮的雞蛋。不知基於什麼原因，希波德允許爾內斯特也一起去。我想，母雞已經開始孵卵，但是無論如何，蛋卻很少，農舍主人的妻子只能為我找到七、八個。我們把蛋包在個別的紙中，以便安全帶到城裡。

此事在農舍門前的地上進行。正在進行當中，農舍主人的小男孩——跟爾內斯特的年紀很接近——踏到了一個包在紙中的蛋，把蛋弄破了。

「賈克，你看，」他的母親說，「看看你做的好事，你弄破了一個很好的蛋，浪費了我一個便士

——來啊，艾瑪，」她又說，叫著自己的女兒，「乖，來把這個小孩帶走。」

艾瑪立刻過來，把小孩子帶走，免得他惹禍。

「爸爸，」爾內斯特在我們離開房子後說道，「為何賈克在踏破蛋後，希爾頓夫人沒有打他？」

我對希波德懷有惡意，聽了這句話後，不禁對他冷酷地笑了一笑，等於很明顯地說道：我認為爾內斯特擊中了他的要害。

希波德臉紅起來，露出怒色。「我敢說，」他很快地說，「他的母親在我們離開後就會打他。」

我不以為然，就回答說我不相信，然後這件事就此打住。但是希波德沒有忘記此事，於是，從此我到巴斯特比的次數就沒有那麼多了。

回到房子後，我們發現郵差已經來過，送來了一封信，是指派希波德去當一個鄉村地方的副主教，因為一位當了很多年副主教的鄰近地區牧師去世，職位最近懸缺。主教在信中的語氣非常熱忱，告訴希波德說，他認為希波德是教區牧師中工作最認眞也是最忠誠的一位。克麗絲蒂娜當然很高興，並且告訴我說，由於希波德的美德已廣為人知，這只是為他準備好的更高榮耀的一部分。

我那時並沒有預見到一件事：我的教子與我自己的生命，會在以後的幾年中多麼緊密地結合在一起。如果我預見到的話，一定會以不同的眼光看待他，並且去注意我當時所沒有去注意的很多事情。事實上，我當時很樂於離開他，因為我無法為他做什麼事，或者我很想說，我要為他做點事。此外，看到他受了那麼多苦，我也很痛苦。一個人不僅應該盡可能去做自己喜歡做的事，也應該只去做那些無論如何令人舒服的事。除非在非常的情況下只持續很短的時間，不然，一個人甚至不應該看到那些遭受阻礙或挨餓的生命，更不應該去吃那些遭受虐待、吃不飽或患病的動物的肉，也不應該去碰沒有充分成長的蔬菜。這些東西都會與一個人交會；無論一個人以什麼形式接觸什麼東西，東西都會與他交會，使他變得更好或更不好。他與越好的東西交會，就越可能過得長久而快樂。所有的東西都必須稍微交會，否則它們就不會活下去——但是神聖的東西，諸如吉歐凡尼．貝利尼所畫的聖者，只與好的東西交會。

第二十四章

我在前一章所描述的那種風暴，是多年來每天都在發生的一種典型風暴。無論天空多麼晴朗，都總會有烏雲出現，有時在某一個區域，有時則在另一個區域。雷鳴與閃電會在年輕人還不知道置身何處時就降臨在他們身上了。

「還有，你知道，」爾內斯特對我說，因爲不久之後我要他告訴我更多有關他的童年記憶，以利於我寫故事，「我們都要學習巴包德夫人的讚美詩。讚美詩是用散文寫成，有一首讚美詩是有關獅子，開頭是這樣的，『來啊，我來讓你看看什麼是強有力的東西。獅子是強有力的東西；當牠從獸穴中起身，當牠搖動獅鬃，當牠吼叫的聲音傳出去，田野的牛畜就會奔逃，沙漠的野獸就會躲藏，因爲牠很可怕。』我年紀稍大時，時常對喬伊和夏洛蒂說，我的父親就像這樣，但是他們總是教訓我，說我很頑皮。

「牧師的家庭通常都不快樂，一個重要的原因是，牧師常常在家，或很接近家。醫生有一半的時間都會出去看病人，律師與商人的辦公室離家很遠。但是牧師沒有正式辦公的地方，他不會一連數小時離開家。我們最快樂的日子是，父親到吉爾德罕花一天的時間購物的時候。我們離這個地方有幾哩遠，而人們委託父親買的東西在他的購物單上累積不少，他要花一天的時間才能全部買完。他背一轉開，氣氛就感覺起來比較輕鬆。一旦玄關的門打開，讓他再度進來，那些無所不在的規定又加在我們身上：不得碰，不得嚐，不得使用。最糟的是，我永遠無法信任喬伊與夏洛蒂。他們會跟我同走很長的路，然後卻又轉回去；或者甚至跟我同走整條路，之後，他們的良心卻迫使他們去向爸爸與媽媽告密。他們喜歡跟著兔子跑到某一個地方，但他們的的心卻向著獵狗。」

「我認爲，」他繼續說，「家庭是某種本質的殘存，而這種本質比較邏輯地具體化於複雜的動物之中，但複雜的動物是一種無法有高度發展的生命形式。我並不需要人類之中的家庭，就像大自然不需要複雜的動物。我會將家庭限於較低又較不進步的種族之中。大自然本身並不在先天上喜愛家庭制度。如果讓大家投票選擇生命的形式，就會發現，極少數的人選擇它。魚並不知道有家庭，然而牠們相處得很好。螞蟻與蜜蜂的數目遠超過人類的數目，事實上牠們會把父蟻或父蜂螫死，會以可怕的方式殘害十分之九的後代。然而，我們在哪裡可以發現比牠們更普遍受人尊敬的群居動物呢？再以杜鵑爲例吧——有什麼鳥類我們喜歡的程度勝過杜鵑呢？」

我看出他要踰越回憶童年的範圍了，所以就努力要把他引回來，但是沒有用。

「如果一個人，」他說，「去記得發生已超過一星期的事情，那是多麼愚蠢啊，除非那是令人愉快的事情，或者除非他想加以利用。

「聰明人的死亡，大部分是自己在生前造成的。一個三十五歲的人不應遺憾自己沒享有一個比較快樂的童年，就像他不應該遺憾自己不是生下來就是一個王子。如果他在童年比較幸運，他也許會比較快樂，但是，就他所知，就算他比較幸運，卻也許會發生別的事情，很早就要了他的命。如果我必須再出生一次，我還是想出生在巴特斯比，有跟以前同樣的父親和母親，我不想改變發生在我身上的任何事情。」

關於他的童年，我所記得的最有趣的事敘述如下。大約七歲時，他告訴我說，他要有一個私生子。我問他爲何有這種想法，他說，爸爸和媽媽經常告訴他，每個人都要等到結婚才有孩子。由於他當然相信這個說法，所以他只想到長大後才有孩子。但是不久之後，他讀到馬克罕夫人的《英國史》，看到了一句話，「岡特的約翰有幾個自然的孩子⑦。」因此他問女家庭教師「自然的孩子」是什麼意思——難道不是所有的孩子都是自然的嗎？

「哦，親愛的，」女家庭教師說，「自然的孩子是一個人還沒有結婚就有的孩子。」聽了這句話，他就很邏輯地推想：如果岡特的約翰沒有結婚就有孩子，那麼，他——爾內斯特・彭提菲——也可以有。他說，如果我告訴他在這種情況最好該怎麼做，他會很感激我。

我當時問他是多久前發現此事。他說大約兩星期前，而他不知道何處去找孩子，因爲孩子可能在任何時刻來臨。「你知道，」他說，「寶寶會突然來臨；一個人在某一個晚上去睡覺，第二天早晨就有一個寶寶了。嗯，如果我們不去注意這個寶寶，他可能死於感冒。我希望是一個男孩。」

「你把此事告訴你的女家庭教師了嗎？」

「是的，但是她卻敷衍我，沒有幫助我；她說孩子要很多年後才來，她希望當時不會來。」

「你十分確定你沒有弄錯任何事情嗎？」

「哦，沒有，因爲伯尼夫人，你知道，幾天前來這兒，我被叫出來讓她看。媽媽抱著我，離她有一手臂的距離，說道，『伯尼夫人，他是彭提菲先生的小孩？還是我的小孩？』當然，如果爸爸自己沒有一些孩子，媽媽就不會這樣說。我本來認爲男士的孩子全是男的，女士的孩子全是女的；但是情況不可能是如此，否則媽媽就不會要伯尼夫人猜。但是，伯尼夫人說，『哦，他當然是彭提菲先生的孩子，』我不十分了解她說『當然』是什麼意思。看來好像我本來的想法是正確的：丈夫的孩子全是男的，妻子的孩子全是女的。我希望你把這一切解釋給我聽。」

我做不到，所以我在盡量讓他放心後，就改變話題了。

---

⑦ natural children，即「私生子」——譯註。

第二十五章

克麗絲蒂娜在生了女兒後的三、四年又生了一個孩子。自從結婚之後，她的身體就一直不好，預感到自己活不過最後一次坐月子的時間。因此她寫了以下這封信，在上面簽了名，表示要在爾內斯特十六歲時才給兩個兒子看。這封信是在很多年後爾內斯特的母親去世時他才看到，因爲生產後死去的是嬰兒，不是克麗絲蒂娜。信是在那些她不斷小心整理過的文件中發現的，封口已經裂開。我想，這表示克麗絲蒂娜已經讀過，認爲寫得很好。雖然導致寫這封信的時機已過去，但還是不能毀掉。信的內容如下：

我的兩個親愛的男孩：當這封信到達你們手中時，你們會努力去記起童年時所失去以及也許已幾乎遺忘的母親嗎？你，爾內斯特將會最清楚地記得她，因為你已超過五歲大，不會完全忘記她很多次教你祈禱、讚美詩、算術，還說故事給你聽，還有我們快樂的星期日晚上。而你，喬伊，雖然才只有四歲，但也許會記得其中一些事情。我的親愛、親愛的男孩，基於這個非常愛你們的母親，也基於你們自己永永遠遠的幸福，請努力去記得她所能對你們說出的最後遺言，並且時常不斷去讀這些遺言。我一想到要離開你們，有兩件事就沈重地壓在我的心頭上：第一件是你們的父親的悲傷（你們，我的兩個親愛的人兒，在想念我一段時間後，不久就會遺忘喪親之痛），第二件是我的孩子的永久福祉。我知道，你們的父親的悲傷會多麼長久又深沉，我也知道他會依賴他的孩子，視為世界上幾乎唯一的慰藉。你們知道（我確知情況將會是如此），他的一生是多麼專注在你們身上，教導你們，努力引導你們走向美好與正確的路途。哦，那麼你們一定要讓他感到很安慰。要讓他覺得你們很聽話，很深情，很體貼他的願望，很正直，很克制，很勤勉。不要讓他為了你們的罪過與愚蠢而羞愧或傷心，因為你們必須深深感激他，你們的第一個責任是考慮他的快樂。你們兩人都擁有一個不得加以羞辱的名字，也擁有一個父親與祖父，讓你們表現得很配得上他們。你們的尊嚴與善行主要是依賴你們自己，但是有一件事遠遠超過世俗的尊嚴與善行，並且與這件事相比，這兩者都不算什麼，那就是，你們永恆的幸福是依賴你們自己。你們**知道**自己的責任，但是外來的陷阱與誘惑會襲擊你們，你們越接近成人的年紀，越會強烈地感覺到這一點。藉著上帝的幫助，上帝的聖言，以及藉助於謙卑的內心，你們將會不顧一切站起來，但是，如果你們不真誠地追求上帝的幫助，上帝的聖言，不去表現謙卑的內心，如果你們只學習信任自己，或者只學習信任四周太多人的意見與實例，那麼你們就會失敗，一定會失敗。哦，「讓上帝成為真實，讓每個人成為說謊者。」祂說，你們**不能**同時侍奉祂與財神。祂說，通往永恆生命的門是狹窄的。有很多人努力要把窄門變寬；他們會告訴你們說，某種自我沈溺只是小過錯，某種世俗的順從是可以原諒的，甚至是必要的。其實情況**不可能是如此**，祂在好幾百個地方都這樣告訴你們——請查查你們的《聖經》，看看這種說法是否正確。如果不正確，哦，「不要猶疑不決，」如果上帝是主，就跟從祂；只要堅強，有勇氣，祂就永遠不會離開你們，也不會遺棄你們。請記住，《聖經》並沒有為富人設一條律則，為窮人又設一條律則，為受過教育的人設一條律則，為無知的人又設一條律則。對**所有的人**而言，只有一件事是必要的。**所有的人**都要為上帝以及他們的同胞而生活，不是為他們自己而生活。**所有的人**必須先追求上帝的王國以及祂的正義，必須**克制他們自己**，必須表現最充分與廣泛意義的純潔、貞潔與慈善。所有的人，「遺忘了過去的事情」，必須「向前推進到目標，爭取上帝的崇高召喚。」

現在我要再補充兩件事。你們兩人終其一生都要彼此真誠，要像兄弟應該做到的那樣彼此相愛，要彼此強化、警惕、鼓勵。要讓那些將會對你們不利的每個人都感覺到，他的兄弟是一個可靠又忠實的朋友，終其一生都將如此。還有，哦，要對你們的妹妹仁慈，照顧她。她沒有母親或姊妹，將會更加倍需要哥哥們的愛、柔情與信任。我確知她會尋求這一切，會愛你們，努力讓你們快樂。一定不要讓她失望，要記住，如果她失去父親，又沒有結婚，她會加倍需要那些保護她的人。所以，我特別把她付託給你們。哦！我的三個寶貴的孩子，要彼此真誠，要對你們的父親以及你們的上帝真誠。願上帝指引你們，祝福你們。但願在一個較美好與較快樂的世界中，我和我的孩子可以再相見。

最愛你們的母親克麗絲蒂娜．彭提菲

一八四一年三月十五日於巴特斯比

根據我的了解，我確知大部分的母親在坐月子之前不久都會寫出像這樣的信，並且有百分之五十的母親都會像克麗絲蒂娜一樣在事後保存著所寫的信。

第二十六章

前面那封信顯示出，克麗絲蒂娜對於兩個兒子的永恆福祉非常關心，勝過對他們的世俗福祉的關心。人們會認爲，她此時已經播種了足夠多的這種宗教種子，但是，她還有很多要播種呢。我認爲，那些在這個世界上很快樂的人，比那些不快樂的人更美好、更可愛，所以，在「復活」和「審判的日子」時，他們將非常可能被認爲値得擁有天堂的華廈。也許，克麗絲蒂娜在潛意識中微微認知到這一點，所以她很關心丈夫希波德的世俗快樂；或者，難道這只是因爲她相信，希波德的永恆福祉是很當然的事，所以他只需要擁有他的世俗快樂？希波德將「覺得他的兒子很聽話，很深情，很體貼他的願望，很克制，很勤勉，」這確實是把所有對父母而言最合宜的美德都串連起來。他永遠不必爲了他們的愚蠢而羞愧，因爲他們「必須深深感激他，」他們的「第一個責任是考慮他的快樂。」這多麼像母親的掛慮啊！她大部分都在掛慮孩子會有自己的願望和感覺，可能會造成很多困難——無論是想像或眞實的困難。這是整個惡行的起因。但是，無論最後這一點是否可以實現，無論如何，我們都觀察到，克麗絲蒂娜非常強烈地認知到孩子對父母的責任，並且覺得，充分履行這種責任是很困難的工作，所以她很懷疑爾內斯特和喬伊能夠做到什麼程度。事實上，她自認爲的那種對他們的臨別眼光，透露了懷疑的意味。但是她不懷疑希波德；希波德會專注於他的孩子——嗯，這是一種純粹的陳腔濫調的說法，幾乎是無庸置疑的。

讓我問一個問題。一個小孩才五歲多，在這樣一種氣氛中受教育，涉及「禱告」、「聖詩」、「算術」以及「快樂的星期日晚上」——更不用說因爲唸不好禱告以及聖詩等等而每天挨打，而女主人卻保持沈默。一個小孩受到這種教育，怎麼可能在任何健康或有活力的發展中成長？縱使他的母親以自己的方式，確實表現得很喜歡他，有時還說故事給他聽。這樣一個小孩在前述那封信的陰影中成長，任何讀者的眼睛難道看不出，天怒將會降落在他身上？

我時常在想，羅馬天主教不讓神父結婚是很明智的。在英國，大家都確實觀察到一個現象：牧師的兒子時常都不很令人滿意。其原因很簡單，但是人們卻不明瞭，所以我應該是可以在這兒提出來。

牧師被認爲是一種人類的「星期日」。「非星期日」的人所犯的小錯，牧師是不能犯的。他領有薪資，過著比其他人更嚴格的生活。這是他的存在理由。如果他的教區居民認爲他做到了，他們就會贊同他，因爲他們把他視爲一種象徵，象徵他們對於心目中的神聖生活有所貢獻。所以牧師時常被稱爲代理人——他的代理性的善行，是代表那些託他照顧的人的善行。但是，牧師的家是他的城堡，就像任何其他英國人一樣。對於他而言，就像對於其他人一樣，在衆人之中面對不自然的壓力之後，當壓力不再必要時，緊接著就是疲倦。他的孩子們是他所能接觸到的最沒有防衛力量的對象；他十之八九會在他的孩子身上紓解一番。

再者，一位牧師幾乎無法公平地正視事實。他的職業就是要支持一方，因此他不可能對另一方進行公平的檢視。

我們忘記一個事實：每一個享有聖俸或聖職的牧師，都像一位收受酬勞的辯護者，一如律師努力要說服陪審團開釋一個犯人。我們聽他講話時要暫時不要下判斷，要充分考慮對方的辯詞，就像法官在審案時所做的一樣。除非我們知道這些，能夠以一種方式指出這一切，讓對手承認他們已公平地陳述了自己的觀點，不然我們就沒有權利說我們已經形成了一種想法。不幸的是，根據國家的法律，只有一邊的說法可以被聽到。

希波德和克麗絲蒂娜也不例外。他們來到巴特斯比時，一心一意想要完成他們的地位所賦予他們的責任，獻身於上帝的榮耀。但是，希波德的責任卻是：經由一種教會的眼光去看上帝的榮耀，而這個教會已經存在了三百年，卻沒有發現理由去改變它的任何一種想法。

我懷疑，希波德是否曾懷疑他的教會有智慧去處理任何一個事件。他對於所可能產生的危害具有靈敏的嗅覺；克麗絲蒂娜也是如此。只要他們在彼此身上看出對方出現「信仰闕如」的微弱初徵，他們就會很獨斷地捏斷這種初徵的芽苞，就像捏斷爾內斯特身上的執拗徵象——並且我認爲還做得比後者更成功。然而，希波德卻自認是一個非常眞實的人，人們一般而言也認爲是如此，事實上也可能是如此。是的，人們都認爲他具體化了一些美德，也就是那些使得窮人體面、使得富人受敬的美德。隨著時間的消失，他和妻子甚至在潛意識中都認爲，凡是住在他家中的人，都應該深深感謝他們。他們的孩子，他們的僕人，他們的教區居民，都必須因此慶幸自己是他們家的一份子。他們認爲，此時或此後都沒有快樂之路，除非是他們自己走過的路；如果一個人對於每個問題的想法跟他們不一樣，他就不是好人；如果一個人所想要獲得的滿足，對於他們而言很是不方便，他就不是有理性的人——而這兒的「他們」是指希波德與克麗絲蒂娜。

這就是他們的孩子之所以蒼白、虛弱的原因；他們的孩子患了家庭病。他們的孩子因爲被過分塡進錯誤的東西而挨餓。大自然傷害到孩子們，但卻沒有傷害到希波德與克麗絲蒂娜。大自然爲何要傷害這兩人？他們兩人並沒有過著挨餓的生活。這個世界上有兩種人，即犯罪的人，以及受害的人。如果一個人必須屬於兩者中之一，他最好屬於第一種人，而不要屬於第二種人。

第二十七章

我不想再詳述我這位主角爾內斯特較早年的歲月。他辛苦地度過這些歲月，在十二歲時就能夠背誦每一頁的拉丁與希臘語文法。他已讀了大部分的維吉爾、霍拉斯以及李維的作品。我不知道他讀了多少希臘的戲劇。他精通算術，熟讀歐幾里德的前四部作品，也相當有法文的知識。此時該是他去上學的時候了。於是他就去上學，受教於羅波羅地方有名的史金納博士。

希波德在劍橋時稍微認識史金納博士。從童年時代開始，無論置身於什麼職位，史金納博士都像一種燃燒著和閃亮著的亮光。他是一位偉大的天才。每個人都知道這一點；他們說，他是少數可以毫不誇張地被稱之為「天才」的人之一。他難道不是在大一的時候就獲得了無數的「大學獎學金」嗎？他難道不是在以後成為「資深一等生」、「第一位大臣的獎章受領人」以及其他更多的榮譽嗎？還有，他可眞是一位美妙的演講家。在「大學辯論俱樂部」，他都沒有對手。並且當然是俱樂部的主席。很多天才的道德品格都有問題，但是史金納博士的道德品格卻是絕對沒有瑕疵的。然而，在他的很多偉大特質之中最突出的，也許比他的天才更傑出的，卻是傳記作家所謂的「性格透露出單純、孩童似的眞誠」；他甚至在談及不重要的事情時也表現得很嚴肅，可以看出他的這種眞誠特性。我們幾乎不必說，他在政治上是屬於「自由派」。

他個人的外表並不特別吸引人。他的身高中等，塊頭大，有一雙敏銳的灰色眼睛，在一對突出的濃眉下面閃閃發亮，威嚇所有接近他的人。然而，如果他畢竟是有弱點的，那麼，弱點卻也是見之於他的外表中。他年輕時頭髮是紅色的，但在取得學位後，因為患了腦膜炎，所以剃去了頭髮。等到他再度出現時，他就戴了假髮，不如原來的頭髮紅。他不僅不曾放棄假髮，而且假髮逐漸變得不那麼紅，一直到了四十歲，假髮就不見一點紅色蹤跡，變成了棕色。

在史金納博士很年輕的時候，也就是幾乎不到二十五歲的時候，「羅波羅文法學校」的校長職位懸缺，當局毫不猶疑指派他接任。結果證明當局的選擇是正確的。史金納博士的學生無論進入什麼大學都表現得很傑出。他根據自己的心智去塑造學生的心智，在他們心中銘刻一種印象，以後都無法消除。無論羅波羅地方的人是如何，他都讓每個人覺得，他是一個敬畏上帝的眞誠基督徒，在政治上就算不是一位「激進派」，也是一位「自由派」。有些男孩當然無法了解史金納博士本性的美與崇高。啊呀！每個學校都會有這種男孩。史金納博士針對這種男孩都表現出一種很適當的嚴厲態度。在他與這種男孩互動的整個時間之中，他們都彼此對立。男孩不僅不喜歡他，而且也憎惡他特別具體化的一切，終他們一生都不喜歡所有會讓他們想起他的一切。然而，這種男孩卻是少數，整個地方無疑還是透露出史金納的精神。

有一次，我有幸跟這個偉人下棋。那是在聖誕節假期的時候，我到羅波羅待了幾天，有事要看看亞蕾希·彭提菲（她當時住在那兒）。史金納博士很親切，注意到了我，因爲縱使我是文學之光，也是最微弱的光。

沒錯，我在工作之餘寫了很多東西，但我的作品幾乎全是爲了舞台而寫，也爲那些專注於狂劇與滑稽戲的戲院而寫。我寫了很多這方面的作品，作品中充滿雙關語與喜劇性歌曲，獲得相當的成功。但是我最好的作品卻是有關「宗教改革」時期的英國歷史，在其中引進了克藍麥、湯瑪斯·摩爾爵士、亨利八世、亞拉貢的凱莎琳，以及湯瑪斯·克倫威爾（年輕時代以《君王制度之錘》較爲人所知），讓他們活躍在舞台上。我也把《天路歷程》改編成「聖誕節啞劇」，演出了「浮華市」的重要一景，以「高貴心先生」、「魔王」、「基督徒之妻」、「慈悲」，以及「希望」為主要角色。管弦樂隊演奏了選自韓德爾最著名作品中的音樂，但是拍子改變很大，而曲調不完全像韓德爾本來的曲調。「高貴心先生」很強壯，鼻子很紅，穿著一件寬敞的馬甲，以及一件襯衫，前面中間的地方有一片很大的縐邊。我盡量讓「希望」表現出很多惡作劇；他穿著那個時代一個時髦年輕人的衣服，含著一根不斷熄滅的雪茄。

「基督徒之妻」沒有穿什麼衣服。據說，「舞台監督」當初為她構想的衣服，甚至宮務大臣也認為不適當，但是事實並非如此。由於想到我犯了這些過錯，所以我在與羅波羅地方偉大的史金納博士——雅典方面的歷史家以及德謨斯特尼斯作品的編輯——下棋時（我討厭下棋），心中自然存有罪惡感。尤有進者，史金納博士很引以為自豪的是，他能夠立刻讓人們感到自在，但我整個晚上卻一直坐在椅子的邊緣。不過，我向來是很容易被校長所嚇住的。

棋賽進行了很久，在九點半晚餐端進來時，我們各自還剩幾個棋子。「史金納博士，你晚餐要吃什麼？」史金納夫人以銀鈴般的聲音問。

他有一段時間沒有回答，但最後以一種幾乎超人類的嚴肅聲調先說道，「不要，」然後又說道，「什麼都不要。」

然而不久之後，我心中卻有一種感覺，好像我比以前更接近一切事物的圓滿境地。房間似乎變暗了，同時史金納博士的臉上出現一種神情，顯示出他要講話了。那種神情強化了，房間越來越暗了。「暫停，」他終於又補充了這句話，而我感覺到，那種正快速地變得無法忍受的懸疑氣氛，無論如何就要結束了。「暫停——我可以很快取得一杯冷開水——以及一小片麵包和牛油。」

當他說「牛油」時，聲音變成幾乎聽不見的耳語。這句話講完後，他發出歎息聲，好像鬆了一口氣。這一次宇宙變得安全了。

嚴肅的沉寂氣氛又持續了十分鐘，棋賽才結束。這位博士很活潑地從座位上站起來，坐在晚餐桌子旁。「史金納夫人，」他輕快地說，「馬鈴薯裡面這些看起來很神秘的東西是什麼？」

「史金納博士，那是牡蠣。」

「給我一些，給歐維頓一些。」

就這樣，他吃了一大盤的牡蠣、一淺鍋烤得很棒的碎牛肉、一些蘋果糕點，以及一大塊麵包與起司。這就是所謂的「一小片麵包和牛油」。

此時桌布拿走了，放在餐桌上的是有茶匙的杯子、一兩個檸檬，以及一壺滾燙的開水。然後這個偉大的人物放鬆身體。他的臉孔在發亮。

「要喝什麼呢？」他以流利的聲音說。「是白蘭地加水嗎？不，是琴酒加水。琴酒是比較有益健康的酒。」

於是就決定了琴酒，而且是很烈的琴酒。

誰會對他感到驚奇呢？除了同情之外，誰會對他怎麼樣呢？難道他不是羅波羅文法學校的校長嗎？他有在任何時候欠誰錢嗎？他有強取誰的牛嗎？有強取誰的驢子嗎？或者他有欺詐過誰嗎？有人曾低聲抱怨過他的品德嗎？如果他變得富有，那是藉由最榮譽的方法——他的文學成就。除了他的偉大的學術作品之外，他所寫的《對聖茱德的書信與品格的沉思》使得他成為最受歡迎的英國神學家。此書寫得那麼完備，凡是購買它的人都不必再沈思這個問題了——事實上，凡是涉及這個問題的人，都因此書而筋疲力盡。他僅藉著這部作品就賺了五千鎊，在死前很可能再賺五千鎊。一個已經有了這一切成就的人，在想要一片麵包和牛油時，是有權利表現出一點排場來宣布這個事實的。我們應該在他所說的話之中尋求他所謂的「較深遠與較隱藏的意義。」只要人們甚至在他最微不足道的言詞中也尋求這種意義，就一定會得到回報的。他們會發現，「麵包和牛油」就是史金納的牡蠣美食和蘋果糕點，而水就是「烈琴酒」。

但是，姑且不論他的作品的金錢價值，他的作品確實已經使他成爲文學上的一個永恆的名字。也許當初迦流（Gallio）認爲，他自己的名聲將取決於他那些有關自然史的論文。我們從辛尼加的作品中獲知，這些論文是迦流編輯而成的，並且就我們所知，這些論文可能包含了完整的進化理論。但是，這些論文卻全都不見了。迦流之所以成爲不朽的人物，其理由是他萬萬沒有預期到的，也是最無法滿足他的虛榮心的。原來，他之所以變得不朽，是因爲他對於那個與他有所關聯的最重要運動，表現得漠然不關心（我希望追求不朽的人會記得此一教訓，不要對於重要的運動表現得很喧嚣）。所以，如果史金納博士變得不朽，那可能是基於另一個理由，與他一廂情願地認爲的那個理由很是不同。

這樣一個人難道可能會想到以下的事情嗎？——那就是，他其實是藉著腐化年輕人而賺錢：他領校長的薪水，卻是讓那些太年輕又沒有經驗看清他的人，誤以爲他把較壞的情況轉變成較好的情況；他讓那些他自稱教過的學生看不清重要的論點，但他的學生爲了看清重要的論點，有權利依賴任何敬業的人教導他們；他是一個很熱情但卻是半自傲半愚蠢的人，他那沒有血色又憂愁的臉孔，以及那不流暢的咯咯叫聲會驚嚇膽小的人，但是，如果有人堅強地面對他，他隨時會溜之大吉；他所寫的那本《對聖茱德的沉思》剽竊了他人的作品，卻沒有供認，一旦很多人不相信此書是以誠實的態度寫成，它將會遭受唾棄。如果史金納夫人認爲值得嘗試的話，她也許可能稍微導正他，但是史金納夫人有很多事情要做，包括照顧家計以及讓兒子們吃飽，如果兒子們生病了，還要好好照顧他們——她在這方面是很用心的。

第二十八章

爾內斯特聽到了可怕的消息——史金納博士脾氣很壞，還有，在羅波羅文法學校，年紀較小的男孩必須忍受較大的男孩的欺侮。他此時已經受夠了，覺得如果他的負擔——無論是什麼樣的負擔——再增加的話，他一定是無法忍受的。他在離家去上學的時候並沒有哭，但是我想，一旦被告知他正要前往羅波羅文法學校，他就哭出來了。他的父親和母親跟他在一起，他們乘坐自己的馬車從家裡出發。那時羅波羅還沒有鐵路，離巴特斯比只大約四十哩路，乘坐馬車是最容易的方式。

母親看到他哭出來，反而覺得很得意，並愛撫他。她說，她知道他想必感到很悲傷，因爲他要離開一個快樂的家，去跟一些人生活在一起，而這些人雖然會對他很好，卻永遠、永遠不會像他親愛的爸爸和她那樣對他好。她又說，但願他知道，她仍然比他更値得同情，因爲這次離別讓她痛苦的程度，遠甚於可能讓他痛苦的程度，等等。母親認爲，爾內斯特流淚是因爲要離開家而感到傷心，就信以爲然，也不費心去探討他流淚的眞正原因。當他們接近羅波羅時，爾內斯特鼓起了勇氣。當他走到史金納的辦公室時，心中已經十分鎭定。

他們到達後，跟博士與他的妻子一起吃了午飯，然後史金納夫人帶克麗絲蒂娜到臥房，讓她看看她的寶貝兒子所要睡的地方。

無論男人對於男人的研究對象有什麼想法，女人確實相信，對女性而言，最高貴的研究對象是女人。克麗絲蒂娜太專注在史金納夫人身上，所以沒有去注意別的事情。我敢說，史金納夫人也在準確地審視克麗絲蒂娜。克麗絲蒂娜著迷了，一般而言她都會對新認識的人很著迷，因爲她會在他們身上發現（我們想必都會如此）一種交會的情況。至於史金納夫人，我認爲，她看過太多像克麗絲蒂娜這樣的女人，所以無法在面前的樣本中看出太多革新的成分。我相信，她私人的意見反映出一位知名校長的格言：這位校長宣稱，所有的父母都是傻瓜，尤其是母親。然而，她還是滿臉笑容，露出很親切的模樣，而克麗絲蒂娜則很和藹地接受這一切，視爲是特別針對她的讚美，是別的母親完全不可能贏得的讚美。

同時，希波德和爾內斯特跟史金納博士待在後者的書房中。書房是新來的男孩接受考試和舊有的男孩遭受訓斥與懲罰的房間。如果這個房間的牆會講話的話，它們一定會爲很多重大錯誤以及任意施加的殘酷行爲提出見證！

像所有的房子一樣，史金納博士的房子也有特別的氣味。這一次，撲鼻的氣味是俄國皮革的氣味，但是還有一種次要的藥店的氣味。這種氣味來自房間一個角落的一個小實驗室。史金納博士擁有這個實驗室，加上他以自由和閒談的方式使用一些字眼，諸如「碳酸鹽」、「次硫酸鹽」、「磷酸鹽」以及「親和性」，就足以讓甚至最會存疑的人相信史金納博士擁有淵博的化學知識。

我可以順便說，史金納博士除了化學之外也涉獵很多其他東西。他擁有很多小知識，每一種都很危險。我記得，亞蕾希．彭提菲有一次以她特有的惡意方式對我說，史金納博士使她想起波旁王朝的王子們在滑鐵盧之役後從放逐中回來，只不過史金納博士剛好跟他們相反，因爲這些王子沒有學到事情，也沒有忘記事情，而史金納博士則是學到一切，也忘記一切。這使我又想起亞蕾希另有一次以惡意的方式談到史金納博士。有一天，她告訴我說，史金納博士具有蛇的無害與鴿子的智慧。

但是還是回到史金納博士的書房吧。在壁爐上方有一張史金納博士自己擁有的主教半身像，畫這張像的人是長老匹克斯吉爾，史金納博士是第一位發現並發揚這位長老的優點的人。書房中沒有其他畫，但是餐廳中有些很好的收集，是這位博士以他那種完美的鑑賞力所收集成的。他大部分是在晚年增加畫作的收集。當這些畫在「克利斯蒂藝品店」拍賣時——不久之前也拍賣過一次——人們發現，這些畫包含了很多最近和最成熟的畫家作品，包括所羅門．哈特、歐尼爾、查爾斯．南希爾，以及我此刻記不得的一些最近的皇家學會會員。於是，在「皇家學會畫展」中吸引注意力以及其最終的命運引起好奇的很多作品，就這樣聚集在一起，一次展出。所標出的價錢令拍賣執行人很失望，但是這種事大多是機會的問題。一個狂妄的作家在一份知名的週報中貶損這些畫作。尤有進者，在史金納博士的這次拍賣前不久，已經有一兩次大規模的拍賣，所以在這最後一次的拍賣中就出現了蕭條的現象，對於最近控制市場的高價位也產生反彈的現象。

書房的桌子上堆滿了很多排的書；各種手稿跟書混雜在一起——可能是男學生的作業以及試卷——但全都凌亂地散放各地。這個房間事實上因爲邋遢及其中博學的氣氛而令人感到沮喪。希波德與爾內斯特在走進去時，絆到土耳其地毯的一個大洞，灰塵揚起，顯示出地毯有多久沒有拍打了。我應該說，這並不是史金納夫人的錯，而是要歸因於博士本人，因爲他說，一旦動了他的文件，就等於宣判它們的死刑。在靠近窗口的地方有一個綠色鳥籠，裡面有一對斑鳩，哀怨的鴣鴣叫聲增加了地方的陰鬱氣息。牆上滿是書架，從地板到天花板都是，每一個書架上都有兩排書。眞可怕。在最顯目的書架上，尤其顯目的是一系列裝訂得很美的書，名爲「史金納作品集」。

很不幸的是，男孩子們很容易遽下結論，所以爾內斯特相信，史金納讀過這個可怕的書房中所有的書，而如果他要有什麼成就的話，也必須讀這些書。他的心感覺很虛弱無力。

史金納博士要爾內斯特坐在靠牆的一張椅子上，他自己則跟希波德談著一天的話題。他談到當時很風行的「漢普登爭論」，以很博學的方式討論「蔑視王權罪」。然後他談到剛在西西里爆發的革命，很高興教皇拒絕外國軍隊通過他的領地去鎮壓革命。史金納博士和其他大師一樣閱讀《泰晤士報》，並附和《泰晤士報》領導階層的意見。在那些日子裡並沒有一便士報紙。希波德只看《旁觀者報》，因爲當時他在政治上是站在「民權黨」那邊。除此之外，他一個月收到一次《教會公報》，不看其他報紙，所以聽到史金納博士自在又流利地談各種問題，心中感到很驚奇。

教皇在西西里革命中的表現，自然使得博士談到教皇引進領地的改革。他大笑不久以前出現在《笨拙》雜誌中的一則笑話，內容是說：皮歐「不，不」應該改名爲皮歐「是，是」，因爲根據史金納博士的說明，他允許臣民所要求的一切。凡是像雙關語一類的東西都很打動史金納博士的心。

然後他談到改革本身。這些改革開啓了基督教國家歷史的一個新時代，將會造成重要又深遠的影響，可能甚至會導致英國國教和羅馬之間的和好。史金納博士最近出版了一本小冊子討論這個問題，顯示出他很博學，是以一種不太有可能導致和好的方式攻擊羅馬天主教。他的攻擊所依賴的基礎是A.M.D.G.四個字母。他是在一間天主教禮拜堂外面看到這四個字母，它們當然代表 Ad Mariam Dei Genetricem ⑧。有什麼比這更透露出崇拜偶像的心理嗎？

順便一提，有人告訴我說，我的記憶想必跟我開了一個玩笑——這種情況時常發生——因爲我說，史金納博士認爲 Ad Mariam Dei Genetricem 是 A.M.D.G.的全寫；其實這是不好的拉丁文，史金納博士其實認爲全寫是 Ave Maria Dei Genetrix（萬呼產生上帝的瑪利亞）。這位博士無疑在拉丁文方面是正確的——我已遺忘了所學的一點拉丁文，也不想去查資料，但我相信，這位博士是說 Ad Mariam Dei Genetricem；如果是這樣的話，我們可以確定，Ad Mariam Dei Genetricem 對教會的目的而言無論如何是足夠好的拉丁文。

當時地方神父的回應還沒有出現，史金納博士很得意，但是，等到回應出現，嚴肅地宣稱 A.M.D.G.

⑧對著產生上帝的瑪利亞——譯註。

只是代表Ad Majorem Dei Gloriam⑨，人們就認為，雖然這種託詞不會讓任何有智力的英國人信服，但是，史金納博士選擇這特別的一點來攻擊，是很令人遺憾的，因爲他不得不讓對手佔有戰場。一旦人們佔有了戰場，旁觀者就會很糟糕地習以爲對手不敢走到起跑線去一較短長。

史金納博士正在告訴希波德有關他那本小冊子的事情；我懷疑希波德是否感覺比爾內斯特舒服。希波德很無聊，因爲他內心憎惡自由主義，只不過他不願意說出來。他也支持「民權黨」——我已經說過。他不想與羅馬天主教和解；他想要讓所有羅馬天主教徒變成新教徒，並且一直不了解爲何他們不變成新教徒。但是，博士表現出眞正的自由精神談著，每當希波德想插進一兩句話，他就嚴厲地要希波德閉嘴，所以希波德只好任他自己一個人談著，而這是希波德很不習慣的事。希波德正在懷疑自己如何能夠結束這種情況，忽然他發現一件事，可以轉移注意力，那就是，爾內斯特開始哭起來了——無疑是因爲強烈但並不明確的厭惡感，使他無法忍受。他顯然是處在高度緊張的狀態中，而早晨的激動情緒也使他大感不安。史金納夫人剛好在這個時刻跟克麗絲蒂娜走進來，因此史金納夫人建議爾內斯特要跟保姆熱伊夫人一起度過下午的時光，到第二天早晨才介紹給年輕的同伴。他的父親與母親深情地跟他說再見；這個孩子就交給了熱伊夫人。

哦，校長們——如果你們之中有人讀這本書的話——請記住，只要有一位爸爸把一個特別膽怯、還在流鼻涕的男孩帶進你的書房，而你以他應得的輕視態度對待他，以後又讓他在多年的生活中承受壓力——請記住，就是這樣的一個男孩將來將會紀錄你的一切。每當你看到一個眼皮沉重的可憐小孩坐在你的書房牆旁一張椅子的邊緣，就要對你自己說，「如果我不小心的話，也許這個男孩有一天會告訴世人我是什麼樣的人。」甚至只要兩、三位校長學到這一點並記住的話，我的前幾章就不會白寫了。

---

⑨為了上帝更大的榮耀——譯註

第二十九章

父親和母親離開後不久。爾內斯特在閱讀熱伊夫人給他的一本書時睡著了，一直到傍晚才醒過來。然後他坐在爐火前的一張凳子上。爐火在一月末的微光中美妙地顯現，然後，他開始沉思。他感覺到很虛弱、不自在、無法解脫面前的無數困惱。他對自己說，他甚至有可能死去，但是死去絕不是困惱的結束，而是新的困惱的開始，因爲充其量他只會到天上見爺爺彭提菲與奶奶亞拉比。雖然他們也許比爸爸和媽媽好相處，然而他們無疑並不是眞的很好，並且還比較世故。尤有進者，他們是大人——尤其是爺爺彭提菲，就他所能了解的，已經是很大的大人。也不知道爲什麼，但總是有什麼原因使他無法去喜愛任何長大的人——除了僕人中的一兩位，他們眞的像他所能想像得那麼棒。何況，縱使他死了，並上了天堂，他也認爲自己必須在什麼地方完成教育。

同時，他的父親與母親當時正沿著泥濘的道路乘坐馬車前進，兩人各坐在自己的馬車中的角落，各自在沉思很多會發生和不會發生的事情。自從上一次我向讀者們描述他們一起默默坐在馬車以來，時間已經改變了，但是，除了彼此的關係之外，他們幾乎沒有什麼改變。我年紀較小時總是認爲「祈禱書」是錯誤的，因爲它要求我們從童年到老年一個星期要公開懺悔兩次，卻沒有考慮到一件事：我們在七十歲時不會像我們七歲時那麼常犯錯。就算我們每星期至少要洗一次桌布，但我仍然認爲，應該有一天我們不想那麼用力洗了。現在我年紀已經比較大了，我已經看出，教會比我更能夠估計出各種的可能性。

這對夫妻彼此沒有說一句話，只是注視著消失的亮光和枯樹，棕色的田野中到處有著一間間陰鬱的農舍在路邊出現，還有雨滴迅速地落在馬車的窗子上。在這樣的午後，美好的人們大部分都喜歡舒服地窩在家裡。希波德有一點急躁，因爲他想到還要行駛多少哩才能再度置身在自己的家中。然而，目前並沒有什麼辦法，所以這對夫妻就靜靜地坐在那兒，注視著路邊的景物飛逝而去，隨著亮光的消退而變得越來越呈灰色，越來越顯得可怕。

雖然他們彼此不講話，卻有「一個人」比較接近他們兩人，他們可以自由地跟這個人講話。「我希望，」希波德自言自語。「我希望他會用功——或者史金納會要他用功。我不喜歡史金納，我不曾喜歡他，但是他無疑是一位天才，沒有人像他那樣教出那麼多學生考上牛津與劍橋，這是最佳的考驗。我已經盡本分讓他有一個好的開始。史金納說，他的基礎很好，心智很早熟。我想，他現在會仗持這一點而無所事事，因爲他天性懶散。他不喜歡我，我確知他不喜歡我。他畢竟是應該喜歡我的，因爲我爲他費了那麼多心，但他卻忘恩負義又自私。一個男孩不喜歡父親是很不自然的事。如果他喜歡我，我就會喜歡他，但是，如果我確知兒子不喜歡我，我就無法喜歡他。每當他看到我接近他，就會設法躲避我。只要他能夠避免的話，都不會跟我同待在一個房間五分鐘之久。他不誠實。如果他誠實的話，就不會那麼想要逃避。這是一種不好的徵兆，我唯恐他長大會成爲一個很放肆的人。要不是我知道這一點，我是會給他更多零用錢的——但是，給他零用錢有什麼好處呢？不久就全花光了。縱使他不用零用錢買東西，他也會把零用錢送給他所『一見鍾情』的第一個小男孩或小女孩。他忘記他所花的是我的錢。我給他錢，是要讓他可能擁有錢，知道如何使用錢。不是要他立刻去把它揮霍掉。我希望他不那麼喜歡音樂，這樣會妨礙他學拉丁文與希臘文。我要盡可能阻止他。嗯，前天他在翻譯李維的文章時，把漢尼拔錯譯成韓德爾，他母親也告訴我說，他背誦了一半的〈彌賽亞〉曲調。一個像他這樣年紀的男孩，爲何要懂得〈彌賽亞〉呢？要是我在男孩時代顯示出他的一半的危險傾向，我的父親就會把我送去當菜販的學徒了，這一點我是很確定的，」等等，等等。

然後他的思緒轉向埃及以及第十次瘟疫。他認為，如果可鄙的埃及人像爾內斯特的話，那麼那場瘟疫想必是很像「因禍得福」。如果以色列人現在來到英國，他會設法不讓他們離開。

希波德夫人的思緒則朝不同的方向遊動。「隆斯福德爵士的孫子——很可惜他的名字叫菲金斯。然而，血緣畢竟是血緣，無論是女方的家系還是男方的家系。如果真相為人所知的話，也許情況更加是如此。我不知道菲金斯先生是誰。我想，史金納夫人說他已去世了。無論如何，我必須去發現有關他的一切。如果小菲金斯邀請爾內斯特回家度假，那會是很可喜的事。也許他會遇見隆斯福德爵士本人呢，或者無論如何會遇見隆斯福德爵士的一些其他後代。」

同時，男孩爾內斯特自己仍然悶悶不樂地坐在熱伊夫人房間的爐火前。「爸爸和媽媽，」他對自己說，「遠比其他任何人又美好又聰明，但是我，啊呀！將永遠不會美好，也不會聰明。」

彭提菲夫人繼續想著：

「也許最好讓小菲金斯先來看看我們，那會是很棒的事情。希波德不會喜歡，因為他不喜歡小孩。我必須看看如何能夠處理這件事，因為那會是很棒的，也就是說，讓小菲金斯——或待下來！爾內斯特應該去跟菲金斯待在一起，見見未來的隆斯福德爵士，我想，菲金斯想必大約是爾內斯特的年紀。如果他和爾內斯特成為朋友的話，爾內斯特就可以邀他到巴特斯比，而他可能愛上夏洛蒂。我想，我們把爾內斯特送到史金納博士的學校，做得非常明智。史金納博士的虔誠跟他的天才一樣出名。人們一眼就可以看出來，並且，他對我的感覺，想必跟我對他的感覺同樣強烈。我想，他似乎對希波德和我自己留下深刻的印象——是的，希波德的智力想必使得任何人都留下印象，而我相信，我當時是表現出最佳的一面。我對他微笑，說我把孩子交給他，非常放心，相信他會受到很好的照顧，就像在我自己的家中一樣。我確知他聽了很高興。我不認為，有很多母親帶男孩去找他時會給他這麼有利的印象，或者像我一樣說那麼棒的話。當我想使微笑變得可愛時，我的微笑就會很可愛。我也許不是很美，但人們總是承認我很迷人。史金納博士是一個很英俊的男人——我應該說，整體來說對史金納夫人而言太過美好了。希波德說，他並不英俊，但是男人不會判斷。他有一張令人愉快又明亮的臉孔。我認為我那頂女帽跟我很配。我一回家就要張伯斯修整我的藍色與黃色絲綢，用——」等等，等等。

在整個這段時間之中，以前所提到的那封信都放在克麗絲蒂娜那私人的小小日本櫃櫥中，她曾多次讀了又讀，表示認可，並且還不只一次重寫過呢，只不過沒有人會知道這個事實，當然日期還是跟第一次寫的時候一樣——竟然這樣做，雖然克麗絲蒂娜是很喜歡開開小玩笑。

爾內斯特仍然在熱伊夫人的房間，繼續沉思著。「大人們，」他對自己說，「當他們是女士與先生時，從不會做無禮的事情，但是他卻總是在做無禮的事。他曾聽說一些大人很世故，這當然是錯的，無論如何這與無禮是十分不同的，他們也不會因此受到處罰或責罵。他自己的爸爸與媽媽甚至並不世故。他們時常對他說，他們非常不世故。他很清楚，自從小孩時代以來，他們就不曾做過無禮的事，甚至當他們是小孩的時候也幾乎不曾犯錯。哦，爸爸與媽媽跟他是多麼不同啊！他要何時才學會愛爸爸和媽媽呢？就像他們也愛他們的爸爸與媽媽？他如何可能期望長大時像他們一樣美好又明智呢？或者甚至有一點美好又明智？啊呀！永遠不會的。不可能的。儘管他的爸爸和媽媽本身很好，對他也很好，但他卻不愛他們。他厭惡爸爸，不喜歡媽媽。爸爸和媽媽已經為他那麼盡力，只有一個忘恩負義的壞男孩才會這樣。除外，他不喜歡星期日；他不喜歡任何眞正美好的事物；他的品味很低，他為此感到羞愧。他最喜歡那些有時說點粗話的人——只要不是對他說。至於教義問答與閱讀《聖經》，他沒有心思。他在生活中不曾注意聽過一次講道。每個人都知道，華罕先生爲孩子們講道的表現很棒，但是縱使父母帶他到布萊頓聽華罕先生講道，他也會在講道終於結束時感到很高興。要不是因爲能夠即興彈風琴、唱聖詩以及吟唱，他不認爲自己會上教堂。教義問答很可怕。他一直不了解自己對上帝與天父所欲求的是什麼，對於『聖餐』一詞也沒有任何觀念。他對鄰人的責任是令他煩惱的另一件事。他認爲，他對每個人都有責任，責任在每一方面等著他，但是卻沒有人對他有責任。然後就是那個可怕又神祕的字眼『事業』。那是什麼意思呢？什麼是『事業』呢？他的爸爸是一個很棒的事業家，他的媽媽時常這樣告訴他——但是他永遠不會成爲一個這樣的人。情況是無望的，很可怕的，因爲人們不斷告訴他說，他必須自食其力。無疑是這樣，但是要如何自食其力呢？——因爲他是多麼愚蠢、懶散、無知、自我放縱、身體虛弱。所有的大人都很聰明，除了僕人——甚至僕人也比他還聰明。哦，爲何，爲何，爲何人們不能生在這個世界上時就是大人了？然後他想到卡沙比揚卡。不久以前，他的父親曾考他這首詩。『他只會在什麼時候離開自己的崗位？他向誰呼救？有獲得回應嗎？爲什麼？他去看父親多少次？他父親發生了什麼事？在那次事件中喪生的最高貴人物是誰？你認爲這樣嗎？你爲何認爲這樣？』以及等等的問題。當然，他認爲卡沙比揚卡是那次事件中喪生的最高貴人物；關於這一點，大家無異議。他從來沒有想到，這首詩的寓意是：年輕人要盡早決定服從爸爸與媽媽。哦，不！他心中只想到一件事，那就是，他永遠、永遠不會像卡沙比揚卡；如果卡沙比揚卡認識他的話，會很輕視他，不會跟他講話。除了卡沙比揚卡，那艘船上沒有別人是值得一提的：他們被炸得多慘重並不重要。詩的作者赫曼斯夫人全都認識他們。他們是很不同的人。此外，卡沙比揚卡長得那麼好看，來自那麼好的家庭。」

他小小的心智就這樣遊移著。後來再也無法繼續下去，又睡了起來。

第三十章

第二天早晨，希波德和克麗絲蒂娜起床時感覺有點累，那是因爲昨天坐了一趟馬車的緣故，但是內心卻非常快樂，因爲他們感覺良心安寧。從此以後，如果他們的這個男孩表現不佳，不像他們所期望的那樣成功，那將是男孩自己的錯。父母已經做了那麼多，還能做什麼呢？讀者的嘴中會像希波德和克麗絲蒂娜的嘴中那樣很快地說道：「不能做什麼了。」

幾天之後，父母收到他們的兒子以下的這封信，感到很高興：

親愛的媽媽：我很好。史金納博士要我用拉丁文寫馬兒自由又歡樂地漫步在廣大的原野中。由於我已經跟爸爸練習過，所以知道怎麼寫。結果我所寫的幾乎全部正確，他把我安排到四年級那兒，受教於坦普勒先生。我必須開始學一種新的拉丁文文法，不同於以前的，但比較難。我知道妳希望我用功，我會很努力的。代我問候喬伊和夏洛蒂，還有爸爸。

愛妳的兒子爾內斯特

這是最圓滿不過了。看來，好像他要開始過一種新生活了。男孩子們全都回校了，考試結束了，學期的例行工作開始了。爾內斯特發現，他那種唯恐被人虐待與欺侮的害怕心理，其實是很誇張的。並沒有人對他做出很可怕的事情。他必須在空檔的時間爲年紀較大的男孩跑差，也要輪值擦亮足球，以及等等的，但是，學校中學長威脅學弟的精神，其實是非常好的。

然而，他卻一點也不快樂。史金納博士太像他的父親了。是的，爾內斯特還沒有和他打成一片，但是他總是存在於那兒。爾內斯特不知道他可能在哪一個時刻出現。每當他出現時，就會激起風暴。他就像「牛津星期日的主教」故事中的那隻獅子——總是很可能從一處矮樹叢的後面衝出來，在最料想不到的時候把一個人吞噬掉。史金納博士稱呼爾內斯特是「一隻厚臉皮的爬蟲動物，」並且說，他很疑惑為何地球沒有張開口把爾內斯特吞下去，因為他在唸Thalia這個字時是發短i的音。「竟然對我這樣，」他咆哮著，「我一生不曾唸錯母音。」其實，如果史金納博士在年輕時像其他人一樣唸錯母音，他就會是一個更好的人。爾內斯特無法想像，史金納博士班上的那些男孩如何可能繼續活下去。然而，他們還是活下來了，並且還欣欣向榮呢。更奇怪的是，他們還崇拜他，說來生也要崇拜他。對爾內斯特而言，那就像生活在維蘇威火山的火山口。

他在信中已經說過，他是在坦普勒先生的班上。坦普勒先生性情急躁，但並不完全兇惡，很容易在他監考時作弊。爾內斯特時常感到很疑惑：坦普勒先生怎麼會那麼視而不見？他認為坦普勒先生想必在學生時代也曾作弊。他自問一個問題：當他年老的時候，會像坦普勒先生那樣忘記自己的年輕時代嗎？他時常認為自己永遠不會忘記年輕時代的任何一個部分。

然後就是熱伊夫人，她有時很令人感到驚恐。學期開始後的幾天，走廊中傳來些微特別的吵鬧聲，熱伊夫人衝進去，眼鏡戴在額頭上，帽帶飛揚著，叫著那個被爾內斯特選為英雄的男孩，說他是「全校最粗暴、最無賴、很吵鬧、很卑賤、最會吼叫的男孩。」但是，她也時常會說些爾內斯特喜歡的話。如果史金納博士出去吃飯，沒有人在禱告，她就會走進來，說道，「年輕的男士們，今天晚上不用禱告。」總的來說，她是一個夠仁慈的人兒。

大部分的男孩不久就發現，吵鬧並不會帶來實際的危險，但是別的男孩則不以為然，因為吵鬧與實際的危險都會造成威脅——除非他們想使壞來抵制。因此，他們經過很久之後才習慣那些自傲與愚蠢的人。爾內斯特也屬於後面這種人，他發現羅波羅文法學校的氣氛很火爆，所以只要可能的話都樂於逃避開，不讓人見到他，不讓人想到他。他不喜歡運動，甚於不喜歡教室與走廊中那種吵鬧，因爲他仍然很虛弱，比大部分男孩都較晚發育完全，少有充分的體力。這也許是因爲父親在童年時讓他親近書本導致的結果，但是我認爲部分也歸因於晚熟的緣故。晚熟是彭提菲家庭中的遺傳，而這種遺傳也涉及特別長壽的傾向。在十三歲或十四歲時，他只是一個瘦骨如柴的男孩，上臂跟同年紀的男孩的手腕一樣細，小小的胸部像鴿胸，似乎顯得完全沒有力氣或精力。在面對生理方面的活動時，他總是遭受敗北的命運，無論活動是玩笑性質或認眞從事的，甚至在面對比自己矮小的男孩時也是如此。於是，童年時代那種自然呈現的膽怯就變得更嚴重，達到一種程度，我想是等於懦弱。他變得比本來可能的情況更加無能，因爲就像自信會增加力量，沒有自信是會增加無能的。他參加足球混戰——完全是被迫的——結果氣都喘不過來，有六、七次脛骨被踢得很嚴重，於是他不再認爲足球有什麼樂趣可言，並避開這種高貴的運動，但年紀較大的男孩卻找他的麻煩，因爲他們不能忍受年紀較小的男孩逃避。

在打板球方面，他也是跟踢足球一樣一無是處，表現得很不自在。無論他如何努力，從來就無法丟擲一隻球或一塊石頭。因此，不久每個人都看出，爾內斯特是一個笨拙的男孩，是女人氣的男孩，不能受苦，但也沒有什麼高明之處。然而，他並非完全沒有人緣，因爲大家看出他在同儕之中是十分正直的，一點也不會懷恨在心，很容易被討好，無論自己的錢多麼少，都表現得很慷慨，對功課的喜愛並沒有超過對運動的喜愛，一般而言容易表現適度的惡德，不容易表現過度的美德。

任何的男孩有了這些特性，在同學的眼中都不會沉淪。但是爾內斯特卻認爲自己沉淪得比實際的情況更深。由於他自認懦弱，別人也認爲他懦弱，所以憎恨自己，輕視自己。只要他認爲有男孩像他，他都不喜歡。他心目中的英雄是強壯而有活力的；他們越不接近他，他就越崇拜他們。這一切都使他感到很不快樂；本能讓他避開自己所不適應的運動，而理性則會驅迫他去參與運動，但是，他從來沒有想到，前者這種本能其實比後者這種理性更加合理。無論如何，他大部分的時間都依賴本能，而不是理性。智慧是否能夠滋養自己的智慧呢？

第三十一章

爾內斯特不久就完全不爲老師們所寵愛了。此時，他擁有比先前所經驗到的更多自由。希波德嚴厲的管教和監視的眼光不再出現在他的生活中，不再出現在他的床上，不再一路上窺探著他。罰抄維吉爾的詩行畢竟是不同於父親殘酷的鞭打。罰抄其實不如功課那樣令他苦惱。拉丁文與希臘文並不吸引他的本能，甚至最終也不可能爲他帶來安寧，在比較合理的時間內更沒有可能做到。縱使努力學習這兩種已不爲人使用的語言，可能獲得眞正的回報，但還是無法以人爲的方式抵銷這兩種語言天生具有的死氣成分。由於沒有努力去學習，他已經遭受相當的懲罰，但是釣鉤上卻沒有放置美好的誘餌來引誘他向學。

事實上，雖然學習某件事情是有較愉快一面，但別人總是認爲這愉快的一面與爾內斯特無關。我們與愉快的事情完全沒有關係，幾乎沒有關係，無論如何，他——爾內斯特——與愉快的事情沒有關係。我們生在這個世界，不是爲了快樂，而是爲了責任；快樂在本質上具有一種多多少少罪惡的成分。如果我們在做一件自己喜歡的事情，那麼我們，或者是他——爾內斯特——就要道歉，如果沒有被立刻叫去做別的事情，就要自認受到慈悲的待遇了。然而，如果他是在做他所不喜歡的事情，那就另當別論了；他越不喜歡一件事情，別人就越認爲那件事情是正確的。他從來沒有想到，其實所謂的「正確」應該是指「最令人愉快的事情是正確的」，如要證明它是不正確的，那是要由那些辯稱它不正確的人去証明的。我已經不只一次說過，他相信自已是墮落的。從來沒有一個男孩像他那樣毫無條件地準備接受權威人士叫他去做的事：至少他是這樣認爲，因爲到目前爲止，他對於那另一個爾內斯特一無所知，雖然這另一個爾內斯特存在於他心中，比他所意識到的那個爾內斯特更強有力，更眞實。啞口無言的爾內斯特心中有著一種無法說清楚的感覺，這種感覺由於來得太快速，顯得太眞切，所以無法轉換成可辯論的字語，但他實際上是堅持以下的想法：

「成長不像一般人所認爲的是容易、簡單的航行。成長是困難的工作，只有成長中的男孩才能瞭解它。成長需要專注，而你不夠堅強，無法專注於你的身體成長，也無法專注於你的功課。此外，拉丁文與希臘文是騙人的東西；人們越懂得這兩種語言，通常就越討人厭。你所喜歡的那些很棒的人，可能完全不懂得這兩種語言，不然就是盡快忘記所學的部分。他們一旦不被強迫去閱讀古典作品，就永遠不會去碰。因此古典作品全是無稽之談，在那個時代與國家中是很恰當，但在這兒卻不是。除非你會因爲不知道某一種事物而長時間感覺不舒服，不然就不要去學它。當你發現你需要某種知識，或者預見你不久就會需要它，那麼越快學越好。但是如果不是如此，就要把時間花在成長筋骨與肌肉上。這些會比拉丁文與希臘文對你更加有用。如果你現在不去成長筋骨與肌肉，那麼你就永遠無法去做，然而，如想要學拉丁文與希臘文，卻可以在任何時間去學。

「你四周都被謊言所包圍。上帝的選民如果不是非常清醒的話，甚至會被謊言所欺騙。你所意識到的那個自我，那個會推理與沉思的自我，會相信這些謊言，要你據以行動。爾內斯特啊，你的這種有意識的自我是一個自命不凡的人，源於自命不凡的人，受教於自命不凡的氣息中。我不允許它塑造你的行動，雖然它無疑會在未來的很多年中塑造你的言語。你的爸爸現在不在這兒，不會打你了。這是你存在情況的一種改變，你接著應該改變行動。如果你服從我——你眞正的自我——那麼你的情況就會很順利。但是只要你聽從外在與可見的舊殼——你所謂的父親——那麼，我就要讓你粉身碎骨，甚至禍延第三代與第四代，就像憎惡上帝的人，因爲我——爾內斯特——是創造你的上帝。」

如果爾內斯特能夠聽到他自己所正在接受的勸言，他會多麼震驚啊。巴特斯比地方也會籠罩上多麼驚愕的氣氛啊。但是事情並沒有在這兒結束，因爲同樣這個不懷好意的自我也給了他不好的勸言，涉及他的零用錢，同伴的選擇，而整體來說，爾內斯特很專注又服從它的吩咐，比希波德以前更加如此。結果他學得很少，心智成長更緩慢，身體成長更快速。一旦他的內在自我在不久之後催促他朝某些方向前進，遭遇到自己的力量所無法克服的障礙，他就會選擇情況所允許的最近捷徑，到達那條阻止他前進的途徑——雖然這種選擇讓他良心深感不安。

我們可以猜測，當時在羅波羅文法學校唸書的那些較安靜又守規矩的男孩，並沒選爾內斯特當他們的朋友。而一些比較不令人滿意的男孩時常到酒店，喝過多的啤酒；爾內斯特的內在自我幾乎不可能要他去結交這些年輕人，但他實際上卻是在很早的時候就結交了他們，且有時喝過量的啤酒，病得很可憐——他的身體沒有那麼強健。爾內斯特的內在自我想必在此時加以干涉，告訴他說，此事並不那麼有趣，他在還沒有上癮之前就戒掉了這個習慣。但是他在實在太年輕的十三歲和十四歲之間又染上了另一種習慣，並沒有戒掉——雖然一直到現在，他的有意識自我還一直反覆勸他少抽菸爲妙。

情況就這樣持續下去，一直到我們這位主角快十四歲了。就算此時他並不眞的是一個小惡棍，卻是屬於一種問題人物，好評不足，壞評有餘，也許後者的成分更濃，只不過倒不至於到達卑鄙的程度。我推測出這一點，部分是因爲爾內斯特告訴我一些事情，部分則是因爲我記得希波德把他的學校成績單拿給我看，大爲不滿。羅波羅文法學校有一種制度，就是每個月會發出優良表現的獎金。像爾內斯特這樣年紀的男孩最高可得四先令六便士。幾個男孩得了四先令，幾乎沒有男孩得到六便士以下。但是爾內斯特卻不曾得到兩先令半以上，很少得到十八便士以上。我想，他平均得到大約一先令九便士，這樣還不至於使他名列極壞的男孩之中，但也不足以排列於好男孩之中。

第三十二章

我現在必須回頭敘述亞蕾希．彭提菲小姐。到現在爲止，我談到她的部分很少，然而她對我書中的這位男主角卻有很大的影響力。

在她大約三十二歲時，父親去世後，她離開與自己沒有什麼感情的兩個姊姊，到了倫敦。據她說，她決定餘生盡可能過著快樂的生活。她比女人，甚至比男人更清楚如何以最佳的方式做到這一點。

我已經說過，她的財產包括來自母親的婚姻財產契約的五千鎊，以及父親留給她的一萬五千鎊。此時，她對這兩筆財產都有絕對的支配權。她每年大約有九百鎊的收入。由於她的錢全都投資在最安全的債券上，所以不必爲收入擔心。她想要變得很富有，所以就擬定一項費用計畫，每年大約支出五百鎊，並決定把其餘的存起來。「如果我這樣做的話，」她笑著說，「也許就可以在收入的範圍內過得很舒服。」根據這項計畫，她買下果維街一間房子中的無家具公寓，底層出租爲辦公室。她的哥哥約翰．彭提菲努力要說服她買一棟房子，但是亞蕾希明白地告訴他不要管她的事，所以他只好打退堂鼓。她不曾喜歡她這位哥哥，從那次以後幾乎完全疏遠他了。

雖然亞蕾希很少參加社交活動，但還是認識了在文學、藝術和科學界很有地位的大部分男人與女人。儘管她不曾以任何方式突顯自己，她的見解還是受到高度的重視，這是很不尋常的。如果她喜歡的話，她也能夠寫文章，但是，她喜歡看別人寫，並且鼓勵他們，而自己並不積極參與。也許文學界的人是因爲她不寫而更加喜歡她。

她很清楚，我一直都忠於她。如果她喜歡的話，她很可能會有很多其他仰慕者，但她卻拒絕了他們，並且還對婚姻奚落一番——除非是有不錯的收入，不然女人是很少會這樣做的。然而，她絕不像奚落婚姻那樣去奚落男人。雖然她的生活方式連最吹毛求疵的人也無法找出毛病，但是，她卻盡可能為那些受到嚴厲譴責的女性辯護。

我想，在宗教方面，她是一位自由思想者，就像心智上很少去涉及宗教問題的人一樣。她上教堂，但對於那些公開鼓吹信教或不信教的人一樣不喜歡。我記得有一次聽到她催促一個已故的知名哲學家去寫一本小說，不要攻擊宗教。這位哲學家不喜歡這樣做，他詳細指出一件事的重要性，那就是讓人們知道，他們所假裝去相信的東西其實大部分都是愚蠢的。她聽了後微笑著，很端莊地說，「他們不是有摩西和先知們嗎？讓他們去聽聽他們吧。」但是，她有時會以自己負責的態度沉著地說出一件有惡意的事。有一次，她要我注意她的祈禱書中的一則筆記。這則筆記敘述基督跟兩位門徒走路到以馬忤斯，基督對他們說，「哦，眞傻，心智眞遲鈍，竟然相信先知們所說的一切」——「一切」兩個字用大寫字母寫成。

雖然她跟哥哥約翰不是相處得很好，但卻跟希波德與他的家人保持緊密的關係，大約每隔兩年就到巴特斯比探訪幾天。亞蕾希時常努力去喜歡希波德，並且盡可能與他攜手合作（因為他們兩人是家中的「兔子」，其餘的人是「獵狗」），但這並沒有用。我想，她與這位哥哥維持關係的主要理由是：她可以注意他的孩子們，如果孩子們表現得不錯，她可以拉拔他們。

以往這位彭提菲家的小姐到巴特斯比時，小孩子就不會遭到皮肉之痛，功課的負擔也比較輕。她很容易看出，孩子們工作過度，並不快樂，但是，她幾乎無法猜測出他們是生活在一種多麼無所不在的權威之下。她知道自己無法以有效的方式加以干涉，因此就很明智地克制自己，不去過問太多。她要等候時機——如果有這樣的時機——那就是，孩子們不再與父母同住的時候。最後，她決定不去涉及喬伊與夏洛蒂，但要經常去看爾內斯特，以便對他的性向與能力有所了解。

爾內斯特在羅波羅文法學校已經有一年半的時間了，幾乎十四歲大了，所以他的性格已經開始成形。他的這位姑媽亞蕾希已經有一段時間沒有見到他。她認為，如果要開發他的話，也許此時最為適當，所以她就決定以希波德認為不錯的藉口到羅波羅文法學校走一趟，與她的姪子相處幾小時，以便對他評估一番。因此，在一八四九年八月，正當爾內斯特進入第四學期的階段時，一輛出租馬車就來到了史金納博士的門口，上面坐著這位彭提菲小姐。彭提菲小姐要求准許爾內斯特前來，跟她到「天鵝旅館」吃飯，也獲得了允准。她曾事先寫信給爾內斯特，告訴他說要去看他，所以爾內斯特當然注意等著她。他已經很久沒有看到她，最初顯得有點羞怯，但是亞蕾希性情溫和，他不久就感到很自在了。亞蕾希很強烈地偏愛年輕人，所以立刻就喜歡上他——雖然他的外表不像她所希望的那樣吸引人。一旦她把他帶離學校，就領著他到一間蛋糕店，買他所喜歡的東西給他吃。爾內斯特立刻覺得，她比起他的幾位姨媽——亞拉比家的小姐——好多了，雖然亞拉比家的小姐是那麼可愛又善良。亞拉比家的小姐很窮；六便士對她們而言就像五先令對亞蕾希而言那麼多。如果亞蕾希有心的話，她能夠從收入中存錢，並且所存的錢會兩倍於她們——這些可憐的女人們——所花的錢。面對這樣一個女人，她們又有什麼機會呢？

只要這個男孩沒有受到冷落，他就有很多話可說，而亞蕾希也鼓勵他想到什麼就聊什麼。只要有人對他好，他總會樂於信任對方。他要經過很多年才會在這方面表現得很謹慎——只不過我時常懷疑他會像他應該表現的那樣謹慎。他在很短的時間中，就將他的這位姑媽跟他的爸爸、媽媽與其餘的人區分開。他的本能告訴他要提防後者這些人。他幾乎不知道，有些關鍵取決於他自己的行為，是多麼重要。但如果他知道的話，也許就比較不會那麼成功地扮演自己的角色了。

他的姑媽從他口中引出有關家庭與學校生活的細節，是他的爸爸與媽媽所不會贊同的。但是他並不知道姑媽在套問他。姑媽讓他說出有關「快樂的星期日晚上」的一切，以及有關他和喬伊與夏洛蒂有時會吵架的事。但是她並沒有幫誰說話，並把每件事情視爲當然。像所有的男孩一樣，他也會模仿史金納博士。吃了飯後，他感到很溫暖，又喝了兩杯雪利酒，幾乎醉了，於是他就開始爲姑媽模仿史金納博士的模樣，並且以親密的口氣稱呼史金納博士爲「桑姆」。

「桑姆，」他說，「是一個可怕的老千。」雪利酒導致他說出這句虛張聲勢的話，因爲不管史金納博士是怎樣的人，他對爾內斯特少爺而言總是一種眞實的存在，在他面前，爾內斯特很快就會屈服。亞雷希微笑著，說道，「我對此不能說什麼，能嗎？」爾內斯特說，「我想是不能，」然後就不再說了。不久之後，他說出了很多微不足道但卻自命不凡的話，並沒有原創性，而是學自別人，卻自以爲很正確。這件事顯示出，甚至在那麼早的時候，爾內斯特就很相信自己，而這種相信因其荒謬而顯得很有趣。他的姑媽以寬大的態度評斷他——她當然一定會這樣。她很清楚，那些傲慢從何而來，並且在看出他已經相當鬆了口後，就不再讓他喝雪利酒了。

然而，爾內斯特是在吃完飯後才完全贏得了姑媽的歡心。姑媽發現，他跟她自己一樣非常喜歡音樂，並且是最高級的音樂。他懂得大師作品的各種片斷，以哼歌或吹口哨的方式唱給她聽。人們幾乎不會想到，像他這樣年紀的男孩會懂得這麼多。顯然這是純粹的本能，因爲在羅波羅文法學校，音樂是不受到鼓勵的。學校中沒有男孩像他那樣喜歡音樂。他說，他的知識都是來自聖邁可教堂那位彈風琴的人，因爲這個人有時會在週日下午演奏。爾內斯特在經過教堂外面時，聽到風琴聲大作，就偷偷走進裡面，上到風琴樓座。久而久之，這個彈風琴的人就很習慣這位常客，兩個人變成了朋友。

於是亞蕾希認爲，這個男孩値得她下工夫。「他喜歡最好的音樂，」她想著，「而他又討厭史金納博士。這是個很不錯的開始。」她在晚上時送他走，在他口袋中放了一鎊的錢（而他只希望得到五先令）。她感覺好像花了這個錢後大大値回票價。

第三十三章

第二天，彭提菲家的這位小姐回到城裡，滿腦子想著她的姪子，以及如何好好的幫他一幫。她認爲，爲了眞正對他有所幫助，她必須幾乎完全專注在他身上。事實上，她必須長時間放棄住在倫敦，還要住在羅波羅，才能夠不斷看到他。這是一種嚴肅的工作。她最近十二年都住在倫敦，自然不喜歡像羅波羅這樣一個小小的鄉城。做這麼大的改變難道是明智之舉嗎？人們在這個世界上最好不是不要孤注一擲嗎？一個人除了死前立下對另一個人有利的遺囑之外，還能做出對他有很大幫助的事嗎？難道不是每個人都應該照顧自己的幸福嗎？如果每個人都注意自己的事情，讓其他人注意他們自己的事情，這個世界不就會非常美好地持續下去嗎？生活並不是一種騎驢子比賽——每個人都騎鄰人的驢子，最後的一個人得勝。詩篇的作者很久以前就道出一種普遍的經驗。他說，沒有人可能解救他的兄弟，也不可能爲他的兄弟與上帝立下協定，因爲如要救贖靈魂，這樣做是不夠的。所以，他必須永遠不去做這些事。

彭提菲家的這位小姐想到了這些不去管姪子的最佳理由，還有更多的理由。但是卻有一種聲音反對這些理由，那就是一個女人對孩子的愛，加上一種願望：她希望在自己家中的年輕後代中找到一個人，能夠讓她表現深情，也讓對方能夠以深情回報她。

除了這一點之外，她也想把自己的錢留給一個人。她不想把錢留給自己幾乎不了解的人，不能因爲這個人剛好是她不曾喜歡的兄弟姊妹的兒子或女兒，就把錢留給他。她非常了解金錢的力量與價值，也了解有多少可愛的人每年因缺少錢而受苦、死去。她只可能把錢留給某一個正直、可愛又多多少少窮困的人。她希望，繼承她錢的人非常可能以溫和又明智的方式使用錢，也因此很可能感到非常快樂。如果她能夠在姪子和姪女中找到這樣一個人，那是最好了。花很大的工夫去找到這樣一個人是值得的。但是，如果她找不到這樣一個人，那就必須去找一個沒有血緣關係的繼承人。

「當然，」她不只一次對我這樣說，「如果是這樣，我會搞得焦頭爛額的。我會選一個長得好看、衣著漂亮的守財奴，風度翩翩，讓我著迷。他會畫皇家學會的畫，會為《泰晤士報》寫文章，一旦我斷了氣，會做出可怕的事。」

然而，到那時為止，她卻完全沒有立下遺囑，這是少數讓她困惱的事情之一。要不是我阻止她的話，我相信她會把大部分的錢留給我。我的父親留給了我很多錢，足可過小康的生活，而我的生活一直很簡單，所以不曾有金錢上的困難。尤有進者，我特別注意不要讓人們有機會說我的壞話。因此，她很清楚，如果她把錢留給我，就非常可能傷害到那種存在於我們之間的關係——假定我意識到了這種關係。但是，我並不介意她去談談要讓誰繼承她的錢，只要大家了解我不是那個人。

爾內斯特讓她很滿意，因為爾內斯特很能夠讓她感到強烈的興趣。但是，她卻是經過很多天的沉思才眞正做了決定，並且日常生活也受到干擾。至少她說，她是花了幾天的時間。情況確實像是如此，但是從她開始說到此事的那一刻，我就猜到事情會如何結束。

她安排在羅波羅地方買一間房子，在那兒住兩、三年。然而，為了對我的一些異議表示妥協，她也安排在果維街保有房間，每個月去城裡待一個星期。當然，大部分的假日她也要離開羅波羅。兩年後，除非事情很成功，不然就要告一個結束。無論如何，到了那時候，她應該已經決定這個男孩的性格如何，然後看情況採取行動。

她在表面上所提出來的藉口是：她的醫生說，她在倫敦生活了那麼久，應該到鄉村待一兩年，並建議羅波羅這個地方，因爲那兒空氣清新，來往倫敦都很方便——此時鐵路已經通到羅波羅。如果在見了姪子更多次之後，發現無法在他身上有所進展，她會注意不讓她哥哥和姊姊抱怨。她也會注意不讓這男孩心中產生任何錯誤的期望。

在決定一切後，她寫信給希波德，說她想在就要到來的邁克爾節那天，在羅波羅買一棟房子，並且以好似不經意的口氣說，那個地方有一件事很吸引她，那就是，她的姪子在那兒上學，她希望更經常看到他。

希波德和克麗絲蒂娜知道亞蕾希非常喜愛倫敦，認爲她想去住在羅波羅是很奇怪的事。但是，他們並不認爲，亞蕾希去那兒完全是爲了她的姪子，更不認爲，她已經想到要讓爾內斯特成爲她的繼承人。如果他們猜到了這一點，他們就會很吃醋，我相信他們會要求她去住別的地方。然而，亞蕾希比希波德年輕兩、三歲，她還差幾年才五十歲，很可能活到八十五歲或九十歲，因此她的錢並不值得費心，所以她的哥哥與嫂嫂可以說忍痛不去想及此事，無論如何認爲，如果她在他們還活著的時候有了三長兩短，錢當然是落在他們身上。

亞蕾希會更常見到爾內斯特——這倒是一件嚴重的事情。克麗絲蒂娜遠遠就嗅出了惡意的氣息——她時常會這樣。亞蕾希很世故，身爲希波德的一位妹妹是可能很世故的。她在寫給希波德的信中說，她知道希波德與克麗絲蒂娜是多麼擔心這個男孩的福祉。亞蕾希認爲，這樣已經足夠慷慨，但克麗絲蒂娜卻想要更美好、更強有力的表現。「她怎麼會知道我們是多麼掛念我們的寶貝兒子呢？」當希波德把妹妹的信給她看時，她這麼說。「親愛的，我想，如果亞蕾希自己有孩子，才會比較了解這些事情。」克麗絲蒂娜最不想聽到有人告訴她說，沒有任何父母可與希波德和她自己相比。如果姑媽與姪子之間沒有形成某種聯盟關係，她是不會感到很自在的，但她和希波德卻又不想讓爾內斯特有任何聯盟。喬伊和夏洛蒂對爾內斯特而言就是很好的聯盟了。然而，如果亞蕾希選擇去住在羅波羅，他們畢竟無法阻止她，並且還必須善加利用這個情況。

幾個星期後，亞蕾希確實選擇去住在羅波羅了。她找到了一間房子，四周有一片原野，還有一座很棒的小花園，很適合她。「無論如何，」她對自己說，「我將會享有新鮮的雞蛋與花兒。」她甚至考慮要養一頭母牛，但最後還是決定放棄。她重新裝潢整間房子，並沒有從果維街的房子搬來任何東西。到了邁克爾節，她就很舒適地安頓好了，開始感到很自在——她買這間房子時，房子是空的。

彭提菲家的這位小姐最初所採取的行動之一是：邀請十幾位最聰明和有禮的男孩來跟她一起吃早餐。她從教堂的座位上可以看到高年級男孩的臉孔，不久就決定哪一位最適合栽培。彭提菲小姐坐在教堂中男孩們的對面，隔著面紗，以敏銳的眼睛，根據女人的標準評估他們，對於自己所詳細觀察的大部分男孩，獲得了一種比史金納博士更眞實的結論。她看到一個男孩戴上手套，她愛上了他。

我已說過，彭提菲小姐經由爾內斯特而掌握了這些男孩中的幾位，讓他們吃得很好。如果一個性情溫和又仍然很漂亮的女人要讓男孩吃得很好，他們是不會拒絕的。在這方面，男孩像是很好的狗——給牠們一根骨頭，牠們就會立刻喜歡妳。只要亞蕾希認爲任何其他小策略可能贏得他們對她的忠心，她都加以使用，並且藉此贏得他們對她姪子的讚許。她發現足球俱樂部有一點金錢上的困難，就立刻提供半鎊去解除困難。男孩子們沒有機會反對她，她很容易地一個個「擊落」他們，好像他們是窩中的松雞。但是她自己並沒有「毫髮未傷」：她寫信告訴我說，她愛上其中六、七位。「比起那些聲稱是他們的老師的人，」她說，「他們好得太多了，懂得太多了！」

我相信，人們最近都在說，年輕又好看的人才是眞正年紀大、眞正有經驗的人，因爲只有他們才擁有活生生的記憶來指引自己。「青春的一切魅力，」有人說，「在於它在經驗方面勝過老年。如果這一點因某種理由而失靈或被誤用，則魅力就破滅了。我們說，我們變老，其實我們應該說，我們變新，或變年輕，爲了沒有經驗而感到痛苦，努力要去做以前不曾做過的事情，失敗得越來越慘，最後面臨死亡的完全無能。」

彭提菲小姐在上面這段文章還沒有出現之前早就去世了，但是她卻獨自獲得十分相同的結論。因此，她首先把男孩子們處理好。史金納博士甚至比較容易應付。事實上，史金納博士和史金納夫人在彭提菲小姐一安頓下來就去拜訪她。她極盡愚弄史金納博士之能事，在這位博士第一次來訪時，就要他答應送給她一首次要詩作的手稿（史金納博士是最優雅又最易親近的次要詩人之一）。她並沒有忘記其他老師和老師的妻子。亞蕾希用盡苦心去取悅他們，無論她到什麼地方，她都這樣做，只要女人用盡苦心這樣做，通常都會獲得成功。

第三十四章

彭提菲小姐不久就發現，爾內斯特不喜歡運動；她也看出，要期望他喜歡運動是幾乎不可能的。他的身體發育得很完美，但卻非常沒有體力。以後，他有了不錯的體力，但是比起其他男孩是晚了很多。當時他只是一個骨瘦如柴的小男孩。他需要什麼東西來強化手臂與胸膛，不用像學校的運動那樣把他搞得團團轉。亞蕾希首先考慮到要以某種方式來滿足他的這種需求，同時增加他的快樂。划船很可能達到這些目的，但是很不幸的是，羅波羅地方沒有河流。

無論是什麼，總得是他很喜歡的運動，就像其他男孩喜歡板球或足球。並且，他必須自認對這種運動的喜愛本來就是源自自己。要找到任何適合的運動是很不容易的，但是她不久就想到，她可以把他對音樂的喜愛列入考慮。於是，有一天，她趁他到她家度假的時候問他：是否要她買一架風琴給他彈？當然，男孩說要。然後，她把有關她的祖父及其所建造的風琴的事告訴他。他從來沒有想到自己可以建造一架風琴。但是，他從姑媽所說的話中獲知，建造風琴並不是不可能的事，於是，他以很渴望的心情「上鉤」了，正如她所希望的。他想要開始學會鋸木頭與刨木頭，立刻製造出木管。

彭提菲小姐認為，這是她所能想到的最適當的主意。她想到，爾內斯特也會附帶學習到木匠方面的知識，心中很喜歡。德國人習慣讓每個男孩學會一種手藝，他們的這種智慧讓她留下深刻的印象，雖然這也許是很愚蠢的。

她寫信給我，談到這件事，在信中說，「職業對於那些有資本，也有關係與優勢的人而言是很好的，但是若非如此，職業卻是累贅。你和我都不知道，有多少人很有天分，很勤奮，非常明智，很正直，事實上擁有應該獲得成功的每種特性，然而，他們卻每年等待著，抱著一線找到工作的希望，結果工作一直沒有出現。除非人們天生擁有優勢，或者為了找到工作而結婚，否則就不可能有工作。爾內斯特的父親和母親沒有優勢，就算有，也不會去使用。我想，他們會讓他成為一位牧師，或者努力這樣做——也許這對他而言是最好的，因為他可以用祖父留給他的錢買一份聖俸，但是，我們不知道這個男孩在時間來臨時會有什麼想法。就我們所知，他也許會堅持到美國的偏僻地方，就像現在很多其他年輕人所做的一樣。」……但是，無論如何，爾內斯特很想建造一架風琴，此事對他不會有壞處，所以越早開始越好。

亞蕾希認為，如果她把這個計畫告訴她的哥哥與嫂嫂，最後可以免掉麻煩。「我認為，」她在信中寫道，「史金納博士不會很熱心贊同我試圖把風琴的建造引進羅波羅文法學校的課程之中，但是，我要看看從這位博士身上能夠爭取到什麼，因為我已經決定要擁有爾內斯特親手建造的風琴。在風琴放在我家時，他可以隨心所欲去彈，一旦他有自己的家，我就永遠借給他。但是這架風琴目前將是我的財產，因為我要付錢來建造。」她在信中這樣寫，是要希波德與克麗絲蒂娜明白，他們在這件事情上不必花錢。

如果亞蕾希跟亞拉比家的小姐們一樣窮，讀者們也許會猜出，爾內斯特的爸爸與媽媽對這個提議會有什麼看法。但是，如果她跟她們一樣窮，她也就永遠不會提議這件事了。希波德與克麗絲蒂娜不喜歡爾內斯特越來越受到姑媽的寵愛。但是，爾內斯特獲得姑媽的寵愛，也許勝過讓這位姑媽投向約翰．彭提菲家人那邊。希波德說，唯一讓他猶疑的事情是：如果鼓勵這個男孩去喜愛音樂，他以後也許會跟層次較低的同伴湊在一起，何況，希波德也一直不喜歡他喜愛音樂。希波德觀察到一件事，覺得很遺憾：爾內斯特不久就表示很渴望去結交層次較低的同伴，也很可能去認識那些會污染他的純眞心靈的人。克麗絲蒂娜想到這兒，不禁身體發抖，但是，一旦充分說出自己的顧忌後，他們就感覺到（當人們開始「感覺到」時，就一定會去採取自認是比較世俗的行動）：如果他們反對亞蕾希的提議，就可能傷害到兒子的前途，這是不對的，於是他們就同意了，但是並不是很親切地表示同意。

然而，過了一段時間後，克麗絲蒂娜就很習慣於這個想法了，在經過考慮後，終於表現出特有的熱情來投入此事。如果彭提菲小姐是一支鐵路股股票，那可以說，她在巴特斯比地方的股票市場中上漲了幾天；她不可能連續上漲很久的時間，但仍然有一段時間確實是上揚的。克麗絲蒂娜的思緒遊移到風琴上；她似乎已經親手建造了風琴；就風琴的美與力而言，英國不會有其他風琴足與這架風琴相比。她已經聽說，劍橋有名的華米斯勒博士誤以為風琴是某一位史密斯神父。風琴實際上會送到巴特斯比教堂，因為這間教堂沒有風琴，關於亞蕾希想要保有風琴，想必全是無稽之談，爾內斯特還有很多年的時間都不會有自己的房子，他們也不可能讓風琴放在教區牧師住宅。哦，不！巴特斯比教堂是放置風琴的唯一適當地方。

當然，他們會舉行一次莊嚴的啟用典禮，主教會來參加，也許小菲金斯會來拜訪他們。克麗絲蒂娜必須問一問爾內斯特：小菲金斯是否已經離開羅波羅文法學校？小菲金斯甚至可能說服他的祖父隆斯福德爵士來參加。如此，隆斯福德爵士、主教以及其他人都會讚美她，而支持典禮的衛斯理博士或華米斯勒博士（誰都無所謂）會對她說，「親愛的彭提菲夫人，我不曾彈過這麼棒的樂器。」然後，她會投給他最甜美的微笑，回答說他是在恭維她，於是他會談起傑出男人（因為那時的傑出男人是爾內斯特）的有趣瑣事，說傑出男人的母親都是傑出的女人——以及等等，等等的。一個人讚美自己的好處是：可以極力讚美又適得其所。

希波德寫給了爾內斯特一封不懷好意的短信，談到他的姑媽在這件事情上的意圖。

很穩定的。

「我不想提出意見，」他在信上說，「來表示此事是否會有任何結果。這件事完全取決於你自己的努力。你目前爲止已經擁有非凡的優勢。你的姑媽非常想要對你表示友善，但是，如果你不想讓這件有關建造風琴的事最後證明只是又一件令人失望的事，那麼，你就必須比以前更加證明你的性格是很穩定的。

「我必須堅持兩件事：第一，不要因爲這件新差事，就不去注意你的拉丁文與希臘文」（「拉丁文與希臘文又不是我的，」爾內斯特想著，「從來就不是」）——「第二，如果你在假日建造任何部分的風琴，不要把膠水或刨屑的氣味帶進房子。」

爾內斯特仍然太年輕，不知道自己所收到的這封信是多麼令人不快。他相信信中所包含的諷刺成份是完全正確的。他知道自己非常沒有毅力。他喜歡某些事情一段時間，然後又發現不再喜歡它們——這是很糟的情況。看到父親的信後，那種爲了自己一無是處而經常發作的憂鬱情緒又襲他而來。但是想到風琴，心裡又感到很舒慰。他確知，無論如何，這是他可以全力以赴而不會厭倦的一件事。

事情決定了：聖誕節假期還沒有結束之前，風琴不開始建造，在這之前，爾內斯特要做一點簡單的木匠工作，以便知道如何使用工具。彭提菲小姐已經在自己住處的附屬小屋中安置了一個木匠工作枱，並和羅波羅最有地位的木匠約好，請一個人員一星期來兩次，一次兩、三小時，讓爾內斯特能夠上路。然後，她想要完成某些簡單的工作，於是就委託男孩去做，付給他很多錢，並提供他工具與材料。她不曾對他說出什麼忠告，也不曾跟他談到「一切都取決於他自己的努力」這類的話。她只是時常親吻他，也會走進工作場，很巧妙地表現出有興趣於他正在做的工作，結果，他不久就眞的感到有興趣了。

只要有了這種助力，有哪一個男孩不會很衷心地喜歡上幾乎任何的事情呢？所有的男孩都喜歡製造東西。鋸、刨以及錘打的動作正是他的姑媽所希望的——可以讓這個男孩運動（但不會太過分），同時也可以讓他覺得有趣。一旦爾內斯特那沒有血色的臉孔因工作而變紅，而眼睛閃亮著愉悅的亮光，他看起來就跟他的姑媽才在幾個月前所接手的那個男孩十分不同了。爾內斯特的內在自我不曾告訴他說，這種工作是騙人的，倒是告訴他說，拉丁文與希臘文是騙人的。製造工具以及製造抽屜是値得專心去做的。聖誕節過後，風琴就隱約出現了，幾乎不曾在他心中消失過。

他的姑媽讓他邀請朋友來，鼓勵他帶來一些人——她敏銳地感覺到，這些人是最令人滿意的人。她也使得他的外表變得很瀟灑，從來不對他說教。她確實是在所允許的短時間內創造了奇蹟。如果上帝沒有那麼快奪去她的生命，我想我們這位男主角就不會籠罩在烏雲中，在那麼年輕時就生活在那麼沉重的陰鬱氣息中。對他而言很不幸的是，他所散發的陽光太熱、太明亮，無法持久。他還要度過很多暴風雨之後才會過得十分快樂。然而，就此時而言，他還是非常快樂的，而他的姑媽則是又快樂又感激，因爲他很快樂，因爲她看到他進步，因爲他毫不拘束地表達出對她的深情。她每天都越來越喜歡他，儘管他犯了很多錯，表現出幾乎令人無法相信的愚蠢行爲。也許就因爲這些事情，她看出他多麼需要她。但是，無論如何。無論是基於什麼原因，她都堅定決心，決定成爲他的父母，把他視爲兒子而不是姪子。但是，她仍然沒有立下遺囑。

第三十五章

第二學期的前半部，一切都很順利。彭提菲小姐假日的大部分時間都在倫敦度過。我也在羅波羅看到了她，因爲我在那兒待了幾天，住在「天鵝旅館」。我聽到了有關我的教子的一切，然而，我對他的興趣卻比我所說過的還低。我對那時的戲劇界的興趣，勝過對任何其他事情。至於爾內斯特，我發覺他很討人厭，因爲他佔去了他的姑媽大部分的注意力，使得姑媽常常從倫敦來到羅波羅。風琴已經開始建造，在半年的前兩個月之中很有進展。爾內斯特比以前更加快樂，並且正在力爭上游。基於他的姑媽的緣故，一些最好的男孩更加注意他；他也比較不去結交那些引導他去做壞事的男孩。

然而，儘管彭提菲小姐做了很多努力，卻仍然無法一夕之間解除巴特斯比的環境對這個男孩造成的影響力。雖然這個男孩害怕又不喜歡父親（只不過他仍然不知道到達什麼程度），但是他也受到父親很大的影響。如果希波德仁慈一點，爾內斯特反而會完全向他看齊，不久也許就會成爲一個徹頭徹尾自命不凡的人。

很幸運的是，他的脾氣是遺傳自母親。只要這位母親不受到驚嚇，只要她的丈夫沒有一丁點兒任性的表現，那麼，她就是一個和藹、善良的女人。我應該說，她是很善意的——如果這樣說及任何人不算是很惡劣的。

爾內斯特也遺傳了母親喜歡做白日夢的習慣，遺傳了她的虛榮心——應該是稱爲「虛榮心」吧。他很喜歡炫耀，只要能夠吸引別人的注意力，他很少去介意是來自何方，也很少去介意是爲了什麼。他像鸚鵡一樣，學會從年紀較大的男孩那兒所聽到的任何黑話，自認爲是很正確的言語，無論是否適合時宜，他都公開說出來，好像是自己想出來的。

彭提菲小姐年紀夠大，也夠明智，所以她知道，甚至最偉大的人物，一般而言也是以這種方式開始發展。她對於爾內斯特容易接受事物以及容易模仿的傾向感到很滿意，至於對他所學到和模仿的事物所感到的不安，則猶其餘事。

她看出爾內斯特很喜愛她。她相信這一點，不去相信其他的一切。她也看出，他的自負並不很嚴重，而他的自我貶低是屬於極端的現象，就像他的異常興奮也是極端的現象。他容易衝動，並且只要有人對他露出愉快的微笑，沒有表現出完全不仁慈的行為，他就會對他們表示樂天的信任——這兩點倒是比他性格中的任何其他特點更令她擔心。她很清楚地看出，他必須多次遭遇粗魯的欺騙，才會在適當的時間之內學會區分朋友與敵人。由於她知覺到這一點，所以很快就被迫去採取行動。

她的健康大多是處在非常良好的狀態中，一生之中不曾生過重病。然而，在一八五〇年復活節不久之後的一天早晨，她醒過來時卻感到非常不舒服。有一段很短的時間，當地居民都在談論發燒的症狀，但是，在那些日子裡，人們對於傳染病的流行所應該採取的預防措施，並不像現在那樣瞭解，也沒有人採取任何行動。一兩天之後，情況顯示，彭提菲小姐患了傷寒，病得很重。她知道之後就派了一位信差到城鎮，要這位信差把她的律師和我找去。

我們在被告知的那一天下午到達，發現她還沒有陷入昏迷狀態：她很愉快地迎接我們，讓我們很難認為她可能病得很重。她立刻說明自己的願望，如同我所預期的，她的願望涉及到她的姪子。她也不斷談到一件事情的實際內容，我前面已經提到這件事，即她的姪子令她不安的主要原因。然後，基於我們之間有著長久的親近關係，基於她所遭遇的危險突如其來，也基於她無法避開這種危險，她要求我為她辦一件事。她說，她很清楚，如果她死了，這件事就會是一件令人不愉快又惹人怨的請託。

她想在表面上把她的大筆錢留給我，但實際上卻是留給她的姪子，也就是說，她委託我幫他管理，一直到姪子二十八歲。但是，姪子和其他任何人都不得知道此事——除了她的律師和我自己。她要留下五千鎊的其他贈予金，留下一萬五千鎊給爾內斯特——等到他二十八歲時將累積到三萬鎊之多。「把債券賣掉吧，」她說，「換成現金，存進『中部證券公司』。

「讓他去犯錯，」她說，「讓他自恃祖父留給他的錢而去犯錯。我不是先知，但是甚至我也可以看出，那個男孩要經過很多年才能像他的鄰人一樣看清事情。他不會獲得父親和母親的幫助。如果我公開把錢留給他，他的父親與母親就永不會原諒他這麼好運。我敢說，我錯了，但是，我想，他必須先失去所擁有的大部分金錢，然後才會知道如何去保有將從我這兒所得到的金錢。」

假定他在二十八歲之前破產了，那麼錢就全部是我的，但是她說，她相信我會在適當的時候把錢交給爾內斯特。

「如果，」她繼續說。「我錯了，那麼最壞的情況是：他會在二十八歲時獲得一筆較大的錢，而不是在二十三歲時獲得一筆較小的錢，因爲我不會在更早的時候給他這筆錢。如果他對這筆錢一無所知，他就不會因爲沒有這筆錢而不快樂。」

他要我接受兩千鎊，回報我費心保管這個男孩的財產，也表示立遺囑的她希望我會在男孩仍然年輕時時常照顧他。至於其餘的三千鎊，則由我付給朋友和僕人做爲贈予金與養老金。

她的律師和我都忠告她說，這種安排是既不尋常又很冒險的，但是沒有用。我們告訴她說，就人性而言，明智的人所採取的觀點，並不會比平衡法庭所採取的觀點更樂觀。事實上，我們說出了任何其他人所會說出的一切。她承認一切，但卻堅稱自己的時間很短，且無論如何不會以平常的方式把錢留給姪子。「這是一種非常愚蠢的遺囑，」她說，「但他也是一個非常愚蠢的男孩。」她說完這句俏皮話，露出十分愉快的微笑。她跟自己家中的所有其他成員一樣，一旦下了決心就表現得非常倔強。所以事情就按照她的意思去做了。

遺囑中沒有提到：如果我或爾內斯特死了怎麼辦；彭提菲小姐認爲我們兩人都不會死，同時她病得很重，無法顧及細節。尤有進者，她急著要在還能夠簽署遺囑的時候進行簽署的工作，所以我們實際上並沒有選擇的餘地，只有按照她的吩咐去做。如果她復原的話，我們就能夠以更令人滿意的立足點看清事情，進一步的討論顯然只會減弱她復原的機會；就當時的情況而言，不是立下這個遺囑，就是完全沒有遺囑。

遺囑簽好之後，我以複寫的方式寫了一封信，內容是說，我擁有彭提菲小姐委託我爲爾內斯特保管的所有財產——除了五千鎊之外，但是在二十八歲之前，爾內斯特不能繼承這筆財產，不能直接或間接知道此事。如果他在還未繼承這筆財產之前破產，則財產全屬於我。在兩封信底下，彭提菲小姐都寫著，「上面所述，都在我立遺囑時爲我所知悉，」然後她簽了名。律師與律師的辦事員爲見證人；我自己保有一份，另一份交給彭提菲小姐的律師。

這一切完成後，彭提菲小姐就顯得比較安心了。她主要是談到這位姪子。「不要責罵他，」她說，「就算他反覆無常，不斷提起又放下，也不要責罵他。除了以這種方式之外，他還能如何發現自己的力量或弱點呢？一個人的職業，」她說，發出不懷好意的輕微笑聲，「並不像他的妻子，必須一次解決，無論是好是壞，不用事先檢驗。讓他到處走動，發現他到底最習慣傾向什麼事情，如此知道他最眞實的嗜好是什麼——然後讓他堅持那種嗜好。但是，我敢說，爾內斯特要到四十歲或四十五歲才會安頓下來。然後，他先前的一切不忠行爲將會一起有助於他——如果他是我所希望的那種男孩。

「尤其是，」她繼續說，「不要讓他使盡力氣，除了一生之中有一兩次。除非總體來說事情很容易做成，不然沒有什麼事情會做得好，也沒有什麼事情值得做。希波德和克麗絲蒂娜會給他一把鹽，教他去捕捉致命的七種美德」——說到這兒，她又以老樣子笑一笑，既透露嘲諷意味又顯得很可愛——「我想，如果他喜歡薄煎餅，也許他最好在聖灰瞻禮日前的星期二吃這種餅，但這就夠了。」這是她最後說出的有條理的話。從此以後，她的情況持續惡化，一直到死之前都陷入精神錯亂狀態——她是在不到兩星期之後去世的，讓認識與喜愛她的人都感到無可言喻的悲傷。

第三十六章

我寫信給彭提菲小姐的哥哥與姊姊，他們一個個快速趕到羅波羅。在他們到達之前，這個可憐的女人已經陷於昏迷狀態中。基於她最終的安寧，我很慶幸她沒有恢復意識。

我一生都認識他們這幾個人，因爲只有小時候一起玩的人才會彼此認識。我知道，他們全都讓她的生命成爲她自身的一種負擔——也許希波德最沒有這樣做，但他們全都多多少少這樣做——一直到她的父親去世，使她能夠成爲自己的主人。我很不高興他們一個個來到羅波羅，詢問他們的妹妹是否已經足夠恢復意識，可以見見他們。他們知道，她在一生病時就叫我去，也知道我待在羅波羅。我承認，我當時很生氣，因爲他們以懷疑、蔑視、好問的態度對待我。要不是他們認爲，我知道一些他們想知道的事情，有機會從我這兒打聽到——因爲我顯然在某方面參與了他們的妹妹立遺囑一事——不然，我相信，除了希波德之外，他們全都會完全不理睬我。他們之中沒有人懷疑到遺囑的表面性質，但是我想，他們唯恐彭提菲小姐會把錢留給社會大衆使用。約翰以非常漠然的態度說，他記得聽過妹妹說，她想要把錢留下來創立一間大學，紓解處於困境中的戲劇作家。我對於他的說詞沒有回應，我確知他的懷疑心理加深了。

等到彭提菲小姐斷氣之後，我就找到她的律師寫下文字，把她處理遺產的情況告訴她的哥哥和姊姊。他們自然很憤怒，於是各自回家，沒有參加葬禮，完全不去注意我。這也許是他們可能對我做出的最仁慈事情：他們的行爲讓我很生氣，所以本來不樂意接受亞蕾希的遺囑的我，此時幾乎很樂意接受了。要不是因爲如此，我會強烈地感受到遺囑的壓力。本來，這遺囑已經使得我置身在一種情勢中

（而我卻是最急於想避開這種情勢的），也讓我承擔了一種很重的責任。如今我的壓力減輕了，但是，我仍然不可能逃避，我只能讓事情自然發展下去。

彭提菲小姐曾表示希望埋葬在巴勒罕。因此在以後的幾天，我把她的屍體運到那兒。自從我的父親在大約六年前去世後，我就不曾到過巴勒罕。我時常想去那兒，但卻又畏縮不前，而我的妹妹已經去過兩三次了。我無法忍受看到那間曾經多年是我的家的房子落在陌生人的手中。我無法忍受以莊重的姿態去敲那個鐘，因爲除了在男孩時代以玩笑的姿態去敲響之外，我不曾去敲擊那個鐘。我無法忍受去感覺到自己已經跟那座花園沒有了關係，而我在童年時代曾在那座花園中採擷很多花束，並且在我成年後的很多年之中，那座花園似乎都是屬於我自己的。我無法忍受看到房間失去了每種熟悉的特色，如今儘管熟悉，卻是那麼陌生。如果我有充分的理由必須去，我是會把這一切視爲當然，並且也無疑會發現，這一切實際上並沒有像預期中那麼惡劣。但是，由於我不曾有特別的理由要去巴勒罕，所以我到那時爲止都避免去那兒。此時，我是必須要去了。我要坦白說，當我帶著童年玩伴的屍體到達那兒時，那種受壓抑的感覺是從來沒有過的。

我發現，村莊的改變比我所預期的還大。鐵路已經通到那兒，老彭提菲先生與夫人的農舍，變成了一座嶄新的黃色磚築車站。只剩下木匠的店還立在那兒。我看到我所認識的很多面孔，但是甚至在六年的時間之中，他們也似乎變得老了很多。一些很老的人已經去世，而不是很老的人則變得很老了。我感覺像是童話中的醜小孩，在經過七年的睡眠後回來了。每個人似乎都很高興看到我，只不過我不曾有特別的理由讓他們這樣高興。凡是記得老彭提菲先生與夫人的人，都很熱烈地談到他們，很高興他們的孫女希望被埋葬在他們身邊。我在一個多風又多雲的傍晚微光中走進教堂墓地，站在靠近老彭提菲先生的墳墓旁的一個地方——是我爲亞蕾希所選擇的一個地方。她從此將安息在那兒，而我有一天一定會安息在某一個這樣的地方，只不過我不知道何時何地。我想到我們兩人曾多次在這個地方一起玩耍，就像兩小無猜的情人。

第二天，我陪著她的屍體到墓地，並在適當的時候立起一塊樸素的石板，以紀念她。石板盡可能像立在她的祖母與祖父的墳墓上方的石板。我刻下她的生死日期與地方，但只再加上一行文字，說明此碑是由一個認識她和愛她的人所立。我知道她多麼喜愛音樂，有一度本來想刻上幾個樂節——如果能找到似乎適合她的性格的樂節——但是，我知道她會多麼不喜歡墓碑上有任何奇特的東西出現，因此就沒有這樣做了。

然而，在我做這個結論之前，我曾想到，爾內斯特也許能夠幫我做正確的事情，所以就寫信給他，談到這件事。以下是我所收到的回信：

親愛的教父：我把我所能想到的最好樂節寄給你。它是韓德爾六部莊嚴的賦格中最後一部的樂旨，樂節如下：

（緩慢、莊嚴）

這個樂節其實比較適合男人，尤其是對事情感到很難過的老年男人，比較不適合女人。但是，我想不到更好的樂節。如果你不喜歡獻給亞蕾希姑媽，我就保留給自己。

愛你的教子，爾內斯特・彭提菲

這就是那個會用兩個便士買糖果，卻不會用兩個半便士買糖果的小孩嗎？天啊，我心中想著，這些小孩兒確實會不甩我們的。他在十五歲時就選了自己的墓誌銘——適合一個「對事情感到很難過」的人，並且是那樣的曲調，嗯，也許很適合達文西本人呢。於是，我認爲這個男孩是一個很自負的小子，而他無疑是如此——但是，和爾內斯特同年紀的很多其他年輕人也都是如此。

第三十七章

如果說，當彭提菲小姐第一次接手照料爾內斯特時，希波德與克麗絲蒂娜並不太高興，那麼，當姑媽與姪兒之間的關係如此永遠斷絕時，他們更不高興。他們說，根據妹妹所說的話，妹妹確實要讓爾內斯特成爲她的繼承人。我不認爲她曾對他們這樣暗示過。希波德確實告訴爾內斯特說，姑姑曾在一封不久將公佈的信中這樣暗示過。但是，如果希波德要讓自己成爲不受歡迎的人，他就會立刻讓一點點瑣碎的東西在想像中塑造出最有利的狀況。我並不認爲，他們在還不知道亞蕾希瀕臨死亡的時候，就已經斷定她要如何處理自己的金錢。我已經說過，如果他們當初認爲，她可能讓爾內斯特成爲繼承人，不先與他們商量，並且無論如何不留給他們任何遺產，那麼，他們就會很快去阻礙姑媽與姪兒之間的進一步親近關係了。

然而，他們還是有權利感到不平，因爲他們和爾內斯特都沒有獲得任何東西。他們可以爲了自己的男孩而表示失望，只不過他們太有自尊心，不會主動承認很失望。事實上，如果他們在這種情況下感到很失望，那只是很溫和的表現。

克麗絲蒂娜說，這份遺囑是很不當的，如果她和希波德採取正確的行動，她相信可以將遺囑推翻。她說，希波德應該告到大法官那兒，不是在正式的法院中，而是在法院辦公室中，這樣他就可以說明整個事情；或者，最好是她自己去告——我不敢描述最後這種想法在她心中所導致的幻想。我想，她是幻想最後希波德去世了，而大法官（他在幾星期前喪偶）向她求婚，然而她卻堅決但並非無情地拒絕。她說，她會繼續認爲他是一個朋友——幻想到這兒時，廚子進來，說肉商來訪，她要買些什麼呢？

我想，希波德想必有一種想法，認爲亞蕾希把財產遺留給我，其中必有蹊蹺，但是他並沒有對克麗絲蒂娜說到這件事。他很生氣，感覺受到冤曲，因爲他無法找到亞蕾希，向她表白內心的想法，就像他也無法找到他的父親，向他表白。「人們眞是卑鄙，」他在內心這樣說，「竟然施加這種傷害，然後避免去面對自己所傷害的人。無論如何，讓我們希望他們和我可能在天堂相見。」但是，關於這一點，他卻表示懷疑，因爲當人們做出這樣大的錯事，他們幾乎是不可能上天堂的。至於與他們在另一個地方相見，他從來沒有這個想法。

然而，這麼生氣、最近又很不習慣於逆境的這樣一個人，卻可能在某一個人身上出出氣。希波德很久以來就發展出一個工具，藉以發洩怒氣，危險最少，又最能滿足他。我們可以猜出，這個工具正是爾內斯特。因此他就在爾內斯特身上紓解重負，不是面對面，而是以寫信的方式。

「你應該知道，」他寫道，「你的亞蕾希姑媽曾經告訴你母親和我說，她是希望你繼承她的財產——當然，條件是，你的表現很好，讓她對你有信心。然而，事實上，她卻沒有留給你任何東西，她的所有財產都落入你的教父歐維頓先生的手中。你的母親和我都希望，如果她活久一點，你就會贏得她的好感，但是現在想及此事是太遲了。

「學習當木匠和建造風琴的事必須立刻停止。我不曾相信這個計畫會有什麼好處，我沒有理由改變原來的見解。我不會爲了這件事即將告一個結束而爲你感到難過；我也確知，你自己以後並不會爲此事感到遺憾。

「我想再稍微談談你的未來。我相信你知道，你已經繼承了一小筆錢，那是根據你祖父的遺囑而合法屬於你的。這次的贈遺行爲是很粗心的，我相信完全出於律師的誤解。這次的贈遺也許本來的用意是要到你的母親和我死後才生效的。然而，根據遺囑的實際用語，只要你活到二十一歲，你就可以支配遺產，不過卻必須從其中扣除一大筆錢，包括遺產稅，還有，我不知道是否有權利扣除你受教育的費用，以及從你出生到成年的生活費。如果你表現得很好，我是不會百分之百堅持我這種權利的，然而，有一大筆錢確實應該從中扣除，因此實際上屬於你的部分會是很少的——最多一千鎊或兩千鎊——但是最精確的帳目會在適當的時間給你。

「讓我以最嚴肅的態度警告你，這是你從我身上所能期望得到的一切」（甚至爾內斯特也看出，這完全不是他能從希波德身上期望得到的），「並且無論如何是要等到我去世之後，而就我們任何人所知，這可能要等很多年。這不是一筆很大的錢，但是如果你的目標穩定又眞誠，這筆錢是很足夠的。你的母親和我爲你取名爾內斯特⑨，希望不斷提醒你——」但是我眞的無法再把這種發洩感情的信抄下去了。老是那一套削弱別人意志的把戲，老是說，爾內斯特表現不好；如果他像現在這樣繼續下去，那麼，中學畢業後不久，或者無論如何，大學畢業後不久，也許就要到街上行乞，沒有鞋子也沒有襪子穿；還有，他——希波德——以及克麗絲蒂娜幾乎太善良了，完全無法適應這個世界。

希波德在寫了這封信後，感覺心情很平和，於是送給湯普遜夫人更多的湯與酒，比她平常所被許可的湯與酒還要多。

爾內斯特讀了父親的信，心中深感不安。想想吧，他親愛的姑媽是親戚中他眞正喜愛的一位，但是，甚至她都排斥他，終究認爲他不是好孩子。這是最無情的打擊。彭提菲小姐的病來得很突然，雖然只想到他的福祉，卻沒有當場稍微提到他，致使他父親的諷刺很刺痛他。由於彭提菲小姐的病會傳染，所以在知道是什麼病後就沒有見他。我自己並不知道希波德有寫這封信，也沒有充分想到我的教

---

⑨ Ernest，原義為「真誠」——譯註。

子，無法猜測到他很可能陷入的情況。很多年後，我發現了希波德的這封信，是在爾內斯特於學校所使用的一個文件夾的封袋中發現的，裡面還收集其他舊信件以及學校文件，我都在本書之中加以使用。爾內斯特忘記他有這封信，但是在看到這封信後卻告訴我說，他記得，讓他開始反抗父親的第一件東西就是這封信。他體認到，那種反抗是正確的，只是他不敢公開承認。他恐怕必須放棄祖父留給他的遺產，但是這件事一點也不嚴重，因為如果遺產之所以屬於他，只是差錯所造成的結果，他又怎麼可能保有它呢？

在學期的其餘時間之中，爾內斯特顯得無精打采又不快樂。他很喜歡自己的一些同學，但卻很害怕那些他自認比他好的同學，也很容易想像每個人都勝過他——除了那些顯然比他差很多的同學。他自視太輕，並且由於缺少自己很想擁有的體力與精力，也由於知道自己不用功，所以他相信自己並沒有所謂的美好特性。他相信自己天生不是好男孩，也不會悔悟——雖然他甚至帶著淚想要悔悟。於是，他避開自己以稚氣的方式所崇拜的那些男孩，從來就不認為自己有能力足以跟他們媲美——雖然能力有所不同。他比較常跟那些名聲較不好的男孩在一起，因為他無論如何可以跟他們平起平坐。學期還沒有結束，他已經從姑媽待在羅波羅時他所臻至的優勢下滑。他那經常出現的抑鬱心情，雖然隨著那種足與母親媲美的自負心理的突現而有變化，但還是再度支配著他。「爾內斯特啊，」史金納博士說，因為有一天史金納博士在走廊碰到爾內斯特，就像一種道德上的山崩落了下來，爾內斯特都沒有時間逃，「你從來都不笑嗎？你總是看起來這樣異常地嚴肅嗎？」史金納博士並無意要表示無情，但是這個男孩卻臉紅起來，逃走了。

有一個地方可以讓他快樂，那就是聖邁可老教堂，時間是他那位彈風琴的朋友彈奏的時候。大約在這個時候，偉大神劇的廉價版本開始出現；一旦這種版本出版了，爾內斯特就全部擁有。他有時會把一本教科書賣給舊書店，用所得的錢買一兩本《彌撒亞》、《開天闢地》或《以利亞》。這是欺騙爸爸與媽媽的行爲，但是爾內斯特又陷入情緒低落狀態——或者他認爲如此——所以他很需要音樂，不需要塞勒斯特⑩，或者無論是什麼。有時，那位彈風琴的人會回家，把鑰匙留給爾內斯特，讓他可以自己去彈，及時鎖起風琴與教堂，回學校應付點名。有時，當他的這位朋友在彈的時候，他會在教堂走來走去，看著紀念物以及古老的彩色玻璃窗，耳朵與眼睛同時著迷了。有一次，年老的教區牧師見到爾內斯特在注視著一扇正被裝上的新窗子，是教區牧師從德國買來的——據說是亞伯特．杜瑞爾的作品。教區教師問爾內斯特問題，發現爾內斯特很喜歡音樂，就以老年人的顫抖聲音說（因爲他已超過八十歲），「那麼你應該知道寫音樂史的伯尼博士了。我在年輕的時候很熟悉他。」爾內斯特聽了心裡興奮得怦怦跳，因爲他知道，伯尼博士在契斯特當學童的時候時常逃課去看韓德爾在「證券交易所」咖啡館抽菸斗，而此時他正面對一個人，這個人縱使沒有看過韓德爾，至少見過那些看過他的人。

這是他的沙漠中的綠洲。但是一般而言，這個男孩看起來又瘦又蒼白，好像有一種祕密讓他感到很沮喪。他無疑是有一種祕密，但我不能因此責備他。他不知不覺地在學校中提昇自己，但卻越來越不爲老師所喜歡。他相信，有些男孩從來就不會知道心中壓著一個祕密是什麼滋味；這些男孩對他並沒有好感。這是爾內斯特很強烈感覺到的事情；他不很在乎那些喜歡他的男孩，但卻崇拜一些盡可能與他保持距離的男孩，然而，每個地方的所有男孩都是如此的。

最後，情況出現了最嚴重的危機，因爲在爾內斯特的姑媽去世後的那個學期終了時，他在書包中帶回了一份學校的文件，希波德將之描述爲「罪大惡極」。我幾乎不用說，這是他的學校報告單。

⑩古羅馬歷史家——譯註。

這份文件一直讓爾內斯特焦慮不安，因爲父母非常仔細地研究這份文件，經常爲此盤問他。他有時會向父母「申請」上學所需要的東西，諸如文件夾或字典，然後又把它們賣掉——此事我已經說過——以補充自己的零用錢，也許是爲了買樂譜或菸草。爾內斯特認爲，這些欺騙行爲有時會立刻被發現，但一旦盤問安全過關，他心頭的負擔就落下了。這一次，希波德大肆查詢他的額外花費，但勉強讓他過關。然而，報告單的最後部分卻是另一個項目，涉及品德與操行成績。

紀錄這些細節的那一頁是這樣寫的：

五年級學生爾內斯特．彭提菲一八五一年夏季學期行為與進步報告單

古典作品——懶散、無精打采、沒有進步。

數學——同右。

神學——同右。

教室內的行為——守秩序。

一般行為——不良，經常不守時，不盡責。

每月獎金——一先令、六便士、六便士、〇便士、六便士，總計二先令六便士。

獎賞次數——二次、〇次、一次、一次、〇次，總計四次。

處罰次數——二十六次、二十次、二十五次、三十次、二十五次，總計一二六次。

額外處罰次數——九次、六次、十次、十二次、十一次，總計四十八次。

我建議根據他的每月獎金而增減他的零用錢。

校長S．史金納

第三十八章

如此，爾內斯特從假日一開始就處在蒙羞的狀態中。不久後又發生了一件事，導致他行爲失檢，相形之下，以前所犯的錯都只算是微小的過失。

在教區主教住宅的僕人中有一個很美的女孩，名叫愛倫。她來自德凡郡，是一位漁夫的女兒，父親在她年幼時就溺死。她的母親在丈夫住過的村莊開了一家小店，勉強可以維持生活。愛倫跟母親待在一起，一直到她十四歲第一次出外當佣人。四年之後，她大約十八歲，但發育很好，人們很可能誤以爲她已經二十歲了。此時有人把她強力推薦給當時需要一位女僕的克麗絲蒂娜。這位女僕在巴特斯比已經待了大約十二個月了。

我已說過，這個女孩長得很美。看起來非常健康，性情非常溫和，臉上確實透露出一種安詳的神情，幾乎所有看到她的人都會被她所吸引。她看來好像生活一直很順利，也一直都會如此，好像無論身處什麼逆境，她都不會長久生自己的氣或別人的氣。她的膚色很清淨，但也顯得很高貴。她的眼睛是灰色的，形狀很美；嘴唇豐滿，透露沉著的意涵，像是埃及的人面獅身像那樣神祕。一旦我知道她是來自德凡郡，就幻想在她身上看到一點遙遠的埃及人血統，因爲我聽說——只不過我不知道這種說法的基礎何在——羅馬人征服布列顚之前，埃及人早就在德凡郡和康沃爾海岸殖民。她的頭髮是濃厚的棕色，而她的身材大約中等高度，非常完美，但是如果說有瑕疵的話，那就是比較強壯一點。總體而言，人們會很容易感到疑惑：這樣的女孩，怎麼可能保持未婚之身超過一星期或甚至一天之久？

她的臉孔可說是她的性情的指標（事實上，一般而言，情況都是這樣的，只不過我承認有時也不準）。她的性情非常好，家中的每個人——我相信甚至包括希波德——都很喜歡她。克麗絲蒂娜也對她非常感興趣，習慣一星期兩次讓她進入餐廳，為她做堅信禮的準備（由於某種意外事件，她不曾接受堅信禮），包括向她說明巴勒斯坦的地理，以及聖保羅在小亞細亞的各種旅程。

崔德威主教來到巴特斯比施行堅信禮（克麗絲蒂娜實現了願望，主教在巴特斯比過夜，而她為主教舉行了盛大餐會，有幾次稱呼他為「我的主人」）。主教把手放在這個女僕身上，對於她美麗的臉孔和謙遜的儀態留下深刻的印象，因此向克麗絲蒂娜探聽有關她的事情。克麗絲蒂娜回答說，愛倫是她的女僕，主教聽了似乎十分高興——她是這麼認為，或寧願這麼認為——因為這樣漂亮的女孩竟然找到了這樣一個非常好的工作。

放假的時候，爾內斯特習慣早起，以便在早餐前彈鋼琴，不致打擾爸爸與媽媽——或者也許應該說，不會被他們所打擾。愛倫通常會在他彈鋼琴時打掃客廳的地板，拂去灰塵。這個男孩樂於跟大部分的人交朋友，所以很喜歡愛倫。一般而言，他對於異性的魅力並不是很敏感。其實，他幾乎不曾跟任何女人相處過——除了亞拉比家的幾位阿姨、亞蕾希姑媽、母親、妹妹夏洛蒂，以及熱伊夫人。有時，他也必須向史金納家的小姐脫帽致敬，但在這樣做的時候，感覺好像需要鑽一個洞躲進去。然而面對愛倫，他的羞怯感卻不見了，兩個人成為很好的朋友。

爾內斯特並沒有在家待很久，也許這樣倒也不錯。他的感情雖然很豐富，卻是十分柏拉圖式的。他不僅很天眞，而且是天眞到可悲——甚至可以說是有罪——的程度。他喜歡愛倫是基於一個事實：愛倫不曾責罵他，經常微笑，性情很好。除此之外，愛倫喜歡聽他彈鋼琴，如此增加他彈鋼琴的興趣。早晨彈鋼琴，是爾內斯特心目中假期的一個很明顯的好處，因為他在學校無法彈鋼琴，除非以半祕密的方式到賣樂譜的皮沙爾先生那兒去彈。

這個夏天他回來，發現自己所喜愛的愛倫臉色蒼白，一副病弱的模樣，不禁大吃一驚。愛倫所有的那種活潑的樣子全都消失了，紅潤的臉頰不見了，似乎瀕臨衰頽的境地。她說，她爲母親而鬱鬱不樂，因爲母親的健康衰退，恐將不久於人世。克麗絲蒂娜當然注意到這種變化。「我時常說，」她說，「那些膚色清新、看起來很健康的女孩，就是最先會變得衰弱的女孩。我不斷給她甘汞和詹姆士的藥粉。雖然她不喜歡讓馬丁醫生看病，但我想，他下一次來這兒時，還是必須讓他看看。」

「親愛的，很好，」希波德說。所以下一次馬丁醫生來時，他們就把愛倫叫來了。馬丁醫生不久就發現了克麗絲蒂娜所不會明瞭的一種異狀，因爲克麗絲蒂娜無法把這樣一種異狀跟這個女僕聯想在一起——這個女僕跟希波德和克麗絲蒂娜住在一起，而他們純潔的婚姻生活，應該保護周遭所有未婚的女人免於罪惡的污染。

一旦發現愛倫再過三、四個月就會成爲母親，克麗絲蒂娜本因天性善良，會盡可能以寬大的方式處理這件事，問題是，她卻感到很驚慌，唯恐她和希波德的任何慈悲表現，都會被解釋爲對這種嚴重罪過的寬容——無論是多麼片面的寬容。於是，她很快做了決定，認爲爲今之計，只有把薪資付給愛倫，要她立刻帶走所有行李，離開這間房子，因爲「純潔的美德」特別選擇了這間房子做爲寓所。她認爲，愛倫甚至只要再待一個星期，就會造成可怕的污染，於是她就不能再猶疑了。

然後那個問題在克麗絲蒂娜心中出現了——可怕的思緒啊！誰是愛倫犯罪的共犯呢？難道是兒子爾內斯特嗎？可能是他嗎？她所鍾愛的爾內斯特嗎？爾內斯特現在已是一個大男孩。任何年輕的女人喜歡上他，她都可以理解。至於爾內斯特自己呢？嗯，她確知，他和同年紀的年輕男人一樣，都欣賞好看的年輕女人所具有的魅力。只要他是無辜的，她並不介意這一點。但是，哦，如果他犯了錯呢？

她光想到這件事就無法忍受，然而，如果不正視這樣一件事，那只是懦弱的行爲。她把希望寄託在上帝的身上，她準備愉快地忍受，善加利用上帝可能認爲適合施加在她身上的任何痛苦。愛倫所懷的寶寶不是男孩就是女孩——無論如何，這一點是很清楚的。同樣清楚的是，如果寶寶是男孩，那會很像希波德，如果是女孩，則會像她自己。無論是身體或心靈方面的相像，通常都會隔代遺傳的。父母的罪過不應該由無辜的私生子來分擔——哦！不——而這樣一個孩子會是……她立刻陷入幻想之中。

正當她幻想孩子即將被任命爲坎特貝利的大主教時，希波德剛好從教區訪問回來，被告知了這個驚人的發現。

克麗絲蒂娜沒有提到爾內斯特。我相信，當希波德把此事歸罪在別人身上時，克麗絲蒂娜顯得很生氣。然而，她很快就覺得很舒慰，陷入雙重的沉思中：首先她認爲兒子是純潔的，然後她很確定一件事，那就是，要不是兒子的宗教信仰阻止他去做壞事——當然她是這樣期望——那麼，他就不會是純潔的。

希波德同意必須立刻把薪資付給愛倫，把她打發走。於是他們就這樣做了。在馬丁醫生進入房子後不到兩小時，愛倫就坐在車伕約翰的身邊，臉部蒙了起來，以免被人看到。在被載到車站的途中，她哭得很傷心。

第三十九章

爾內斯特整個早晨都在外面，但正當他們把愛倫的行李放進馬車時，他卻從房子後面的雜樹林走進教區牧師住宅的院子。他自認看到愛倫坐進馬車，但是，由於愛倫的臉孔用手帕遮住，他無法看清是誰，所以就認爲不可能是愛倫。

他走到後面廚房的窗子那兒。女廚子站在窗旁削馬鈴薯，準備煮飯。他發現女廚子哭得很傷心。爾內斯特很痛苦，因爲他喜歡女廚子。他當然想知道是怎麼回事？剛坐馬車離開的人是誰？以及爲什麼？女廚子告訴他是愛倫，但是無論如何無法說出愛倫離開的原因。然而，一旦爾內斯特相信女廚子不知道原因，不再進一步問下去，她卻硬要他發重誓保守祕密，然後把一切告訴他。

經過了幾分鐘，爾內斯特才了解了事實，但是，一旦了解了事實，他就靠在位於後廚房窗子的抽水機上，跟女廚子一起流眼淚。

然後，他內心的血開始沸騰。他沒有去想到，他的父親和母親其實可以做出非常不同於實際所做的事情。其實他們可以不表現得那麼倉促，而是努力稍微保密，但這是很不容易做到的，也不會在實質上改善情況。一個嚴酷的事實存在著：如果一個女孩做了一些事情，她就必須自己爲風險負起責任——無論她多麼年輕又漂亮，也不管她是屈服於什麼誘惑。這就是世道，還沒有什麼解脫之道。

爾內斯特只知道自己從女廚子那兒所聽到的部分，那就是，父母給了他所喜愛的愛倫三鎊薪資，然後把她打發走，也不知道去向何方，去做什麼事，只知道離開之前曾說她會去上吊或跳河。這個男孩暗中相信她會這樣做。

他表現出空前的機敏，算算自己所剩的錢，發現有兩先令三便士可以使用。他的小刀可能賣得一先令，還有他的姑媽在去世前不久給了他一個銀錶。馬車此時已經離開了整整一刻鐘，想必已經行駛了一段距離，但是，他要盡力去追趕上，他可以走捷徑，也許有機會，於是就立刻出發了。從教區牧師住宅圍場不遠處的山頂上，他可以看到馬車，看起來很小，駛在一條小路上，顯示出是在他前面也許一哩半的地方。

羅波羅地方最普遍的娛樂之一是所謂的「獵犬」——在別的地方以「兔子與獵犬」較為人所知，但是在這兒，兔子是兩、三個被稱為「狐狸」的男孩，而男孩子們對於運動專門用語的正確性很挑剔，所以我不敢說，他們玩的是「兔子與獵犬」。就叫「獵犬」，就是這樣。雖然爾內斯特沒有強壯的肌力，但是這一點並沒有對他造成不利。有些男孩年紀不比他大，也不比他高，但身體卻比較強壯，要與他們推擠是贏不過他們的。但是，如果是純粹比耐力，爾內斯特是可以跟任何人媲美的。所以，一旦不再做木匠的工作，他自然就喜歡上「獵犬」，成為他最喜歡的娛樂。他的肺部因這種運動而強化。越野跑上六、七哩，是他很習慣的事情，所以藉助於捷徑，他有信心追趕上馬車，或者最差的情況是，在火車離開之前在車站趕上愛倫。於是他開始跑著，跑著，跑著，一直到第一股氣用盡，第二股氣出現，呼吸起來比較容易。他在進行「獵犬」運動時，從未像此時跑得那麼快，休息次數那麼少。但是，儘管使盡全力，並藉助於捷徑，他還是沒有趕上馬車。眼看就趕不上了，車伕約翰卻在此時剛好轉過頭，看到他在跑著，在四分之一哩遠的地方做手勢要馬車停下來。此時他離家大約五哩路，幾乎筋疲力盡了。

由於費勁地跑，所以他滿臉通紅。當他把銀錶、小刀以及身上僅有的一點錢塞給愛倫時，他全身是灰塵。他的褲子和外衣的袖子都有一點太短，所以露出了可憐相。他唯一向愛倫要求的事情是：不要去做她聲稱要去做的事，就算不爲其他理由，至少也要爲了他不去做那種事。

愛倫最初不拿他的任何東西，但是那位來自北方的車伕卻站在爾內斯特那邊。「姑娘，收下來吧，」他仁慈地說，「趁妳能夠拿的時候就拿吧。至於爾內斯特少爺——他苦苦在妳後面追著，因此就讓他把自己所看重的東西送給妳吧。」

於是愛倫聽了車伕的話。兩個人離別的時候流了很多眼淚。女孩最後所說的話是：她永遠不會忘記他，他們以後會再相見，她確定他們會再相見，到那時她會回報他。

然後，爾內斯特走進路邊的一處田野，撲倒在草地上，在一道籬笆的陰影下等著馬車從車站回來，載他回去，因爲他已筋疲力盡了。那種已經很有力地湧上心頭的思緒，此時更強烈地出現，他看出自己已經陷入了一團糟的狀態中，或者說，陷入了六、七團糟的狀態中。

首先，他吃飯會遲到，而這是希波德不會原諒的冒犯行爲之一。還有，他必須說出自己到哪裡了。如果不說眞話的話，他會有被揭穿的危險。不僅如此，父母遲早也會發現，他不再擁有親愛的姑媽所給他的那個美麗的錶——他是怎麼處理那個錶的？或者，他是怎麼遺失的？讀者會很清楚知道他應該怎麼做。他應該馬上回家，如果父母質問他，他應該說，「我一直在追馬車，以趕上我很喜歡的女僕愛倫。我已經把我的錶、小刀以及所有的零用錢給了她，所以我現在完全沒有零用錢，也許要比原來的時間早一點向你們要零用錢，並且，你們也必須買給我一個新錶和一隻小刀。」但是，請想像，這樣說出來之後，父母會多麼驚愕啊！請想像，被激怒的希波德會皺著眉頭，眼睛閃閃發亮！「你這個沒有教養的小惡棍，」他會大聲說，「難道你想詆毀你自己的父母，說他們粗魯地對待一個有辱家門的女人嗎？」

或者，希波德也許會以鎮定的口氣說出嘲諷的言詞——他自認這是他的專長。

「很好，爾內斯特，很好，我什麼都不要說；你愛怎麼樣就怎麼樣。你還不到二十一歲，但是請表現出你能爲自己負責的擔當。你可憐的姑媽給你那個錶，無疑是讓你可能把它虛擲在你所遇到的第一個不道德的女人身上。無論如何，我想，我現在能夠了解你的姑媽爲何不把錢留給你了。畢竟，她寧願讓你的教父獲得這筆錢，也不要讓你這種人獲得，因爲一旦讓你獲得，你就會把它揮霍掉了。」

然後，他的母親會突然哭出來，要求他悔罪，趁還有時間的時候尋求讓自己的內心平靜的事物，那就是，對著希波德跪下來，向他保證會永遠愛他，視他爲宇宙中最仁慈、最溫柔的父親。爾內斯特能夠做到這一切，就像他們也能夠做到。他此時躺在草地上，言語不斷在他腦海中湧現，其中某一句言語一定會出現，就像太陽一定會西下。後來，腦中的言語駁斥了說眞話的想法，把這種想法斥之爲荒謬無稽。說眞話也許是很英勇的，但都不屬於實際家庭政治的範圍。

既然已經決定要說謊，那麼要說什麼謊呢？要說他被搶劫嗎？他有足夠的想像力，但他知道自己的想像力還不足夠讓他編織出爲何來到這個地方的藉口。雖然他很年輕，但是他的本能卻告訴他說，最會撒謊的人，都會讓最少量的謊言發揮最大的作用——小心節約謊言，能省則省。最簡單的方法是：說他丟了錶，吃飯遲到是因爲他一直在找錶。他出去散步很長的時間——他選擇越過田野的路線，是他原來實際所走的路線。由於天氣很熱，他就脫下外衣與馬甲。他把外衣與馬甲放在手臂上，結果手錶、錢和小刀全都掉了出來。在快回到家時，他才發現這些東西丟了，所以就盡快循原路跑回去，沿路注意找著，最後才放棄。他看到馬車從車站駛回來，就坐上去，回到家來。

這樣可以掩飾一切，包括跑步追趕以及其他的：他的臉上仍然顯示出曾經使勁跑步的跡象。唯一的問題是，除了僕人之外，是否有任何人在愛倫離開前看到他待在教區牧師住宅附近大約兩、三小時之久。他很高興，因爲他相信，除了僕人之外，沒有任何人看到他待在住宅附近：除了與女廚子的幾分鐘談話之外，他都在外面。他的父親出去到教區，他的母親確實沒有遇見他，他的弟弟與妹妹也跟女家庭教師出去了。他知道，他能夠信賴女廚子和其他僕人——車伕會注意這件事。因此，整體而言，他和車伕都認爲，爾內斯特所捏造的說詞符合事件的要件。

第四十章

爾內斯特回到家，從後門偷偷溜進去，聽到父親以最生氣的聲調在說話，詢問爾內斯特少爺是否已經回來。他的感覺想必就像「傑克與魔豆」故事中傑克的感覺一樣——傑克藏在爐子中，聽到食人魔鬼問妻子找到什麼小孩給他當晚餐吃。他表現出很大的勇氣，事實上不遜於謹愼的表現。他毅然面對難局，立刻宣稱自己遭遇到了可怕的不幸，剛剛才進來。他一點一點地說出經過。雖然希波德有點怒斥他那種「荒唐的愚蠢與粗心」，但他還是比所預期的更順利地逃過一劫。希波德和克麗絲蒂娜最初確實認爲，他沒有回來吃飯與愛倫被解雇有關，但是，他們却發現事情很清楚，就像希波德所說的——一切事情對希波德而言都總是很清楚——也就是說，爾內斯特整個早晨都不在家，因此不可能知道所發生的事情。於是他們把爾內斯特「開釋」了，這是偶爾的一次，沒有對他的品格造成污點。也許，希波德當時心情好；也許他看到那天早晨的報紙，知道自己的股票上漲了；也許是這件事情，或者也許是另外二十件事情。但是無論是什麼原因，他並沒有像爾內斯特所預期的那樣責罵他。希波德看到這個男孩看起來很疲累，相信這個男孩爲了遺失錶感到很傷心，還在飯後爲他調了一杯酒。說來很奇怪，這杯酒並沒有嗆到他，而是讓他以比平常更快樂的心情看待事情。

那個夜晚，他在唸祈禱時，加進了一些段落，大意是，但願他們不要發現他說謊，但願愛倫的情況很順利。但是，他卻感到很焦慮，很不自在。他那不安的良知指出了說詞中的很多弱點，任何一個弱點都可能導致眞相揭露。第二天以及以後的很多天，他都會在沒人追他時跑了起來，每次聽到父親叫他時，身體都會發抖。已經有很多事情讓他擔心，所以他再也無法忍受多一點點了。儘管他努力要看起來很愉快，但是甚至母親也可以看出，有什麼事情在折磨他的內心。母親又想到那件事：畢竟她的兒子在愛倫一事上也許是有問題的。這是很有趣的，她覺得一定要盡可能去發現眞相。

「來這兒，臉色蒼白、眼神沉重的可憐男孩啊，」有一天，她以最仁慈的模樣這樣說，「來坐在我身邊，我們一起安靜、貼心地談一談，好嗎？」

男孩機械地走到沙發旁。每當母親想要跟他來一次所謂貼心的談話，她總是選擇沙發做爲開戰的最適當陣地。所有的母親都這樣做；沙發對她們而言，就像餐廳對父親一樣。就目前的情況來看，沙發實際上很適合一種戰略的目的，因爲它是一張舊沙發，有很高的靠背，有坐墊、塡塞物以及墊子。一旦安全地坐進其中的一個深深的角落，它就像牙醫的一張椅子，坐的人不太容易再離開。在這兒，她比較能夠專注在他身上，便於支使他——如果這樣做很適當的話。或者，如果她認爲哭一哭也無妨，她就可以把頭埋在沙發墊中，盡情發洩悲痛的情緒——而這樣做時常是很有效果的。如果在她平常的座位進行，也就是壁爐右手邊的安樂椅，那麼，她就不會那麼容易採取自己所喜歡的策略。她的兒子從母親的聲調中很清楚地知道，這將是一次「沙發談話」，所以，一旦她開始講話，雖還沒有走到沙發，他就像一隻羔羊一樣就位了。

「最親愛的男孩，」母親開始說，拉起他的手，放進她自己的手中，「答應我，永遠不要害怕你親愛的爸爸，也不要害怕我。親愛的，請答應我這件事，因爲你愛我，對我答應這件事吧，」她一再親吻他，愛撫他的頭髮。但是她的另一隻手仍然握著他的手。她已經把捉到他，想要保有他。

這個小伙子垂下頭，答應她了。他還能怎麼樣呢？

「親愛、親愛的爾內斯特，你知道，沒有人像你的爸爸和我那樣愛你。沒有人像我們那樣小心地注意你的福祉，那麼急於關切你所有小小的快樂與困惱。但是，最親愛的男孩啊，有時我很傷心，因爲我想到，你並沒有像應該表現的那樣完全愛我們、信任我們。親愛的，你知道，注意你的道德與心靈本性的成長，讓我們很快樂，也是我們的責任，但是，啊呀！你卻不讓我們看到你的道德與心靈本性。我們時常幾乎要懷疑你是否眞有一種道德和心靈的本質。關於你的內心生活，親愛的，我們只知道一點點，就是我們在你不知不覺說出的小事情中所搜集的一點點。」

男孩聽了之後開始畏縮了。他全身感到發熱又不舒服。他很清楚自己應該多麼小心。然而，無論他可能怎麼做，他時常都會忘記自己的角色，以致鬆口講了出來。他的母親看出他畏縮了，很高興自己「擦傷」了他。由於她對自己的勝利很有信心，所以她並沒有放棄一件快樂的事情：去觸碰蝸牛角末端的眼睛，愉快地看著牠的角又縮進去。她知道，一旦讓他好好坐進沙發，握著他的手，那麼，「敵人」就幾乎完全任她擺佈，她也可以隨心所欲了。

「爸爸並不認爲，」她繼續說，「你對他的愛是完全又坦率的。你對他還是有所隱藏，無法自由又無懼地告訴他一切，把他視爲塵世中最親愛的朋友，僅次於天父。我們都知道，完全的愛會驅除我們的恐懼：你的父親完全愛你，親愛的，但是他並沒有感覺到你以完全的愛回報他。如果你怕他，那是因爲你沒有像他所值得的那樣愛他。我知道，他有時打從心底兒傷心，因爲他想到，他其實應該得到你更深沉、更情願的同情。哦，爾內斯特啊，不要表現出我只能名之爲忘恩負義的行爲，讓那麼善良又心地高貴的人傷心。」

爾內斯特無法忍受母親以這種方式對他說話，因爲他仍然相信母親愛他，也相信自己喜歡母親，視她爲朋友——就某種程度而言。但是，他的母親開始受不了了，已經無數次在他身上玩弄「家人交心」手法。她不斷從他身上套出自己想知道的一切，然後把一切告訴希波德，使他陷入最可怕的困境中。爾內斯特在面對這種情況時不止一次提出抗議，向他母親指出，他的交心對他自己造成多麼大的災難，但是，克麗絲蒂娜卻總是跟他爭辯，以最明白的方式告訴他說，她每次都是正確的，他沒有理由抱怨。一般而言，她是基於良知才說出來；她不能抗拒良知，因爲我們全都必須聽從良知的指示。爾內斯特時常必須朗誦一首有關良知的讚美詩。詩的內容是：如果你不注意良知的聲音，它不久就會停止說話了。「我媽媽的良心並沒有停止說話，」爾內斯特對羅波羅文法學校的一位好朋友這樣說，「它一直在吱吱喳喳地說著。」

一旦一個男孩以這樣不尊敬的態度談到母親的良心，他們之間的關係就幾乎結束了。由於習慣、沙發，以及相關想法的回歸形成純粹的力量，爾內斯特仍然被女海妖的聲音所感動，所以很渴望快速走向她，投進她的懷中，但是卻做不到。還有其他相關的想法也回歸了。已經有太多被謀殺的坦供形成了屍骨，躺在母親的裙邊，都變成白骨了，他無論如何無法再相信她了。所以他就垂下頭，露出羞怯的神色，但卻不說出自己的意思。

「最親愛的，我知道，」他的母親繼續說，「也許我錯了，你並沒有心事，不然就是你不想對我抒發心事。但是，哦，爾內斯特啊，至少告訴我一點：你難道沒有後悔做了什麼事嗎？在涉及那個可憐的女孩愛倫方面，難道沒有什麼事讓你不快樂嗎？」

爾內斯特的內心受不了了。「我現在已經完了，」他對自己說。他一點也不知道母親的意圖何在，他認爲她是在懷疑手錶的事。但是他還是堅持下去。

我不相信他比鄰居們更懦弱，只不過他不知道一件事：所有明智的人一旦不習慣自己的工作，或者一旦認爲自己將受到虐待，他們都會變得很懦弱。我相信，如果事實可能被知道的話，人們就會發現，甚至英勇的聖邁可也曾努力要逃避與惡龍之間的戰鬥；他假裝沒有看到惡龍的各種惡行；他不去看自己曾答應保護的數以百計男人、女人和小孩被惡龍吃掉；他讓自己公開受到惡龍的侮辱十幾次之多，卻不表示憎惡；最後，甚至有一位天使也無法忍受了，但他卻仍然猶疑不決，在沒有確實決定與惡龍作戰的時辰之前，先因循地說出一個不合理的時間。至於實際的戰鬥，那又是一種模糊的狀況，就像亞拉比夫人在面對那個最後娶了大女兒的年輕人時的態度。過了一段時間後，看啊，那隻惡龍躺在那兒，死了，而他自己卻活著，完全沒有受到重傷。

「媽媽，我不知道妳是什麼意思。」爾內斯特很焦慮又多少很匆促地說。他的母親認為，他是因為遭到懷疑而惱羞成怒。她感到很驚恐，所以就見風轉舵，以自己的口舌所能幫助的程度盡快放棄這步棋。

「哦！」她說，「我從你的語調聽出你是無辜的！哦！哦！我多麼為此感謝天父。但願他為了親愛的聖子，讓你經常保持純潔無瑕。親愛的，你的父親」——（此時她匆匆地說，卻投給他銳利的眼神）「當初在跟我接觸時，純潔一如無瑕的天使。你要像他一樣，經常自我克制，在言行上都確實很誠實，永遠不要忘記你是誰的兒子與孫子，也不要忘記我們為你取的名字，不要忘記那條神聖的河流，你的罪經由基督的血與祝福在那條河流的水中洗淨了，」等等。

但是爾內斯特卻把她打斷了。我不說「嚴重地打斷」，但是比起讓她說完，算是嚴重很多了。他掙脫媽媽的擁抱，跑掉了。他走近廚房的界域（他在那兒比較自在），聽到父親在叫母親，於是他再度感到良心不安。「現在他已經全都發現了，」他的良心叫著，「他就要告訴媽媽——這一次我完了。」但是並沒有什麼情況出現；他的父親只是要酒櫥的鑰匙。然後，爾內斯特溜進教區牧師住宅圍場後面的一片雜樹林，抽著一管菸斗來自我慰藉。在樹林中，夏天的陽光穿過樹木，加上一本書以及那根菸斗，這個男孩忘記了自己的憂慮，暫時得以休憩——如果沒有這種休憩，我確實相信他的生活會是很難以忍受的。

當然，父母要爾內斯特去尋找遺失的東西，還說找到會有賞，但是，他卻似乎不只一次遠遠走離了小路，想要去找雲雀的巢。在巴特斯比雜樹林中尋找一個錶和錢包，很像是在一堆稻草中尋找一隻針。何況，它們很可能被一個流浪漢發現、取走了，或者被一隻鵲鳥發現、取走了，因爲附近有很多鵲鳥。所以經過一個星期或十天後，尋找的行動就停止了。父母必須面對一個令人不愉快的事實：爾內斯特必須擁有另一個錶，另一隻小刀，以及一小筆零用錢。

爾內斯特應該自付手錶一半的錢，這是很合理的。這對他而言應該是很容易的，因爲自付的錢是從零用錢扣除，每半年攤還一次，攤還的時間達兩年之久，或者甚至可能是三年。站在有利於爾內斯特自己的立場，也站在有利於父親與母親的立場，手錶的價錢最好盡可能低，所以他的父母決定買一個二手手錶。他們不想對爾內斯特說什麼，只想把錶買來，在假日結束之前把錶放在他的盤子上，讓他驚喜一下。希波德幾天之後必須進城，所以可能買到一個很合適的二手手錶。因此希波德不久就進城了，準備了一張很長的購物單，都是家人委託要買的東西，其中也包括要買給爾內斯特的手錶。

我已說過，當希波德離開一整天時，那總是快樂的時光。男孩心中開始感到很自在，好像上帝已經聽到他的禱告，他們將不會發現他的謊言。整體而言，那天確實是一個非常安靜的日子，但是，啊呀！它的結束卻不像開始那樣。就他生活其中的多變氣氛而言，在這樣一段不尋常的安靜之後，是最可能醞釀出一場暴風雨的。當希波德回來時，爾內斯特只要看看他的臉孔，就知道一場颶風要來臨了。

克麗絲蒂娜看出有什麼事情不對勁，心中十分驚慌，唯恐希波德聽到了什麼嚴重的金錢損失消息。然而，希波德並沒有立刻說出心事，只是拉了鈴，對僕人說，「告訴爾內斯特少爺說，我要在餐廳跟他講話。」

第四十一章

在爾內斯特還沒有到餐廳之前，他那顆會預知不測的心早就告訴他說，他的罪行已被發現。如果家中的任何成員意向光明正大，何勞一家之主請他到餐廳呢？

他到達餐廳時發現餐廳空無一人——他的父親因爲教區有事臨時離開幾分鐘。於是他陷入一種懸疑狀態中，就像人們被引進牙醫的等候室後所處的狀態。

在家中的所有房間之中，他最厭惡餐廳。他必須在這兒跟父親做拉丁文與希臘文的功課。餐廳透露一種特別油漆的氣味，就是那種用來漆亮家具的油漆。甚至現在，當我和爾內斯特嗅到這種油漆味時，心臟都會受不了。

壁爐上方有一張眞正古老大師的畫作，是喬治·彭提菲先生從義大利帶回來的少數原作之一。這張畫應該是薩爾瓦多·羅薩的作品，是以很廉價的方式買成的。畫中的主題是以利亞或以利沙（哪一位都無妨）在沙漠中接受渡烏的餵食。右上方的角落有些渡烏，嘴喙和腳爪的地方有麵包和肉，而左下則是先知以利亞或以利沙，以渴望的眼神向上望著渡烏，爾內斯特在小孩子時代，看到畫中渡烏所攜帶的食物不曾送達先知的嘴中，總是覺得很遺憾。他不了解畫家的藝術有其局限之處，希望那些肉和先知能夠直接接觸。有一天，藉助於留在餐廳的一些梯子，他爬到畫那兒，用一片塗牛油的麵包畫了一條油油的線，從渡烏連到以利沙的嘴，以後他就感到比較舒服了。

正當爾內斯特的思緒飄回童年時代這個惡作劇的事件時，他聽到父親的手觸碰門的聲音，不一會兒，希波德就進來了。

「哦，爾內斯特，」他說，模樣漫不經心，顯得很愉快，「有一件小事，我要你對我說明，因爲我確實知道你很容易做到。」怦、怦、怦，爾內斯特的心在肋骨的地方怦怦跳。但是他的父親的模樣比平常親切很多，所以他開始認爲，這終究可能只是虛驚一場。

「你的母親和我想要在你回到學校之前讓你再度擁有一個手錶」(「哦，這樣而已，」爾內斯特對自己說，覺得十分舒慰)「我今天已經去找一個二手手錶，只要你在學校，這個錶應該很適合各種用途。」

希波德講話的樣子，好像錶除了標示時間之外還有六、七種用途。但是，他一開口說話總是要使用一句陳套語詞，而「很適合各種用途」就是其中之一。

爾內斯特突然迸出習慣性的感謝用語，但希波德卻繼續說，「你打斷我了，」於是爾內斯特的心又怦怦跳了。

「爾內斯特，你打斷我了。我還沒有說完。」爾內斯特立刻啞口無言。

「我走過幾家賣二手貨的錶店，但是看不到一隻類型和價錢讓我滿意的手錶。最後店員讓我看了一隻錶，他說是最近有人拿去寄賣的，我立刻認出是你的姑媽亞蕾希所給你的那一隻。就算我沒有認出來——這是可能的——但是一旦買到手，我也會認出來，因爲裡面刻著『給E．P，A．P贈。』我不必再說什麼你就知道了，這正是你那隻錶，但你卻告訴你母親和我說，手錶從你口袋掉出來，遺失了。」

在這之前，希波德的模樣都刻意裝得很鎮靜，話說得很慢，但是，此時他卻忽然加快速度，露出眞面目，補充說道，「或者諸如此類的荒誕無稽的故事。你的母親和我都太誠實了，所以就相信了。你現在可以猜出我們現在的感覺。」

爾內斯特覺得，這最後的致命一擊是很公正的。在他比較不憂慮的時刻中，他會認爲爸爸和媽媽很「沒有經驗」，容易相信他的話。但是，他無法否認，爸媽的輕信證明他們的心智經常是很誠實的。他必須很公正地承認，這是很可怕的：兩個這麼誠實的人卻生了一個不誠實的兒子——他知道自己並不誠實。

「我相信，你的母親和我所生的兒子是不可能說謊的，所以我立刻就認爲是一個流浪漢撿到了手錶，把它賣掉了。」

在我看來，這是不正確的。其實，希波德最先是認爲爾內斯特把錶賣了。我只是臨時起意，故意說他度量大，立刻想到流浪漢撿到手錶。

「你可以想像，我是多麼震驚，因爲我發現，這個錶是那個可憐的女人愛倫拿去賣的」——這時，爾內斯特稍微硬起心腸，感覺要訴諸一種本能——像他這樣一個沒有防衛力量的人是可能有這種感覺的。他的父親很快知覺到這一點，繼續說，「而這個女人被趕出這個家，其原因我不想特別加以描述，以免污染你的耳朵。

「我排除了本來在我心中出現的一個可怕想法，開始認爲，在愛倫被解雇但還沒有離開這個家之前，她又犯了偷竊罪，在你的臥室發現了你的錶，偷了它。我甚至認爲，你可能在這個女人離開之後就發現錶不見了，然後懷疑誰偷了它，就去追馬車，想把錶要回來。但是，當我把我的想法告訴店員時，他卻向我保證，那個拿錶去賣的女人非常鄭重地宣稱，錶是主人的兒子給她的，那是他的財產，他完全有權利處置。

「店員進一步告訴我說，他覺得這個女人拿錶來賣有點可疑，所以就堅持要她說出獲得手錶的來龍去脈，然後才同意買下來。

「店員說，最初她努力要敷衍——那種女人總是這樣——但是他威脅她說，如果她不說出整個事實，就會立刻遭受拘禁，於是，她就描述你在馬車後面追，一直到——如同她所說的——你的臉都黑了，並堅持把你的零用錢、小刀和手錶都給她。她又補充說，車伕約翰——我會立刻把他解雇——可以見證整個事情。現在，爾內斯特，請樂意地告訴我，這個可怕的故事是眞的，還是假的？」

爾內斯特從來沒有想到要問父親爲何不去責打一個大人，他也從來沒有想到要在父親講到一半時向他抗議打落水狗的行爲。這個男孩太震驚了，不會想到這些事情。他只能在茫然之中結結巴巴地說，這個故事是眞的。

「就像我所擔心的，」希波德說，「現在，爾內斯特，請好心拉拉鈴。」

拉了鈴後，希波德表示希望車伕約翰進來。約翰進來後，希波德算好應該給他的薪資，希望他立刻離開。

約翰的模樣安靜、有禮。他把被解雇視爲當然，因爲希波德已經提供足夠的暗示，讓他了解爲何遭受解雇。但是，他看到爾內斯特臉孔蒼白、滿臉驚恐地坐在靠餐廳牆上的椅子的邊緣，於是他似乎忽然想到什麼事。他轉向希波德，以一種很濃的北方人腔調說話，不過我在這兒不想把那種腔調照錄不誤：

「聽我說，主人，我可以猜出這是怎麼回事——嗯，在我離開之前，我想跟你談一下。」

「爾內斯特，」希波德說，「你離開這兒。」

「不，爾內斯特少爺，你不用離開，」約翰說，緊靠在門上。「嗯，主人，」他繼續說，「你可以隨你喜歡怎麼處置我。我曾是你的好僕人，我並不想說，你是我的壞主人，但是我確實要說，如果你虐待爾內斯特少爺，村莊的人就會聽說，並告訴我。如果我聽說了，我會回來，打斷你的每根骨頭，就是這樣！」

約翰呼吸很急促，好像他很想立刻開始進行打斷骨頭的工作。希波德的臉色變得灰白——他以後曾說，並不是因爲這個在東窗事發後惱羞成怒的無賴空口威脅他，而是因爲他自己的一個僕人竟然這樣兇暴地侮辱他。

「約翰，我會讓爾內斯特少爺，」希波德很高傲地回答，「接受他自己良心的譴責。」(「感謝上帝，也感謝約翰，」爾內斯特想著。)「至於你，我承認，在這個不幸的事件發生之前，你是一位優秀的僕人。如果你想要我開證明書的話，我會很樂意開給你。你還有什麼話要說嗎？」

「我沒有什麼話說了，」約翰陰沉地說，「但是我已經說出的話是眞的，我會堅持——無論你是否開給我證明書。」

「哦，約翰，你不必擔心證明書，」希波德溫和地說，「時間已經很晚了，你不一定要在明天早晨之前離開這個房子。」

約翰對此並沒有回應，他退下去，整理好行李，立刻離開房子。

克麗絲蒂娜聽到了所發生的事，她說，她能夠原諒所有的事情，只有一件事是例外：希波德竟然因爲自己兒子的過錯而忍受一位僕人這樣的侮辱。希波德是世界上最勇敢的人，本來能夠很容易壓制這個壞人，把他趕出房間，但是，他的回應是多麼更加有尊嚴，多麼更加高貴！如果這種表現出現在一本小說中或舞台上，會產生多麼大的效果啊，因爲雖然舞台整體而言是很不道德的，然而卻確實有一些戲劇在改進人們的觀點。她能夠想像，整個戲院的人在聽到約翰的威脅時，都在緊張中靜默無言，並且由於對於即將出現的回應感到興趣又期望著，所以幾乎屏息以待。然後男主角——也許是偉大又善良的馬克雷迪先生所飾演——說話了，「約翰，我會讓爾內斯特少爺接受他自己良心的譴責。」

哦，眞是高超！想必接著是歡聲雷動！然後輪到她進場，兩隻手臂抱著丈夫的頸子，稱呼他是她勇敢的丈夫。當幕落下時，戲院各處有人議論紛紛，表示他們剛剛看到的那一幕是取材自實際的生活，事實上發生於希波德．彭提菲牧師的家中，而這位牧師是娶了亞拉比家的一位小姐，等等，等等。

曾經掠過她心頭的那種疑雲——懷疑爾內斯特做了那檔事——加深了。但是她認爲最好讓事情就此打住。此刻，她處在一種很有利的情勢中。爾內斯特那種很正式的純潔美德確定了，但是，他同時也顯示出自已很容易受到影響，所以她能夠把兩種有關他的矛盾印象熔合成一種單一的想法，認爲他是約瑟與唐璜合而爲一。這是她一直想要的，但是擁有這樣一個兒子使得她的虛榮心獲得滿足，所以事情就告結束了；兒子本身不算什麼。

無疑地，要不是約翰加以干預，爾內斯特就必須以「皮肉之痛」、「沒零用錢可用」以及「受到監禁」來贖自己的罪。事實上，這個男孩會「自認」經歷了這些懲罰，遭受到良知施加給他的無益自責之痛。但是，除了希波德更加緊密注意他的假日功課，以及父母都持續表示冷淡之外，他表面上並沒有受到處罰。然而，爾內斯特卻告訴我說，他回顧此事時，發現他是在此時開始知道自己對父母存有一種眞實又強烈的憎惡心理。我想，他的意思是說，他此時開始意識到自己正要成爲一個大人。

第四十二章

在爾內斯特回到學校前約一個星期，父親又把他叫進餐廳，說要把錶給他，但必須扣去買錶所付的錢。當時在錶店，父親認爲最好付出幾先令的錶錢，不要去辯論手錶本來是誰的：爾內斯特無疑是把錶給了愛倫。至於扣錢的方式，則是從他的零用錢中以分期的方式分兩個學期來扣。因此，他這一學期回到羅波羅文法學校時，只能有五先令的零用錢。如果他想要擁有更多的零用錢，就必須贏取更多的獎金。

爾內斯特並不像模範學生那樣小心處理金錢。他不會對自己說，「現在我獲得了一鎊的錢，必須維持十五個星期之久，因此我每個星期只能花剛好一先令四便士」——然後眞的每星期只花一先令四便士。他花錢的速度大約跟其他男孩一樣，回到學校幾天後就把錢花光了。一旦他不再有錢，就去賒一點帳；賒到一定程度時，他就不享受奢侈品。一旦有了錢，他就立刻去還帳。如果有剩錢，他就把它花掉；如果沒有剩——很少有剩的時候——他就又開始繼續賒帳。

他的金錢情況總是基於一種假設：他回學校時口袋會有一鎊的零用錢，其中有十五先令要還帳。學校各種的捐款要花五先令——但是一旦這部分的錢繳了，那麼，每個住校的男孩每星期所得到的六便士零用錢，加上獎金（他認爲這學期可以獲得很多獎金）以及再度去賒的帳，就可以使他度過一個學期。

這一次突然少了十五先令，對我們這位主角的金錢計畫而言可眞是災難。他的臉部很清楚地洩露出自己的情緒，所以，希波德說，他決定「立刻去了解眞實情況，而這一次，沒有讓謊言存在好幾天」，他就了解到眞相了。一個可悲的事實不久就要出現了，那就是，可惡的爾內斯特在「懶散」、「說謊」以及可能——因爲並非不可能——「不道德」三種惡德之外又加上了「賒帳」這項惡德。

他怎麼會賒帳呢？其他男孩也這樣嗎？爾內斯特勉強承認他們也是這樣。

他們都向什麼店賒帳呢？

這樣是問得太多了，爾內斯特說他不知道！

「哦，爾內斯特，爾內斯特，」他的母親大聲說，她當時在餐廳，「不要這麼快就第二次利用世界上最心軟的父親的寬容心。要留時間讓一個創傷痊癒了，才再以另一個創傷去傷害他。」

這樣說是很對，但是爾內斯特要怎麼辦呢？他怎麼可能承認學校的店員讓一些男孩賒帳，如此讓店員陷入困惱之中呢？例如柯羅斯夫人，她是一個老好人，她賣熱捲餅和牛油給男孩當早餐，或者賣蛋、吐司，或者也許賣四分之一隻雞加麵包果醬和馬鈴薯泥，價錢是六便士。如果她從六便士中賺一點兒錢，最多也只能賺到這點兒錢。每當男孩子們在做完「獵犬」的運動後成群進入她的店，爾內斯特經常都聽到她對女僕們說，「嗯，妳們啊，提起勁來吧。」所有的男孩都喜歡她。難道他——爾內斯特——要說她的壞話嗎？眞是可怕。

「嗯，爾內斯特，聽我說，」他的父親說，露出最陰沉的皺眉神色，「我要永遠阻止這種亂來的行爲。你要完全對我誠實，就像兒子應該對父親誠實一樣，也要信任我以牧師及俗人的身分去處理這件事——不然你要明白，我會把整個事情告訴史金納博士。我想他會採取比我更嚴厲的措施。」

「哦，爾內斯特，爾內斯特，」克麗絲蒂娜啜泣著，「要及時表現得很明智，信任我們，因爲你已經看出，我們很會表現寬容。」

眞正的傳奇英雄都不應該有一會兒的猶疑。無論什麼方法都無法誘哄他或威脅他去告別人的狀。

爾內斯特想到自己理想中的男孩：他很清楚，他理想中的男孩寧願割掉舌頭，以免被逼問出任何訊息。但是爾內斯特却不是理想中的男孩，他不夠強有力，無法抗拒自己的環境。我懷疑任何男孩可以在多大的程度上耐得住那種強加在身上的道德力量。無論如何，他做不到。於是，在又經過一會兒的掙扎後，他終於被動地屈服於敵人。他以一種想法來安慰自己，那就是，他的爸爸並沒有像媽媽那樣時常在他身上玩弄交心的把戲；他最好告訴爸爸，不要讓爸爸堅持要史金納博士去追究此事。他的爸爸的良知也常常「嘰嘰喳喳說話」，但不像他媽媽那樣嚴重。這個小傻瓜忘記了，這是因爲他並沒有給父親很多機會出賣他，不像他給克麗絲蒂娜的那麼多。

然後他把一切都說出來了。他在柯羅斯夫人的店賒欠了什麼，在瓊斯夫人的店賒欠了什麼，在「天鵝與酒瓶」酒店又賒欠了什麼，更不用說在其他地方賒欠了另外一先令、六便士或兩便士。然而，希波德與克麗絲蒂娜並不饜足，反而是發現得越多，發現的慾望就越強。他們有一個很明顯的責任，那就是去發現一切的情況。雖然他們不必去知道更多的情況，就可以把自己的寶貝兒子從這種不當行爲的溫床中救出來，但是，難道不是還有其他爸爸與媽媽有寶貝兒子，在還有可能的時候也必須把他們救出來？因此，除了爾內斯特之外，還有哪些男孩向這些貪婪的女人賒欠呢？

面對這種情況，爾內斯特又微微表示抗拒，但是，他們立刻搬出夾指板。爾內斯特已經陷於困惑狀態中，所以他就屈服既存的力量了。他把自己所知道或認爲知道的部分說出了大半。他受到審問、再審問以及盤詰，然後被送回自己的臥室，再受到盤詰。爾內斯特全盤說出在瓊斯夫人的廚房抽菸的事情，還有，哪些男孩抽菸，哪些男孩沒有抽；哪些男孩賒帳，以及大約賒多少，在什麼地方賒；哪些男孩詛咒，說髒話。希波德決定這一次要讓爾內斯特對他進行所謂的交心，毫無保留餘地，所以就拿出那份與史金納博士的學期報告單附在一起的學生名單。於是，每個男孩最祕密的品德都由彭提菲先生與夫人逐一檢視——只要爾內斯特能夠提供訊息。然而，希波德卻在前一個星期日進行了一次比平常更有力的講道，內容是有關「宗教裁判所」的可怕。無論爾內斯特對父母所說出的墮落行爲多麼可怕，他們都不曾畏縮，反而一直追究下去，直到他們快要直搗他們所不曾觸碰過的敏感問題。爾內斯特的「潛意識自我」面對這種情況的挑戰，表現出一種抗拒，但這種抗拒卻是「有意識的自我」所無法承擔的，結果他昏了過去，從椅子上跌落下來。

他們請來馬丁醫生，馬丁醫生說，這個男孩情況很嚴重，並要求讓他獲得充分的休息，不要刺激他的神經。於是，焦慮的父母只好滿足於目前的成果——在驚嚇之餘，讓他在假期所剩無幾的日子中過著安靜的生活。他的父母並非無事可做，但是魔鬼撒旦能夠對無事可做的人惡作劇，也能夠對忙碌的人惡作劇，所以魔鬼撒旦就在巴特斯比創造出一個小小的工作，讓希波德與克麗絲蒂娜立刻去進行。他們心想，如果讓爾內斯特離開羅波羅文法學校，那會是很可惜的事，因爲他在那兒已經待了三年。要爲他找另一間學校，以及說明他爲何離開羅波羅文法學校，會是很困難的事。何況，史金納博士和希波德是老朋友，冒犯史金納博士是很令人不愉快的事。這一切都是不讓爾內斯特離開這間學校的正當理由。因此，他們應該做的事情是：把學校的情況暗中告知史金納博士，做爲一種警告，並提供他一份學生名單，加上他們從爾內斯特口中所逼出的資料，附在每個男孩的名字上面。

希波德是非常喜歡整潔的人。當他的兒子生病躺在樓上時，他就把學生名單抄好，以便能夠以製表的方式加上自己的評語。表的形式如下——只不過我當然改變了學生的名字。每一方格之中的一個×號表示偶爾犯錯，兩個×號表示經常犯錯，三個×號則表示習慣性的犯錯。

	史密斯	布朗	瓊斯	羅賓遜
抽菸	○	×××	×	××
在「天鵝與酒瓶」酒店喝酒	○	○	××	××
詛咒並講髒話	××	×	×××	×
附註	下學期要抽菸			

如此，所有學生都在掌握之中。

當然，爲了對爾內斯特公平起見，史金納博士必須秘密進行，然後才告知爾內斯特，但是，既然以這種方式保護爾內斯特，史金納博士就無法獲得非常完整的事實了。

第四十三章

希波德認爲這件事很重要，所以他在學期開始之前特別到羅波羅文法學校走一趟。他離開家，對於爾內斯特而言是一種解脫。但是，雖然他沒有提到目的地，爾內斯特卻猜出他到哪裡去了。

一直到現在，爾內斯特都認爲，他在這次危機中所表現的行爲，是他生命中最嚴重的懈怠——每次想起來總是要感到羞愧又憤怒。他說，他本來應該逃離家的。但是，就算他逃離家，那又有什麼用呢？他會被逮到，被帶回家，在兩天之後而不是兩天之前接受審問。一個還不到十六歲的男孩並無法反抗經常壓迫他的父親與母親所施加的道德壓力，就像他無法在生理上應付一個強有力的完全成人。是的，他也許會寧可喪命也不要屈服，但這樣做是病態的英勇，又接近懦弱的表現了，因爲這無異於自殺，而自殺普遍被認爲是懦夫的行爲。

學校又開學時，顯然有什麼事情不對勁。史金納博士集合所有的男孩，表現出很誇耀的動作，把柯羅斯夫人與瓊斯夫人逐出教會，宣布禁止學生進入她們的店。「天鵝與酒瓶」所在的街道也禁止學生前往。因此，他很明顯是針對喝酒與抽菸兩種違規行爲而來。在禱告之前，史金納博士說了一些令人印象深刻的話，提到講髒話是很可鄙的罪惡。爾內斯特的感覺是可以想像的。

第二天，在宣布每日受罰的學生的名單時，雖然爾內斯特還沒有時間犯錯，但是，爾內斯特·彭提菲還是被列入因犯規而受罰的名單之中。他所被列入的是「整學期遊手好閒」的名單，所受到的處罰是「永久拘留」。他的活動範圍被削減；他必須參加低年級班的點名。事實上，他受制於各方面的懲罰，所以幾乎不可能走出學校大門。這份無與倫比的處罰項目表在學期的第一天就付諸實行，將要持續到接著而來的聖誕節假日，但並沒有列舉任何詳細的犯規行爲。因此，男孩子們不必有很敏銳的智力，就可以把「爾內斯特」與「禁止男孩進入柯羅斯夫人與瓊斯夫人的店」一事聯想在一起了。

男孩子們確實很爲柯羅斯夫人感到憤慨。大家都知道，柯羅斯夫人都還記得史金納博士在小男孩時代剛穿夾克的那段日子，她無疑也讓史金納博士賒欠過很多香腸和馬鈴薯泥。那些領頭的男孩舉行祕密會議，考慮應該採取什麼步驟。但是，他們一聚在一起，爾內斯特就去膽怯地敲著房間的門，然後面對難局，盡可能說明事實。他承認了一切，但沒有提及那份學生名單，也沒有談到他對每個男孩的品德所下的評語。這種醜名是他所無法承認的，並且他也沒有說出自己的意見。所幸他這樣做是很安全的，因爲史金納博士雖然是腐儒，更有甚於腐儒，但是他仍然足夠明智，針對那份學生名單向希波德提出了反擊。這是因爲他不喜歡希波德告知他不了解學生的品德嗎？還是因爲他害怕爲學校帶來醜聞呢？我不知道，但是，當希波德把自己花了很多工夫的學生名單交給史金納博士時，後者確實非常不客氣地打斷他，然後表現出比平常更溫和的態度，當場在希波德眼前把名單付之一炬。

爾內斯特很輕易就獲得領頭男孩們的原諒，他自己也沒有料想到。這些男孩承認，這種錯雖然很可恨，但卻是在情有可原的情況下犯的。犯錯的人很坦誠地說出了一切，並且他的懊悔顯然不是僞裝的，加上史金納博士生氣地對他窮追猛打——這一切都很容易導致一種有利於他的反應，好像他是受害者，不是犯錯的人。

這學期逐漸過去，他的精神也逐漸重振。一旦心中產生自貶的情緒，他就會在某種程度上以一件事情來安慰自己，那就是，他已發現：甚至他自認沒有瑕疵的父親與母親，其實也沒有達到應該有的境地。大約在十一月五日時，學校的學生習慣上會聚集在離羅波羅不遠的一處公有地，燒毀某個人的芻像——這等於是學生們爭取放煙火以及慶祝蓋·佛克斯節後所得到的妥協。這一年，大家決定要燒彭提菲家家長的芻像。爾內斯特雖然很擔憂該怎麼做，但最後還是認爲自己有充分的理由去參與這件事。他說，這件事並不會對他父親造成任何傷害；這可眞是公正的說法。

剛好主教也在十一月五日在學校舉行了一次堅信禮。史金納博士並不喜歡選這一天舉行堅信禮，但是主教事情多，只好做這樣的安排。爾內斯特是要接受堅信禮的學生之一，他對典禮的神聖重要性深深感動。當他跪在教堂中，感覺到高大的老年主教走近他，他幾乎喘不過氣來。一旦這個「幽靈」在他前面停下來，把雙手放在他頭上，他可眞嚇得不知所措。他覺得自己已經到達生命的一個重大轉捩點，而未來的爾內斯特會跟過去的爾內斯特有很大的不同。

堅信禮在大約中午時舉行，但是在一點鐘吃飯時，儀式所造成的影響已經逐漸消失。他認爲沒有理由放棄一年一度的焚燒芻像娛樂，於是他就跟其他男孩一起前去，表現得很勇敢。等到芻像做好了，就要加以焚燒時，他感到有一點害怕。芻像做得很差，所使用的材料是紙、軟棉布和稻草，但是他們將芻像命名爲「希波德．彭提菲牧師」。當他看到芻像被帶去焚燒時，心中有一種噁心的感覺。但是他還是堅持下去。幾分鐘之後，當一切都結束時，他並沒有感覺更加不舒服——雖然他參與了這種儀式，但進行這種儀式的動機，畢竟是孩童對於惡作劇的喜愛，而不是怨恨的心理。

我應該說，爾內斯特曾寫信給父親，把父親「被人以前所未有的方式對待」一事告訴他。爾內斯特甚至大膽建議希波德爲了保護自己應該出來干涉，並提醒父親如何從他口中套問出那件事。但是，希波德當時已受夠了史金納博士。史金納博士燒毀學生名單，對他而言是一種嚴厲的拒斥行爲，他沒有勇氣第二次干涉羅波羅文法學校的內部事務。因此，他回信說，他有兩個選擇，其一是必須讓爾內斯特完全離開羅波羅文法學校，但基於很多理由，這樣做是不適宜的，其二是必須信賴校長的判斷，讓他以自認對任何學生都最好的方式去處理事情。爾內斯特不再說什麼。他仍然覺得那件事是很丟臉的，也就是說，他在父親逼迫之下坦供了事情，所以他無法強迫自己原諒自己。

就在「柯羅斯媽媽事件」——男孩子們早就這樣稱呼了——期間，羅波羅文法學校出現了一種非凡的現象。我是指那些領頭的男孩，在某些情況下爲較低年級的男孩跑差。領頭的男孩沒有受到限制，可以在自己喜歡的任何時候去柯羅斯夫人的店。因此，他們確實成爲中間人，可以從柯羅斯夫人的店或瓊斯夫人的店那兒爲任何男孩取得任何東西，無論男孩的年級多麼低，時間是早晨八點四十五分至九點之間，以及下午五點四十五分至六點之間。無論如何，男孩子們漸漸變得更大膽了。雖然學校當局沒有公開宣布男孩可以再度進入這些店，但實際上卻默許了。

第四十四章

我想讓讀者知道有關我們這位主角上學日子的更多細節。他照樣躋身史金納博士那一班。在大約最後兩年的時間之中，他是資深學生，只不過不是前半段的優秀學生。他幾乎不做事。我想，史金納博士已放棄他，認爲最好讓他自生自滅。史金納博士不曾讓他分析句子，而他則時常隨心所欲地交或不交作業。他那種緘默、潛意識的倔強所造成的影響力，甚至大於一些大膽的俏皮話最初所造成的影響力。一直到學生生涯結束，他在同儕中的地位都跟在開始時一樣，也就是說，位居較不受好評的學生——無論是資深或資淺學生——的前半部。不是位居較受好評的學生的後半部。

在他的整個學校生涯中，他只有一次在作業方面獲得史金納博士的讚美，而他也很珍視這次讚美，視之爲經驗到「謹慎認同」的最佳例子。事情是這樣的，他根據規定寫了一首四節詩，描述「聖伯納僧侶的狗」。等作業發回來時，他發現博士在上面寫道：「在這首仍然非常差的四節詩中，我想我是能夠看出一點點進步的徵象。」爾內斯特說，如果這篇作業有比平常寫得好，那想必是僥倖使然。他確知自己一直太喜歡狗本身，尤其是聖伯納狗，並不喜歡「寫」一首有關狗的四節詩。

「我回顧這件事，」他才在前天對我說，發出愉快的笑聲，「雖然我的作業不曾有一次得到最好的分數，但是我卻很看重我自己。如果我在每次可以得到時都得到了，我反而不會看重自己。我很高興，沒有什麼力量能夠推動我去寫拉丁文與希臘文的詩。我很高興，史金納從來就無法對我發揮任何道德的影響力。我很高興，我在學校無所事事。我也很高興，父親在我男孩時代施加給我過多的工作——否則的話，我就會默默接受騙局，很可能寫出跟我鄰近的同學們一樣好的一首有關聖伯納僧侶狗的四節詩。然而，我並不很確定。我記得有另一個男孩，他交了一首拉丁文的詩，但是爲了自得其樂，他又寫了以下這首詩：

聖伯納僧侶狗
從雪中救出小孩，
狗的頸部掛著提神酒
就用線軸繫在那兒。

我很想寫出這樣的語詞，並且也嘗試了，但是卻寫不出來。我不大喜歡最後一行，曾試著去修改，但卻做不到。」

從爾內斯特的模樣中，我猜想他對於年輕時代的老師懷有恨意，於是我把這種猜想說出來。

「哦，沒有，」他回答，仍然笑著，「就像聖安東尼並沒有對那些誘惑他的魔鬼懷有恨意——也就是說，當他在一百年或兩、三百年後偶然遇見其中一些魔鬼的時候。當然，聖安東尼知道他們是魔鬼，但這是不成問題的；總是會有魔鬼的。也許，聖安東尼喜歡這些魔鬼，甚於喜歡其他大部分的魔鬼，並且還基於舊識的緣故，在禮節許可的範圍內，盡量縱容他們。

「除外，你知道，」他又說，「聖安東尼也誘惑魔鬼，就像魔鬼誘惑他。聖安東尼那種特殊的神聖特性，對他自己而言是一種強烈的誘惑，也是魔鬼所無法抗拒的強烈誘惑。嚴格地說，是魔鬼更應得到同情，因爲他們被聖安東尼搶先誘惑，並且墮落了，然而聖安東尼並沒有墮落。我相信，我當時是一個不討人喜歡又難以理解的男孩。縱使我遇見了史金納，我卻最樂於與他握手，也最樂於做出對他有利的事。」

在家裡，情況好轉了。愛倫事件以及「柯羅斯媽媽事件」慢慢沉澱了。在家裡，他甚至享有更安靜的生活，因爲他已經成爲資深學生。然而，注視的眼睛以及保護的手仍然出現在他上方，要保護他的進進出出，並一路上監視他。難怪，這個男孩雖然經常努力要保持體面，好像自己很愉快又滿足——有時確實是如此——但是，當他認爲沒人在注意時，卻時常露出焦慮與疲倦的神情，顯示出內心處於一種幾乎不停斷的衝突狀態中。

希波德無疑是看到了他的這種神情，也知道如何加以詮釋，但是，他卻很懂得如何忽視不方便的事情——如果牧師做不到這一點，就無法保有聖職一個月之久。何況，他多年來都是說出不應該說的事，不說出應該說的事。所以，凡是他認爲最好不要看到的事情，他就不可能去看——除非是在不得已的情況下。

他不需要做很多事。如果大自然沒有製造神祕，他就不去製造神祕，並以合理的方式去控制良知，稍微讓爾內斯特自由行動，少問一些問題，給他零用錢，希望他花在小小的娛樂上……

「就說這是『不需要做很多事』吧，」爾內斯特笑著說，因爲我把剛寫的部分讀給他聽。「嗯，這是一位父親的全部責任，但是，製造神祕卻是最大的罪惡。如果人們敢於彼此毫無保留地談話，從現在起的一百年，世界就會減少很多悲愁。」

然而，還是回到羅波羅文法學校吧。爾內斯特在離開的那一天，被請到書房去與史金納博士握手，心中有一種感覺，讓他很驚奇，那就是，雖然他確實很高興離開那個地方，但是卻沒有特別懷恨史金納博士。爾內斯特已經熬過一切，仍然活著，並且整體而言，並沒有比其他人犯下更嚴重的錯。史金納博士很親切地接見他，甚至在嚴肅的模樣中也透露出歡樂的氣息。年輕人幾乎總是很寬大的。爾內斯特在離開時認爲，如果再來一次這樣的面談，不僅會掃除所有的舊怨，而且他也會讚賞與支持這位博士——可以很公平地說，在讚賞和支持這位博士的人之中，大部分都是比較有希望的男孩。

就在道別之前，這位博士從六年前似乎很可怕的書架上取下一本書，拿給了他，但卻先寫下自己的名字，以及幾個希臘字 φιλίας χαί ευνοίας χάριν，我想它們的意思是「贈送者全心全意的祝福。」書是用拉丁文寫成的，作者是德國人——休曼著《雅典的議會》——不是輕鬆又令人愉快的讀物，但是爾內斯特認爲自己早該了解雅典的政體與選舉方式了。他已經多次溫習這方面的知識，但是很快學會又很快遺忘了。無論如何，既然博士給了他這本書，他就要永遠領會在心了。多麼奇怪啊！他很想記得這些知識。他知道自己很想，但卻永遠記不住。一旦記在心中了，又不知不覺溜走了。他的記憶眞差勁；然而，無論誰爲他演奏一首曲子，告訴他取自何處，他卻永遠不會忘記——儘管他沒有努力要去記住，甚至完全沒有意識到要去記得。他的心智想必有問題，他是沒有用的人。

由於還有一點時間，他就拿了聖邁可教堂的鑰匙，去進行一次臨別的風琴彈奏——他此時能夠彈得很好了。有一會的時間，他在通道上走來走去，沉思著事情。然後他安頓下來，彈了〈他們厭惡喝河水〉大約六次之多，之後他感覺心情比較鎮靜又快樂。然後，他勉強離開自己很喜愛的風琴，匆匆到達了車站。

火車駛出去時，他從一處高高的堤防俯視姑媽住過的小房子。他的姑媽可以是爲了替他做一件好事而在那兒病死。那兒有兩扇知名的弓形窗，他時常步出窗外，跑過草地，進入工作場。他譴責自己幾乎沒有對這個仁慈的女人表示感激——而她卻是讓他感覺好像可以視爲心腹的唯一親戚。雖然他很想念她，但卻很高興，因爲她並不知道，自從她死後，他陷入了窘境。如果她活著，也許不會原諒他——這會是多麼可怕啊！但是，如果她活著，也許他就會免掉很多不幸。當他這樣沉思著時，又感到很悲傷了。他自問：這一切到底要終於何處，終於何處啊？難道未來將會一直是罪過、羞愧與悲愁嗎？就像過去一樣？難道他的父親那雙不斷注視的眼睛與保護的手要在他身上施加無法忍受的重擔嗎？——或者，他也會有一天感覺自己安康又快樂？

有一層灰色的霧遮著陽光，眼睛能夠忍受陽光：爾內斯特在沉思著的同時，也直接注視著陽光，好像直接注視著自己所認識又喜歡的一個人。最初，他的臉色顯得很凝重，但卻很和善，像是一個很疲倦的人，感覺到長久的工作已經結束。但是幾秒鐘後，不幸的命運那個較幽默的一面出現了；他露出半譴責半愉快的微笑，心中想著：發生在他身上的一切其實是無關緊要的，比起大部分人的困境，他的並不算什麼。他仍然看著陽光的中心，露出夢幻般的微笑，心中想著：他曾參與燒毀父親的芻像，於是神情變得比較愉快，最後爆笑出來了。就在這個時刻，淡淡的霧層飄離太陽，陽光突然湧現，他回到了現實的世界。於是他意識到對面有一位旅伴緊盯著他，是一位年老的紳士，有著很大的頭部和鐵灰色的頭髮。

「我的年輕朋友，」他很溫和地說，「當你置身在公共的火車車廂中，眞的最好不要跟太陽中的人說話。」

老年的紳士沒有再說一句話，只是打開《泰晤士報》開始看著。爾內斯特則是臉色變得很紅。這兩個人在同處車廂的其餘時間都沒有講話，但卻不斷瞄著對方，所以都對對方的臉孔留下了印象。

第四十五章

有人說，他們上學的日子是一生中最快樂的時光。他們也許說得很對，但是，我總是以懷疑的表情看著這樣說的人。一個人很難知道自己現在是快樂還是不快樂，更難去比較生命不同時間中的相對快樂或不快樂。我們最多只能說：只要我們不很明顯地意識到痛苦，那麼我們就很快樂。不久以前的一天，我跟爾內斯特談到這一點，他說，他當時很快樂，確知不曾那麼快樂過，不過希望情況不是如此，但是，劍橋是他曾有意識地且持續地感到快樂的第一個地方。

如果一個男孩第一次置身在房間之中，知道那些房間在以後的幾年中將成爲他的城堡，他怎麼可能不會感到狂喜呢？在這兒，他將不會遭遇到以下的情況：才在最舒適的地方安頓下來，就要被迫離開，因爲爸爸或媽媽剛好走進房間，必須把房間讓給他們。在這兒，坐起來最舒適的椅子是屬於他自己的，甚至沒有人跟他共用一個房間，沒有人干擾他在房間裡做自己喜歡的事情——包括抽菸。嗯，縱使這樣的房間前後都面對空白的牆，它仍然是天堂。如果房間可以俯視一處安靜、多草的庭院，或迴廊，或花園，就像從牛津和劍橋的大部分房間的窗子所可以俯視的那樣，那麼它就更加是天堂了。

希波德讓爾內斯特進入艾曼紐爾學院。由於希波德是這個學院的資深特別研究員與導師，所以能夠從現任導師那兒優先選擇房間。因此，爾內斯特的房間是很舒適的，可以俯視多草的庭院，而庭院四周則是特別研究員的花園。

希波德陪著他到劍橋，而此時希波德正處在最佳的狀態中。他喜歡短途旅行，由於有一個長大的兒子要上大學了，所以他甚至有一種自傲的感覺。這種光采所反映出來的一些亮光，照在爾內斯特本人身上。希波德說，他「很樂於希望」——這是他的陳套用語之一——兒子會開始過一種新生活，因爲兒子已經離開中學。就他自己而言，他「非常願意」——這是另一句陳套用語——讓過去成爲過去。

爾內斯特還沒有登記名字，所以能夠接受希波德的一個老朋友的邀請，跟父親一起在另一個學院的特別研究員餐桌上吃飯。他在那兒認識了大學生活的各種好吃的食物，名字很新奇。他一面吃著一面覺得自己正在接受一種通才教育。最後他終於要到艾曼紐爾學院了，他將睡在那兒的新房間之中。他的父親跟他一起走到大門，看到他安全進入學院。幾分鐘後，他就單獨擁有一個房間，又有了一把門鎖鑰匙。

他記得這段時間中的很多日子，縱使不是十分平靜，但總體而言都是很快樂的。然而，我並不必要去描述這些日子，因爲很多小說都已經敘述了安靜又堅定的大學生們所過的生活，比我所能敘述的更加美好。爾內斯特的一些中學同學也跟他同時來上劍橋，在整個大學生涯中都與他保持友善的關係。其他中學同學只比他大一兩歲。他們都來看他，因此他在很有利的情況下進入了大學生活。他的性格正直，銘刻在臉上，加上他喜歡幽默，性情容易被人安撫，不容易被人激怒——這一切都彌補了他的笨拙以及不擅社交。他不久就成爲他那個年級最好的學生中很受歡迎的一員。雖然他不可能成爲班長，也不渴望成爲班長，但是其他班長卻認爲他是比較接近他們的傍友。

那時他一點也沒有野心。任何的偉大或優越的表現似乎都離他很遠，爲他所無法了解，所以他不曾想要有偉大或優越的表現。他覺得與一些同學無法和諧相處，如果他能夠不引起這些同學的注意，他就認爲自己足夠成功了。他不介意要取得很好的學位，只不過學位必須足夠好，讓父親與母親無話可說。他並沒有夢想到能夠獲得獎學金。如果他有這種夢想，就會很努力用功。他很喜歡劍橋，如果必須離開它，他是無法忍受的。他此時的快樂只會持續很短的時間——這幾乎是唯一嚴重困惱他的事情。

由於比較不必去注意成長的事情，頭腦也比較空閒，所以他時常閱讀——並不是因爲他喜歡，而是因爲有人告訴他應該這樣做。他的自然本能，就像所有適合做任何事情的年輕人一樣，促使他去做權威的人士告訴他的事。由於史金納博士曾說，爾內斯特永遠不可能獲得獎學金，所以他在巴特斯比的家人都希望他獲得相當不錯的學位，以便在某個學校獲得導師或教師的職位，準備取得聖職。等到他二十一歲時，他將可以獲得遺產，而他處理遺產的最佳方式是：買得下一次的聖俸（那位擁有聖俸的教區牧師年紀已經很大了），靠著教師或導師的職位生活，一直到聖俸落入他手中。靠著他的祖父的遺產此時所累積的總額，他能夠買到很好的聖俸，因爲希波德不曾認眞的想要從兒子的遺產中扣除生活費和教育費，而遺產此時已經累積到大約是五千鎊。希波德當初談到要扣除生活費和教育費，只是爲了刺激這個男孩盡可能努力，讓他認爲，這是他避免挨餓的唯一機會——或者純粹是喜歡逗逗他。

一旦爾內斯特有了一年六百鎊或七百鎊的聖俸，加上一間房子，而教區居民並不太多——嗯，那麼他就可以收學生或甚至辦學校來增加收入。然後，在譬如說三十歲時，他就可以結婚。希波德不容易想出比這更加明智的計畫。他不能讓爾內斯特去做生意，因爲他沒有生意方面的關係，除外，他也不知道生意是什麼意思。再者，他對律師不感興趣；如果是學醫，則學生要面對考驗與誘惑，鍾愛孩子的父親和母親爲了孩子，寧願避開這兩者。這個孩子會結交一些同伴，熟悉一些可能沾污心靈的詳情細節。雖然他可能抗拒，但他「很可能」會誤入歧途。何況，取得聖職是希波德所知道與了解的途徑，也是他唯一有所認識的途徑，所以他很自然地爲爾內斯特選擇了這條途徑。

前述想法在我們這位主角童年最早的時光中就被灌輸在腦中，就像當初它被灌輸在希波德本人的腦中一樣，並且結果是一樣的——也就是他相信自己一定會成爲一位牧師，只不過路途仍然遙遠，但他認爲沒有問題。至於用功讀書的責任，以及盡量取得很好的學位的責任——這是足夠清楚的，所以他開始努力用功，就像我已說過的，很堅定地努力用功。最後，他讓自己和每個人都感到很驚奇，在大一時獲得了學院獎學金，金額並不多，但仍然是獎學金。我們幾乎不必說，希波德控制了所有這些錢，認爲他給爾內斯特的零用錢已經足夠了。他也知道，一旦年輕人能夠支配錢，那是多麼危險的事。我並不認爲希波德曾努力去回想，當初他自己的父親對他採取同樣的措施時，他的感覺如何。

爾內斯特在這方面的處境很像在中學的時候，只不過涵蓋比較廣。他的家庭老師與廚子的費用是由家裡來付；他的父親寄酒給他；除此之外，他一年有五十鎊，可以花在衣服和其他方面。在爾內斯特的時代，在艾曼紐爾學院讀書的情況大約是如此，只不過有很多學生在這方面不如他。爾內斯特的花錢作風就像在中學時一樣——在拿到錢之後不久就盡量花，然後欠了一些債，過著缺錢的生活，一直到下學期，然後立刻去還債，又開始欠債，所欠的債跟所還的債一樣多。一旦他繼承了那五千鎊遺產而不再依賴父親，其中有十五鎊或二十鎊竟然是用來償還未經認可的花費。

他參加划船俱樂部，很有恆心地參加划船比賽。他仍然抽菸，但喝葡萄酒或啤酒並不超過有害健康的程度，除非是在划船的晚餐場合。但是縱使如此，他也發現，喝酒的結果很令他不舒服，所以不久就知道如何保持在安全界限之內。他在不得已的情況才上教堂。他一年接受聖餐兩、三次，因爲他的家庭老師教他應該這樣做。事實上，他過著清醒又清淨的生活，我想，他所有的本能都促使他這樣做。如果他誤入歧途了——凡是女人所生的人，有誰能避免呢？——那通常是在與血肉之軀所無法抗拒的誘惑激烈掙扎之後。然後，他會很後悔，有很長的時間不再犯錯。在他還沒有到達解事年齡之前，情況就一直是如此。

甚至在劍橋的求學生涯結束時，他也不知道自己有什麼能力做任何事，但是其他人已經開始看出，他並不缺少能力，也告訴了他。他並不相信；事實上，他很清楚，如果他們認爲他很聰明，那麼他們是受騙了。但是他很高興能夠欺騙他們，並且還進一步欺騙他們。因此他很注意一些隱語，以便能夠適時學會，並派用上場。一旦發現另一個自己更喜歡的隱語，他就會放棄其他隱語。要不是如此，他可能就會惹禍了。他的朋友常說，當他上升的時候，他就像一隻鷸一樣飛著，在各個方向衝刺幾次，然後才進入一種穩定、直線的飛行狀態，但是一旦進入這種狀態，他就會堅持下去。

第四十六章

他大三時，劍橋創辦了一份雜誌，寫稿的人全是大學生。爾內斯特寄去一篇論希臘戲劇的文章。他只准許在經過修改後披露原文，因此我在這兒無法讓它以原貌出現，不過經過刪除冗餘部分之後（我只以這種方式修改），文章的內容如下：

我不想在有限的篇幅之內企圖寫出希臘戲劇的起源與進展的梗概，只想考慮以下這個問題：希臘的三位主要悲劇作家，艾思奇利斯（Aeschylus）、索福克里斯（Sophocles）以及尤里皮底斯（Euripides），所享有的聲名將會是永續的嗎？還是有一天人們會認為他們是被高估了？

我自問一個問題：為何我能夠很容易讚賞荷馬、修昔底德、希羅多德、德謨斯特尼斯、亞里斯多芬、希奧克利托斯的作品，以及盧克萊修的部分作品、霍雷斯的諷刺詩以及書信體的詩，更不用說其他古代作家的作品，然而，在面對艾思奇利斯、索福克里斯以及尤里皮底斯的最普遍為人讚賞的作品時，我卻立刻感到很厭惡？

就第一類的作家而言，我很認同一些人；這些人的感覺縱使不跟我一樣，但我仍能了解他們的感覺，也有興趣於他們的感覺。就第二類的作家而言，我幾乎沒有同感，所以無法了解怎麼會有人對他們感興趣？他們最傑出的表現在我看來是枯燥、自大又做作的作品，如果是在現在第一次出現，我想可能會壽終正寢，不然就是受到批評家嚴厲的撻伐。我想知道：就此事而言，是我錯了嗎？還是這些悲劇作家本身要負一部分的責任？

我懷疑，雅典人當時真正喜歡這些詩人的程度有多大呢？我懷疑，他們對這些詩人的讚賞有多大程度是歸因於時髦或做作呢？事實上，雅典人讚賞正統悲劇作家的程度，有如我們上教堂的程度嗎？人們對他們提出評斷已超過兩千年，所以我這個問題是很大膽的。其實，要不是有一個人提供了我暗示，我是不會問這個問題的。這個人的名聲跟這些悲劇作家的名聲一樣高，被人認同的時間也跟他們一樣長——我是指亞里斯多芬⑪。

數目、權威的力量以及時間，一起結合起來，使得亞里斯多芬享有跟任何古代作家一樣高的文學聲望——也許除了荷馬之外。但是，亞里斯多芬卻公開表示，他非常憎惡尤里皮底斯與索福克里斯，並且我也強烈地感覺到，他之所以只讚美艾思奇利斯，是為了可能更放心地貶低另外兩位劇作家。畢竟，艾思奇利斯與他的兩位繼承者之間並沒有差異，因此不可能前者是很好的劇作家，而後者是很差的劇作家。亞里斯多芬又藉著尤里皮底斯的嘴來攻擊艾思奇利斯，而這種攻擊擊中了要害，不可能是讚賞者所為。

尤里皮底斯譴責艾思奇利斯「用字浮華、堆砌」，我想他的意思是指誇大、喜歡吹噓。艾思奇利斯則反擊尤里皮底斯，說他是「蒐集閒話，描述乞丐，縫飾破布」。我們可以從其中推斷，尤里皮底斯比艾思奇利斯更忠於他那個時代的生活。然而，「忠實地描述當代的生活」是一種特質，為任何的虛構作品——無論是文學或繪畫——提供了永恆的興趣，因此很自然地，艾思奇利斯與索福克里斯都只有七個劇本流傳下來，而尤里皮底斯卻有十九個以上的劇本流傳下來。

然而，這樣說已經偏離正題了。我們面前的問題是：亞里斯多芬是否真正喜歡艾思奇利斯，或者是假裝如此。我們必須記住，艾思奇利斯、索福克里斯與尤里皮底斯在悲劇作家之中佔有最重要的地

---

⑪古希臘喜劇作家——譯註。

位，這是無庸爭論的，就像但丁、佩脫拉克、塔索以及亞里歐斯托被今日的義大利人認為是最偉大的義大利詩人。就算我們能夠想像一位機智又和藹的作家——譬如說在佛羅倫斯——對我所列舉的所有詩人都感到很厭倦，但這樣一位作家也會很不情願承認他全都不喜歡他們。他會寧願認為，無論如何他能夠在但丁的作品中看出什麼優點——比較容易將但丁理想化，因為但丁的時代很遙遠。為了讓他的同胞與他之間有更進一步的良好關係，他會去見見他的同胞，雖然這並不符合他的本能。亞里斯多芬必須假裝自己無論如何很讚賞其中一位悲劇作家，如此做為掩飾，不然，他對他們所做的攻擊就會很危險，就像現在的一個英國人說他不很欣賞伊莉莎白時代的劇作家，也會是很危險的。然而，我們之中有哪一個人真心喜歡莎士比亞以外的任何伊莉莎白時代劇作家呢？難道他們不是文學上的老而不死的人嗎？

整體而言，我的結論是：亞里斯多芬並不喜歡其中任何悲劇作家，然而卻沒有人會否認，這位敏銳、機智、坦率的作家其實是文學價值的高明判官，並且就像我們之中十分之九的人一樣，能夠看出悲劇所包含的美。尤有進者，他也完全了解悲劇作家們期望別人以什麼觀點去評斷他們的作品。他的結論是什麼呢？簡單地說，他的結論是：悲劇作家是騙子，或諸如此類的人。我自己很真誠地同意他的看法。我可以很坦白地說，除了大衛王的一些「詩篇」之外，幾乎所有其他作品都是名符其實的。我不會特別介意我的妹妹們去讀這些「詩篇」，但我自己會很小心，永遠不會去讀。

涉及「詩篇」的最後這部分是很可怕的，當時曾引發編輯激烈爭論是否要保留這一部分。爾內斯特自己本來也很驚恐，但是他有一次曾聽一個人說，「詩篇」中有很多部分是很差的，所以他就更仔細地去閱讀，發現這種說法幾乎不可能有異議。於是他接受這種見解，將它說出來，做爲自己的想法，認定這些詩篇也許從來就不是大衛王所寫，而是跟其他詩篇一起被錯放進《聖經》之中。

也許由於這個涉及「詩篇」的段落的緣故，這篇文章造成相當的騷動，整體而言甚獲好評。爾內斯特的朋友大加讚賞，名過其實，而他自己也很引以為傲，但是他卻不敢在巴特斯比公開這篇文章。他也知道自己智盡技窮了。這是他的一個想法（我確知其中大半部分是得自他人）。此時他再也沒有什麼題目可以寫了。他被一種小小的名聲所苦，但他認為，這種小小的名聲似乎比實際的情況大很多。他也意識到，他永遠無法保持這個名聲於不墜。有很多天的時間，他都感覺到，這篇不幸的文章對他而言是一種累贅物，他必須趕快去做各種狂熱的努力，增加自己的喜悅，以便撐住這個累贅物。我們可以想像，這些努力都失敗了。

他並不知道，如果他等待、傾聽又觀察的話，也許哪一天另一個想法會在他腦中出現，而這個想法發展下去，又會引出更多的想法。他當時還不知道，獲得想法最差勁的方法是：特意地去追求。其實獲得想法的方式是：去研究所喜歡的一件事情，記下在心中所出現跟此事有關的任何想法，無論是在用功或放鬆的時候，並且是記在一直放在馬甲口袋中的一本小筆記簿中。現在爾內斯特已經知道這一切了，但是卻花很長的時間才發現，因為這不是在中學和大學所教的那種事情。

他當時也還不知道，想法跟產生想法的人一樣，什麼樣的人就產生什麼樣的想法。縱使最獨創的想法，也跟產生想法的人沒有什麼差異。生命就像一種賦格，一切都從主題發展出來，不會有新奇之處。他當時也不知道，人們很難說出一個想法終於何處，另一個想法始於何處，就像人們很難說出一個生命始於何處或終於何處，一個行動始於何處或終於何處，以及等等的，因為無限的衆多中有統一，統一中有無限的衆多。他認為，想法進入聰明的人的腦中，是藉由一種自然發生的方式，不是根源於別人的思想或觀察的過程，因為他還相信天才，而他很清楚自己沒有天才——如果天才是他心目中的美妙又狂熱的東西。

在這之前不久，他就已經成年了，所以希波德把屬於他的錢交給了他——已達五千鎊。他拿這筆錢去投資了，獲利率是百分之五，因此一年的收入是兩百五十鎊。然而，他卻要到很久之後才體認到一個事實（他無法體認到自己不曾經驗過的事情），那就是，他已經不依賴父親。希波德對他的態度也沒有什麼改變。「習慣」與「聯想」對父親與兒子的支配力量很強烈，所以父親認爲自己跟原來一樣有權利去命令兒子，而兒子認爲自己跟原來一樣沒有權利去反駁父親。

在劍橋的最後一年，他工作過度，就因爲他這樣盲目地順從父親的願望：既然父親那麼強調要他爭取榮譽，他就不應只取得普通畢業生學位。結果他病得很重，是否能夠參加學位考試都成問題。但他還是設法去參加。當名單公佈時，他的名次優於他自己或任何其他人所預期的，在畢業生中是前三、四名。但幾個星期後，在第二階段的「古典文學榮譽學位考試」中卻名列後半段的學生之中。雖然他回家時還在生病，希波德卻陪著他複習所有的試卷，答案盡可能跟希波德所提出的答案相同。他幾乎沒有什麼反衝力量，何況積習已經很深，所以他在家中，一天都花幾小時的時間繼續研讀古典文學與數學，就好像他還沒有取得學位。

第四十七章

爾內斯特回到劍橋，要去讀一八五八年五月的那學期，藉口是要取得聖職。此時，他面對取得聖職的挑戰，而且時間十分逼近，這是他很不喜歡的。到此時爲止，他雖然沒有宗教傾向，卻一直認爲，他所被告知的有關基督教的任何事情都是眞實的。他不曾看到任何人懷疑舊約與新約《聖經》中所紀錄的奇蹟的歷史特性，也沒有讀過任何東西，讓他心中對此產生懷疑。

我們必須記住，一八五八年是英國國教維持非凡和平的期間的最後一年。一八四四年，《創造的痕跡》一書出現，而一八五九年則是《文章與評論》一書標示了那次肆虐多年的暴風雨的開始。但在這十五年期間，英國不曾出版一本書在英國國教的內部引起嚴重的騷動。也許，巴寇的《文明史》以及彌爾的《論自由》是最令人驚動的，但是這兩本作品都沒有深入閱讀大衆的底層，而爾內斯特與他的朋友們都不知道有這兩本書的存在。「福音主義」運動已經幾乎成爲一種古老的歷史——除了我很快就會論及的部分。「牛津運動」已經消退，成爲一種短暫的驚奇。這個運動是在運作中，但並不喧囂。在爾內斯特還沒有到劍橋之前，《創造的痕跡》一書就被人遺忘了；天主教的侵犯恐嚇已經不再很恐怖；一般的地方民衆仍然不知道「儀式主義」，而哥爾罕與罕普登的爭證在幾年前停止了；「不信國教」的思想並沒有在傳佈；克里米亞戰爭是吸引人們注意的話題，接著是印度的暴動以及法奧戰爭。這些重大的事件使得人心轉離純理論的話題。沒有一種危害信仰的思想足以引起人們一點點的興趣。也許，自從這個世紀開始以來，沒有一位一般的觀察者可能看出一個時代，比這個時代更加平靜，更不具即將來臨的騷動跡象。

我幾乎不用說，這種平靜只是表面上的。年紀較大的人所知道的事情，比大學生所可能知道的事情更多。他們想必已經看出，那種已經傳播到德國的懷疑論浪潮，正在衝向我們自己的海岸，而事實上，這種浪潮也在不久之後到達了。爾內斯特一接受聖職，當時就有三部作品連續引起人們的注意，甚至那些最不關心神學論戰的人也注意到了。我所謂的三部作品是《文章與評論》、查爾斯．達爾文的《物種起源》，以及柯倫索主教的《對摩西五書的評論》。

但這些都偏離主題了。我必須回歸到爾內斯特在讀劍橋大學時一個具有生命力的心靈活動層面，那就是，超過一代以前的「福音主義」甦醒的遺風，而「福音主義」的甦醒跟「西米恩」這個名字有關。

在爾內斯特的時代，仍然有很多「西米恩主義者」，或者簡稱「西姆主義者」。每個學院都有一些，但是，他們的總部是在凱耶斯。在那兒，他們爲柯雷頓先生所吸引，而柯雷頓先生當時是資深導師，也是聖約翰學院的公費學生之一。

在那時的聖約翰學院的禮拜堂後面有一座「迷宮」（這就是它的名字），是一些搖搖欲墜的骯髒房間，裡面住的全是最窮的大學生，靠著公費以及獎學金做爲取得學位的方法。甚至在聖約翰學院，很多人都不知道這座主要住著公費生的「迷宮」的存在與所在地。在爾內斯特的時代，有些人住在第一庭院，不曾走過那通到「迷宮」的蜿蜒通道。

「迷宮」中住著各種年紀的人，從小伙子到晚入學的灰髮老人都有。他們只出現在餐廳、禮拜堂或上課的時候。在這些地方，他們吃飯、禱告以及學習的方式，全都被認爲很可議。沒有人知道他們從哪裡來，要往哪裡去，也沒有人知道他們做什麼事，因爲他們不曾在板球或划船比賽中出現。他們是一些陰鬱且外表又不體面的同學，在衣著和儀態方面沒有什麼好得意的，就像在肉體方面也沒有什麼好自豪的。

爾內斯特和他的朋友們總自認是經濟的奇蹟，因爲靠著很少的錢就能夠過活。但是，住在「迷宮」的大部分人卻會認爲，他們一半的花費就是過度的富裕。所以，比起聖約翰學院一般的公費生所必須承受的情況而言，爾內斯特在家中所經驗到的任何專制待遇只是小事一樁。

其中有些學生在第一次考試後發現，他們可能成爲學院的裝飾品，所以就立刻出現了。這些學生贏得很可貴的獎學金，能夠過著某種程度的舒適生活，與那些較具社會地位的勤學學生混合在一起。但是，除了少數例外，甚至這些學生也要經過很長的時間才能擺脫自己帶進大學的古怪成分，並且也要等到他們成爲特別研究員和導師之後，人們才不再很容易就看出他們的出身。我曾親眼看到其中一些人在政治界或科學界獲得高位，然而卻仍然保存一種「迷宮」和聖約翰學院公費生的模樣。

因此，這些可憐的人兒由於在五官、步態與舉止方面不吸引人，並且外表與衣著方面又顯出無法言喻的邋遢，所以就形成一群化外之民，其思想與行爲方式不同於爾內斯特與他的朋友們，而「西米思主義」主要就在他們之中變得興盛起來。

大部分的「西米恩主義者」都註定要成爲「英國國教」的成員（在那些日子裡，人們很少聽到「聖職」），他們自認聽到很高聲的呼喚，要他們成爲牧師，並且樂於過著幾年困苦的生活，以便藉著必要的神學課程準備成爲牧師。他們大部分人都認爲，成爲牧師是獲得社會地位的主要方法，而當時有一些他們深知無法超越的障礙，阻止他們去獲得社會地位。因此，聖職打開了抱負的領域，使得聖職成爲他們思想中的中心點，而不是像爾內斯特那樣認爲，聖職是有一天必須完成的事情，但希望目前還不必爲此費心，就像不必爲死亡費心一樣。

爲了以更完整的方式做準備，他們會在彼此的房間中聚會，進行喝茶、禱告以及其他靈修方面的活動。他們接受一些知名導師的指導，會在主日學校教書，並且無論是否適合時宜，都會即刻對那些可能被他們說服的人提供心靈的教育。

但是，生活比較順利的大學生們的心田，卻不適合這些人所試圖播種的種子。如果他們偶然結交到一位他們自認很世故的人，在言談中表現出一點敬神的虔誠，結果只會引起當事人心中的反感。他們分發小冊子，利用夜晚善良的人睡覺的時候，把小冊子放進他們的信箱中，結果小冊子卻被燒毀，或者遭遇更無禮的待遇。他們本身也遭受到嘲笑，但他們以自傲的心情認爲，這種嘲笑正是各個時代基督的眞正信徒所曾面對的命運。他們時常在禱告聚會中提到有關聖保羅的那個段落：聖保羅要他的哥林多信徒注意到一件關係到他們自己的事情，那就是，他們大部分都不是出身良好的人，也不是很有智力的人。他們以自傲的心情認爲，他們在這些方面也沒有什麼好自傲的。他們像聖保羅一樣，爲一個事實而自豪，那就是，他們在肉體方面沒有什麼好自豪的。

爾內斯特有幾位聖約翰學院公費生的朋友，所以他聽到了有關「西米恩主義者」的事情，並且看到了其中的幾位，是在他們走過庭院時，這些朋友指給他看的。爾內斯特排斥他們，不喜歡他們，但卻不能不理會他們。有一次，他以嘲諷的方式寫了一本小冊子，是模仿他們在夜晚送來的一本小冊子寫成的。然後他把自己所寫的小冊子放進每一位重要的「西米恩主義者」的信箱中。他所針對的主題是「個人的清潔」。他說，「清潔」僅次於「神性」；他想知道「清潔」將要站在哪一邊。最後，他規勸「西米恩主義者」多加使用浴盆。我無法讚賞我們這位男主角在這件事之中所表現的幽默。他寫的小冊子並不傑出，但是，我提到這個事實，是要指出：此時他就像一位掃羅⑫，喜歡迫害上帝的選民。我已說過，這並不是因爲他很嚮往懷疑論，而是因爲他就像他父親村莊中的農人，雖然無法忍受

⑫ Saul，以色列第一位國王，陰鬱、善妒——譯註。

看到基督教被人輕視，但也不想看到它被人嚴肅看待。爾內斯特的朋友們認爲，他之所以不喜歡「西米恩主義者」，是歸因於他是一位牧師的兒子，而人們都知道，這位牧師父親欺侮他。然而，比較可能的情況卻是，這種不喜歡是源於他在潛意識中同情「西米恩主義者」。就像聖保羅的情況一樣，這種同情最後却導致他去接近那些他曾最輕視和憎恨的人。

第四十八章

他在取得學位後待在家裡。有一次，他的母親跟他小談了一下，是有關希波德要他當牧師的事——希波德本人避免觸及這個話題。這一次談話的場合是在花園散步的時候，不是在沙發上。沙發是爲最重要的場合而保留的。

「最親愛的男孩，你知道，」母親對他說，「爸爸（她在跟爾內斯特說話時總是稱希波德爲「爸爸」）很希望你不要盲目參與英國國教，不要在沒有充分體認到身爲牧師的困難時就參與。他已經考慮到所有的這些困難，並且發現，只要勇敢面對，這些並不算什麼。但是，他也希望你在說出無可收回的誓言之前，要盡可能強烈又完全地感受到這些困難，這樣你就永遠不會爲所要踏出的步伐感到後悔。」

這是爾內斯特第一次聽說當牧師會遇見困難，所以他自然就以一種曖昧的方式去探究困難的性質。

「親愛的男孩，」克麗絲蒂娜又說，「這個問題，無論就我的本性或所受的教育而言，我都不適合去觸及。我很可能很容易就擾亂你的內心，無法再讓它安定下來。哦，不！女人最好避開這種問題，我認爲男人最好也避開。但是，爸爸希望我跟你談到這個問題，以免以後有差錯，所以我就跟你談了。因此你現在知道一切了。」

就這個問題而言，談話就在這兒結束，而爾內斯特認爲自己已知道一切了。除非他確實知道一切了，不然他的母親是不會這樣告訴他的——就這種事情而言，她是不會這樣做的。嗯，並沒有什麼重大的結果出現。爾內斯特認爲是有一些困難存在，但是他的父親無論如何是一位傑出的學者，也是一位有學問的人，在這方面也許是正確的，他不必再爲此費心了。他沒有對這次的談話留下深刻印象，所以在很久之後偶然想到此事，才發現那是施加在他身上的一種巧計。然而希波德與克麗絲蒂娜卻認爲，他們已經盡了責任，讓兒子看到了同意當牧師所必須面對的困難。這樣就很足夠了。這是一件值得高興的事：雖然他們已經很完整又率直地把困難呈現在他面前，但是他並不認爲困難是很嚴重的。他們多年來都祈禱上帝讓他們成爲「真正誠實與有良知的人」，終於是沒有白費功夫了。

「現在，親愛的，」克麗絲蒂娜又說，此時她已經處理掉可能阻礙爾內斯特成爲牧師的一切困難，「還有一件事，我想跟你談一談。是關於你的妹妹夏洛蒂。你知道她是多麼聰明，對你和喬伊而言是一位多麼可愛、好心的妹妹，並且將一直是如此。最親愛的爾內斯特，我希望她在巴特斯比有機會找到適當的丈夫。有時我認爲，你也許可以更加幫她的忙。」

爾內斯特開始爲此事感到生氣，因爲他時常聽到母親這樣說，但是他沒有答腔。

「親愛的，你知道，只要哥哥盡力的話，是能夠爲妹妹做很多事的。母親能夠做的事很少——眞的，母親不大適合去尋找年輕人。哥哥適合爲妹妹找一位適當的伴侶。我只能讓巴特斯比這個地方盡可能吸引你所邀請來的任何朋友。就這件事而言，」她又說，微微甩甩頭，「我不認爲到現在爲止有所不足。」

爾內斯特說，他已在不同的時間邀請了幾位朋友。

「是的，親愛的，但是你必須承認，他們之中並沒有一位剛好是夏洛蒂會喜歡的那種年輕人。眞的，我必須承認，我有點失望，你竟然選擇他們做爲你的好朋友。」

爾內斯特又畏縮了。

「你在羅波羅文法學校時，不曾把菲金斯帶來。現在我認爲，菲金斯正是你可以邀請來見我們的那種男孩。」

菲金斯已經被提了無數次。爾內斯特幾乎不認識他。菲金斯比爾內斯特大三歲，早在他之前就離開學校了。何況，他並不是一個好男孩，在很多方面都讓爾內斯特感到不愉快。

「對了，」他的母親繼續說，「還有唐尼雷。我聽過你談到唐尼雷在劍橋跟你一起划船。親愛的，我希望你培養與唐尼雷之間的友誼，要他來看看我們。他這個名字聽起來像貴族，我想，我聽你說過他是長子。」

爾內斯特聽到唐尼雷這個名字，臉紅起來。

關於爾內斯特的朋友，眞正的情況簡述如下。他的母親喜歡掌握男孩子們的名字，特別是與兒子有密切關係的男孩子。她聽得越多，就越想聽；她是不可能饜足的。她就像一隻貪婪的小杜鵑鳥，被一隻鶺鴒鳥餵以一片草地。她會吞下爾內斯特可能帶給她的一切，然而還是跟原來一樣飢餓。她總是去爾內斯特那兒找東西吃，而不是去喬伊那兒，因爲喬伊可能比較笨，不然就是比較不聽話——無論如何，在兩人之中，她比較能夠套問爾內斯特。

時常，有一個男孩眞正跟她見了面——也許是被逮到，然後被帶到巴特斯比，不然就是，如果她在任何時間到羅波羅，就要求男孩去看她。一般而言，只要男孩在場，她都會顯得和藹可親，或者顯得相當和藹可親，但是一旦她又跟爾內斯特獨處，她就會改變口氣。無論她的評語會以什麼形式出現，最後總是這樣的：爾內斯特的朋友不好，爾內斯特自己也沒有好很多，他應該帶另一位來看她，因爲目前這一位完全不行。

男孩與爾內斯特的關係越密切，或者她認爲與爾內斯特的關係越密切，她就越認爲男孩一無是處。最後，爾內斯特想出了一個主意，那就是，在針對自己特別喜歡的男孩時，他就說，男孩並不是特別的好友，幾乎不知道爲何邀他來。但是，他發現，爲了避免一個困境，卻又陷入另一個困境，因爲雖然母親認爲這次這個男孩比較好，但是她又說，爾內斯特沒有看重這個男孩，眞是沒用。

一旦他母親掌握了一個名字，她就永遠不會忘記。「某某人好嗎？」她會問，提到的是爾內斯特從前的一個朋友，而爾內斯特也許跟這個朋友吵過架，不然就是，這個朋友早就只是一顆彗星，完全不是恆星。爾內斯特多麼希望自己不曾提到這某某人的名字，他也發誓將來永遠不再談到自己的朋友。但是，幾小時後，他又會忘記，跟以前一樣很粗心地閒聊著。然後，他的母親會悄悄地抓住他所說的話，就像穀倉貓頭鷹抓住一隻老鼠。等到六個月後，先前所說的話不再與時空環境一致時，她就把它們像子彈一樣發射出來。

然後就是希波德。如果有一個男孩或大學朋友被邀請到巴特斯比，希波德最先就會表現得很和藹可親。當他喜歡的時候，這方面可以做得很好。對於外在世界，一般而言他確實是很喜歡的。他的牧師鄰居們，以及所有的鄰居們，每年都越來越尊敬他。只要爾內斯特敢暗示自己對任何事情——無論多麼小的事情——有所不滿，那麼，他面對這些鄰居時，都會有充分的理由爲自己的粗心表示後悔。希波德的心智是以如下方式運作的：「嗯，我知道爾內斯特已經告訴這個男孩說，我是一個多麼不討人喜歡的人；現在我就讓他看看，我一點也不會不討人喜歡，反而是一個老好人，一個爽快的大男孩，事實上是一個可靠的好傢伙。是爾內斯特自己一直有問題。」

所以，希波德最初會對男孩表現得很好，男孩會很喜歡他，站在他那一邊反對爾內斯特。當然，如果爾內斯特邀請男孩到巴特斯比，他是要男孩好好享受此行，因此爾內斯特看到希波德表現得那麼好，會感到很高興，但是，他同時也很需要道德的支持，所以一旦看到自己一位好朋友「投奔敵營」，心中就感到很痛苦。無論我們可能多麼看清一件事情——例如，無論我們可能多麼清楚地看到一片顏色是紅色的，但是一旦發現另一個人看到它是綠色的（或相當傾向於看到它是綠色的），我們的內心就會動搖，受到很大的打擊。

一般而言，男孩還沒有離開，希波德就會開始表現得有點不耐煩，但是，男孩所帶走的印象卻是在較早時所形成的好印象。希波德不曾跟爾內斯特討論任何的男孩，克麗絲蒂娜才會跟他討論。希波德之所以讓男孩子們來，是因爲克麗絲蒂娜以一種安靜卻固執的方式堅持要這樣。男孩子們來的時候，希波德是表現得很慇懃（我已經說過），但是他其實並不喜歡，然而，克麗絲蒂娜卻非常喜歡。如果她做得到的話，如果不用花很多錢的話，她會讓羅波羅一半的男孩以及劍橋一半的男孩來住在巴特斯比：她喜歡他們來，讓她可能認識新的人，但是一旦受夠了，她就喜歡把他們像紙一樣撕碎，把碎片丟在爾內斯特身上。

最糟的是，她時常證明自己是對的。男孩與年輕人的感情都很強烈，但是很少持續不變。他們要到年紀大一點時才會眞正知道自己想要哪一種朋友。年輕人只在較早期所讀的文章之中學習去判斷品格。這是常規，爾內斯特也不例外。甚至在他自己的評估中，他的天鵝都一隻接著一隻證明多少是普通的鵝而已。他幾乎開始認爲，他的母親比他更能判斷品格。但是，我們可以很確定地說，就算爾內斯特爲母親帶來一隻眞正的年輕天鵝，她還是會說那是她所曾看到的最醜、最差的普通鵝。

最初爾內斯特沒有想到，母親要他的朋友來，是爲了夏洛蒂著想。大家心裡有數，夏洛蒂與他們可能彼此喜歡，這樣倒是很好，不是嗎？但是，他並沒有看出這種安排有任何刻意的預謀成分。然而，此時既然他已經警覺到這一切意味著什麼，他就比較不喜歡帶朋友到巴特斯比了。如果你邀請朋友來看你，但你眞正的意思卻是「請跟我的妹妹結婚」，那麼，爾內斯特那愚蠢又年輕的內心就會認爲，這幾乎是不誠實的行爲。那就像試圖以欺騙的方法取得金錢。如果他喜歡夏洛蒂，那也許是另一回事，但是，他卻認爲，夏洛蒂是他所認識的人之中最不討人喜歡的年輕女人之一。

夏洛蒂是所謂的聰明女孩。所有年輕的女人都可能很美，或者可能很聰明，或者可能很可愛。她們可以決定自己喜歡三者之中的哪一者，但是總是必須喜歡三者中的一者。要騙人家說夏洛蒂很美或很可愛，是不可能的。所以她所剩的唯一選擇是「很聰明」。爾內斯特從來就不知道，夏洛蒂特別在哪一方面有天分，因爲她不會演戲，不會唱歌，也不會畫畫。但是女人都很伶俐，所以爾內斯特的母親和夏洛蒂就說服他去相信一件事：夏洛蒂比家中任何成員更具有一種成分，類似眞正的天才。然而，母親說服爾內斯特去邀請來的所有朋友之中，卻沒有一位對夏洛蒂的優勢留下深刻的印象，希望自己也擁有這種優勢。這可能要歸因於克麗絲蒂娜都是很快速地把他們一個個打發掉，想要有新的人來。

現在，她要唐尼雷來。爾內斯特已經看到她就要這樣做了，所以努力要去避免，因爲他知道，縱使他希望邀請唐尼雷來，但是，這件事是多麼不可能做到啊。

唐尼雷是劍橋大學中最排外的一群人中的一員，並且也許是所有大學生中最受歡迎的一個人。他塊頭大，很英俊——爾內斯特認爲，唐尼雷是他所曾看到或所能夠看到的最英俊的男人，因爲他無法想像任何人擁有像唐尼雷那樣生動又討人喜歡的容貌。唐尼雷擅長板球與划船，性情很溫和，顯然並不自負，不是很聰明，但很明智。然後就是，他的父親與母親因爲翻船而溺死，那時他只有兩歲，是父母唯一的孩子，也繼承了英格蘭南部最美好的地產之一。幸運女神時常會在各方面很寬厚地對待一個人。唐尼雷就是幸運女神所喜歡上的一個人，而一般人對此事的看法是：幸運女神的選擇很明智。

爾內斯特見過唐尼雷，就像大學中其他每個人（當然除了特別研究員）曾見過他一樣，因爲他是一個有名的人。由於爾內斯特很容易受影響，所以他比大部分的人更加喜歡唐尼雷，但是他同時也不曾想到要去認識他。如果有機會，他喜歡盯著唐尼雷看，只不過對於自己這樣做感到很羞愧，但也僅止於此。

然而，在爾內斯特的最後一年期間，由於一種奇異的偶然，在四人組划船賽的名單抽籤之後，他被抽爲舵手，其他人之中有一位正是他心目中的特別英雄唐尼雷，另外三位是平常的學生，但是他們能夠划得很好。整體而言，成員是很不錯的。

爾內斯特嚇得不知所措。然而，當兩個人見面時，他卻發現，唐尼雷一點也沒有架子，並且有能力讓自己所遇見的人感到很自在，就像他在外表方面有很多傑出之處。他發現，唐尼雷和其他人之間的唯一差異是，唐尼雷更加容易與人相處。當然，爾內斯特更加崇拜他了。

四人組划船賽結束後，他們兩人之間的關係也結束了，但是從此以後，每次唐尼雷走過爾內斯特身邊時，都會跟他點點頭，跟他和藹地談談話。在某一個不幸的時刻，爾內斯特在巴特斯比提到了唐尼雷的名字，結果如何呢？結果是他的母親纏著他要邀請唐尼雷到巴特斯比與夏洛蒂結婚。嗯，只要他認爲唐尼雷有一點點可能跟夏洛蒂結婚，那麼，他就會向唐尼雷下跪，告訴他說，夏洛蒂是一個多麼討人厭的年輕女人，請求他在還有時間的時候救救自己一命。

但是，爾內斯特並沒有像克麗絲蒂娜那樣，多年祈禱上帝讓他成爲「真正誠實與有良知的人」。他努力要盡可能隱藏自己的感覺與想法，讓話題回歸到「一個牧師可能感覺到什麼困難會阻礙聖職」——這並不是因爲他有什麼疑懼，而是要藉以分散注意力。然而，他的母親卻認爲，她已經解決了一切，因此並沒有再對他說出什麼話。不久之後，爾內斯特發現了逃脫的方式，很快就逃之夭夭了。

第四十九章

爾內斯特在一八五八年五月的那學期回到劍橋，他和一些也想要追求聖職的其他朋友獲得了一個結論：他們此時必須更加嚴肅地看待自己的處境。因此，他們更加定期地上禮拜堂，進行有點隱密性的晚間聚會，研讀新約《聖經》。他們甚至開始背誦以希臘原文寫成的聖保羅使徒書。他們邀請貝維里吉來研討「英國國教三十九條條款」，邀請皮爾遜來研討「教義」。在消遣的時辰，他們閱讀摩爾的《神性的神祕》，爾內斯特認為此書很迷人。他們也閱讀泰勒的《神聖的生與死》，爾內斯特也對此書留下深刻的印象，因為他認為此書所使用的語言很美妙。他們接受亞佛德副主教對於希臘文新約所做的筆記的指引，爾內斯特因此更加了解所謂的「困難」，但也感覺到德國新教義主義者所獲致的結論是多麼膚淺與無能——由於不懂德文，他本來並不熟悉德國新教義主義者的作品。跟他一起從事這些活動的一些朋友，都是聖約翰學院的公費生，聚會的地點時常是在聖約翰學院的建築物之內。

我不知道，這些有關祕密聚會的消息如何傳到「西米恩主義者」的耳中，但是，他們想必是以某種方式獲知的，因為聚會還沒有持續很多星期，就有一份傳單送到參與聚會的每個年輕人手中，告訴他們一個消息。原來有一位知名的倫敦「福音主義者」傳道者基甸．霍克牧師，人們很津津樂道他的講道，將去拜訪他在聖約翰學院的年輕朋友巴寇克，並且會很高興跟希望聽他說話的人講一些話，時間是五月的一個晚上，地點是巴寇克的房間。

巴寇克是所有「西米恩主義者」中最聲名狼藉者之一。他不僅又醜又髒，衣著邋遢，態度傲慢，在每一方面都有可議之處，而且身體畸形，走路時搖搖擺擺，所以贏得一個綽號，我只能說是「這兒是我的背，那兒是我的背」，因為他的背部的下半部很明顯地突出來，好像每走一步就要朝每個方向飛出去，如同增六和弦的外聲部。因此，我們可能猜到，那些年輕人在收到這份傳單時，有一會兒幾乎癱瘓了，因為他們感到很驚奇。這確實是一種很具挑戰性的意外驚奇，但是，像很多畸形的人一樣，巴寇克很是激進，難以壓制。他是一個有企圖心的人，此時正是他所想要的挑戰敵營的機會。

爾內斯特和他的朋友們開始商談。他們覺得，由於他們此時準備要成為牧師，所以不應該僵硬地抱持社會尊嚴。他們也可能很想聽聽一位傳道者的私人見解，而這位傳道者在當時又很為人所樂道。所以，他們終於決定要接受邀請。當預定的時間到達時，他們帶著迷亂又自貶的心情前往這個人的房間——到那時為止，他們都很輕視這個人，好像他們是從一個無限的高處看著他。在幾星期前，他們無論如何也不會相信會跟這個人講話。

牧師霍克先生看起來跟巴寇克很不同。他非常英俊，或者說，除了兩個缺點之外，他會是非常英俊的，那就是，他的嘴唇很薄，表情太堅定、太剛強。他的五官很像達文西。尤有進者，他顯得乾淨俐落，看起來健康、有力，臉色紅潤。他的模樣極為有禮，相當注意巴寇克，似乎很看重他。前去的這些年輕朋友們全都吃了一驚，禁不住要滅自己的威風，長巴寇克的志氣，雖然那種仍然活躍在心中的本性並不樂意這樣做。有幾位來自聖約翰學院和其他學院的知名「西米恩主義者」在場，但不足以壓制爾內斯特這群人——我要這樣簡單地稱呼他們。

在沒有引起不悅的開場白之後，霍克先生在桌子的一端站起來，說道，「我們來禱告吧，」如此開始晚上的活動。爾內斯特這群人不喜歡這樣，但是他們也沒有辦法，所以他們就跪下來，跟著霍克先生唸「主禱書」以及其他禱告——霍克先生以很美妙的方式唸出這些禱告詞。然後，當大家都坐下來時，霍克先生對他們講話，沒有看講稿，所使用的經文是「掃羅，掃羅，你為何迫害我？」無論是由於霍克先生的模樣令人印象深刻，或者由於他以有能力知名，還是由於事實上爾內斯特這群人中的每個人都知道，他多多少少是「西米恩主義者」的迫害者，但卻在本能上覺得「西米恩主義者」畢竟比他自己更像早期的基督徒——無論如何，這句經文雖然很熟悉，卻直搗爾內斯特和他的朋友們的良知，這是以前不曾有過的。如果霍克先生在這兒停下來，他就幾乎已經說夠了。他掃描那些轉向他的臉孔，看到自己所給人的印象，也許不想講道了。但是，縱使是如此，他還是再度思考，繼續講道。我寫下整個的講道內容，因爲這是一次典型的講道，將會說明一種心態，而這種心態在一、兩代之後似乎還需要加以說明。

「我的年輕朋友們，」霍克先生說，「我相信，在場的人沒有一個人會懷疑『自我意識到的上帝』的存在。如果有這樣的人，我確實先要對他們講話。如果在場有人不接受這樣一位上帝的存在，不認爲有一位上帝存在於我們之中（雖然我們看不見祂），祂的眼睛注視著我們最祕密的思緒，那麼，我請求這位懷疑的人在我們離開之前私底下跟我商討。我會提供他一些思慮，因爲上帝慈悲，祂已經藉由這些思慮而對我呈現出來——只要人類能夠了解祂。並且我發現，這些思慮爲那些懷疑的人帶來心靈的和平。

「我也認爲，沒有人懷疑我們是根據這位上帝的形象而被創造出來，這位上帝在時間的過程中同情人類的盲目，採取了我們的本性，接受了肉身，身體跟我們自己一樣，下凡居住在我們之間。這個上帝創造了太陽、月亮、星星、這個世界，以及其中的一切。祂化身爲自己的聖子，從天堂下來，顯然意在過一種被人蔑視的生活，經歷足智多謀的惡魔所能想出的最殘酷、可恥的死亡。

「在塵世的時候，祂製造了很多奇蹟。祂讓瞎子看見光明，讓死人復活，以幾塊麵包與幾隻魚讓數千人吃飽，並行走在水上。但是，在預定的時間結束時，祂死在十字架上，就像事先所決定的，然後祂被幾個忠實的朋友所埋葬。然而，那些致祂於死命的人卻以猜疑的心理看守祂的墳墓。

「我確知，在這個房間之中沒有人懷疑前述的事情，但是如果有的話，讓我再度請他私底下跟我商討，我確知，藉著上帝的祝福，他就不會再懷疑了。

「我們的主被埋葬後隔兩天，敵人仍以猜疑的心理看守祂的墳墓。此時有一位天使從天堂下來，衣裳閃閃發亮，容貌像火一樣發光。這個榮耀的天使推開墳墓的石頭，我們的主走出來，從死亡中復活了。

「我的年輕朋友們，這並不是像古代神祇的故事那樣是想像的故事，而是明明白白的歷史，就像你我現在在這兒一樣確實。如果在所有的確定事實中，有一個事實比另一個事實更獲得保證，那就是耶穌基督的復活。同樣確定的是，在我們的主復活後的幾星期，有數以百計的男人與女人看到祂由一群天使陪伴，上升到天空，朝天堂前進，一直到雲彩將祂遮住，人們再也看不到祂。

「也許有人會說，這些陳述的眞實性已經爲人所否認，但是，我請問，這些懷疑者怎麼樣了？他們現在在哪裡？我們看到他們或聽到他們嗎？他們能夠掌握在上一世紀的怠慢狀態中所奠定的小小基礎嗎？你們的父親、母親或朋友中有誰沒有看穿他們嗎？在這個著名的大學中，有哪一位教師或傳道者不曾檢視這些人所說的話，結果發現他們所說的話一無是處嗎？你曾見過他們之中哪一個人，或者你曾發現他們所寫的任何一本書，獲得那些有能力判斷他們的人的敬意嗎？我認爲是沒有。我也認爲，你們跟我一樣明白，爲何他們在出現一段時間後卻淪入深淵中？那是因爲，經過很多國家最有能力與最公正的人的最仔細與耐心的檢視之後，他們的論點被認爲站不住腳。結果他們就放棄了這些論點。一旦眞面目暴露出來，他們就驚慌逃走，要求言和。他們不曾再度在任何文明的國家中引人注目。

「你們知道這些事情。那麼，我爲何還要堅持？親愛的年輕朋友們，你們自己的知覺將會爲你們每個人提供答案，因爲雖然你們很清楚這些事情確確實實發生過，但是你們也知道自己並沒有盡責地在自己身上體現，也沒有注意到它們的重大意義。

「現在讓我進一步說下去。你們全都知道，有一天你們會死去，或者，如果你們不會死去——因爲有些徵象讓我希望，主會在在場的一些人還活著的時候再度降臨——如果你們不會死去，也會有改變。喇叭會響起，死者會在沒有腐朽的狀態中復活，因爲腐朽必須表現出不腐朽，死亡必須表現出不朽，而那句話將會出現：『死亡在勝利中被吞沒了。』

「你們相信不相信，你們有一天將站在基督的審判座前？你們相信不相信，你們必須爲自己所說出的每句閒言提出說明？你們相信不相信，你們活著不是根據人的意志，而是根據基督的意志？基督出於對你們的愛而從天堂下來，祂爲了你們而受苦、死亡，祂召喚你們到祂身邊，並且希望你們甚至在塵世的這段時間也能注意——但是，如果你們不注意的話，有一天祂也會審判你們，無可逃避。

「親愛的年輕朋友，門是很窄的，通到永恆生命的路是很狹窄的，發現此路的人很少。很少，很少，很少，因爲不爲基督放棄一切的人，就是什麼都沒有放棄。

「如果你們要活在這個塵世的友誼之中，如果上主在要求你們時，你們確實不準備放棄你們最珍惜的一切，那麼我說，請立刻把『基督』這個觀念放在一邊，對祂吐口水，拳打祂，重新把祂釘在十字架上，去做你們想做的任何事情——只要你們獲得這個塵世的友誼——趁你們還有力量這樣做的時候。這個短暫的生命所提供的快樂，也許不值得以永恆的痛苦爲代價去獲得，但這種快樂在持續時畢竟還是快樂。相反地，如果你們要活在上帝的友誼中，成爲讓基督不枉死的人，簡單地說，如果你們看重你們永恆的福祉，那麼請放棄這個塵世的友誼。你們必須在上帝與財神之間做選擇，因爲你們不能同時服侍兩者。

「我把這些思慮——恕我使用單純的語詞——明明白白提供在你們面前。其中並沒有某些人最近所說的低下或不足取的成分，因爲整個大自然都顯示出，最爲上帝所接受的是：以開明的觀點看待我們自己的私心。在這方面，請不要讓任何人蠱惑你們。這是一個簡單的事實問題。有些事是有發生還是沒有發生呢？如果發生了，是否可以合理地認爲，你們將藉著某一種行爲使得你們自己與別人更快樂呢？

「現在，讓我問問你們：到現在爲止，你們對這個問題的答案是什麼？你們選擇誰的友誼呢？如果你們知道了自己所知道的事情，但卻還沒有開始根據自己所擁有的無限知識去採取行動，那麼，你們還不如那些把房子建在熔岩火山口並把財寶貯藏在那兒的人來得理智與明智。我並不是使用詞藻或令人擔憂的言語來驚嚇你們，而是提出率直、不誇張的陳述，是你們和我都不會加以辯駁的陳述。」

此時，這位一直以非常安靜的模樣說話的霍克先生，顯得比較激動，繼續說道：

「哦，親愛的年輕朋友，趁今天開始變、變、變吧——從這個小時開始，從這個時刻開始。甚至不必做出準備動作，不要有一秒鐘的回顧。只管直接投進基督的心胸，因爲凡是尋求基督的人都可以發現祂。只管逃離上帝的可怕天譴，因爲這種天譴在等待著那些不知道有可以讓心靈和平的事物。人之子是在夜晚時像小偷一樣降臨，我們之中每個人都能說出，今天靈魂可能對我們提出什麼要求。只要在場的人有一個人注意我所說的話，」——說到這兒，他的眼睛有一瞬的時間看著幾乎所有聽衆，但是尤其看著爾內斯特那群人——「那麼，我將知道，我並不是無緣無故感覺到主的召喚，在夜裡聽到一個聲音，要我快速到這兒，因爲有一群上帝的選民需要我。」

霍克先生忽然在這兒停下來；他眞誠的模樣、動人的容貌以及優越的講述，產生了一種效果，不是我所提供的實際字語所能傳達給讀者的。效力主要不只是在於他所說的話。至於最後那句神祕的話——關於他在夜裡聽到一個聲音——其效果是很神奇的。每個人都看著地上，每個人都在心中多少相信自己是上帝的選民，相信上帝特別爲了自己的選民而派遣霍克先生到劍橋。縱使情況不是如此，每個人也都感覺到，他們第一次實際上面對一個與萬能的主直接溝通的人。如此，他們忽然接近新約《聖經》的奇蹟一百倍。他們很驚奇，更不用說很恐懼，並且好像很有默契似地聚集在一起，感謝霍克先生的講道，以一種謙卑、尊敬的模樣對巴寇克以及其他西米恩主義者說再見，一起離開房間。他們一生只聽到剛才一直在聽的講道。因此，他們怎麼會如此爲之目瞪口呆呢？我想，部分是因爲他們最近開始更加嚴肅地思考著，容易留下印象，部分是因爲經由這次在房間的講道，每個人都覺得自己更加直接獲得訴求，部分則是因爲霍克先生的講道有其邏輯的一貫性，不誇張，模樣兒信心十足。甚至在還沒有暗示自己的特別任務時，他的單純特質以及明顯的眞誠已經使他們留下了印象。但是，他暗示自己的特別任務，更加掌握了一切。當他們以沉思的心情穿過月光照亮的庭院與迴廊走回家時，每個人心中都在想著，「主啊，是我嗎？」

我不知道，在爾內斯特一群人離開「西米恩主義者」之後，他們之間的情況如何，但是，如果他們沒有因爲那個晚上的結果而感到很興奮，那麼，他們就不是凡人了。嗯，爾內斯特有一個朋友，是大學的十一人球隊中的一員，那晚確實在巴寇克的房間。他在跟他們之中任何人一樣柔順地說了晚安後就溜走了。獲得這樣的成功可不是小事。

第五十章

爾內斯特覺得自己的生命轉捩點已經來臨。他要爲了基督而放棄一切——甚至放棄抽菸。

於是他把菸斗和裝菸草的小皮包放在一起，鎖在床下的皮箱中，這樣就不會去看到它們，也盡可能不會去想到它們。他沒有將它們燒毀，因爲也許會有人來找他，想要抽菸。雖然他可以自願減少自己的自由，但是抽菸並不是罪過，他沒有理由苛待別人。

早餐之後，他離開房間，去拜訪一個名叫道遜的人。這個人前晚曾是霍克先生的聽衆之一。他爲了獲得聖職正在苦讀。獲得聖職的時間是訂在僅僅四個月後的「四季大齋週」。本來，這個人的心思總是很嚴肅——就爾內斯特的喜好而言，有點過分嚴肅。但是，時代已經改變，道遜表現出明確的眞誠特性，此時似乎是很適合爾內斯特的一位顧問。爾內斯特穿過聖約翰學院的第一個庭院，要前往道遜的房間，結果在途中遇見巴寇克。他很尊敬地向巴寇克致意，巴寇克則臉上散發出一種透露陶醉意味的亮光。這種亮光經常閃亮在他臉上。如果爾內斯特了解得更多的話，他就會在看到這種亮光時想起羅伯斯比⑬。事實上，當爾內斯特看到這種亮光時，潛意識中就察覺到，這個人心中很不安定，喜歡追求私利，但爾內斯特當時卻無法很明確地說出來。他比以前更不喜歡巴寇克了。但是，由於他想要在心靈上有所受益，而對方已經爲他展現這個機會，所以他必須表現得很有禮貌。

巴寇克告訴他說，霍克先生在講道結束後立刻就回到城裡了，但是在回去之前，他特別探詢爾內斯特和另外兩三個人是誰。我相信，爾內斯特的每個朋友都知道，霍克先生曾多少特別問候爾內斯

⑬ Robespierre，法國革命領袖，後來上了斷頭臺——譯註。

特。爾內斯特在獲知此事後，虛榮心被激起——他的母親也是有虛榮心的人。他再度想到，霍克先生可能是爲了他而到巴寇克那兒的。巴寇克的模樣也暗示了一點：如果巴寇克喜歡的話，他可以多說一點，但是，霍克吩咐他不要說。

在到達道遜的房間時，他發覺，他的朋友在聽了前晚的講道後顯得很陶醉。道遜知道這次講道在爾內斯特心中所產生的影響，也同樣感到很高興。他說，他一直知道爾內斯特會來看他。他確知這件事，但是卻幾乎沒有預期到訪談會這麼快。爾內斯特說，他也是沒有預期會這麼快，但是既然已清楚地看到自己的責任，就要盡快獲得聖職，成爲副牧師，儘管他會因此不得不早一點離開劍橋，內心感到很悲傷。道遜很讚美這種決定。由於爾內斯特仍然是一位很脆弱的弟兄，所以道遜將在精神上指引他一段時間，強化、堅定他的信仰。

因此，這兩個人之間形成一種攻擊與防衛的聯盟（其實他們是很不相配的）。爾內斯特開始苦讀主教所要考他的書。其他人逐漸加入他們的行列，一直到他們形成一小群人或一個小教會（這兩者是一樣的）。霍克先生的講道所產生的影響，並沒有像所預期的那樣在幾天之後減退，反而是變得越來越明顯。結果，爾內斯特的朋友們必須阻止他，而不是催促他，因爲他似乎很可能演變成一位宗教狂——他確實有一段時間是如此。

他僅僅在一件事情上面顯然有倒退的現象。我前面說過，他已經把菸斗與菸草鎖起來，以免再受到誘惑。在霍克先生講道後的那一天，他整天讓菸斗與菸草好好地躺在皮箱之中。其實這樣做並不很困難，因爲他已有一段時間都是一直到吃飯後才抽菸。這一天，他吃飯之後一直到上禮拜堂時間，都沒有抽菸，然後帶著自衛的心理上禮拜堂。回來後，他決定要以一種常識性的觀點看待此事。於是他認爲，只要菸草沒有傷害到自己的健康——他也確實看不出菸草傷害到他的健康——那麼，菸草跟茶或咖啡是一樣的東西。

《聖經》並不禁止菸草，但是，當時還沒有發現菸草，也許只因爲如此才沒有遭禁止。我們可以想像，聖保羅或甚至我們的上主本人會喝一杯茶，但是卻無法想像他們兩人會抽菸或抽長菸斗。爾內斯特無法否認這一點，並且承認，一旦保羅知道有菸草存在，他幾乎一定會以激烈的言詞批判菸草。如果以保羅實際上並沒有禁止菸草做爲藉口，難道不是很卑鄙地利用了這位使徒嗎？但另一方面而言，上帝很可能知道保羅會禁止抽菸，所以故意把發現菸草的時間安排在保羅去世之後。考慮到保羅爲基督教所做的一切，這一點對他而言似乎是很難堪的，但是他會在其他方面獲得補償的。

想到這兒，爾內斯特認爲，整體而言，他最好還是抽菸，於是他就偷偷走到皮箱那兒，又拿出菸斗與菸草。他認爲，所有的事情都應該有所節制，甚至美德也是如此，所以那一夜他就很無節制地抽著。然而，很可惜的是，他曾向道遜誇耀有關不再抽菸的事。最好把菸斗放在櫥櫃兩個星期之久，一直到他在其他較容易克制的方面有堅定的表現。到了那時，菸斗就可以逐漸再度偷偷出現。事實上，情況也是如此。

此時，爾內斯特寫一封信回家，措詞不同於平常。本來，他所寫的信全屬於平常的形式和拼湊的話，因爲我已經說過，一旦他寫及眞正讓自己感興趣的事情，他的母親總是會想知道得更多——每次新的回信就像斬掉一隻水蛇的頭，卻出現六個或更多的新問題——但最後都總是獲得同樣的結果，那就是，他應該做別的事，或者不應該繼續所計畫的事情。然而，現在卻有一個新的開始了。他無數次做了以下的結論：他要採取父親與母親所會贊同的進程，也是他們會感興趣的進程，讓他和他們之間終於可能以比較感情移入的方式相處。因此，他寫了一封迸發出豐富感情的信。我在讀了信之後感覺很有趣，但信太長，無法抄在這兒。其中有一個段落是：「我現在正走向基督。我的大部分大學朋友恐怕是在遠離祂。我們必須爲他們禱告，希望他們發現基督心中的那種寧靜，就像我自己已經發現了。」當爾內斯特從已交給我的那束信中讀到這部分時，他在羞愧之中用雙手蒙著臉。他的母親曾小心地保存著這些信，她去世後，他的父親就把這些信還給了他。

「我要將它刪掉嗎？」我說，「如果你喜歡的話，我會刪掉的。」

「當然不要，」他回答，「如果和善的朋友們保有了有關我的愚行的更多紀錄，那麼，就請摘取那些會讓讀者覺得有趣的精華部分，讓他們去笑一笑。」但是，請想像，像這樣的一封信——十分不具導引性——在巴特斯比所可能產生的影響吧！兒子發現了基督福音的力量，但甚至克麗絲蒂娜也控制著自己，不去表現得很狂喜，而希波德則驚嚇得不知所措。不錯，兒子將不會有任何的懷疑或困難，將會很順利地獲得聖職，但是，希波德卻在其中嗅出惡作劇的成分——一個本來沒有任何宗教傾向的人，卻忽然有了這種改變。他憎惡人們不知道要適可而止。爾內斯特總是那麼超越常軌，顯得很奇異。希波德從來就不知道他接著會做出什麼事，只知道他會做出不尋常又愚蠢的事。如果爾內斯特在獲得聖職、買得聖祿後變得很不服管束，那麼，他就會表現出比他——希波德——當初所表現的更多惡作劇。獲得聖職、買得聖俸無疑會很有助於他的穩定，並且如果他結婚了，他的妻子就必須去注意其餘的一切。這是他唯一的機會，但是希波德很敏銳，他並不很高估這個機會。

爾內斯特於六月到巴特斯比，很莽撞地努力要開啓與父親之間的一種較暢通的溝通管道——比他所習慣的更加暢通。在受到霍克先生的講道所激發之後，爾內斯特第一次的鷂似的飛行是朝向「終極福音主義」。本來，希波德本身較具「低教會派」的成分，較不具「高級會派」的成分。在一八二五年到一八五〇年之間，這是鄉村牧師在最初幾年的教士生活中所顯示的正常發展。但是，他在心理上並沒有準備要面對兩個事實：其一，爾內斯特以幾乎輕視的態度看待浸禮再生與教士赦免的教條（哎呀，他跟這種問題有什麼關係呢？），其二，爾內斯特想要發現一種方法，調停「美以美教會派」與「英國國教」之間的歧見。希波德憎惡「羅馬教會」，但是他也憎惡不信國教的人，因為他發現，不信國教的人，一般而言都是很難應付的頭痛人物。他總是發現，與他意見不一的人都是很難應付的頭痛人物；除外，他們都自認知道得跟他一樣多。然而，如果他當初沒有遭受到干涉，他就會傾向他們，而不會傾向「高教會派」了。但是鄰近的牧師卻干涉他。他們一個個受到開始於二十年前的牛津運動直接或間接的影響。很令人驚奇的是，他在年輕時代認為很多習俗具有天主教的意味，如今卻加以容忍了。因此，他很了解「英國國教」的趨勢如何，也看出爾內斯特跟平常一樣是朝另一個方向發展。現在有一個有利的機會，可以讓他告訴兒子說，他的表現很愚蠢。這個有利的機會要加以把握，所以他就很快地如此做了。爾內斯特既困惱又驚奇，因為難道他的父親和母親不是要他一生都要更加有宗教熱忱嗎？他已經這樣表現了，但他們仍然不滿足。他對自己說：一位先知除了在自己的國家之外，都享有榮譽。但是最近——或者說一直到最近為止——他卻養成了一種可厭的習慣，就是把格言倒過來說，於是他就想著：一個國家除了先知之外時常都享有榮譽。然後他笑出來，於是一天其餘的時間，他就感覺更像還沒有聽到霍克先生的講道之前一樣。

他回到劍橋，度過一八五八年的「暑假」——這並不算太快，因為他必須參加「自願神學考試」，這是主教們此時所開始堅持的。他在苦讀時，一直都認為自己是在充實一些知識，因為這些知識最適合他即將從事的工作。事實上，他是在猛啃書，以便能夠通過考試。他以後確實考過了——很光采地考過了，並在一八五八年的秋天跟他的其他六個朋友一起被任命為執事。當時他才二十三歲。

第五十一章

爾內斯特已被任命為倫敦一個中心地區的副牧師。他對倫敦幾乎還沒有任何了解，但是他的本能把他引向了那兒。他在被任命的第二天開始執行任務——感覺很像父親，也就是父親在結婚那天早晨與克麗絲蒂娜坐在馬車時的感覺。還不到三天，他就意識到，他在劍橋四年期間所經驗到的那種快樂之光已經熄滅了。他覺得很害怕，因為他自認太匆匆踏出的這一步是無可挽回的。

之所以有這些變化莫測的想法（我有責任紀錄這些想法），我所能想出的最寬大的藉口是：先是他忽然變得很有宗教熱忱，然後獲得聖職，離開劍橋，結果，這種變化所造成的衝擊讓我們這位主角受不了，暫時失去了平衡。本來的那種平衡狀態，由於沒有什麼經驗可支撐，當然是很不穩定的。

每個人都有很多不好的部分，必須加以排除才能表現得比較美好。一個人終極的美好部分越持久，他就越可能熬過一段似乎無望的時間——可能很長。我們全都必須播種快樂的心靈的種子。我個人在我的教子身上所發現的缺點，倒不是在於他有種子可以播種，而是在於這些種子是極為乏味與無趣的種子。他在這之前的幾個月，還一直表現出相當的幽默感，也表現出為自己思考的傾向，但此時兩者都夭折了，好像被晚來的寒霜所毀。同時，他較早的習慣也以加倍的力量回歸，那就是，相信權威人物所告訴他的一切，然後將一切徹底執行到底——無論結果多麼荒謬。我想，只要一個人處於爾內斯特的情勢，都可能會如此，尤其是他的前任副牧師們都為人所銘記在心。但是，他的一些頭腦冷靜的劍橋朋友卻驚奇又失望，因為他們本來已經很看好他的能力。爾內斯特自己認為，宗教是不能折衷的，甚至是不能妥協的。環境促使他獲得聖職；此時他卻為此感到很遺憾。但是他已經做了此事，他必須將它完成。因此，他努力去發現別人對他的期望，藉此去採取行動。

他的教區牧師是一位溫和的「高教會派」人士，沒有很明確的觀點。這位教區牧師也是一位長者，曾經經歷過很多位副牧師，很久以來就發現，教區牧師與副牧師之間的關係，就像各階層中雇主與雇員之間的關係，只涉及業務。此時這位教區牧師有兩位副牧師，其中爾內斯特是資淺的一位。資深的一位名叫普利耶。這位男士不久就向爾內斯特示好，而感覺很孤獨的爾內斯特就很高興去接受他的好意了。

普利耶大約二十八歲。他上過伊頓中學以及牛津大學，身材很高，一般而言被認爲長得很好看。我只看過他一次，大約五分鐘之久，那時我認爲他的舉止與外表都很可厭，也許是因爲他以一種我所不喜歡的方式挑剔我所說的話。當時由於沒有更好的字語來說完一句話，我就引用了莎士比亞：少許的自然使得整個世界成爲親屬。「啊，」普利耶以一種令我不愉快的大膽又厚顏的模樣說，「但是，少許的不自然卻使得整個世界更加是親族，」然後看我一眼，好像認爲我是一個無聊的老人，也不管我是否感到很震驚。很自然地，此後我就不喜歡他了。

然而，這算是後事了，因爲一直到爾內斯特在倫敦待了三、四個月之後，我才偶然遇見他的這位副牧師同事。我必須在這兒談到他對我的教子所產生的影響，而不是他對我產生的影響。除了一般人認爲他長得好看之外，他的穿著也是完美無瑕。這種人一定會讓爾內斯特害怕，然而也一定會讓他受騙。這位副牧師衣服的式樣很具「高教會派」的意味。他所認識的人全是極端的「高教會派」人士，但是，他在教區牧師面前都把自己的觀點相當隱藏在背景之中。教區牧師雖然以懷疑的眼光看待普利耶的一些朋友，但卻沒有理由抱怨他，要他與朋友斷絕關係。普利耶在聖職人員之中也很受歡迎，由此看來，也許好副牧師與壞副牧師比例很懸殊。當普利耶去看我們的這位主角時，一旦兩個人單獨在一起，普利耶都會以一種快速又銳利的眼光上下打量他，似乎對結果感到滿意——我必須在這兒說，由於爾內斯特在劍橋受到比較不嚴苛的待遇，所以個人的外表有了改進。事實上，普利耶相當認同他，對他很有禮貌。只要有人這樣做，都會立刻贏得爾內斯特的心。不久，爾內斯特就發現，「高教會派」人士，甚至羅馬本身，都有比他所認爲的更多理由爲自己辯護。這是他的鷂似的飛行第一次有了改變。

普利耶把爾內斯特介紹給自己的幾個朋友。他們全是年輕的教士，我已說過，都屬於最高的「高教會派」。但是，爾內斯特卻很驚奇地發現，這些人在獨處時是多麼像其他人。這令他感到很震驚。不久之後更令他震驚的是，他本來抗拒一些想法，認爲對自己的靈魂是很致命的，並且也認爲，在獲得聖職後，這些想法會永遠消失，但是如今卻發現，這些想法仍然像以前一樣困擾著他。他也很明顯地看出，那些形成普利耶的朋友圈的年輕人，處於跟他自己很相同的不快樂困境中。

這是很可悲的。爾內斯特所能看到的唯一解脫之道是：他應該立刻結婚。但是，他當時並不認識任何結婚的對象。事實上，他所認識的女人都讓他寧願死也不願結婚。希波德與克麗絲蒂娜的主要目標之一是：讓他遠離女人，而他們在這方面做得非常成功，所以女人對他而言是神祕、不可思議的東西，如果不可能避免的話，只好容忍她們，但卻不能去追求或鼓動她們。至於男人愛女人，或者只是喜歡而已，他認爲是有這種情況，但是他相信，大部分這樣宣稱的人都是在說謊。然而，現在情況很明顯：他抱一線希望的時間太久了，他唯一要做的事情是，去找第一個會聽他話的女人，要她盡快跟他結婚。

他把此事告訴普利耶，但卻很驚奇地發現：這個男人雖然對信徒中年輕又好看的成員很照顧，然而卻強烈地贊成教士應該獨身，就像他介紹給爾內斯特的其他端莊的年輕教士的想法一樣。

第五十二章

「你知道，親愛的爾內斯特，」普利耶對他這樣說，那是在爾內斯特跟他認識的幾個星期之後，當時兩人在肯新頓花園做健身運動，「你知道，親愛的爾內斯特，跟羅馬當局爭論是件好事，但是羅馬當局已經把處理人類靈魂一事當做科學，而我們自己的英國國教，雖然在很多方面都遠較純潔，然而在診斷和病理學方面都沒有一套體系——當然，我是指心靈方面的診斷與心靈方面的病理學。我們的英國國教不會根據任何固定的體系開出藥方。更糟的是，縱使醫生根據自己的觀點發現了疾病，並指出治藥，但卻不能保證可以施藥。如果我們的病人不願意按照我們的指示去做，我們也不能強迫他們。就各種情況而言，也許這樣倒是很好，因爲跟羅馬的神父相比，我們在心靈上只是獸醫，何況我們也沒有希望去大力掃除四周的罪惡與痛苦，除非我們在某些方面回歸到我們的祖先，以及大部分基督教國家的常規。」

爾內斯特問他的這位朋友一個問題：他希望在哪些方面回歸到我們的祖先的常規？

「嗯，親愛的人兒，你眞的不知道嗎？很簡單：牧師是一種心靈的嚮導，能夠告訴人們如何過著比較美好的生活，比人們自己能夠去發現的生活更美好，不然，他就是一無是處——他沒有存在的理由。如果牧師不是人類靈魂的治療者與指導者，就像醫生是人類身體的一樣，那麼，他又是什麼呢？各個時代的歷史已經顯示——你想必跟我一樣清楚——如果一個人沒有在醫院中接受熟練的教師的適當訓練，那麼，他就無法治癒病人身體的疾病，同樣的，如果沒有藉助於那些熟練靈魂技術的人，即牧師，那麼靈魂中更加隱藏的疾病也無法治癒。我們一半的儀式書和教儀難道不都是在暗示這一點嗎？除非我們經驗到其他類似的心靈疾病的病例，不然，合理地說，我們又如何可能去發現某一種心靈疾病的性質？如果沒有接受特別的訓練，我們又如何可能去發現？現在，我們必須自己開始進行所有的實驗，不要藉助於祖先的有系統經驗，因爲經驗永遠不會是有系統的，永遠不會經過協調的。因此，開始時，我們每個人一定會破壞很多靈魂，但這些靈魂可以藉由對一些基本原則的了解而獲得拯救。」

爾內斯特聽了後留下很深刻的印象。

「至於自己治癒自己的人，」普利耶繼續說，「他們無法治癒自己的靈魂，就像他們無法治癒自己的肉體，無法處理自己的法律事務。他們很清楚地看出，如果他們自己胡亂處理這兩方面的事情，那是很愚蠢的表現，所以他們當然去找專業的顧問。人的靈魂確實是處理起來比較困難又複雜的事情。同時，以正確的方式處理人的靈魂，比以正確的方式處理身體和金錢更重要。如果在影響人民的永恆福祉的事情方面，一個教派的常規是鼓勵人民去依賴非專業的意見，而人民卻不想讓這種非理性的行爲危害他們的現世事務，那麼，我們要怎麼去看待這個教派的常規呢？」

爾內斯特看不出這種說法有什麼弱點。先前，這些想法曾模糊地出現在他心中，但是，他不曾去掌握這些想法，也不曾以有條理的方式將它們呈現在自己眼前。他也不擅長覺察出錯誤的類比，以及隱喻的誤用。事實上，他只是被掌握在這位副牧師同事手中的一個小孩。

「這一切，」普利耶又開始說，「都意味著什麼呢？首先是意味著我們有義務表現得很坦白。反對坦白是很荒謬的行爲，就像反對解剖之爲醫學院學生教育的一部分，也會是很荒謬的行爲。就算這些年輕的醫學院學生必須去看、去做很多我們自己甚至不喜歡去想到的事情，他們也必須準備去面對這一切，不然，他們就應該去從事其他的行業。他們甚至可能從屍體上染上病毒，喪失了生命，但是，他們還是必須去冒險。所以，如果我們渴望在名實上都成為牧師，我們就必須熟悉各種罪行的最詳細與最令人厭惡的細節，以便在罪行的各個階段中都可能看出罪行來。我們之中有人一定會在這種探究中經歷精神的死亡。這是我們無法避免的。所有的科學都必須有它的殉道者，其中最有人道者，莫過於那些在追求心靈的病理學時喪命的人。」

爾內斯特越來越感興趣，但是他那溫順的靈魂沒有表示什麼意見。

「我自己並不欲求這種殉道，」對方繼續說，「相反的，我要盡方去避免。但是，如果上帝的旨意是：要我去探究那種最能夠提升祂的榮耀的事情，要我在這樣做的時候喪命，那麼我說，主啊，要完成的不是我的旨意，而是祢的旨意。」

這是爾內斯特所無法忍受的。「有一次，我聽說有一個愛爾蘭女人，」他說，露出微笑，「她說她是喝酒的殉道者。」

「她確實是，」普利耶很熱心地回答，然後他指出，這個好女人是一位實驗主義者，她的實驗雖然對自己造成災難，卻充滿對其他人的啓示。因此，她是一位眞正的殉道者，或見證者，見證飲酒過度的可怕後果，無疑救了很多人。要不是她的殉道，很多人就會沉溺於酒之中。她是一位象徵「絕望」的殉道者——如果沒有希望攻佔一個陣地，那就證明這個陣地是無法攻陷的，因此讓所有的人放棄攻陷這個陣地的企圖。這對於人類而言是一種很大的收穫，幾乎如同實際上攻陷了陣地那樣的收穫。

「何況，」他更加匆忙地補充說，「惡德與美德的界限是非常不清楚的。世人最大聲譴責的惡德中，有一半其實含有善的種子，需要我們適當地使用，而不是完全禁制。」

爾內斯特膽怯地要求他給一個實例。

「不，不，」普利耶說，「我不給你實例，但我會給你一個公式，包含所有的實例。這個公式是這樣的：只要一種慣例，雖然好幾世紀的人都努力要根除它，但是它並沒有在最優秀、最有生命力以及最有修養的人類之中絕跡，那麼，這種慣例就不是完全邪惡的。如果一種惡德，儘管人們努力要根除它，卻仍然能夠在最優雅的國家中持續下去，那麼，它想必是建立在人性之中一種不變的眞理或事實上，並且一定具有一種補償性的好處，我們不能將它完全拋棄。」

「但是，」爾內斯特膽怯地說，「這樣難道不是等於去除了是與非之間的區分，讓人們沒有任何的道德指標？」

「不是的，」對方回答，「我們必須努力去指引人們，因爲人們無法充分指引自己，並且將一直是如此。我們應該告訴他們必須做些什麼，並且在理想的狀況下應該能夠強迫他們去做。也許，等到我們獲得較好的教育，這種理想的狀況就會出現。最能促使其出現的，莫過於我們自己更加充實心靈病理學的知識。要做到這點，有三件事是必要的。首先是，我們牧師要在實驗方面有完全的自由；其次，要完全了解普通信徒的所思所爲，要完全了解什麼思想與行爲導致什麼心靈狀態；第三，我們自己之中要有一種更緊密的組織。

「如果我們要有所貢獻，就必須成爲一個緊密結合的團體，必須與普通信徒截然區分開。我們也必須免於妻子與孩子所加諸的束縛。英國的牧師生活在一種狀態中，我只能說是『公開的婚姻生活』。看到這種情況，我幾乎無法表達心中所充滿的恐懼。這是很可悲的。牧師必須完全不涉及性——縱使不是在實際上，無論如何要在理論上完全不涉及性——而這也是根據一種普遍爲人接受、無人敢於辯駁的理論。」

「但是，」爾內斯特說，「《聖經》不是已經告訴人們應該做什麼、不應該做什麼嗎？如果我們堅持我們在《聖經》中所能發現的，不去管其餘的，難道不夠嗎？」

「如果你以《聖經》為開始，」對方回答，「你就走上了四分之三不信神的路，並且也會不知不覺走上另外四分之一的路。《聖經》對我們教士而言是有其價值，但是對於普通信徒而言卻是一種絆腳石，越早排除掉或越徹底排除掉越好。當然，我是指假設普通信徒閱讀《聖經》的話，但是所幸他們很少閱讀。如果人們閱讀《聖經》的方式，就像普通的英國男教徒與女教徒所閱讀的方式，那倒是不會有害處的。但是，如果他們很認眞閱讀——一旦我們把《聖經》給他們，就應該認為他們會很認眞閱讀——那對他們而言是很致命的。」

「你是什麼意思？」爾內斯特說，越來越感到驚奇，但也越來越感覺到自己至少被掌握在一個有明確想法的人的手中。

「你問這個問題，顯示出你不曾讀《聖經》。世界上從來沒有一本書比《聖經》更靠不住。請接受我的忠告，不要去讀它，等到你年紀大一點再去讀，這樣可能就很安全了。」

「但是，你確實相信《聖經》上所說的事情，諸如基督死了又復活？你確實是相信的？」爾內斯特說，準備聽到普利耶說他不相信這種事。

「我不相信，我知道。」

「但是，如果《聖經》的證詞失效了，如何——？」

「就根據英國國教生動的聲音的證詞，我知道，它是絕對沒有錯誤的，它也告知我們有關基督本身的事情。」

第五十三章

前述的談話以及其他的談話，在我們這位男主角心中留下很深刻的印象。如果第二天他跟霍克先生散步，聽聽另一邊的說詞，他也會一樣留下深刻的印象，準備拋棄普利耶所告訴他的話，就像他此時準備拋棄除了普利耶以外的任何人所說的話。但是，霍克先生並不在身旁，所以普利耶就獨佔優勢了。

胚胎時期的心智，像其身體般，要經歷許多奇異的變形，才會呈現最後的形態。一個人在變成天主教徒之前，會先是一位美以美派教徒，然後是一位自由思想的人，這種情況並不足爲奇，就像一個人原先只是一個細胞，以後就變成一種無脊椎動物。然而，爾內斯特卻無法了解這一點。胚胎從來就不會了解。隨著每一個發展階段，胚胎自認已經達到眞正適合自己的唯一狀態。它們說，這一定是它們的最後狀態，因爲這種狀態的結束會是一種很大的衝擊，沒有其他東西會活下來。每一種改變都是一種衝擊；每一種衝擊都是一種很大的死亡。我們所謂的死亡，只是一種衝擊，衝擊夠大，足以摧毀我們的認知能力，使得我們不再能夠看出過去與現在是彼此相似的。由於這種衝擊，所以我們認爲，現在與過去之間的差異之處大於相似之處，因此我們不再能夠說，「現在」就任何適當的意義上而言是「過去」的一種延續，反而覺得把「現在」視爲是「一種新的東西」是比較不會造成困惱的。

但是，先不談這個。顯然，心靈病理學是時代所迫切需要的（坦白說，我自己也不知道心靈病理學是什麼意思，但是普利耶與爾內斯特無疑是知道的）。爾內斯特認爲，他自己發現了這一點，終生熟悉這一點。他認爲，事實上他只知道這件事，不知道其他任何事情。他寫很長的信給大學同學，說明自己的觀點，好像自己是使徒的父親之一。至於舊約的作者們，他對他們並沒有耐性。「請幫幫我，」我發現他這樣寫信給一位朋友，「讀一讀先知撒迦利亞，把你對他的坦誠看法告訴我。他的東西很不好讀，充滿美國佬的吹噓。生活在那樣一個時代眞是令人噁心。在當時，這樣的胡言亂語竟然獲得認眞的讚賞——無論是被視爲詩還是預言。」這是因爲普利耶使得他對撒迦利亞心存反感。我不知道撒迦利亞做了什麼事。我自己認爲，撒迦利亞是一個很偉大的先知。也許因爲他是《聖經》作者之一，不是很傑出，所以普利耶就選他爲目標，藉著他將《聖經》與英國國教加以比較，來貶抑《聖經》。

我發現，爾內斯特不久之後在信中對他的朋友道遜說，「普利耶和我繼續我們的散步之行，發展出彼此的想法。最初都是由他思考，但我認爲，現在我已經與他並駕齊驅了，並且我也輕聲地笑著，因爲我看出，他已經開始修正我們初識時他所強烈堅持的一些觀點。

「然後，我認爲他過去是走在通往羅馬教會的大道上。然而，現在他卻似乎對我的一項提議留下深刻的印象。也許你也會對我的這項提議感興趣。你知道，我們必須設法把新生命灌輸進英國國教之中。我們並不是堅持自己的立場，反對羅馬教會或不信神的行爲。」（我可以順便一提，我不認爲，爾內斯特到那時爲止曾看過一位不信神的人——一位不能交談的不信神的人。）「因此，我在幾天前向普利耶建議——他一旦看出我能夠實現這個建議，就很熱烈地表示同意。我的建議是，我們應該開始一次心靈運動，有一點類似二十年前的『年輕英國』運動，其目標是：一方面勝過羅馬教會，另一方面勝過懷疑論。爲了達到這個目的，我認爲最好是創立一個機構或學院，把有關罪的性質與處理的問題奠定在一個比現在更科學的基礎上。借用普利耶一個很有用的詞語，我們想要創立一間『心靈病理學學院』，在這間學院中，年輕人，」（我想，爾內斯特在此時認爲自己不再年輕了）「可以研究有關靈魂的罪的性質與處理的問題，就像醫學院的學生研究病人的身體在這方面的問題。你也許會承認，這樣一間學院一方面可以媲美羅馬教會，另一方面可以媲美科學——之所以媲美羅馬教會，是因為我們提供牧師更多的技巧，因此他們可以獲得更大的力量；之所以媲美科學，是因為我們體認到，甚至自由的思想在心靈的探討中也具有某種價值。為了達到這個目的，普利耶和我已經決定從此以後要全心全力奉獻。

「當然，我的想法還未成形，一切都要取決於那些創立學院的人。我還不是牧師，但是普利耶是。如果由我創立學院，那麼普利耶可以負責一段時間，我名義上在他手下工作，當他的部屬。普利耶自己這樣建議。他不是很慷慨嗎？

「最糟的是，我們沒有足夠的錢。沒錯，我是有五千鎊，但是普利耶說，我們至少要有一萬鎊才能開始。一旦我們進行得很順利，我就可以住在學院，從基金中領薪水，所以，無論我是以這種方式投資金錢，或以買聖俸的方式投資金錢，都是一樣的，或者幾乎一樣。何況，我所想要的東西很少。我確定永不會結婚。沒有一位教士會想到要結婚，而一個沒有結婚的人幾乎不必靠什麼過活。但我仍然看不到我所想要的那麼多錢。普利耶建議說，由於我們現在幾乎無法賺更多的錢，所以必須藉著一連串明智的投資來賺取。普利耶認識幾個人，他們從很少的錢之中，或者我可以說，從完全沒有錢的狀態之中，賺取了一筆很大的收入，因為他們到證券交易所買股票。我對此事還不很了解，但是普利耶說，我不久就會知道的。是的，他認為，我在這方面很有天分，如果獲得適當的贊助，就會成為很好的事業家。當然，決定此事的必須是其他人，不是我。但是，只要一個人盡心的話，他什麼事都能夠做的。雖然我不應該在乎是否能夠為自己賺得更多的錢，但是我卻很在乎一件事：我可以用錢去做好事，讓人類的靈魂從此免於可怕的折磨。嗯，如果事情成功了（我真的看不出有什麼阻礙），那麼，其重要性以及其最終可能呈現的格局，是不可能言過其實的，」等等，等等。

我又問爾內斯特：是否介意我把這部分收錄在我的書中？他畏縮著，但卻說道，「不介意，只要這樣有助於你敘述故事：但是你難道不認爲太長嗎？」

我說，這樣讀者就會自己看出事情進行的情況，可以比我爲讀者加以說明節省一半的時間。

「那麼，很好，就請利用吧。」

我繼續翻閱爾內斯特的信件檔案，發現如下的內容：

「謝謝你寫來的信。在回這封信的同時，我也寄給你一封信的草稿，是我在一兩天前寄給《泰晤士報》的。他們沒有採用這封信，但這封信相當完整地表達出我對於教區探訪問題的想法，而普利耶也完全贊同這封信。請用心思考，讀完後寄還給我，因爲這封信正代表我目前的信念，我不能遺失它。

「我很想針對這些事情進行一種口頭的討論。目前我只能確實看清一件事，那就是，由於我們不再能夠把教徒逐出教會，因此蒙受了很大的損失。無論是富人或窮人，我們應該都有權利把他們逐出教會，並且能夠很自由地這樣做。如果我們再度擁有這種力量，我想，我們不久就能夠消除圍繞在我們四周的更多罪與痛苦。」

這些信是爾內斯特在獲得聖職之後才幾個星期時所寫的，但是，比起不久之後所寫的信並不算什麼。

由於他很渴望藉由普利耶向他建議的方法去更新英國國教（並藉此去更新全人類），所以他想到要去住在窮人之中，努力去熟悉他們的習慣與思想。我想，他這個想法是得自金斯萊（Kingsley）的《阿爾頓．洛克》一書。雖然他當時是「高教會派教徒」，但是他卻曾苦讀此書，就像他曾苦讀史坦雷的《阿諾德的一生》、狄更斯的小說，以及那個時代最可能對他有害的任何其他文學廢物。無論如何，他確實把計畫付諸實行，住宿在「灰坑區」的一間房子。那是位於「德路利巷戲院」地區的一條小街。房子的女房東是一位車伕的寡婦。

這位女房東住在整個第一樓中。在前面的廚房中有一位補鍋匠。後面的廚房租給一位修理風箱的人。第二樓住著爾內斯特，擁有兩個房間，他將房間布置得很不錯，因爲他必須在某一方面與別人劃清界線。上面兩層樓住著四個不同的人：有一位裁縫，名叫霍爾特，是一位酒鬼，時常在夜裡打妻子，尖叫聲驚醒整個房子的人；在他上面是另一位裁縫和他的妻子，但沒有孩子；他們是衛斯理公會教徒，喜歡喝酒，但不會喧嘩。後面的兩個房間住著兩位單身女士，爾內斯特認爲，她們想必人際關係相當不錯，因爲時常有衣著美好、看起來像紳士的年輕人上下樓梯，經過爾內斯特的房間，說是要找史諾小姐——在他們走過去之後，爾內斯特聽到她的門用力關起來。他也認爲，其中有些男人走到梅特蘭小姐的房間。女房東朱普夫人告訴爾內斯特說，這些人是史諾小姐的兄弟與表兄弟，而史諾小姐自己正在找女家庭老師的工作，但當時是在「德路利巷戲院」受雇當女演員。爾內斯特問道，住在頂樓後面的梅特蘭小姐是否也在找工作？結果他獲知她想當個販賣商。他相信朱普夫人所告訴他的任何事情。

第五十四章

爾內斯特此舉受到朋友們不同的評論。一般都認爲，這種作爲就像彭提菲，因爲彭提菲無論到什麼地方都一定會做出不尋常的事情，但是，整體而言，爾內斯特的這種想法是值得讚賞的。克麗絲蒂娜去試探牧師鄰居，發現他們很讚美她兒子的行爲，將之過分理想化爲「自我克制」的表現，她高興得不能自己。她不喜歡兒子住在那種非貴族的地方。但是，兒子所做的事情也許會上報，然後偉人會注意他。何況，住在那兒不會很花錢。爾內斯特住在那些窮人之中，幾乎不用什麼花費，可以把大部分的收入存起來。至於誘惑，在像那樣的地方幾乎沒有（或者完全沒有）誘惑。她在面對丈夫希波德時，這個有關「不會很花錢」的論點是她最獲得成功的，因爲希波德總是會抱怨說，他不贊成兒子的揮霍與自負。克麗絲蒂娜告訴他，兒子住在那兒不會花很多錢，他就回答說，其中必有蹊蹺。

此事對爾內斯特自己所造成的影響是：自從開始爲聖職而苦讀以來一直都在增加的那種好評，變得很確定了，讓他自以爲躋身極少數準備爲基督放棄一切的人之中。不久之後，他開始認爲自己負有任務又前途光明。他開始看重自己那種最不重要又非常匆促形成的見解，並且我也已經指出，他把這些見解強加在老朋友身上，每一個星期都越來越沉迷在自己身上以及自己的狂想之中。我本來很想掩飾我們的男主角的生涯的這一部分，但是這樣做卻會有損於我對於故事的敘述。

一八五九年的春天，我發現他在信中這樣寫著：

我無法認為，顯而易見的英國國教具有基督教精神，除非它的成果具有基督教精神，也就是說，除非英國國教的成員所表現的成果，符合（或有點符合）它的教義。我由衷同意英國國教大部分的教義，但是英國國教說的是一回事，做的又是一回事。除非我們能夠恢復「逐出教會」——是的，全面的「逐出教會」——的規定，不然我就無法把英國國教視為一種基督教的制度。我要以我們的教區牧師為開始。如果我認為有必要藉著把主教逐出教會來監督我們的教區牧師，我是不會畏縮的。

現在的倫敦教區牧師們是不可救藥的。我自己的教區牧師是其中最好的一位。但是一旦普利耶和我表示想要以一種非慣例的方式攻擊一種罪惡，或者想要修正沒有人抗議過的事情，我們就會遭遇到這位教區牧師如下的反擊：「你們這樣造成騷動不安，我想不出是什麼意思。其他的教士並沒有看到這些事情，我也不想率先把一切搞得亂七八糟。」而人們竟然說他是一個明智的人。我對他們沒有耐心了。然而，我們知道我們想要什麼，並且我前天也寫信告訴道遜說，我們有一個計畫在進行中，我想這個計畫會相當符合情況的需求。但是我們需要更多的錢，不過，我在爭取錢方面的第一個行動，並沒有像普利耶和我所希望的那樣令人滿意。無論如何，我相信我們不久就會獲得金錢。

爾內斯特到倫敦時，他是打算挨家挨戶拜訪，但是，在他還沒有安頓在那間以奇異的方式所選上的新房子之前，普利耶就打消了他的這種意向。此時他所採取的路線是：如果人們想要基督的話，他們必須費一點心，證明想要基督；所謂費心是指，他們應該來找他——爾內斯特。他置身在他們之中，準備要教導他們；如果人們不來找他，那不是他的錯。

「我在這兒的重要工作，」他寫信告訴道遜說，「是觀察。除了每日的服務之外，我沒有做很多教區的工作。我開了一個男人的《聖經》班，以及一個男孩的《聖經》班，還有很多年輕的男人與男孩，我以某種方式教導他們。然後就是主日學校的孩童；星期日晚上，我讓他們盡量擠在我的房間，讓他們唱聖詩。他們很喜歡。我讀了很多書，主要是普利耶和我認爲最可能有幫助的書。我們發現『耶穌會會員』是無與倫比的。普利耶是一個十足的紳士，也是一位令人讚賞的事業家，深切地注意現世的事物，也深切地注意來世的事物。他藉著一種妙計補救了——或者幾乎補救了——一次嚴重的金錢損失，不然我們的偉大計畫的執行就會遙遙無期。他和我每天都獲致新的眞諦。我相信，偉大的事物就在我面前，我也強烈地希望，不久之後能夠享有很多成果。

「至於你，我祝你成功。要大膽，但也要有邏輯，要冒險，但也要謹愼，要表現勇氣，但也要愼重，」等等，等等。

我想，目前寫到這兒就可以了。

第五十五章

爾內斯特第一次到倫敦時，我當然去看他，但卻沒有見到他。他回訪時，我出去了，所以他在城裡待了幾個星期後，我才見到了他，是在他住進新房間後不久。我喜歡他的臉孔，但是除了音樂的共同喜好之外——我們在這方面的品味非常相似——我幾乎不知道如何與他相處。說句公道話，每次都是要我引誘他說出計畫，他才會透露。借用爾內斯特的女房東朱普夫人的話，我「並不是很固定上教堂的人」。在經過盤問之後，我發現，朱普夫人曾上教堂一次，那是大約二十五年之前，她爲兒子湯姆而接受崇拜儀式，但在這之前以及之後並沒有上過教堂。她甚至沒有結過婚，因爲雖然她自稱「夫人」，但是卻沒有戴結婚戒指，在提到應該被稱爲「朱普先生」的那個人時，卻說他是「我可憐的男孩的父親，」不是「我的丈夫」。但是還是話說回頭。我對於爾內斯特接受聖職感到很苦惱。我自己並沒有接受聖職。我不喜歡我的朋友們接受聖職，也不喜歡必須表現出規矩的舉動，看起來好像一本正經，並且全是爲了一個男孩——我記得他小時候只知道「昨天」、「明天」和「星期二」，除此之外，一個星期的其餘日子他都不知道，甚至「星期日」也不知道；我也記得他曾說，他不喜歡小貓，因爲小貓的腳趾有別針。

我看著他，想到他的姑媽亞蕾希，想到她所留給他的錢累積得多麼快。這些錢全都要歸這個年輕人所有，而他也許會以亞蕾希最不贊同的方式去使用這些錢。我感到很困惱。「她當時總是說，」我在心中想著，「她會弄得一團糟，但是我當時並不認爲，她會弄得像這樣大的一團糟。」然後我想著：如果爾內斯特的姑媽活著，他也許就不會像這樣。

爾內斯特對我表現得很好。如果談話導向危險的話題，我承認那是我的錯。我很有攻擊性，仗著我的年紀以及與他長久的認識關係，認爲我有權利以一種祕密的方式惹他厭。

然後他說得很明白。令人生氣的是，就某一方面而言，他說得很對。如果承認他的前提，那麼他的結論是足夠健全的。由於他已經接受聖職，所以我不能與他爭辯他的前提——在他還未接受聖職之前，如果我有機會的話，我確實會與他爭辯的。結果是，我必須打退堂鼓，在心情不是頂好的情況下離開。我相信，事實上我很喜歡爾內斯特，只是不高興他成爲教士，並且是擁有那麼多錢的教士。

我在出去時跟朱普夫人談了一會。她和我第一次見面，就彼此認爲對方不是「很固定上教堂」，並且她的話匣子也打開了。她說爾內斯特會喪命。爾內斯特對這個世界而言太善良了，並且看起來那麼憂傷，「就像住在路那邊那位一個月前去世的年輕的『君王』華金斯。他那可憐的皮膚白得像雪花石膏。無論如何，他們說他是自殺而死。他們把他從莫提梅醫院抬出來，我遇見他們，當時我跟我的羅絲要去買一品特的啤酒。羅絲的手臂用夾板固定。她告訴她的姊姊說，她要到培利的店買一些毛線，其實是藉口要爲我買一品特的啤酒，上帝保佑她。沒有別人會爲可憐的老朱普做這件事，說她很快樂是騙人的。不過我喜歡快樂的女人，眞的！我寧願給一個快樂的女人一個兩先令半硬幣，也不要請一個拘謹的女人喝一壺啤酒。但是儘管如此，我並不想結交壞女孩。他們把他從莫提梅醫院抬出來；他們不再讓他回家了。他那樣做很巧妙，你知道。他的妻子跟母親住在鄉下。她經常很尊敬地談到我的羅絲。可憐的人兒，我希望他的靈魂上天堂。嗯，先生，你會相信嗎，爾內斯特先生的臉上有一種成分，就像年輕的華金斯。他時常看起來那麼憂心，皺著眉頭，但是從來不是爲了同樣的理由，因爲他一無所知，就像一個未出生的嬰兒，不，他一無所知。嗯，一隻猴子跟一位義大利手風琴師在倫敦走動，都知道得比爾內斯特先生多。他一無——嗯，我想——」

此時，一個幫鄰人跑差的小孩走進來，打斷了她，否則我不知道她會在何時何地結束談話。我利用這個機會跑開，但是卻先給她五先令，要她寫下我的住址，因爲她談到爾內斯特，讓我有點驚恐。我告訴她說，如果她的房客爾內斯特情況變得更糟，她就要來告訴我。

幾個星期過去了，我沒有再看到她。由於我已經做了那麼多，所以覺得可以不要再做了。我不再去打擾爾內斯特，認爲他和我只會讓彼此感到厭倦。

此時他接受聖職已經超過四個月，但是他並沒有感到快樂，也沒有感到滿足。他一生都住在一位教士的家中，也許相當了解身爲教士是什麼情況，而他確實是如此——一位鄉村教士。然而，他已經塑造出一種理想，是有關一位城鎮教士可能做些什麼事，並且正在以一種微弱和試驗性的方式努力去實現，但是，不知怎麼地，理想總是無法實現。

他生活在窮人之中，但是並不覺得自己必須去了解窮人。他認爲，窮人會來找他，但這種想法證明是錯誤的。他確實去看過幾隻溫馴的寵物，是他的教區牧師希望他去照顧的。有一個老年人和妻子住在爾內斯特的隔壁再隔壁。還有一位水電工人，名叫契斯特菲。另有一位年老的女人，名叫格蘿維，眼睛瞎了，臥病在床，當爾內斯特跟她講話，或唸書給她聽時，無力又沒有牙齒的下巴會不斷咀嚼著，但除此之外，幾乎什麼都不會做。再有就是一位布魯克斯先生，他是「柏色出租房屋」地方的破布與酒瓶商人，患末期水腫。除外，也許還有大約六個其他人。當爾內斯特確實去看他們時，結果怎麼樣呢？那個水電工人要爾內斯特討好他，他喜歡愚弄一位男士去浪費時間爲他搔耳朵。那個可憐的格蘿維夫人則要錢；她很善良又溫順；當爾內斯特從安妮．瓊斯女士的遺產中給她一先令時，她說，這一先令「很少，但很適時，」並且很感激地發出咀嚼的聲音。爾內斯特有時給她一點錢，但是，誠如他現在所說的，他所給的錢並沒有所應該給的一半之多。

除此之外，他還能做些什麼，才會對格蘿維夫人有一點點的用途呢？眞的是沒有。但是，時而給格蘿維夫人兩先令半的硬幣，並無法更生全人類，而凡是無法更生全人類的事，他都不想做。這個世界紛亂不安。他天生是要來匡正這個世界的——他並不覺得這是一種可咒的惡意，反而認爲自己正是從事這個工作所需要的人選，並且渴望開始進行。只不過他並不眞正知道如何開始，因爲他在契斯特菲先生和格蘿維夫人身上所開始的工作並沒有很大的進展。

然後是可憐的布魯克斯先生——他受了很多的苦，眞的是很可怕的苦。他不想要錢。他想要死卻不能，就像我們有時想要睡覺卻不能。他是一個心智很嚴肅的人，死亡讓他很驚恐，就像死亡想必使得每個人都很驚恐，因爲他們相信，他們所有最祕密的想法不久就會公開暴露。我向爾內斯特描述他父親在巴特斯比時常去看湯普遜夫人，他臉紅起來，說道，「我也習慣對布魯克斯先生這樣說。」爾內斯特認爲，他去看布魯克斯先生，並沒有安慰他，反而使他越來越害怕死亡，但是他如何能避免這種情況呢？

甚至當過兩、三年副牧師的普利耶，充其量也不會認識教區居民超過兩、三百個人，並且他只去拜訪過其中少數人家。但是，普利耶在原則上卻強烈反對到人家家裡拜訪。如果爾內斯特要以某種方式造成任何種類的強烈影響，他就必須去接觸、感動很多人。他和普利耶所眞正直接去溝通的人，與這些他必須去接觸與感動的人相比，簡直是滄海中的一粟。嗯，教區中有一萬五千到兩萬個窮人，其中只有極少數上過禮拜堂。有少數人去上異教禮拜堂，還有一些是天主教徒。然而，較大數目的人實際上是不信神的人，他們就算不對宗教具有強烈的敵意，無論如何是對宗教很冷漠的，並且還有很多是公認的無神論者，他們很讚賞爾內斯特第一次所聽到的湯姆．潘恩（Tom Paine）。但是他不曾見過其中任何人，也沒有跟他們談過話。

他是確實在做人們可能期望他去做的一切嗎？我們大可以說，他是在盡量做其他年輕教士所做的事。這並不是耶穌基督可能接受的答案。嗯，法利賽人也很可能盡量做了其他法利賽人所做的事。他所應該做的事是：進入公路與間道，強迫人們進來。他有這樣做嗎？或者，難道他們不是在強迫他遠離——無論如何，強迫他遠離他們的門口？他開始有一種不自在的感覺，好像自己不久之後就會變成一名騙子——除非他保持高度的警覺。

是的，一旦他能夠創立「心靈病理學學院」，那麼一切都會改變。然而，就「人們在證券交易所購買的東西而言」，事情並沒有進行得很順利。為了讓事情比較快速地進行，爾內斯特應該購買比自己所能買得起的更多這些東西，心存一種想法，那就是，幾星期之後，或者甚至幾天之後，這些東西的價值會變得更高，然後他可以出售，獲得很高的利潤。但是，很不幸，這些東西的價值並沒有變得更高，反而在爾內斯特購買後立刻下降，硬是不再高起來。所以，在幾次下跌後，他害怕了，因為他讀到報紙的一篇文章，說是它們會跌得更低，於是他不聽普利耶的忠告，堅持要賣出去——損失了大約五百磅。他一賣出去，股票就又上漲。他看出自己多麼愚蠢，普利耶多麼聰明，因為如果他聽普利耶的忠告，就可以賺五百磅，而不是虧五百磅。無論如何，他告訴自己說，他必須在生活中學習。

然後普利耶犯了一個錯。他們買了一些股票，並且股票上漲了大約兩個星期。這確實是一段快樂的時光，因為兩個星期後，損失的五百磅已經可以補回來，另外還可能賺三、四百磅。在損失五百磅的那痛苦的六星期中，他們感覺到狂熱的焦慮，如今可以連本帶利獲得補償了。爾內斯特想要立刻賣股票，確定賺取淨利，但是普利耶不同意；股票會漲得更高。普利耶讓爾內斯特看報紙的一篇文章，證明他所說的很有道理。股票確實稍微上漲了，但只是稍微上漲而已，然後又開始下跌。爾內斯特首先看出，他的三、四百鎊淨利泡湯了，然後，他自認已經補回來的那五百鎊則因為一次跌一倍半而化爲烏有，然後，他又損失了兩百鎊。之後有一家報紙說，這些股票是強加在英國大衆的最沒價値的廢物。爾內斯特再也無法忍受，所以把股票賣了，這一次還是不顧普利耶的忠告，所以等到股票不久又上漲後，普利耶第二次證明比爾內斯特更明智。

爾內斯特不習慣這種起伏變化。他爲此感到很焦慮，以致健康受到影響。因此，他決定最好不要去知道事情進行的情況。普利耶是更優秀的事業家，他會處理一切，這樣就解除了爾內斯特很多困惱，終究對投資本身比較有好處。普利耶說得很對，如果一個人希望在證劵交易方面獲得成功，心臟必須很強。普利耶看到爾內斯特很緊張，他自己也緊張了——至少他是這樣說。就這樣，錢越來越轉進普利耶的手中。至於普利耶自己，他本來只擁有副牧師的職位，以及父親給他的少量零用錢。

爾內斯特的一些老朋友從他的信中略微知道他在做什麼，他們盡最大的力量要阻止他。但是，他就像一個二十二歲的年輕情人那樣著迷。他發現這些朋友不贊同他，就遠離了他們，而他們厭倦了他的自我中心以及誇張的想法，對他的這種作法並不引以爲憾。當然，他對自己在股票方面的投機行爲並沒有說什麼——是的，他幾乎不知道，目標這樣正當的事情竟然可能被稱之爲投機。在巴特斯比，他的父親催促他尋求下一次的聖職任命，甚至要他注意一兩次很有希望的機會，但是他卻表示反對，並提出藉口——儘管他經常都會很快答應按照父親的意思去做，但這一次卻是例外。

第五十六章

不久，他開始爲一種微妙又不明確的抑鬱感覺所苦。我有一次看到一匹小馬努力要吃一種最難吃的廢物，無法決定那廢物是好還是不好。顯然，牠想要獲得忠告。如果牠的母親看牠這種情況，就會立刻解決這個問題。一旦小馬被告知牠所吃的東西是髒東西，牠就會有所認知，不會想再獲得忠告。但是，當時這匹小馬無法自己解決這件事情，也無法決定是否喜歡自己想要吃的東西，因爲沒有外來的助力。我想，牠不久就會有所解決，但是牠是在浪費時間與精神。只要牠的母親看牠一眼，就可以節省時間與金錢，就像麥芽汁會自己發酵，但是如果加上一點酵素，就會加快速度。就「了解什麼東西會給我們快樂」這件事而言，我們全都像麥芽汁，如果沒有外在的助力，只能緩慢而辛苦地發酵。

我們這位不快樂的男主角此時就很像那匹小馬，或者說，他的感覺很像那匹小馬所可能會有的感覺——如果牠的母親以及田野中所有其他長大的馬都信誓旦旦地說，牠所吃的東西是所有地方所能發現的最美好和有營養的食物。他很急著要去做正確的事情，很樂於相信每個人都比他更明智，所以從來就不承認自己可能一直走在非常錯誤的路上。他沒有想到自己可能犯了錯，更沒有想到要去發現錯在何處。無論如何，他每天越來越充滿著抑鬱的感覺，也越來越可能在火花出現時引爆——只是他並不知道。

然而，有一件事情卻開始從一般的模糊狀態中朦朧出現。他本能地轉向這件事，努力要去把捉它。我是指一個事實，即他所拯救的靈魂很少，而每小時卻有數以千計的靈魂在他四周迷失，只要霍克先生的一點點精力就可以拯救它們。一天又一天過去了，他在做什麼呢？拘守專業的禮儀，祈禱他的股票可能如同自己所希望的那樣漲跌，以便有足夠的錢去更生全人類。但是，人們同時也在死去。在他還未能讓心靈病理學機制影響人們的靈魂之前，有多少靈魂不會受到無止盡和最可怕的痛苦所折磨呢？爲何他不能站著講道，就像他看到「異教徒」有時在「林肯客棧野外」以及其他街道上所做的一樣。他可以說出霍克先生所說出的一切。霍克先生此時在爾內斯特眼中是一個很可憐的人兒，因爲他是一位「低教會派教徒」，但是，我們應該從任何人身上學習。只要他有勇氣開始工作，就一定能夠強有力地影響他的聽衆，就像霍克先生當初影響他一樣。他在廣場上看到一些人在講道，有時吸引很多的聽衆。他無論如何能夠做得比他們好。

爾內斯特把此事告訴普利耶，但普利耶認爲這是很粗暴的事，甚至他也不會想到要這樣做。他說，這樣最會貶低教士的尊嚴，讓英國國教遭人輕視。他的模樣顯得很唐突，甚至很粗魯。

爾內斯特溫和地表示異議。他承認這樣做是很不尋常的，但是無論如何必須採取行動，並且要很迅速。衛斯理和懷菲德就是這樣開始了那次偉大的運動，爲數以萬計的人心灌注進宗教生命。現在不是講究尊嚴的時候。就因爲衛斯理與懷菲德做了英國國教不會做的事，所以他們才把英國國教所失去的人吸引去跟隨他們。

普利耶以敏銳的眼光看著爾內斯特，停了一會後說，「爾內斯特，我不知道要怎麼應付你；你對了，同時也錯了。我衷心贊成我們應該採取行動，但是不能以這種方式去採取行動，因爲經驗已經顯示，這種方式只會導致狂信與不信。你贊同那些衛斯理教派的人嗎？難道你那麼看輕你的聖職誓言，以至於認爲，英國國教的禮拜式是否在教堂以適當的儀式舉行並不重要？如果你是這樣看輕聖職誓言——那麼，老實說，你並不必獲得聖職；如果你不是這樣，那麼請記住，一個年輕的執事最先要盡的責任之一就是服從權威。天主教和英國國教都不准許教士在不缺教堂的城市街道中傳道。」

爾內斯特感覺到這番話很有力量，普利耶看出他動搖了。

「我們是生活在，」他更和藹地繼續說，「一個過渡的時代，生活在一個國家之中，雖然這個國家藉著宗教改革已經受益良多，但卻沒有認知到自身也失去了多少。你不能在街道上叫賣基督，好像你是在一個異教的國家，裡面的居民不曾聽到基督的名字。倫敦這兒的人已經獲得很多的告誡。他們所經過的每間教堂都在抗議他們所過的生活，都在召喚他們去悔罪。他們所聽到的每一響鐘聲都是對他們的一種見證，他們在星期日所遇見的每一位來回教堂的人，就是來自上帝的一種警告聲音。如果這些無數的影響力對他們不會產生影響，那麼，他們從你身上所聽到極少數短暫的言語，也不會產生影響的。你就像《聖經》中那位財主，認爲如果一個人從死人中復活，人們就會聽他的話。也許人們是會這樣，但是你卻不能假裝你已經從死人中復活。」

雖然最後這些話是笑著說出來的，卻透露一點鄙夷的意味，使得爾內斯特退縮；但是，他沉默無語，所以談話就結束了。然而，爾內斯特卻有意識地對普利耶感到不滿意（這並不是第一次），想要不去理會他這位朋友的見解——不是以公開的方式，而是默默地，不告訴普利耶任何事情。

第五十七章

他剛剛離開普利耶，就發生另一個事件，強化了他的不滿意感覺。我已指出，他已經跟一群心靈的小偷或騙子爲伍。這些人對他使用「最低劣的硬幣」，而他卻沒有發現，因爲他在任何事情方面都是那麼天眞、沒有經驗，只經歷了世界、中學與大學的一些逆流。他接受了一些小額「劣幣」，保留起來以應不時「支出」之需，其中有一枚「劣幣」是這樣的一句話：窮人比那些較富有和受過較多教育的人好很多。爾內斯特說，他經常坐三等艙火車，並不是因爲比較便宜，而是因爲他在三等艙車廂中所見到的人比較令人愉快，比較有禮貌。至於那些晚上去上爾內斯特課的年輕人，據說一般而言比平常的牛津與劍橋學生還聰明又守秩序。我們這位愚蠢的年輕朋友爾內斯特，聽到普利耶說出類似這種內容的話，就接受了他所說的一切，以自己的方式加以重複。

然而，大約在這時候，有一天晚上，他偏偏看到一個人沿著離他所住的街不遠的小街走過來，那就是唐尼雷。他看起來跟以前一樣生氣蓬勃，精神奕奕，甚至可能比在劍橋時更加英俊。雖然爾內斯特很喜歡他，但卻不想跟他講話，只是設法要走過去，不跟他打招呼。但此時唐尼雷卻看到他，立刻擋下他，因爲他高興看到一個劍橋老面孔。他在這個地方遇見爾內斯特，瞬刻間感到很困惑，但是很快就恢復過來，爾內斯特幾乎沒有注意到。唐尼雷開始和藹地談了一些話，提起往昔的時光。爾內斯特感覺到，唐尼雷熱烈的態度有點緩和下來——他看到唐尼雷的眼光遊移到他的白色領帶，以不贊同的眼神打量著身爲牧師的他。那只是唐尼雷臉上非常短暫的陰影，但是爾內斯特已經感覺到了。

唐尼雷對爾內斯特說了一些客套話。他說，爾內斯特的職業是最可能引起他的興趣的職業。爾內斯特仍然表現得很困惑又羞怯，由於沒有什麼更好的話可說，就使用了他的那枚「劣幣」：關於「窮人是很好的人」的那句話。唐尼雷不管這句話是眞是假，就接受了，點頭表示同意，於是爾內斯特很粗心地繼續說，「你自己難道不是很喜歡窮人嗎？」

唐尼雷很滑稽但溫和地扭動著臉部，很安靜但緩慢又堅決地說，「不，不，不，」然後逃走了。

從那個時刻起，對爾內斯特而言一切都結束了。跟平常一樣，他並不清楚，但是他無論如何經歷了另一次反彈。唐尼雷剛把爾內斯特那枚「劣幣」放進手中，看了看，然後還給他，認爲是一枚劣幣。爲何爾內斯特此時很快就知道它是一枚劣幣，而當初他從普利耶手中拿過來時卻看不出來？當然，有些窮人是很好，並且會一直很好，但是，就像眼睛的陰翳忽然消失，他看清了一件事：並沒有人因爲窮而變得更好，還有，在上層階級和下層階級之間存有一道鴻溝，實際上是一種無法超越的障礙。

那天晚上，爾內斯特沉思良久。如果唐尼雷是對的，並且爾內斯特認爲，那個「不」不僅適用於有關窮人的那句話，而且也適用於他自己最近所採用的那些觀念的整個架構與範圍，那麼，他和普利耶一定是走在錯誤的路上。唐尼雷並沒有跟他爭議；他只說了一個字，並且是語言中最短的一個字，但是爾內斯特卻像是接受了適當的疫苗接種，細微的病菌立刻開始發生作用。

他是認爲哪一位最可能對生命與事物採取了較公正的觀點呢？他最好是效法哪一位呢？唐尼雷？還是普利耶？他的心毫不猶疑地回答了這個問題。像唐尼雷這樣的人的臉孔是開放又仁慈的；它們看起來好像自身就很自在，好像會讓所有跟他接觸的人盡量感到自在。普利耶和他的朋友們的臉孔就不是這樣了。爲何他一見到唐尼雷就感覺內心在默默譴責自己？他難道不是一位基督徒嗎？當然是；他事實上信仰英國國教。那麼，他努力要去遵循他和唐尼雷所共有的信仰，怎麼可能會有錯呢？他努力要過一種安靜又不引人注目的自我奉獻生活，然而就他所能看出的，唐尼雷並沒有努力要這樣做。唐尼雷只是努力要在這個世界上獲得不錯的進展，盡可能在外表上和實質上表現得很好。他是很好的人，而爾內斯特知道，像他自己和普利耶這種的人並不是很好的人，於是原來的那種沮喪心情又籠罩在心頭。

然後有一種更不好的想法出現：如果他除了與心靈的小偷爲伍，也與物質的小偷爲伍，那怎麼辦呢？他很不了解自己的金錢情況。他已經把所有的錢交給普利耶。雖然無論何時他要現金，普利耶都會給他，但是，普利耶卻對於他問及如何處理資本感到不耐煩。普利耶說，他們之間部分的默契是，資本由普利耶處理。爾內斯特最好堅持這一點，否則普利耶就要完全放棄「心靈病理學學院」。所以爾內斯特在受到威嚇之餘就默從了，或者根據普利耶所了解到的他的性情，是在受到哄誘之餘就默從了。爾內斯特認爲，如果他再進一步提出問題，就會看起來好像在懷疑普利耶所說的話。他也認爲自己已經很有名氣，不會在高尚的行爲和榮譽方面有所減退。無論如何，他認爲這樣是自找不必要的麻煩。普利耶是有點不耐煩，但他是一位紳士，也是一位値得讚賞的事業家，所以他——爾內斯特——的錢有一天一定會回歸到自己身上的。

爾內斯特針對最後這個引起他焦慮的原因自我安慰，但是至於另一個原因，他開始感覺到：如果他要得救的話，好像必須有一個善良的撒馬利亞人趕快出現，至於從什麼地方出現，他也不知道。

第五十八章

第二天，他感覺比較有力量了。前夜他一直在傾聽邪惡的一方的聲音，現在他不再考慮這種想法了。他已經選擇了自己的職業，他的責任就是要堅持。如果他不快樂，那也許是因爲沒有爲基督放棄一切的緣故。他要看看是否能夠做得比現在正在做的還多，這樣也許就會有一道亮光照在他的途徑上。

他發現自己並不很喜歡窮人，這倒是很好。但他還是必須容忍窮人，因爲他的工作必須在窮人之中進行。像唐尼雷這樣的人既仁慈又體貼，但是他很清楚，先決條件是：不向他們傳教。他比較能夠應付窮人。無論普利耶怎麼輕蔑他所要做的事，他已決定要更加走入窮人之中。如果他們不自己來尋求基督，他就要把基督帶給他們。他要從自己所住的房子開始。

那麼，他要以誰爲第一對象呢？當然，從那位住在他上面的裁縫師開始是最好不過了。這樣會是很適合的，不僅因爲他似乎最需要信教，而且還有另一個原因：一旦他信教了，他就不會在凌晨兩點打妻子，房子的氣氛會變得比較令人愉快。因此，他要立刻上樓，跟這個人暗中談一談。

在這樣做之前，他認爲最好擬定一種像競選活動一樣的計畫。因此，他考慮了一些有趣的談話。如果這位裁縫師霍爾特先生能夠如同所安排的那樣做出適當的回應，那就會發揮很好的功用。但是，這個人是一個粗鄙的傢伙，性情粗暴。爾內斯特不得不承認，事情可能有預見不到的發展，使他亂了手腳。人們說，要九個裁縫師才能打點一個人，但是爾內斯特覺得，至少要九位爾內斯特才能打點一位霍爾特先生。如果爾內斯特一進去，這位裁縫師就大發雷霆、破口大罵，那怎麼辦呢？他能怎麼做呢？霍爾特先生是在自己的住所中，他有權利不受干擾。他有一種合法的權利，是的，但是他有一種道德的權利嗎？就他的生活模式而言，爾內斯特不以爲然。但是這件事且不談。如果這個人表現得很暴力，他應該怎麼辦？保羅曾在以弗所跟野獸搏鬥——那想必是很可怕的——但是，也許那些野獸不是很野蠻的野獸。兔子與金絲雀也是野獸。無論野獸是否可怕，牠們在聖保羅身上是沒有機會的，因爲聖保羅受到了神的啓示。如果野獸逃走了，那是奇蹟；聖保羅不應該逃走。但是，無論情況可能是如何，爾內斯特認爲，他不敢以搏鬥的方式開始向霍爾特先生傳教。嗯，前晚他聽到霍爾特夫人尖叫著「謀殺」，就嚇得躲在床單下，等待著，預期會聽到血滲過天花板，滴在他自己的地板。他想像每一種聲音都是掌擊聲，並且有一兩次好像感覺到掌擊聲傳到他的床單上。但是，他卻不曾上樓去救救可憐的霍爾特夫人。所幸，第二天早晨，霍爾特夫人仍然健在。

爾內斯特無法想到什麼好方法來與這位鄰居進行心靈的溝通，但有一天卻忽然心血來潮，覺得也許最好先上樓，輕敲著霍爾特先生的門。然後，他將聽命於「聖靈」的指引，隨機——我想這是「聖靈」的另一個名字——應變。他以這種想法強力武裝自己，十分輕快地走上樓梯。正要敲門時，他忽然聽到裡面霍爾特的聲音在粗暴地詛咒妻子。於是他停下來，考慮這是不是很好的時機。就在他停下來時，霍爾特先生聽到有人走上樓梯，就打開門來，探出了頭。看到爾內斯特時，他做了一個令人不愉快——更不用說無禮——的動作，也許是針對爾內斯特，也許不是。霍爾特先生的表情看起來非常醜惡，於是我們的這位男主角從「聖靈」那兒獲得了一種即刻與明確的啓示：他應該立刻繼續爬到三樓，好像不曾想要停留在霍爾特先生的房間，然後開始去找住在頂樓前門的美以美教派信徒巴克斯特夫婦，向他們傳教。他確實是這樣做了。

這對善良的夫婦熱忱地歡迎他，很樂於跟他談談。他開始要他們放棄美以美教派，改信英國國教，但是卻忽然覺得很尷尬，因爲他發現自己並不了解美以美教派。他了解英國國教，或者自認了解，但是他對美以美教派一無所知，只知道這個名字。他發現，根據巴克斯特先生的說法，衛斯理教派擁有強力的教會紀律體系（實際上運作得非常好），於是他認爲，約翰·衛斯理預先想到了他和普雷耶正在準備的那種心靈機制。當他離開時，他覺得自己掌握到一位心靈的強悍人物，超越自己的預期。但是，他一定要向普利耶說，衛斯理教派擁有一種教會紀律的體系。這是很重要的。

巴克斯特先生勸爾內斯特無論如何不要去惹霍爾特先生，爾內斯特聽到這種忠告，心中感到很舒慰。如果他有機會感動這個人的心，他會去把握的。如果他在樓梯上見到霍爾特先生的小孩，他會輕拍他們的頭，在樓梯上討好他們，盡量討好他們。他們是強壯的年輕小伙子，爾內斯特甚至很怕他們，因爲他們言語犀利，就他們的年紀而言，算是知道得很多。爾內斯特認爲，他寧願頸繫石磨，被丟進海中，也不要冒犯霍爾特家中的一個小孩。無論如何，他會盡量不去冒犯他們；也許時而給他們一兩個便士就可能賄賂他們。他最多只能夠做得到這個地步，因爲他看出，努力要立刻表現得不合時宜或很合時宜，都會導致失敗——且不管聖保羅的指令如何。

艾米麗·史諾小姐住在一樓後面霍爾特先生的隔壁。巴克斯特夫人說了她很多壞話，說詞十分不同於女房東朱普夫人的說詞。史諾小姐無疑會很高興接受爾內斯特或任何其他男士的協助。但是，她其實不是女家庭教師，而是在「德路利巷戲院」跳芭蕾舞。除外，她是一個很壞的年輕女人，如果巴克斯特夫人是女房東，就不會允許她待在房子裡面一小時之久，眞的。

巴克斯特夫人隔壁的梅特蘭小姐外表看來是一個安靜又體面的年輕女人。巴克斯特夫人不曾知道她的住處那兒發生過什麼不良的情況。但是，啊呀，靜水流深，這兩個女孩全都一樣，兩個人都一樣壞。她無論什麼時間都不在；如果你了解這一點，你就很了解情況了。

爾內斯特不很注意巴克斯特夫人所說的這些中傷言語。朱普夫人知道爾內斯特更多的盲點，警告他不要相信巴克斯特夫人的話，她說巴克斯特夫人的嘴巴很可怕。

爾內斯特聽說，女人總是彼此嫉妒。這兩個年輕的女人確實比巴克斯特夫人更吸引人，所以巴克斯特夫人也許骨子裡很吃醋。就算這兩個年輕的女人有傷害性，跟她們認識也無妨；如果沒有傷害性，她們更加需要他的協助。他會立刻教化她們。

他把自己的意向告訴朱普夫人。朱普夫人最初努力要阻止他，但是她看到他意志堅定，就建議由她先去看史諾小姐，讓她心裡有準備，以免他去時使她受驚。此時史諾小姐不在家，但是第二天可以加以安排。同時，他最好試試住在前面廚房的補鍋匠蕭先生。巴克斯特夫人曾告訴爾內斯特說，蕭先生來自北部鄉村，自稱自由思想家。她說，蕭先生也許會喜歡爾內斯特去看他，但是，她不認爲爾內斯特有機會讓他信教。

第五十九章

在下樓到廚房去向補鍋匠傳教之前，爾內斯特匆匆瀏覽一下自已對於佩利所寫的《證據》一書所做的分析，並把一本華特雷大主教所寫的《歷史的懷疑》(*Historic Doubts*)放進口袋中。然後他走下暗黑、腐朽的古老樓梯，敲著補鍋匠的門。蕭先生很有禮貌，他說此時工作很忙，但是如果爾內斯特不介意敲打的聲音，他很高興跟爾內斯特談一談。我們這位男主角同意了，不久就把談話引到華特雷的《歷史的懷疑》——讀者也許知道，這部作品宣稱並沒有拿破崙其人，因此諷刺那些攻擊基督教奇蹟的人所提出的論點。

蕭先生說，他很熟悉《歷史的懷疑》這部作品。

「你認爲這部作品如何？」爾內斯特說，他認爲這本小冊子是機智又有說服力的傑作。

「如果你眞的想知道的話，」蕭先生說，眼睛透露狡猾的閃光，「我想，如果一個人願意且能夠證明存在的東西其實並不存在，那麼，他也同樣能夠且願意證明不存在的東西其實存在——只要這樣可以達到他的目的。」爾內斯特聽了吃了一驚。劍橋的所有聰明的人兒，爲何不曾對他提出這種簡單的回答？答案很簡單：他們沒有發展出這樣的回答，就像母雞不曾發展出有蹼的腳——也就是說，因爲他們不想這樣做。但是，這時人們還不知道「進化」這回事，爾內斯特對於那種做爲「進化」的基礎的偉大原理還一無所知。

「你知道，」蕭先生繼續說，「這些作家全都以某種方式寫作來謀生。他們越以那種方式寫作，就越可能成功。你不能因此說他們不誠實，就像一位律師雖然不眞正相信一個人無辜，但還是爲他辯護，藉此謀生，法官不能因此說這位律師不誠實；判決之前總應該聽聽律師怎麼說。」

這是另一個意外的回答。爾內斯特只能結結巴巴地說，他已經努力盡可能小心去檢視這些問題。

「你認爲你已經努力這樣做了，」蕭先生說，「你們牛津與劍橋的男士們自認已經檢視了一切。我自己所檢視的很少——除了舊茶壺與深鍋的底部，但是，如果你回答我一些問題，我就會告訴你，你所檢視的東西是否比我多。」

爾內斯特表示已經準備回答對方的問題。

「那麼，」補鍋匠說，「請把約翰福音中所說的耶穌基督復活的故事告訴我。」

很抱歉，我要說，當時爾內斯特以很可悲的方式將四種說法混淆了。他甚至說，天使下來，移開石頭，坐在上面。爾內斯特滿臉是困惑的神色，因爲補鍋匠先是沒有看著《聖經》就指出他很多不準確的地方，然後引用新約來證實自己的批評是正確的。

「現在。」蕭先生溫和地說，「我是一個老年人，而你是一個年輕人，所以你也許不會介意我給你一則忠告。我喜歡你，因爲我相信你心存善意，但是，你所受的教養確實很差，我不認爲你有很大的機會。關於我們這一邊對這個問題的看法，你是一無所知。我只是讓你知道，你對自己並沒有了解更多。但是，我認爲，你有一天會成爲像卡萊爾（Carlyle）那樣的人。現在你上樓，以正確的方式讀一讀有關『復活』那一部分的敘述，不要將它們混淆，要清楚每一位作家所告訴我們的是什麼。然後，如果你想再來看我，我會很高興見你，因爲我將會知道你已有了一個很好的開始，並且是很認眞的。到時見，先生，祝你有一個美好的早晨。」

爾內斯特羞愧地退回去。一小時就足夠讓他完成蕭先生要他做的事情。那一小時結束時，他從唐尼雷的口中所聽到的那三個字「不，不，不」本來就繼續在他耳中響著，此時則更大聲地從《聖經》

本身之中響出來，從記錄在《聖經》中的最重要事件之中響出來。爾內斯特第一天想要以比較隨意方式去拜訪鄰居，想要以比較徹底的方式實現自己的原則，其實並非沒有成果。但是，他必須去跟普利耶談一談。因此，他吃了午餐，去到普利耶的住處。但是普利耶並不在家，於是他漫步到最近才開放的「大英博物館閱讀室」，借了自己不曾讀過的《創造的痕跡》(*Vestiges of Creation*) 一書，整個下午其餘的時間都在讀這本書。

爾內斯特在與蕭先生談話的那一天，並沒有看到普利耶，但是卻在第二天早晨看到了他，並且發覺他脾氣很好，這是爾內斯特最近很少看到的。有時，普利耶對爾內斯特的表現，並沒有預示「心靈病理學學院」一旦建立時所會顯示出的那種和諧氣息。看起來好像普利耶努力要在道德上完全支配爾內斯特，讓爾內斯特成為他自己的囊中物。

他並不認為爾內斯特會有太大的成就。我想到，我們這位男主角既愚蠢又沒有經驗，認為普利耶對他的結論是很有理由的。

然而，事實上情況並非如此。本來爾內斯特對普利耶有強烈的信心，不可能在短時間被震垮，但是，這種信心最近卻不只一次削弱了。爾內斯特很努力不去看出這一點，然而，只要認識這兩個人的任何第三者都會看出：這兩人的關係可能在任何時刻結束，因為當爾內斯特像鷂一樣改變飛行時，他很快就會獲得成功的。然而，時間還沒有來臨，兩人之間的親近關係顯然跟以前一樣。只是那種可怕的金錢事情（爾內斯特這樣對自己說）引起了他們之間的不愉快。無疑普利耶是正確的，而他——爾內斯特——太緊張了。無論如何，這種情況目前可能持續下去。

同樣地，雖然爾內斯特在與蕭先生談了那次話並看了《創造的痕跡》一書後，受到了震撼，然而，他卻太震驚，無法體認到那種正降臨自己身上的改變。每一次，古老習慣的動力都把他帶向古老的方向。因此，他去找普利耶，跟他待了一小時以上的時間。

爾內斯特並沒有告訴普利耶，他一直在拜訪鄰居們。這件事對普利耶而言，會像一塊紅布激起一隻牛的怒氣。爾內斯特只是以平常的口氣談到計畫中的「學院」，談到現代社會很特殊的現象，即對心靈的事物非常缺少興趣，也談到其他相關的事情。爾內斯特最後說，目前他認爲普利耶確實是正確的，他們無法做什麼事情。

「至於普通的信徒，」普利耶說，「我們無法做什麼事，除非我們有一種紀律，能夠施加懲罰。除非一隻牧羊犬能夠吠叫，也能夠時而咬著一隻羊，不然，牠如何可能帶得動一群羊呢？但是至於我們自己，我們可以做很多事。」

在整個談話的過程中，普利耶的模樣顯得很奇異，好像一直在想著別的事情。他的眼光好奇地在爾內斯特身上遊移，爾內斯特以前也時常注意到這種情況。他談到教會紀律，但是，在一再強調紀律適用於普通信徒而不是教士後，有關紀律的談話卻巧妙地消聲匿跡了。有一度普利耶很性急地說：「哦，管他的『心靈病理學學院』。」至於教士，普利耶的神聖談話不斷透露出邪惡的意味。他說，只要教士在理論上是完美的，那麼實際上犯的小過失，或甚至輕過失——如果有這樣一個字眼——就比較不重要。他顯得很慌張，好像想要談自己所不大敢觸碰的一個問題，並且他也喋喋不休地談到一件事情（他大約每三天就會這樣一次），那就是，惡德與美德的界線是非常不明確的，有一半的惡德需要規範而不是禁止。他也談到完全直率的好處，並暗示說，有些神祕的事情爾內斯特還未獲知，但是一旦知曉，就會對他有所啓發，至於讓他知曉的時間，則是當他的朋友們看出足夠強有力的時候。

普利耶以前時常如此，但是不曾到達這樣一種程度——爾內斯特這樣認爲，只不過他無法充分了解是什麼程度。普利耶的不安情緒傳達到爾內斯特身上。爾內斯特本來很快就會了解到普利耶所告訴他的一切，但是，他們的談話卻突然被一個人的來訪打斷。我們將永遠不知道談話的如何結束，因爲這是爾內斯特與普利耶最後一次見面。也許普利耶是要告訴他有關投機生意的壞消息。

第六十章

爾內斯特回家，一直到午餐都在研讀副主教亞佛德針對福音主義者有關「復活」一事的各種紀錄所做的筆記，這是蕭先生要他去做的。他也努力要去發現筆記是否全部準確，不是去發現筆記已經全部準確。他不介意自己會獲得什麼結果，只是決心要獲致某一種結果。他讀完副主教亞佛德的筆記，發現其內容是這樣的：還沒有人把那四種說法加以處理，讓彼此顯得很協調。這位副主教自認不可能做得比前任的人更好，所以就建議大家信任所有的說詞。但爾內斯特並沒有準備要這樣做。

他吃了午餐，出去散步很久的時間，在六點半回來吃晚餐。朱普夫人在為他準備晚餐——一客牛排和一品特黑啤酒。她一面準備晚餐一面告訴他說，史諾小姐會很高興在大約一個小時後見他。此事讓他感到很不安，因為他的心還沒有定下來，不想在那個時候去向任何人傳教。他沉思了一會，結果認為，儘管自己的見解受到突然的衝擊，他還是禁不住想要去見史諾小姐，就好像不曾發生過什麼事情。如果他不去見她，恐怕不太好，因為大家都知道他人在房子裡。有關基督復活的證據，他不應該太匆促地突然改變自己的見解——何況，他今天也不必跟史諾小姐談到這個問題，他可以談其他事情。什麼其他事情呢？爾內斯特感覺到自己的心臟跳得又快速又激烈。一種內在的聲音警告他說，他其實並不是在想及史諾小姐的靈魂。

他應該怎麼辦呢？逃、逃、逃——這是唯一安全的途徑。但是，基督會逃嗎？縱使基督沒有死後復活，祂無疑仍然是一個典範，其榜樣值得效法。基督是不會逃離史諾小姐的。他很確定這一點，因為基督還特別去接觸妓女以及名譽不好的人。此時就像當時一樣，眞正的基督徒應該召喚罪人而不是正直的人去悔罪。他不方便改變住所，也不能叫朱普夫人把史諾小姐和梅特蘭小姐趕出房子。他要如何區分呢？有誰是足夠美好，可以跟他同住在一間房子呢？又有誰不夠美好呢？

除外，這些可憐的女孩要到哪裡去呢？難道他要把她們從一間房子趕到另外一間房子，一直到她們沒有地方睡覺嗎？這是很荒謬的。他的責任很清楚：他要立刻去見史諾小姐，看看是否能夠說服她改變現在的生活方式。如果他發現誘惑太強烈，他會逃走。於是，他上樓去，手臂下挾著《聖經》，心中燃燒著強烈熱情。

他發現，史諾小姐在擺設得很整齊——更不用說很端莊——的房間襯托下，看起來很美。我想，她買了一兩則用燈照亮的經文，在那天早晨把它們釘在壁爐上方。爾內斯特對她很滿意，他很機械地把《聖經》放在桌子上。他剛膽怯地開啓話題，臉便深深紅了起來，忽然有一陣匆促的腳步聲傳上樓來，好像地心引力對這個人沒有什麼控制力。然後，有一個人衝進房間，說道，「我提前到了。」原來是唐尼雷。

他一看到爾內斯特，臉就垂了下來。「啊，你在這兒，爾內斯特！嗯，眞令人無法相信！」我無法描述三個人各自匆匆解說一番的模樣。我只要這樣說就夠了——不到一分鐘，爾內斯特臉更加紅，偷偷溜走，帶著《聖經》以及一切，因爲與唐尼雷對照之下，自己深感屈辱。還沒有走到通往自己房間的樓梯底部，他就聽到唐尼雷熱烈的笑聲從史諾小姐的門口傳出來，他開始詛咒自己出生的那個時辰。

然後，他忽然想到，就算他無法見史諾小姐，卻無論如何可以見梅特蘭小姐。他非常清楚自己此時想要什麼。至於《聖經》，他把它推到桌子的另一端，結果掉在地板上，然後他把它踢進一個角落。這部《聖經》是深情的姨媽伊莉莎白．亞拉比在他施洗時送給他的。是的，他對梅特蘭小姐幾乎一無所知，但是年輕又無知的爾內斯特並不會謹愼地沉思或思考。巴克斯特夫人曾說，梅特蘭小姐和史諾小姐是物以類聚，而巴克斯特夫人也許比那位老是說謊的朱普夫人知道得更多。莎士比亞說：

哦，「機會」啊，你的罪惡重大，
你為叛徒的理由提出辯解：
你導引狼去捕捉羔羊；
無論誰陰謀犯罪，你都指出時機；
你藐視正義、法律、理性；
在你陰暗的小室中，在沒人看到的地方，
「罪惡」坐在那兒，準備抓住那些遊盪過去的靈魂。

如果「機會」的罪惡成份很重大，那麼，罪惡成份更重大的是：那種被認爲是機會但其實完全不是機會的東西。如果「勇氣」大部分都是「謹愼」，那麼「不謹愼」在多大的程度上更加大部份是「惡德」呢？

大約十分鐘後，一位受驚又受辱的女孩，臉兒發紅，身體發抖，很激動地從朱普夫人的房子匆匆走出來。又過了十分鐘，兩位警察也從朱普夫人的房子走出來，位於兩位警察之間的是我們不快樂的朋友爾內斯特。他踉蹌地走著，不是信步而行，眼睛凝視著，臉孔非常蒼白，每一根線條都標示著「失望」兩個字。

第六十一章

普利耶曾警告爾內斯特不要隨意挨家挨戶去拜訪。爾內斯特其實也沒有走出朱普夫人的臨街大門，然而，結果如何呢？霍爾特先生讓他感受到生理上恐懼；巴克斯特夫婦幾乎使他成爲美以美教派信徒；蕭先生動搖了他對「復活」的信仰；史諾小姐的魅力毀了他的道德品格，或者說，要不是出現了意外，就會毀他的道德品格。至於梅特蘭小姐，爾內斯特已經盡量毀了她的道德品格，結果對自己造成無可挽回的傷害。對他沒有造成傷害的唯一房客，是那位修理風箱的人，因爲爾內斯特沒有去拜訪他。

其他年輕的教士縱使在很多方面比他更愚蠢，也不會陷入這種困境。他似乎從獲得聖職的那一天起，就發展出一種爲惡的傾向。他每次傳道，總是要犯可怕的錯。有一個星期天早晨，主教來到爾內斯特的教區牧師的教堂，爾內斯特把講道的內容轉向一個問題：當伊利亞發現熱雷法茲的寡婦收集一些柴枝時，這位寡婦是想做出什麼種類的小蛋糕呢？他指出是種子蛋糕。這次講道確實很有趣，他不只一次看到微笑掠過下面一大堆的臉孔。但主教很生氣，禮拜結束後，在法衣間之中嚴厲地譴責了我們這位男主角一番。爾內斯特所能提出的唯一藉口是：他是在進行即興講道，他一直到上了講壇才想到這個特殊的問題，然後就沉迷其中了。

另有一次，他在講道中談到不結果的無花果樹，描述無花果的主人注視著脆弱的花兒綻開來，秋天可能結出美麗的果實，心中燃起了希望。第二天，他收到會衆中一位植物學專家的一封信，說明這種事情不可能發生，因爲無花果樹是先產生果實，而花是在果實裡面，或者幾乎是如此，所以一般人是看不到花的。然而，任何人都可能出現像爾內斯特的這種情況——除了科學家或獲得靈啓的作家。

我能夠爲他提出的唯一藉口是，他很年輕——還不到二十四歲——在心靈以及身體方面，他都成長得很緩慢，就像那些終究都爲自己著想的大部分人一樣。尤有進者，他所受的大部分教育並不是意在爲他戴上護目鏡，而是意在完全挖出他的眼睛。

但是，還是回到故事本身吧。事後情況顯示，當梅特蘭小姐跑出朱普夫人的房子時，她並不想控告爾內斯特。她之所以逃走，是因爲她很害怕。但她所遇見的第一個人剛好是一個很嚴肅的警察。這個警察想要辦一個案子來出出名，於是就把她擋下來，質問她，使她更加害怕。事實上，是這個警察，而不是梅特蘭小姐，堅持要把我們這位男主角交給自己和另一位警察。

警察來的時候，唐尼雷還在朱普夫人的房子。他聽到一陣騷動，在梅特蘭小姐跑出門口時，他下樓到爾內斯特的房間，發現爾內斯特目瞪口呆地躺在「他在那個時刻所掉落的道德懸崖的底端」。他一眼看清了整個事情，但是他還未能採取行動，警察就進來了，所以他不可能有所行動了。

唐尼雷問爾內斯特在倫敦有什麼朋友。爾內斯特最初不想說，但是唐尼雷不久就叫他必須說，然後從他所說出的少數名字中選了我。「他是寫戲劇的作家，不是嗎？」唐尼雷說。「他寫喜劇嗎？」爾內斯特認爲，唐尼雷意思是說，我應該寫悲劇，於是他說，我是寫滑稽戲的。「哦，得了，得了，」唐尼雷說，「那樣會很出名。我要立刻去看他。」但是再經過考慮之後，他還是決定跟爾內斯特待在一起，跟他一同到警察局。於是，他請朱普夫人通知我去。朱普夫人匆匆忙忙去找我，所以儘管天氣仍然很冷，她卻一直感到「筋疲力盡」——她是這樣說。這個可憐的女人本來要坐馬車，但卻沒有錢，也不喜歡向唐尼雷要一點錢。我看出事態嚴重，但沒有想到有如朱普夫人所實際告訴我的那樣可悲。至於朱普夫人，她說，她從此以後心臟總是跳出了定位又跳回去。

我跟她一起坐進一輛馬車，駛到警察局。她在途中談個不停。

「如果鄰居談到有關我的壞事情，如果是眞實的，那並不是他說出去的。爾內斯特不曾注意我，就算我是他的姊姊，他也不會注意我。哦，這樣就足夠讓任何人脊骨起寒顫了。然後，我認爲，也許我的羅絲可以跟他相處得比較好，所以我就叫羅絲去清理他的房間，假裝我很忙，並且我也給她美麗又乾淨的圍巾，但是他還是不去注意她，就像不注意我一樣。羅絲並不想獲得讚美。雖然他給羅絲錢，但是她一先令也不要。然而，他似乎什麼都不知道。我就想不透年輕人都在幹什麼。我希望世界末日的喇叭爲我響起，地獄的蟲噬蝕我——如果一個女人站在上帝面前，毆打一半的愚蠢年輕人，看看他們那種模樣，這樣還不夠的話。很多誠實的女孩每夜回家時都賺不到四便士，一星期要付三先令六便士的房租，所住的地方沒有一個架子，也沒有一個櫥櫃，窗子前面是一道死氣沉沉的牆。

「爾內斯特，」她繼續說，「並不是那麼壞，他內心很好。他不曾說不仁慈的話。他的眼睛很可愛——但是，我跟我的羅絲談到這一點，她說我是一個老傻蛋，並說我應該遭斧砍。我不能忍受的是那個普利耶。哦，他，他啊！他喜歡傷害女人的心，他確實這樣，並且當著女人的面丟擲任何東西，他確實這樣——他喜歡讓一個女人緊張，讓她受到傷害（wound）。」（朱普夫人在說出「傷害」wound這個字眼時，好像它是與Round這個字押韻。）「一位男士應該安慰女人，但是，他，他卻想要把女人的頭髮一把一把扯下來。嗯，他當著我的面說，我是越來越老了。老，眞是的！倫敦沒有一個女人知道我的年紀，除了住在老肯特路的戴維斯夫人。除了一隻腿有一個靜脈瘤之外，我跟以前一樣年輕。老，眞是的！一把老舊的小提琴也可以演奏出很多好聽的曲子。我憎惡他卑鄙的暗諷。」

縱使我想阻止她，也做不到。除了上面所寫的之外，她還說了很多。我省略了很多，因爲我記不得了，但我省略了更多，因爲我眞的無法寫下來。

我們兩人到達警察局時，我發現唐尼雷和爾內斯特已經在那兒。爾內斯特被控襲擊女人，但因爲沒有涉及嚴重的暴力，所以罪名沒有加重。縱使如此，情況還是很可悲。我們兩人都看出，我們這位年輕的朋友必須爲自己的缺少經驗付出很大的代價。我們努力要在那一夜把他保出來，但是督察卻不允許，所以我們只好離開他。

然後，唐尼雷回到朱普夫人的地方，看看是否可以找到梅特蘭小姐，跟她商量事情。梅特蘭小姐並不在那兒，但是唐尼雷找到她父親位於坎伯威的房子。這位父親很生氣，不去聽唐尼雷的任何調解。他是反對英國國教的人，樂於把不利於教士的任何醜聞盡量宣揚。因此唐尼雷只好敗興而歸。

唐尼雷認爲爾內斯特等於是一個溺水的人，無論如何必須把他從水中救出來——不管他是以什麼方式溺水的。他在第二天來拜訪我，我們把這件事交給當時最有名的律師之一去辦。我相當滿意唐尼雷，認爲應該把我不曾告訴別人的事情告訴他。我所指的是：爾內斯特在幾年之後將繼承姑媽的遺產，因此會變得很富有。

唐尼雷在這之前都在盡力而爲。但是我知道，在我告訴他這件事之後，他會感覺到，好像爾內斯特更屬於他自己的階級，因此更可以要求他的好意協助。至於爾內斯特自己，他的感激是言語所無法形容的。我曾聽他說，他能夠記起很多時刻，每個時刻都可以說是生命中最快樂的時刻，但是，這一夜顯然是最痛苦的時光，然而唐尼雷卻是那麼仁慈又體貼，使得他可以在相當的程度上忍受痛苦。

但是，就算有了世界上所有人的祝福，唐尼雷和我除了道德上的支持之外，還是無法幫他很多忙。律師告訴我們說，爾內斯特所要面對的那位法官，對於這樣的案件很嚴苛，而爾內斯特身爲教士的這個事實對他很是不利。「不要要求發回重審。」他說，「也不要抗辯。我們會要求爾內斯特的教區牧師和你們兩位男士當證人，證明他以前品行良好。這樣就足夠了。然後我們就表示深深的道歉，請求法官以即決方式處理這個案子，不要將它付諸開庭審判。如果你們能夠獲得這個結果，那麼，相信我，你們的這位年輕朋友將會逃過一劫，是他本來不可能預期到的。」

第六十二章

律師的這番忠告顯然是很明智的，並且也會節省爾內斯特的時間，免除他的擔心，所以我們毫不猶疑就接受了。這個案子在大約十一點審理，但一直到三點才再度開庭，所以爾內斯特有時間盡可能把事情辦好，並發揮律師的力量，讓我能夠在他被監禁的期間代表他採取自認適當的行動。

然後，有關普利耶和「心靈病理學學院」的事情曝光了。爾內斯特很難完全承認這件事情，比他告知我們有關梅特蘭小姐的事更難，但他還是告訴我們了，大概是說，他把自己的每分錢都交給了普利耶，所得到的擔保只是普利耶的借據。雖然爾內斯特仍然不相信普利耶的行爲有不誠實之嫌，但已開始警覺到自己一直在做的事是很愚蠢的。然而，他仍然相信，一旦普利耶有時間賣股票，他無論如何還是能夠取回自己大部分的財產。唐尼雷和我則持不同見解，但我們沒有把自己的想法說出來。

整個早晨都在這種不熟悉又令人沮喪的環境中等待著，眞是可怕。我想到「詩篇」的作者曾以安靜的諷刺口吻說，「在你的法庭的一天勝過一千天」。我想，我可以表達很類似的感想，來描述唐尼雷與我被迫閒盪其間的法庭。最後，在大約三點鐘時，法院再度開庭，我們走到爲一般大衆保留的席位，而爾內斯特則被帶到被告席。一旦他振作起精神，就認出那位法官，原來是他離開中學的那一天在火車上跟他講話的那個老年人，並且令他很憂傷的是，他看出（或者他是這樣認爲），對方也認出他了。

我們的律師名叫歐特利先生。他按照既定的計畫行事，請教區牧師、唐尼雷和我三個人當證人。請求法官手下留情。他說完後，法官開始講話：「爾內斯特．彭提菲，你的案子是我所必須處理的案子之中最棘手的案子之一。就你的父母與你所受的教育而言，你是很得天獨厚的。你完美無瑕的父母是你的榜樣，他們無疑從小就灌輸你一種觀念，那就是，你所坦承的這種罪行是很嚴重的。你被送到英國最好的公立學校之一。在像羅波羅文法學校這樣健康的氣氛中，你是不可能受壞影響所污染的。在學校，你也許——我可以說，你確實深深認爲，在結婚之前悖離最嚴格的貞潔途徑是很可怕的事情。在劍橋時，道德與警覺的權威想出各種禁制力量，讓你免於被污染。就算這種禁制力量比較少，你的父母也很注意不讓你有機會把金錢揮霍在放蕩的人身上。在夜晚時，學監在街上巡邏，如果你試圖進入可疑的不良場所，他們就會跟蹤你的腳步。白天時，他們只准年紀大與長得醜的女性進入大學。我們很難看出，對年輕人還能採取什麼比這更嚴密的措施？過去四、五個月以來，你是一位教士。如果你心中仍然有一絲不純潔的念頭，獲得聖職後應該消失殆盡了。然而，情況不僅顯示出，你的內心仍然不純潔，好像我剛所提到的影響力不曾深入你的內心，並且好像這些影響力的唯一結果就是這樣——你甚至沒有常識去區分一個體面的女孩與一位妓女。

「如果我嚴格看待我的責任，我是應該把你交付審判，但是因爲考慮到你是初犯，所以我將對你表示寬大，判你六個月的監禁與苦役。」

唐尼雷與我都認爲法官的言詞語帶諷刺，如果他願意的話，其實可以判輕一點，但是這是題外話。我們獲准與爾內斯特見面幾分鐘，然後他才被移往「科貝斯田野」服刑。我們發現，他很感謝法官以即決方式處理這個案子，幾乎不關心以後六個月所將要面臨的痛苦困境。他說，等到出獄後，他要拿所剩下的錢到美國或澳洲，過著隱居的生活。

我們離開他時做了以下的決定：由我寫信給希波德，並要我的律師從普利耶手中拿回爾內斯特的錢，而唐尼雷則去見記者，不要讓此事見報。在比較高級的報紙方面，他處理得很成功，只有一家最低級的報紙不爲所動。

第六十三章

我立刻見到我的律師，但是當我要寫信給希波德時，我覺得最好在信上說，我要去見他。因此我就這樣建議，要他到車站與我見面，並且暗示，我將帶去有關他兒子的壞消息。我知道，他會在我們見面之前不到兩三個小時就接到信。我認爲，這段短短的懸疑時間可能減少這個消息對我造成的衝擊。

在我的記憶中，不曾有過一次旅程，像這一次到巴特斯比告知不幸消息的旅程那樣，在途中有兩種想法在我心中掙扎。我想到好幾年前所記得的那個臉孔蒼白的小孩，想到他在童年時長期遭受殘酷的待遇——儘管是歸因於無知與愚蠢，而不是刻意的懷恨，但無論如何還是很眞實的。我想到，他在那種氣氛——透露虛妄與自我陶醉的幻象——之中成長。我想到這個男孩很容易去喜愛任何足夠美好的東西，想到他對父母的深情（除非我弄錯了）在他心中枯萎了，因爲每次這種深情要萌芽時就又被戕害，一而再，再而三。當我想到這一切時，我就覺得，如果事情取決於我，那麼，我好像應該判希波德與克麗絲蒂娜接受精神受苦的罪刑，比將降臨在他們身上的苦刑更嚴重。但是另一方面，當我想到希波德自己的童年，想到他的父親，那位可怕的老喬治．彭提菲，想到約翰和約翰夫人，以及希波德自己的兩個姊姊；當我想到克麗絲蒂娜結婚之前長年的希望受阻，內心很厭倦在克南斯福所過的生活；當我想到她和丈夫在巴特斯比所處的環境，於是我覺得，雖然他們自己造成持續的不幸，但並沒有遭受到更大的報應，這好像是不幸中的大幸。

可憐的人兒！他們不去承認自己對世界的無知，他們說這是追求天堂。他們閉起眼睛，不去看所有可能帶給他們困惱的事物。一個兒子在他們之中誕生了，他們也是讓他閉起眼睛，盡可能讓他閉起眼睛。誰能責備他們呢？他們對於自己所做或沒有做的每件事情，都能引經據典，加以說明。這是當牧師以及牧師的妻子的最佳慣例。他們在哪一方面不同於他們的鄰居呢？他們的家哪有不同於英國各地其他較好的牧師的家呢？那麼，爲何這座西羅亞的塔偏偏倒在他們身上？

是的，一無是處的是西羅亞的塔，而不是那些站在塔下面的人；錯在於制度，而不是人。只要希波德和他的妻子更加了解世界以及世事，他們就不會對任何人造成傷害。他們會一直很自私，但卻可能被人原諒。他們不會比別人更自私。事實上，這種情況是無法補救的。就算他們進入母親的子宮，再度誕生，也是沒有用的。他們不僅必須再度誕生，並且也必須藉由一個新的父親、母親，以及很多代不同的祖先血統，再度誕生出來，這樣，他們的心智才能夠變得足夠有彈性，重新學習。對他們所能做的唯一事情是，容忍他們，善用他們，一直到他們死去——當他們死去時，心存感謝。

如我所預期的，希波德收到了我的信，在最靠近巴特斯比的車站跟我見了面。回他的房子的途中，我盡可能溫和地把消息告訴他。我聲稱，整個事情大部分是一種誤解。雖然爾內斯特無疑是有些意向，應該加以克制，但是他並沒有想要做到梅特蘭小姐所認爲的那種程度。我說，我們認爲，外表的情勢對他是多麼不利，我們不敢在法官面前提出這種抗辯——雖然我們確實認爲這種抗辯是有道理的。

希波德表現出一種很敏銳的道德感，是我所沒有預期到的。

「我不要再跟他有任何關係了，」他很快說。「我不想再見他了；叫他不要寫信給我，也不要寫信給他的母親；我們不知道有這種人。告訴他說，你已見到我，從今天起，我不要再想到他了，就好像他不曾誕生。我曾是他的好父親，他的母親也寵愛他；我們從他身上所得到的唯一回報是自私與忘恩；從此以後，我的希望必須寄託在其餘的孩子身上了。」

我告訴他，爾內斯特的那位副牧師同事拿去了他的錢，並且暗示他在出獄後可能一文不名，或者幾乎如此。希波德似乎並沒有顯得不高興，但不久之後卻補充說：「如果情況是如此，那麼替我轉告他，我會給他一百鎊，只要他經由你轉告我何時會還我，但是告訴他不要寫信感謝我，也告訴他，休想開啓與他母親或我之間的直接溝通管道，否則一分錢也得不到。」

我心裡有數，做了決定：一旦出現這種情況，我將不遵守爾內斯特的姑媽彭提菲小姐在遺囑中的指示，所以，我不認爲，爾內斯特會因爲與家人完全疏離而導致情況更糟。於是我很快默認了希波德所提議的事情，這也許是這個男人始料所未及的。

我認爲最好不要去見克麗絲蒂娜，於是就在巴特斯比附近的地方離開了希波德，走路回到車站。在途中，我很高興地想著：爾內斯特的父親並不像我所認爲的那樣愚蠢，因此心中更加認爲，他的兒子所犯的過錯可能是歸因於後天的不幸，而不是先天的。一個人在出生前發生在他祖先身上的事件，如果他記得的話，會在他身上留下一種無可磨滅的印象。這些事件會塑造他的性格，所以，無論他怎麼去努力，他都無法逃脫其影響力。如果一個人要進入天國，他就要努力去做——不僅在小孩子的時候，並且也在小胚胎的時候，或者在小精子的時候——不僅如此，小精子還要源自那些在他之前的很多代就進入天國的精子。如果事件是第一次發生，並且發生在一個人出生之後，那麼，這種事件通常不會有永久的影響力，只是當然有時會有例外。無論如何，爾內斯特的父親對此情況的看法並沒有讓我感到不悅。

第六十四章

爾內斯特被判刑後，他被帶回囚室，等待車子將他載到「科貝斯田野」服刑。

在過去二十四小時之中所突然發生的事情，仍然令他目眩神迷，所以他無法看出自己所處的情勢。他的過去與未來之間出現一道很大的裂縫。然而，他還在呼吸，他的脈搏還在跳動，他還能思想，還能講話。他本來以為這次打擊應該把他擊倒，但是他並沒有被擊倒。他曾遭遇到很多較小的挫折，感覺還更痛苦呢。就這樣，一直到他想到自己的恥辱可能為父親和母親帶來痛苦，他才覺得，寧願放棄自己的一切，也不要陷入目前的困境。他的母親會很傷心。他知道，她一定會很傷心——而讓她傷心的正是他。

整個午前的時間他都感到頭很痛，但是，一旦想到父親與母親，他的脈搏就更加速，他的頭痛忽然變得更嚴重。他幾乎無法走到車旁，車子行駛時，他覺得無法忍受。在到達監獄時，他感到虛弱無力，沒有人扶他，就無法穿過門廳，走到配置犯人的迴廊或穿廊。獄吏立刻看出他是教士，並不認為他在假裝虛弱無力——如果是一位慣犯，他就會這樣認為。因此，他立刻把醫生叫來。醫生到達後，診斷爾內斯特出現腦膜炎的初期症狀，於是他被帶到附屬醫療所。以後的兩個月，他就在那兒徘徊於生死邊緣，不曾完全恢復意識，時常陷入昏迷狀態中。但是，最後他卻慢慢開始恢復，讓醫生和護士都感到意外。

據說，那些幾乎溺死的人，在恢復意識時，比在失去意識時更加痛苦，而我們這位男主角也是如此。他無助又無力地躺在那兒，覺得自己沒有在昏迷當時永遠離開人間，可眞是更深一層的折磨啊。

他認爲，他非常可能在恢復意識一會兒後，就因羞愧與悲愁又昏迷過去。無論如何，他的情況卻日益好轉，只不過很是緩慢，他幾乎感覺不出來。然而，在他恢復意識大約三個星期後的某一個下午，那位照顧他又對他很仁慈的護士，說了一些激勵士氣的警句，讓他覺得很有趣。他笑著，而護士拍著手，告訴他說，他會再度成爲一個男子漢。希望的火花點燃了，他又希望活下去了。幾乎從那個時刻起，他就比較沒有去想到過去可怕的事情，反而去想及迎接未來的最好方法。

他最大的痛苦是在於他的父親與母親，在於如何再面對他們。他仍然認爲，對他及他們而言最好的情況是：完全脫離關係，能夠從普利耶那兒取回多少錢就算多少，然後前往地球上最偏遠的一個地方，在那兒不會遇見中學與大學時代認識他的任何人，然後重新開始生活。或者，也許他可以到加州或澳洲的金礦區，因爲他當時聽過有關這些金礦區的奇妙報導。他在那兒甚至可以發財，在很多年之後以老人的身分回來，沒有人認識他。如果是如此的話，他回來後要住在劍橋。當他在構想這些空中樓閣時，生命的火花就變成一種火燄。他渴望健康，也渴望自由。由於他已度過了了大半的刑期，自由畢竟不是很遙遠的。

然後，情況開始變得更加明確了。無論如何，他都不想再當教士了。他實際上不可能再找到一個副牧師的職位了——縱使他曾經那麼有意願，但此時意願並不那麼強了。他憎惡自從開始爲聖職而苦讀後所一直過著的那種生活。他無法說出理由，但是他就是厭惡那種生活，不想再如此過了。他想著那種不再成爲教士的遠景，不禁爲發生在身上的事情感到很欣喜，認爲這種監禁生活雖然最初似乎是一種很可怕的不幸，其實是一種恩賜。

也許，他的環境的這種大改變造成了衝擊，加快了他在見解方面的改變，就像蠶的繭，一旦裝在籃子裡，用火車運送，由於熱氣與震動所形成的新環境，會提早孵化。但是，無論如何，他對於耶穌基督的「死」、「復活」以及「升天」等說法的信仰，以及因此他對於所有其他基督教奇蹟的信仰，已經永遠離他而去了。他在受到蕭先生的譴責之後所去進行的探究，雖然很匆促，但卻在心中留下深刻的印象。此時他身體感覺很好，足以閱讀了，所以他就以新約《聖經》做為主要的研究對象，以蕭先生所希望於他的態度去研讀，也就是說，就像一個人既不想相信，也不想不相信，只是想要發現自己是否應該去相信。他越以這種態度去研讀，就越傾向於不相信，一直到最後，他完全不可能有進一步的懷疑了。他很明顯地看出，無論什麼其他方面可能是眞實的，但有關基督死去、復活、升天進入天堂的說法，此時並不可能被公正的人所接受。他很快就發現這一點，這倒是很好的。他遲早是要面對這個問題的。要不是那些被雇用來矇騙他的人矇騙了他，他也許在幾年前就看清了。他自問：如果是在幾年後，當他更加專注於教士的生活時才有了現在這種發現，那麼，他會怎麼做呢？他會有勇氣面對嗎？或者，難道他不會更加可能想出某種優越的理由，繼續保有到現在爲止的想法嗎？他會有勇氣甚至掙脫現在的副牧師職位嗎？

他不去想一件事，也不知道這件事：幾乎就在他發現錯誤的時刻，他是要更感謝有人指出他的錯誤呢？還是要更感謝有人捉住他，扭傷他，所以他無法再犯錯？他獲得這種好處所必須付出的代價，比起好處本身算是是很少的。只要責任變得清楚又容易實現，不是很困難，那麼，代價再怎麼高也不爲過。他爲父親與母親感到難過，也爲梅特蘭小姐感到難過，但是他不再爲自己感到難過了。

然而，讓他感到困惑的是，他竟然到現在才知道自己多麼憎惡當教士。他知道自己並不特別喜歡當教士，但是如果有人問他是否眞正憎惡當教士，他的回答會是否定的。我想，人們幾乎總是藉著表面的東西來顯示自己的愛惡。我們那些最明確的喜好，大部分都不是源自沉思或有意識的推理過程，而是源自心中躍然接受另一個人所宣稱的福音。我們聽到某些人說，一件事如何如何，於是我們心中的思緒——但我們並不知道其存在——就在傾刻間轉成意識與知覺了。

才一年前，爾內斯特曾躍然接受霍克先生的講道。從此以後，他就躍然追求一個「心靈病理學學院」。現在他則完全渴求純粹與簡單的理性。他如何能夠確定，目前的心態會持續得比以前的心態更長久呢？他不能確定，但是，他感覺到好像自己立足在比以前更堅固的基礎上。無論目前的見解可能會多麼短暫，他只能根據這種見解去行動，一直到他認爲有理由改變。他想，如果他四周的人都是像父親、母親、普利耶、普利耶的朋友，以及他的教區牧師，那麼，現在要改變是多麼不可能啊。這幾個月以來，他一直在觀察、沉思、比較，意識到自己心智在成長，就像一個學童意識到自己身體在成長。但是，如果他不斷與一些人有緊密的接觸，而這些人很嚴肅地告訴他說，他是處於一種幻覺狀態中，那麼，他難道可能承認自己在成長，可能根據增長的力量去行事嗎？那種不利於他的聯合力量，不是他獨自的力量所能突破的。如果衝擊力量不如他此時正在承受的力量那麼嚴苛，那麼他懷疑，這種力量有多大的可能足以解救他。

第六十五章

他躺在床上，一天天慢慢地復原。在這種過程中，他驚覺到了一個事實，是大部分人遲早會發覺的，那就是：只有極少數人介意眞實的事情，或者只有極少數人認爲，相信眞實的事情比相信不眞實的事情更正確，更美好，縱使相信不眞實的事情，第一眼看來可能是最佳的權宜之計。然而，只有這些極少數的人可以說是相信任何事情；其餘的都是僞裝成相信的人。也許，後者畢竟是對的。他們的人數多，都獲得成功。他們擁有一切，而理性的人都訴諸這一切，做爲對與錯的試金石。根據有理性的人的看法，「對」就是大多數明智、富裕的人認爲對的事情。這是我們所知的安全標準，但是，如此所獲致的決定涉及什麼呢？簡單地說就是：那些以無私的精神去探究事情的人，立刻會看出事情的眞相，但是，那些自稱是最卓越的眞理保護人與導師，以及那些因此獲利的人，卻暗中協議，不去提及事情的眞相，不僅認爲這是可以忍受的，並且也認爲是正確的。

爾內斯特無法在邏輯上逃脫這種結論。他知道，早期的基督徒相信「基督復活」的奇蹟，這是可以說明的，不用假定奇蹟存在。只要有人費一點心，說明就自然呈現在眼前。這種說明一再出現在世人眼前，沒有人以嚴肅的態度去加以駁斥。例如，副主教亞佛德是新約《聖經》方面的專家，但他怎麼無法（或不想）看清爾內斯特很顯然看出的事情呢？難道還不是因爲他不想去看清嗎？如果是這樣，他難道不是眞理的叛徒嗎？是的，但是，他不也是一個體面又成功的人嗎？大部分體面又成功的人，諸如所有的主教和大主教，難道不是跟副主教亞佛德一樣嗎？這樣難道不是使得他們的行爲變得很正確嗎？——無論他們的行爲是同類相食、殺害嬰兒，或者甚至習慣性的心理不誠實。

怪異又可惡的虛僞！當這種可憎的生命觀點以邏輯的一致性呈現在爾內斯特眼前時，他微弱的脈搏加速了，蒼白的臉孔變紅了。讓他震驚的並不是「大部分的人都說謊」這個事實——這倒還好——而是對於「極少數不說謊的人是否也應該說謊」這個問題甚至還表現出一會兒猶疑的態度。如果是這樣的話，那麼就無藥可救了；如果是這樣的話，那麼讓他死去吧，越快越好。「主啊，」他在內心叫著，「我一點也不相信是這樣。請祢加強、堅定我的這種不相信。」他認為，從此以後，他每次看到一位主教主持聖職授任時，一定會對自己說：「要不是上帝慈悲，可能就是我爾內斯特．彭提菲在主持聖職授任了。」他不會做這種事。他不會誇耀。如果他生活在基督的時代，他自己可能是一位早期的基督徒，或甚至是一位使徒了。整體而言，他覺得自己要感激很多事情。

因此，這個結論——「相信錯誤的事情可能勝過相信眞實的事情」——應該立刻加以駁回，無論這個結論是以多麼清晰的邏輯獲致的。但是，他要選擇哪一個結論呢？他要選擇以下這個結論：我們對於眞理所採取的標準——即眞理是大部分明智與成功的人所接受的東西——並非是絕對無誤的。法則是很可靠的，適合於大部分的情況，但卻有其例外。

他自問：什麼例外呢？啊！這是一個很困難的問題。例外有很多，而統合例外的那些規則，有時很難以捉摸，所以會有錯誤出現。就是這種因素使得我們無法把生命變成一種精密科學。眞理以及很多用來統合「例外」的規則，都有一種權宜、粗略的試驗方法，很容易精通，然而，有一些剩餘的情況，要做決定是很困難的。所以一個人最好聽從自己的本能，不要試圖以任何推理的過程去做決定。

因此，本能是最高法院。本能是什麼呢？本能是一種信心，對那些實際上看不到的事物證據具有信心。所以，我們這位男主角幾乎回歸到了他原來出發的那一點，即公正的人要靠信心而活。

公正的人——也就是理性的人——在涉及那些最關係到自身的日常生活事務時，就是靠信心而活。他們解決較小的事情是靠著深思熟慮。較重要的事情，諸如治癒自己的身體疾病、治癒他們所愛的人的身體疾病、金錢的投資，以及讓事情脫離一團糟的狀態——他們通常都將這些事情委託別人處理，而除了從一般的報導之外，他們對所委託的這些人的能力所知極少；因此，他們是根據信心行事，不是根據知識行事。所以，英國把艦隊的戰鬥力和海軍的防衛能力信託給海軍大臣，而海軍大臣並不是船員，除了藉由信心之外，對海軍的事務並無法有所了解。最終的手段無疑是信心，而不是理性。

歐幾里德（Euclid）是最不被譏為輕信的作家，但甚至他也無法超越這一點。他沒有那種可論證的第一前提。他要求那種無法證明的自明原理與公理；沒有這一切，他就無法行事。他的超結構確實是「證明」，但他的基礎是「信心」。如果有一個人堅持與他見解不同，他只能說這個人很愚蠢。他會說，「這是很荒謬的，」並拒絕進一步跟他討論此事。因此，信心與權威對他而言，就像對其他人一樣是必要的。「那麼，一個公正的人要對什麼事情存有信心，」爾內斯特自問，「才能生活在現在這個時候呢？」他自己回答，「無論如何，不是要對基督教的超自然因素存有信心。」

最優秀的人，要如何說服自己的同胞不要去相信這種超自然的因素呢？他以一種實際的觀點看待此事，認為坎特伯里的大主教為這種情況提供了最有希望的鎖鑰。這存在於大主教和教皇之間。教皇也許在理論上是最好的進行對象，但是在實際上，以坎特伯里的大主教為對象就足夠了。只要他能夠引誘這位大主教，他就能夠藉著一次「突襲」把整個英國國教引向自由思想的途徑。這位大主教不曾像他那樣因為偷襲一個女孩而入獄，所以知覺並沒有因此變得很敏銳。一定會有某種程度的說服力，是甚至這位大主教也無法抵擋的。一旦他——爾內斯特——把事實加以安排，那麼，當這位大主教面對事實時，就只有承認一途了。由於大主教是一位高潔的人，所以他會立刻辭去大主教職位，幾個月之後，基督教就會在英國絕跡。無論如何，情況應該是如此。但是，爾內斯特一直沒有把握：也許大主教在看到他的引誘時會跑開。這似乎是很不公平的，他一想到這兒，血液就沸騰起來。如果是這樣的話，他必須以精明的方式使用黏膠或陷阱，試試看是否能夠以這種方法逮到他，不然就是以埋伏的方式突襲他。

說句公道話，爾內斯特非常在意的並不是他自己。他知道自己受騙，他也知道，他自己所受到的傷害，大部分是間接歸因於基督教教義的影響力。但是，如果傷害僅止於他自己，他就不會那麼重視了。問題是，還有他的妹妹，他的弟弟喬伊，以及整個英國數以百計、千計的年輕人，他們的生活受到傷害，因爲有人告訴他們謊言。這些告訴他們謊言的人本來應該很明事理，但他們卻草率而爲，避開困難，而不是面對困難。就是基於這一點，他才認爲自己應該生氣，才認爲自己應該考慮是否至少能夠做點事，不要讓其他人像他那樣度過多年浪費與痛苦的時光。如果有關基督的「死」與「復活」的奇蹟似陳述並不是眞實的，那麼，整個宗教，由於根植於那些事件的歷史眞實，就會崩潰了。「嗯，」他說道，表現出年輕人的高傲，「他們曾讓一位吉普賽人或算命的人進入獄中，從那些自認有超自然力量的愚蠢人兒身上騙取金錢。爲何他們不應該讓一位教士進入監獄，宣稱他能夠赦免人的罪，能夠把麵包和酒變成那個在兩千年前死去的『他』的肉與血？有什麼事情，」他自問，「可能比以下這件事情更是欺詐行爲呢？——一個主教把手放在一個年輕人身上，宣稱要把心靈的力量傳達到身上，以創造這種奇蹟。談及寬容是很好的。但寬容就像其他一切一樣，是有其限度的。何況，如果要寬容主教的話，那也要寬容那位算命的吉普賽人。」他不久就要跟坎特伯里的大主教說明這一切。但是，由於他現在無法去找他，所以他就想到，也許可以針對那位監獄牧師那顆比較卑劣的靈魂進行有利的實驗。只有盡自己的力量踏出最明顯的第一步，最後才會做出偉大的事情。所以，有一天，當休斯先生——那位監獄牧師——在跟爾內斯特談話時，爾內斯特就引進基督的證據問題，努力要激起他的討論。休斯先生對他很好，但是他的年紀比我們的這位主角大了兩倍以上，早就考慮過爾內斯特努力要對他提出的問題了。我不認爲他相信基督的「復活」與「升天」的說法具有實際客觀的事實，就像爾內斯特也不相信，但是，他知道這是一件小事，眞正的爭論點比這件事更深遠。

休斯先生掌握權力多年；他把爾內斯特輕推到一邊，好像他是一隻蒼蠅。他表現得很有一套，所以我們這位男主角就不再去攖其鋒，以後與他之間的談話只限於：出獄之後最好做些什麼事。就這件事而言，休斯先生一直樂於以同情與仁慈的態度傾聽。

第六十六章

爾內斯特此時已逐漸康復，一天大半的時間都能坐起來。他在獄中已經三個月，雖然還不夠健康，不能離開附屬醫療所，但已經不再害怕舊病復發了。有一天，他跟休斯先生談到自己的未來，再次表示希望拿著從普利耶那兒取回的錢，移民到澳洲或紐西蘭。每當他談到這件事，他都注意到休斯先生表情很凝重，默不作聲。他認爲，也許這位監獄牧師要他重回原來的職業，不贊成他明顯地渴望從事別的事情。這一天，他直截了當地問休斯先生：爲何不贊同他移民的想法？

休斯先生努力要避開他的問題，但是爾內斯特緊追不捨。這位監獄牧師的模樣中透露出一種意味，暗示自己知道得比爾內斯特多，但不想說出來。爾內斯特感到很心慌，請求對方不要製造懸疑不安。經過一會兒的猶疑後，休斯先生認爲爾內斯特身體已經很健康，足以忍受打擊，就盡可能溫和地把消息說出來，那就是：爾內斯特所有的錢都泡湯了。

從巴特斯比回來後的第二天，我去找我的律師。他告訴我說，他已經寫信給普利耶，要他把寫在借據上的錢歸還。普利耶回信說，他已經吩咐經紀人停止操作，因爲操作很不幸虧損慘重。他會在下一個結算日——那時是大約一個星期後——把剩餘的錢付給我的律師。在約定的那一天，我們並沒有聽到普利耶的消息，於是我們就到他的住處，結果發現，他已經在接到我們的信的那一天，帶著僅有的財產離開，從此不見人影。

我曾從爾內斯特那兒聽到普利耶所雇用的經紀人的名字，於是立刻去找他。這位經紀人告訴我說，在爾內斯特被判刑的那一天，普利耶就結束了所有的現金帳戶，並收到了兩千三百一十五鎊，是爾內斯特原來的五千鎊所剩下的一切。他帶著這些錢逃走了。我們對他的下落沒有足夠的線索，所以無法採取任何行動去取回錢。事實上，我們毫無辦法，只有自認所有的錢都泡湯了。我可以在這兒說，我和爾內斯特從此不再聽到普利耶的消息，也不知道他情況如何。

因此我的處境很困難。我當然知道，幾年之後，爾內斯特就會獲得一筆錢，比所損失的錢多了很多倍，但是，我也知道，他並不知道此事，一旦他認為已經損失了所有的錢，再加上其他的不幸，唯恐他會受不了。

監獄當局根據爾內斯特口袋中的一封信，知道了希波德的住址。他們不只一次告訴希波德有關他兒子生病的事。但是，希波德沒有寫信給我，所以我認為我的教子健康情況很好。他出獄時會是剛滿二十四歲。如果我根據他的姑媽的指示去行事，他必須盡可能再跟財神奮戰四年。我眼前的問題是：我應該讓他冒這麼大的險嗎？還是我應該在某程度上不遵守他的姑媽的指示，把相等於他在普利耶身上所損失的錢給他？——如果我認為他的姑媽彭提菲小姐會希望這樣的話，我是會這樣做的。

如果我的教子年紀大一點，並且比較定型了，我就應該這樣做。但是，他仍然很年輕，就他的年紀而言非常不定形。如果我知道他生病了，我就不會敢於在他身上加上他所無法忍受的重擔。但是，由於並不擔心他的健康，所以我就認為，讓他再過幾年艱辛的生活，體驗一下不玩金錢把戲的重要性，對他是不會有壞處的。所以我決定在他一出獄時就緊盯著他，讓他盡可能在深水中戲水，直到我看出他是能夠游泳，還是會沉下去？如果是第一種情況，我會讓他繼續游泳，直到他幾乎二十八歲，此時我就會讓他逐漸有心理準備，以便接受在等著他的那筆財富。如果是第二情況，我會趕快去救他。所以我就寫信告訴他說，普利耶已經潛逃，還有，他出獄時可以從父親那兒獲得一百鎊。然後，我等待著，看看這些消息會產生什麼作用，並不預期三個月內會有回信，因為我去詢問，結果知道，犯人必須在獄裡待三個月才會收到信。我也寫信告訴希波德有關普利耶失蹤的消息。

事實上，我的信寄到時，典獄長讀了信。基於事情的重要性，如果爾內斯特的情況許可的話，典獄長會放寬規定，讓他看信。但是，爾內斯特有病在身，所以不能讓他看信。典獄長要監獄牧師和醫生在他們認為爾內斯特的健康狀況足以承受時，把消息告訴他，而當時正是可以告訴他時候。同時我收到獄方一份正式的文件，表示已收到我的信，會在適當的時候通知犯人。我認為，我之所以沒有被告知爾內斯特生病，只是因為某位職員的疏忽。無論如何，在監獄牧師把我信中的內容告訴他之後的幾天，由於他自己的意願，我跟他見了面，才知道他生病的事情。

爾內斯特聽說他的錢泡湯了，非常震驚，但是，他對世事無知，沒有看出這件不幸事情的全貌。他還不曾嚴重地缺錢，不知道缺錢的滋味。事實上，只有那些年紀夠大足以了解金錢損失的人，才是最難以忍受金錢損失的。

縱使一個人被告知必須接受嚴重的外科手術，或者患了一種病，將不久於人世，或餘生將成為跛子或瞎子，他都可以忍受。縱使這種消息想必是很可怕，我們卻發現，大部分的人並不會因此感到沮喪。事實上，大部分人甚至都會很冷靜地上斷頭台。但是，甚至最堅強的人在面對金錢的危機時都會畏縮，並且越是好人，一般而言越會完全崩潰。金錢的損失通常會導致人們自殺，但是，人們卻很少以自殺的方式來解脫肉體上的痛苦。如果我們覺得有一筆財產做我們的靠山，讓我們可以溫暖而安靜地死在床上，不需要擔心花費，那麼，我們就會盡情地生活，不管我們受到多麼痛苦的折磨。約伯也許覺得，他喪失羊群與牛群之痛，甚於喪失妻子與家人之痛，因為他縱使沒有家人也可以享受自己的羊群與牛群，但是，一旦他喪失了所有的錢，他就無法享受家人——無法享受很久。金錢的損失不僅本身是最大的痛苦，並且也是其他痛苦的根源。如果一個人在成長的過程中擁有一點財產，但是沒有專長，然後忽然剝奪他的這筆錢，那麼，面對金錢的損失所導致的變化，他的健康可能持續多久呢？在他遭遇金錢的損失之後，朋友的尊敬與同情可能持續多久呢？人們也許會爲我們感到難過，但是，到此時爲止，他們對我們的態度，都是基於對我們金錢優勢的認定，一旦這種優勢崩潰了，他們就會以另一種角度看待我們所涉及的社會問題；其實我們所獲得的尊敬都是虛假的。假定一個人所可能遭受的三種最嚴重的喪失是金錢、健康，以及名譽的喪失，那麼，金錢的喪失是最嚴重的，其次是健康，而名譽的損失是最後的，因爲如果一個人的健康與金錢沒有受到傷害，那麼，一般而言，他在名譽方面的損失都只是歸因於違反暴發戶的習俗，而不是違反那些較古老和美好的鞏固規範——其權威是無可質疑的。在這種情況下，一個人很容易就會恢復新的名譽，就像龍蝦很容易長出新的爪一樣。或者，如果他擁有健康與金錢，那麼，他就可能在心靈相當平和的狀態中享受成功的生活，不用任何的名譽。如果一個人失去了金錢，那麼他唯一的機會是：他仍然足夠年輕，經得起連根拔起，重新再來，不會有長久的混亂。我相信。我的教子仍然有這個機會。

根據監獄的規定，他在監獄待了三個月後，可以收到以及寄出一封信，也可以接受一個朋友的來訪。他收到我的信後，立刻要我去看他。我當然去了。我發現他改變很大，身體仍然很虛弱，從附屬醫療所走到會面的囚室都費了一番功夫，加上看到我很激動，對他的負擔太重了。最初，他似乎要崩潰了，而我看到他的情況，心中也很痛苦，幾乎當場就要不顧他的姑媽的指示，把錢給他。然而，我還是暫時告訴他說，他一出獄我就會幫助他，還有，如果他決定要做什麼事，而無法從父親那兒得到錢，那麼，他可以找我，向我要所可能需要的錢。爲了使他更容易做事，我告訴他說，他的姑媽在臨死時，曾要我在萬一有緊急情況時這樣做——其實這樣只是讓他取用姑媽留給他的錢。

「那麼，」他說，「我就不接受父親的一百鎊。我永遠不再見父親，也永遠不再見母親。」

我說：「爾內斯特，要接受那一百鎊，並且要盡可能接受更多的錢。然後，如果你不喜歡再見他們，就不要見他們。」

爾內斯特還是不同意。如果他接受他們的錢，就無法與他們斷絕關係，而他是想與他們斷絕關係的。我想，如果我的教子堅決要完全斷絕與父母的關係，那麼，他就會獲得更大的成功，所以我就把我的想法說出來。「那麼，你也不喜歡他們嗎？」他說，露出驚奇的神色。

「喜歡他們！」我說，「我認爲他們很可怕。」

「哦，這是你對我做過的最大善事，」他大聲說。「我還以爲所有——所有中年人都喜歡我的父親和母親。」

他本來要說「所有老年人」，但是我只有五十七歲，我不會接受這句話。所以，當我看到他在猶疑不決時，我就做了一個鬼臉，於是他才說「所有中年人」。

「如果你可以接受的話，」我說，「我就要說，你所有的家人都是可怕的，除了你自己，還有你的姑媽亞蕾希。每個家庭的大部分成員都總是很可厭。如果在一個很大的家庭中有一兩個不錯的成員，那就很値得慶幸了。」

「謝謝你，」他以感激的口吻回答，「我想，我現在幾乎可以忍受任何事情了。我一出獄就去看你。再見。」原來，獄吏告訴我們，會面的時間已經到了。

第六十七章

一旦爾內斯特發現，出獄後金錢方面不可能有所指望，他就知道移民與耕田的夢想一定會成爲泡影，因爲他了解到自己無法長時間親自犁田與砍材。他又似乎沒有錢雇用別人來做這種事。基於這一點，他決定永遠離開父母。如果他出國的話，父母會離他很遠，不會去干涉他，他反而有可能跟他們保持關係。

他知道父母會反對與他斷絕關係。他們會希望表現得仁慈又寬恕；他們也會希望有進一步的力量來苦惱他。但是他也很清楚，只要他和他們束縛在一起，那麼他們總是會朝一個方向前進，而他朝另一個。他想要放棄紳士的身分，降低自己的地位，從最低的階級開始，這樣就不會有人知道他這次的醜聞，就算知道也不會介意。另一方面而言，他的父母則會希望他抓住「紳士階級」的尾巴，薪水不足維持基本生活，沒有升遷的希望。爾內斯特在「灰坑區」已經看得夠多，他知道，如果一位裁縫師不喝酒，又專心工作，所賺的錢可能多於一位執事或副牧師，同時他在裝點門面方面的費用會少很多。裁縫師也有更多的自由，較有機會發跡。爾內斯特立刻做了決定：既然已經落到這步田地，就落到更低的境地吧。他快速又得體地做了這個決定，想要再東山再起，而不是抓住「體面」的裙裾，因爲這樣的話，他只會礙於情面活下去，也會爲了自己最好不必擁有的東西而付出非常高的代價。

他很快就獲得這個結論。縱使他記得以前曾聽姑媽談到有關「觸碰土地」的事情，他也不會這麼快獲致這個結論的。這件有關「觸碰土地」的事情使他印象深刻，永誌難忘，也許是由於簡短的緣故。以後他知道大力士和安特斯的故事⑭，認爲這個故事是極少數對他有影響力的古代寓言之一——

⑭安特斯是摔角巨人，他的力量在於觸碰土地——譯註。

是古典文學對他的最主要助力。他的姑媽曾要他學習木匠方面的工作，一旦他的大力士把他摔倒，就可以藉此做爲一種「觸碰土地」的方法。現在要當木匠已經太遲了——或者他是這樣認爲——但是，要實現姑媽的想法有各種詳細的方式。除了成爲木匠之外，還有數以百種「觸碰土地」的方法。

在我們會面的時候，他告訴了我這一點，而我盡最大的力量鼓勵他。他表現得很明智，是我所沒有預料到的，所以我對他感到比較放心，決定讓他自己表現。然而，如果出現重大的問題，我還是會隨時準備幫助他。他之所以不想再與父母來往，並不只是因爲他不喜歡他們。如果只是因爲不喜歡他們，那麼他是會容忍他們的。但是，他的內心有一種警告的聲音很清楚地告訴他說，如果他與父母斷絕關係，他仍然會有成功的機會，然而，如果父母跟他保持任何關係，或者知道他的所在，那麼，他們就會阻礙他，最後毀了他。他認爲，完全的獨立是他的生命的唯一機會。

如果這還不夠的話，那麼，除此之外，爾內斯特對自己的命運也具有信心，就像大部分年輕人所感覺到的那種信心，但是，除了他自己之外，其他人並不明白這種信心的基礎。無論對不對，他都暗中相信自己擁有一種力量，如果能夠以自己的方式去使用這種力量，也許有一天會成就大事。他不知道機會會在何時、何地、以什麼方式來臨，但是他一直確信，儘管發生了那一切事情，機會終究會來臨。他尤其希望，如果機會來臨了，自己能夠知道如何把握它，因爲無論是什麼機會，別人是無法表現得像他那樣好的。人們說，現今愛冒險的人，並沒有惡龍與巨人可以做爲作戰的對象，但是，他開始想到，其實現在跟過去任何時候一樣，還是有許多惡龍與巨人。

他正在藉著一段刑期，讓自己有資格從事一種重要的任務。前述那種信心在這樣一個人身上也許是很荒謬的，但是，他卻無法阻止這種信心，就像他無法阻止呼吸。這種信心是與生俱來的。他希望與父母斷絕關係，是著眼於這一點，而不是爲了其他原因。他知道，如果哪一天他有機會參加一次賽跑，而跑第一名是一種榮譽，那麼，他的父母會欣然讓他去跑，但卻同時又在他跑的時候阻礙他。他們曾欣然說，他應該去參加這樣的賽跑。等到他相信他們的話去做了，他們也會欣然把他絆倒，然後責備他沒有跑贏。除非他永遠擺脫那些把他拉回傳統的人，不然，他就無法獲得任何的成就。他已經嘗試過傳統，發現傳統有所不足。

如果有一個翺翔的機會在他眼前展開的話，如果他去把握的話，那麼，他就有機會永遠逃避一些人，不讓這些人折磨他們，不讓他們把他限制在這個地球上。如果他沒有被關進監獄，那麼他就永遠不會有這個機會。如果沒有被關進監獄的話，那麼習慣與常規的力量就會變得很強有力，無法加以突破。如果他沒有失去所有的錢，他就幾乎不會有這個機會。要不是他可以把一塊木板放在裂口上方，裂口就不會那麼大。因此，他爲了自己被關入監獄以及損失金錢而感到高興，因爲這樣反而更容易去追求自己最眞實與持久的福祉。

有時他會猶疑不決，因爲他想到母親以她自己那種方式愛他。母親爲了他哭泣、悲傷，或者甚至可能生病或死去，而這一切都會歸咎於他。此時，他的決心就會瀕臨崩潰的邊緣。但是，一旦他發現我很稱讚他的計畫，內心那種吩咐他不要再見父母的聲音就會變得越來越高，越堅持。在他不需要很費力的時候，如不能與那些會阻礙他的人切斷關係，那麼，他對於一種命運的憧憬就會是白搭了。父親的一百鎊所帶來的希望，與它所帶來的危險相比，又算什麼呢？他仍然深深感覺到，他的恥辱爲父母帶來了痛苦，但是他卻越來越堅強。他認爲，就像他以父母爲賭注，父母也必須以兒子爲賭注。

在他幾乎已經獲得這個結論時，忽然收到父親的一封信，使他下定了最後的決心。如果監獄嚴格遵守規定，那麼，他必須在三個月之後才能接到這封信，因爲他此時已經接到我的信。但是典獄長從寬解釋，認爲我所寫的信是一種事務的傳達，幾乎不屬於朋友所寫的信。因此，他們把希波德的信給了他的兒子。信的內容如下：

親愛的爾內斯特：我寫這封信的目的，不是要責備你把恥辱與羞愧施加在你的母親和我身上，更不用說施加在你的弟弟喬伊和你的妹妹身上。雖然我們必須受苦，但是，我們知道在憂傷之中要指望誰，而我們內心充滿焦慮，是為了你，而不是為了我們自己。你母親的情況非常好。她的健康很好，她希望我代她向你問好。

你有想到出獄之後要做什麼嗎？我從歐維頓先生那兒獲知，你已經虧損掉你祖父所留給你的遺產，以及在你未成年期間所累積的利息，就因為在股票交易所做了投機生意！如果你真的做了這種非常愚蠢的事情，我們很難看出你能夠從事什麼樣的事情。我想你會去找辦公室職員的工作。你的薪水最初一定會很低。但是你自做自受，不能抱怨。如果你費心去討好雇主，他們就會給你加薪。

自從我第一次從歐維頓先生那兒聽說，你為你母親和我帶來了這種可怕災難，我就決定不再見你。然而，我並不想訴諸一種方式，剝奪你與體面人物的最後聯繫關係。你一旦出獄，你的母親和我就會跟你見面，但不是在巴特斯比——我們目前不希望你到這兒來——而是在別的地方，也許在倫敦。你不必逃避跟我們見面；我們不會譴責你。到時我們會決定你的未來。

目前我們的想法是，你在澳洲或紐西蘭也許會有比在這兒更好的開始。我準備給你七十五鎊——如果需要的話，甚至一百鎊——做為你的交通費。一旦到了僑居地，你必須自食其力。

願上天祝福他們以及你，在以後的歲月中讓你重新成為社會中受人尊敬的一員。

愛你的父親T・彭提菲

接著是克麗絲蒂娜的附筆。

我的非常親愛的男孩，請每天、每小時跟我一起祈禱：讓我們再度成為一個快樂、團結、敬畏上帝的家庭，就像我們在還沒有遭遇到這種可怕的痛苦之前一樣。

悲傷卻還是愛你的Ｃ．Ｐ

如果是在入獄之前，這封信也許會在爾內斯特身上產生某種影響，但情況已今非昔比。他的父親和母親認爲，他們可以從停止的地方再開始。但他們忘記一件事：不幸之後接著而來的發展是很快速的，尤其是如果遭受不幸的人很年輕，性情很健全。爾內斯特沒有回父親的信，但是他那種想要與父親決裂的慾望卻變得很強烈，像是一種熱情。「世界上有孤兒院，」他對自己說，「來容納失去父母的孩童——哦！爲何，爲何，爲何沒有避風港來容納還沒有失去父母的成年人？」並且他沉思著：梅奇色德克可眞是一個幸福的人，因爲他生而爲孤兒，沒有父親，沒有母親，也沒有後代。

第六十八章

我想到爾內斯特告訴我有關獄中沉思的內容，也想到他所獲致的結論，認為他當時實際上是想去做自己最不會想到要做的事。我的意思是說，他是努力要為了基督而放棄父母。他會說，他放棄父母，是因為他認為父母阻礙他追求最眞實和最持久的快樂。就算是如此好了，但是，如果這種快樂不是基督，又是什麼呢？如果基督不是最眞實與最持久的快樂，又是什麼呢？如果一個人對自己有能力去構想的福祉，採取一種最高貴和最自重的觀點，並且不顧傳統的阻力而堅持到底，那麼，他就是一位基督徒，無論他是否知道，無論他是否自稱是基督徒。一朵玫瑰並不因為不知道自己名字叫玫瑰就不是玫瑰。

如果環境使得他比大部分人更容易履行責任，那麼，情況會是如何呢？那是他的好運，就像其他人由於出生的偶然而容易履行責任，也是他們的好運一樣。是的，如果人們天生富有又英俊，他們是有權利享有好運的。我知道有人會說，一個人沒有權利生來身體比另一個人好。還有的人會說，「好運」是人類所崇敬的唯一正當目標。我敢說，這兩種說法都可能成為很好的主張，但是，無論哪一種說法是正確的，爾內斯特都有權利很幸運地面對一種較容易履行的責任，就像他有權利很不幸地陷入入獄的困境。我們不應輕蔑一個人手中擁有王牌；只有當他以差勁的方式把玩時，我們才應該輕蔑他。

其實，爾內斯特是最不容易為了基督而放棄父母的。在還沒有出現這種情況之前，當事人之間的關係幾乎都一直會處在非常緊張的狀態中。我懷疑是否有人只為了良知而放棄與他有親密關係的人：

在還不需要與他們斷絕關係的時候，他早就會停止與他們之間的親密關係了。對於非常重要的事情見解有所差異，是源於身心狀況的差異，而身心狀況的差異會導致很多其他方面的差異，所以一旦出現「放棄」的情況，那就像放棄一顆很疼痛但很鬆弛又中空的牙齒。如果我們並不必爲了基督而放棄一些人，但結果卻放棄了，那才會眞正令我們感到痛苦。此時會有眞正的椎心之痛。所幸，無論我們所需要去做的工作多麼輕易，只要我們去做就足夠了。我們會獲得回報，就好像那是千辛萬苦的工作。

但是還是話說回頭。爾內斯特所做的結論是：他要當裁縫師。他跟監獄牧師談到此事。監獄牧師告訴他說，如果他在所剩的刑期中——還不到三個月——學習當裁縫師，就很可能在出獄時一天賺六、七先令。醫生說，他的身體夠健康，可以學習裁縫，這大概也是唯一適合他去做的事情。於是，他提早離開附屬醫療所，進入裁縫店，想到會再度看到自己前途，不禁大喜過望。他有信心有一天會發跡——只要他能夠踏穩腳步，重新出發。

跟他接觸的每個人都看出，他並不屬於所謂的犯人。他們發現，他很渴望學習，不惹麻煩，所以總是以仁慈和幾乎尊敬的態度對待他。他並不認爲裁縫的工作令人厭煩：其實比在羅波羅文法學校寫拉丁文與希臘文的詩還更加令人愉快呢。他認爲，他寧願待在這兒的監獄中，也不要再待在羅波羅文法學校——是的，或者甚至也不要再待在劍橋。他所惹的唯一麻煩是：他會跟那些看起來比較高尚的犯人交談或交換眼神。這種事情是禁止的，但是，他還是一有機會就去違背規定。

一個人只要具有像他一樣的能力，同時又渴望學習，進步當然就會很快速。他還沒有出獄，獄吏就說，雖只當了三個月的學徒就已經是一個好裁縫師了，跟很多人當了十二個月的學徒一樣好。爾內斯特以前的任何一位老師都不曾這樣讚美過他。他的身體一天天越健康，越來越適應環境，因此他看到了一種不曾追求過、卻幾乎自然而然來臨的優勢。他爲自己的好運感到很驚奇——好運以很美妙的方式為他處理事情，比他自己能夠處理的方式更加美妙。

他曾在「灰坑區」住了六個月，這件事就是一個很適當的實例。其他跟他一樣的人認為不可能的事情，對他而言卻是可能的。如果像唐尼雷這樣的人被告知從此以後必須住在「灰坑區」中的房子，那麼他會無法忍受的。如果爾內斯特是因為缺錢而被迫去住在那兒，那麼，他自己也會無法忍受的。就因為他認為自己能夠在任何時刻逃離，所以他才不想逃離。然而，他已經熟悉「灰坑區」的生活，他不再介意了，只要他能夠自己負擔費用，就能夠快樂地住在比那兒更低級的倫敦地方。他在窮人之中如此學習生活，不是基於深謀遠慮。他一直以一種微弱無力的方式，努力要在工作中表現得很周到。他不曾表現得很周到，整個情況是一種慘敗，但是他朝「眞誠」這個方向做小小的努力。看啊，在他需要的時候，努力已獲得了回報，比應得的回報更豐富。除非他曾經有這樣一座橋，來引導他走向窮人，就像他不經意地置身在「灰坑區」一樣，不然，他是無法面對「變成窮人」這樣一種境地的。是的，他所選擇的那間特別的房子是有缺點，但重要的是，他不必跟一位霍爾特先生同住在一間房子；他不再被自己很憎惡的職業所束縛。只要沒有尖叫聲，也不必讀《聖經》，那麼他就能夠以一星期三先令的代價快樂地住在一間閣樓中，就像梅特蘭小姐所住的那間。

他進一步沉思，記起了一件事：所有的事情都會永遠一起為愛上帝的人運作。他自問：上帝一直努力要愛他嗎？——無論愛的方式多麼不完美。他不敢回答「是的」，但是他要朝這個目標努力。然後他心中出現了韓德爾那段高貴的曲調：「偉大的上帝，還隱約為人知曉。」此時他對這段曲調的感覺，是以前所沒有過的。他已經失去了對基督教的信心，但是他對於「某種事情」的信心卻越來越強有力。他不知道那是什麼，但是就是有，而且還隱約為人知曉，使得「是者恆是，非者恆非」。

他又想到心中所感覺到的那種力量，也想到那種力量要如何表達出來，以及在何處表達出來。有一種本能導致他去住在窮人之中，因爲這是他最能夠清楚地把握的事情。如今，這種本能又來幫助他了。他想到澳大利亞的黃金，想到那些生活在黃金中的人，雖然四周充滿黃金，卻不曾看到黃金。「這兒到處都是黃金，」他在內心說，「對那些尋求黃金的人而言，這兒到處都是黃金。」如果他足夠仔細地檢視目前的環境，難道機會不就近在眼前嗎？他的處境如何呢？他已失去一切。難道他不能把「已失去一切」這個事實轉變成一種機會嗎？如果他也尋求主的力量，難道他不可能像聖保羅一樣，發現力量在脆弱中變得完美了？

他不再有什麼好損失的了。金錢、朋友、品格，縱使不是永遠失去了，也是失去很長的時間了。但是，也有其他的東西隨著這些東西而消失了。我是說，他不再恐懼人們可能對他做什麼事了。免於傷害。有誰能夠傷害他甚於他已經遭受傷害的程度呢？他只要能夠自食其力就好了。只要能夠讓這個世界成爲那些年輕又可愛的人生活得更快樂的地方，他什麼事都敢去做。他在這兒感覺那麼舒適，幾乎更希望完全失去自己的名譽——因爲他看出，名譽就像一個人的生命，失去生命的人可能發現生命，發現生命的人可能失去生命。他本來沒有勇氣爲了基督而放棄一切，但是在基督已經慈悲地取走一切後，看啊！情況好像他又發現了一切。

日子慢慢地消失，他發現一件事：「基督教」以及「否認基督教」畢竟會有交集，就像任何其他的極端也會有交集。爭論之處是在於名字，不是在於事情。羅馬教會、英國國教以及自由思想者，實際上都有同樣的理想標準，都在有教養的人士身上交集，因爲最完美的有教養人士，就是最完美的聖者。然後他也看出一件事：一個人所可能從事的職業，無論是宗教或非宗教的，並不重要，重要的是徹底實行，縱使前後矛盾，但只要心存慈善，也無可厚非，並且也不要拼命堅持。危險是在於人們以不妥協的態度堅持教條，而不是於有無教條。這是大建構的至高點。當他來到這兒時，他甚至不再想干擾教皇了。坎特伯里的大主教可以像鳥兒一樣在他四周跳來跳去，甚至從他手中啄取麵包屑，而不會被誘捕到。這位很謹慎的大主教本人也許不會相信，但是事實就是事實：在我們的草地四周跳來跳去的那些知更鳥和畫眉鳥，並不會去懷疑在冬天丟給牠們麵包屑的那隻手，就像大主教不會懷疑我們這位男主角一樣。

他之所以獲致前述結論，也許是藉助於一個幾乎迫使他前後矛盾的事件。他在離開附屬醫療所的幾天之後，監獄牧師來到他的囚室，告訴他說，那個在禮拜堂彈風琴的犯人剛服滿刑期，要出獄了，因此他提議爾內斯特去接這個職位，因為他知道爾內斯特會彈風琴。爾內斯特最初心存懷疑：在不是被迫的情況下去參加宗教的禮拜式是否正確呢？但是，彈風琴令他愉快，且這個職位是一種特權，所以他自認很有理由不用至死堅持前後一致。一旦在自己的體系中引入一種前後不一致的因素，他就經常表現得如此了。不久之後，他就養成一種溫和的不關心態度，這種態度在外表上很像他在還未被霍克先生激發之前所表現的那樣。

如果去彈風琴，他就不必去做那種乏味的辛苦工作。醫生說，他目前還不適合做那種工作，但是以後一旦身體比較健康了，就可能被派去做那種工作。本來，如果他喜歡的話，他本來可以完全離開裁縫店，只做比較輕鬆的工作，即整理監獄牧師的房間。但是，他想盡可能學習裁縫的工作，因此，他並沒有接受監獄牧師的提議。然而，他卻可以每天下午練習兩小時的風琴。從那個時刻起，他的監獄生活就不再單調了，而所剩的兩個月刑期很快就過去了，就像沒有被關在監獄。有了音樂和書，加上學習裁縫，以及與監獄牧師談話——監獄牧師正是爾內斯特想要的那種仁慈、明智的人，可以稍微讓他穩定下來——日子過得很愉快，所以當他出獄時反而有點遺憾，或者他是這樣認為。

第六十九章

爾內斯特決定要永遠斷絕與家人之間的關係，並沒有去考慮他們。沒錯，希波德是想要擺脫兒子。希望兒子無論如何不要比對蹠島更靠近他，但是，他並沒有想到要完全與兒子斷絕關係。他很了解兒子，因此他有了一種精明的想法，認爲爾內斯特會想要與他完全斷絕關係。也許由於這個理由，或者任何其他理由，所以他就做了決定：只要爾內斯特不到巴特斯比，也不必經常爲他花錢，就與他保持關係。

當出獄的時間到來時，父親與母親就開始商討所應該採取的行動。

「我們不能不管他，」希波德以感人的口氣說，「我們兩個人都不能這樣想。」

「哦，不！不！最親愛的希波德，」克麗絲蒂娜說，「無論其他什麼人遺棄了他，無論他與我們可能多麼疏離，他想必仍然感覺到，他有父母，而父母的心悸動著對他的深深情懷，無論他帶給父母多大的痛苦。」

「他是他自己最大的敵人，」希波德說。「他不曾以我們所應得的方式愛我們，而現在他將以虛假的羞愧感覺爲藉口，不想見我們。如果可能的話，他會避開我們。」

「那麼，我們必須親自去找他，」克麗絲蒂娜說，「無論他是否喜歡，一旦他再度踏進這個世界，我們必須站在他那一邊，支持他。」

「如果我們不想讓他躲開我們，就必須在他出獄時捉住他。」

「我們會的，我們會的。他一出來，我們的臉孔首先就會讓他的眼睛爲之一亮，我們的聲音首先就會勸誡他回到美德的途徑。」

「我想，」希波德說，「如果他在街上看到了我們，就會轉身逃離我們。他非常自私。」

「那麼，我們必須獲准進入監獄，在他出來之前就見到他。」

經過相當的討論後，他們決定採用這個計畫。一旦決定後，希波德就寫信給典獄長，請教他一個問題：爾內斯特刑期期滿時，是否可以獲准進入監獄去接他？他所獲得的回答是肯定的，於是這對夫婦就在爾內斯特出獄的前一天離開了巴特斯比。

爾內斯特沒有想到這一點。九點鐘之前的幾分鐘，他被告知要進入接待室，因爲有訪客等著他，他感到很驚奇。他的心往下沉，因爲他猜出訪客是誰，但是他還是鼓起勇氣，趕到接待室。果然沒錯，在最靠近門口的桌子的盡頭，站著兩個人，是他自認整個世界上最危險的兩個敵人——他的父親與母親。

他無法逃跑，但是他知道，如果他再猶疑的話，那就完了。

他的母親在哭著，但還是撲向前迎接他，把他抱在懷中。「哦，我的孩子，我的孩子，」她哭泣著，再也說不下去了。

爾內斯特臉孔白得像一張紙。他的心怦怦跳，幾乎無法呼吸。他讓母親擁抱他，然後掙脫開，默默站在她前面，眼淚掉落下來。

最初他說不出話。大約有一分鐘的時間，四周完全籠罩在寂靜的氣氛中。然後他鼓足了勁，以低沉的聲音說：

「母親，」（這是他第一次不是稱呼她「媽媽」）「我們必須離開了。」說完，他轉向獄吏，「我相信，如果我想要離開監獄的話，是可以離開了。你不能強迫我再待在這兒。請帶我到大門。」

希波德走向前。「爾內斯特，你不能以這種方式離開我們。」

「不要跟我講話，」爾內斯特說，他的眼中閃亮著一種不尋常的怒火。然後另一位獄吏走過來，把希波德帶到一邊，同時第一位獄吏引導爾內斯特走到大門。

「請代我告訴他們，」爾內斯特說，「他們必須認爲我已經死了，因爲我對他們而言已經死了。請告訴他們，我最大的痛苦是，想到我爲他們帶來了恥辱，還有，最重要的是，我會很努力，從此以後不再爲他們帶來痛苦。但是，也請告訴他們說，如果他們寫信給我，我會原封不動退還。如果他們來看我，我會以所能想到的任何方式保護自己。」

此時他是位於監獄大門，再過一會，就完全自由了。向外走了幾步之後，他把臉轉向監獄的牆，靠在牆上，哭了起來，好像心要破碎了。

爲了基督而放棄父母畢竟不是那麼容易的事。如果一個人被魔鬼支配了足夠長久的時間，那麼，魔鬼在離開他時就會把他扯裂——無論他可能以多麼強制的方式驅除了魔鬼。爾內斯特沒有在那兒待很長的時間，因爲他每個時刻都唯恐父母會走出來。他集中精神，走進那些在他前面展開的小小街道所形成的迷宮。

他已經採取了斷然的行動——也許方式不是很英勇或很戲劇性，但是，人們只有在戲劇中才會表現得很戲劇性。無論如何，他已經以種種方法攀爬過去，到達了另一邊。他已經想到很多自己會樂於說出的話，也譴責自己不沉著。但是，畢竟這一切並不重要。雖然他很體諒父親與母親，然而卻對他們感到很憤怒，因爲出獄的緊張心情已經讓他無法忍受，父母又在沒有預警的情況下侵犯他。他們以這種方式利用他是很卑劣的，但是他卻很高興他們這樣做了，因爲他比以前更充分地體認到：與他們完全分離正是他的一個機會。

早晨的時光灰濛濛，多霧的初兆開始顯示出來，因爲那天是九月三十日了。爾內斯特穿著入獄的所穿的衣服，因此是穿著教士的服裝。任何人看著他，都不會看出，他現在的外表和六個月前的外表有何不同。他緩慢地走過那條叫「艾雷街小山」的骯髒又擁擠的巷子（他很熟悉這條巷子，因爲那兒有他的教士朋友），在獄中所度過的幾個月似乎從他的生命中消失了。聯想力強烈地支配著他，所以一旦發現自己穿著往昔的衣服，置身在往昔的環境中，他就覺得被拉回到往昔的自我——好像六個月的刑期是一場夢，而他此時正要從夢中醒過來，從原來的地方開始。這是沒有改變的環境對於他那個沒有改變的部分所造成的影響。但是他有一個部分是改變了，而沒有改變的環境對於這一部分造成了另一種影響：一切都顯得很奇異，幾乎好像除了監獄生活之外，他不曾有過任何生活，並且在此時誕生在一個新世界中。

整個一生的每一天與每一個小時，我們都在讓改變過和沒有改變過的自我，去適應改變過和沒有改變過的環境。我們事實上只是生活在這種適應的過程中。如果我們在這種過程中稍微失敗，就是很愚蠢；如果我們大大失敗，就是很瘋狂；如果我們暫時停止，就是在睡覺；如果我們完全放棄努力，就是死亡。在平靜無事的生活中，內在與外在的改變是很微小的，所以在融合與適應的過程中幾乎沒有或完全沒有壓力。在其他的生活中則壓力很大，但是融合與適應的力量也很大。在另外的生活中，則壓力很大，而適應的力量幾乎沒有。一個人的生活是否成功，是取決於適應力量是否經得起融合、適應內在與外在的變化時所產生的壓力。

問題是，我們終將被迫完全承認宇宙的統一性，否認有「外在」或「內在」之分，而是必須同時把一切視爲既是「外在」也是「內在」。「主體」與「客體」——「外在」與「內在」——就像其他一切一樣，是統一的。這樣會推翻我們的整個體系，但是，每種體系都必須被什麼東西所推翻。

脫離這種困難的最好方法是：如果我們能夠很方便地將「內在」與「外在」——「主體」與「客體」——分開，那就將它們分開，如果我們能夠很方便地將相同的東西統一，那就將它們統一。這是很不合邏輯的，但是只有「極端」才是合邏輯的，而「極端」總是很荒謬的。只有「中庸之道」是實際可行的，而「中庸之道」總是不合邏輯的。至高的仲裁者是信心，不是邏輯。人們說，條條大路通羅馬。我所曾看到的所有哲學，最終都導致一種嚴重的荒謬，不然就是導致我在此書中不只一次堅持的結論，那就是，公正的人將靠著信心生活，也就是說，明智的人將靠著經驗法則生活，而他們可能以最方便的方式去詮釋經驗法則，不去爲了良心而問太多的問題。只要你針對任何事實思考到底，那麼，事實不久就會導致這個境地，成爲避免明顯的愚蠢的唯一方法。

但是還是話說從頭。爾內斯特走到街頭，回頭一看，看到監獄那些骯髒、陰沉的牆壁充斥在街尾。他停了一兩分鐘。「在那兒，」他對自己說，「我曾被看得到又碰得到的門鎖所束縛。在這兒，我被同樣眞實的其他門鎖——世界的貧窮與無知——所阻礙。我不應該去打破實質的鐵鎖，逃出監獄，但是我既然自由了，我就一定要努力去打破其他的鐵鎖。」

他曾讀到一篇報導，說有一位犯人用鐵製湯匙割斷床架而逃獄。他讚賞這個人的心智，也對他的心智感到驚異，但卻無法去模仿他。然而，在面對無形的障礙時，他卻非常不容易受到威嚇。縱使床是鐵製的，而湯匙是木製的，他也感覺到好像遲早能夠發現一種方法，用木湯匙割斷鐵床。

他把背轉向「艾雷街小山」，走上「皮巷」，進入霍克波恩。他所踏出的每一步，他所知道的每個臉孔或每件東西，都立刻有助於將他和未入獄之前所過的生活連結在一起，同時讓他感覺到：入獄事件已經完全把他的生活分成兩部分，兩者不可能有相似之處。

他走過「腳鐐巷」，進入「艦隊街」，然後到達「法學協會」——那時我剛度完夏天的假期，回到

「法學協會」。當時大約是九點半；我正在吃早餐時，忽然聽到有人膽怯地敲門，於是我打開門，發現是爾內斯特。

第七十章

唐雷尼請我去的那個夜晚，我就開始喜歡爾內斯特了。第二天，我認為他已經塑造出很好的形象。我們在監獄中會面時，我也很喜歡他，想要更時常見到他，以便決定我對他的想法。我活了足夠長的時間，了解一個事實：有些人在最後做了大事，但在年輕時並不很明智。我知道他會在三十日出獄，所以就等著他。由於我有一間備用的臥房，所以就力邀他跟我待在一起，直到他能夠決定要做什麼事。

我的年紀比他大很多，自認以我自己的方式去做不會有困擾，但是他卻不聽我的意見，只同意在還沒有找到房間之前當我的客人，並且還立刻開始去找房間。

他仍然很激動，但吃早餐時情況有所改善，因為他不是在吃監獄的食物，而是在一個舒適的房間吃著。我很高興看到他喜歡四周的一切，包括生著火的壁爐、安樂椅、《泰晤士報》、我的貓、窗上的紅天竺葵，更不用說咖啡、塗牛油的麵包、香腸、果醬，等等。一切都含蘊著對他而言最美妙的快感。篠懸木仍然長滿葉子，他不斷從餐桌站起來，去讚賞篠懸木。他說，在這之前，他都不曾真正享受過這些東西。他吃著、看著、笑著、哭著，那種情緒我無法忘懷，也無法描述。

他把父母如何等著他出獄的情況告訴我。我對他父母的做法很生氣，並且衷心稱讚他所做的事，他為此很感激我。他說，其他人都認為他應該想到父母，不要想到他自己；如今有一個人的看法跟他一樣，他感到十分安慰。縱使我的看法跟他不一樣，我是不會說出來的；但是事實上我的看法跟他一樣，並且我也感激他的看法與我一致，就像他感激我一樣。雖然我真的不喜歡希波德與克麗絲蒂娜，但是我對他們的看法畢竟是屬於無望的少數，所以發現又有一個人的想法跟我一樣，令我感到很高興。

然後一個很可怕的時刻降臨了——對我們兩人而言都很可怕的一個時刻。

門口有人敲門，像是一位訪客，不是郵差。

「天啊，」我叫出來，「我們爲何沒有掛上『謝客』的牌子？也許是你的父親。但是，他確實不會在一天的這個時候來臨！趕快躲進我的臥室。」

我走到門口。沒錯，正是希波德與克麗絲蒂娜。我無法拒絕他們進來，也不得不聽聽他們那一方的說詞——大致跟爾內斯特的說詞一樣。克麗絲蒂娜哭得很傷心——希波德大發雷霆。我告訴他們，我一點也不知道他們的兒子在哪裡。大約十分鐘後，我就把他們打發走了。我看到他們以懷疑的眼光看著一些明顯的徵象：有人跟我吃過早餐。他們離開我的時候，多少表現出挑戰的意味，但是我還是擺脫了他們。可憐的爾內斯特又走出來，臉孔蒼白，露出驚恐與不安的神色。他聽到了聲音，但僅止於此。他認爲「敵人」可能會說服我。此時我們掛上「謝客」的牌子，不久，他就開始恢復正常了。

早餐之後，我們討論事情的情況。我已經從朱普夫人的房子那兒取走爾內斯特的衣櫥和書，但卻留下他的家具、畫和鋼琴，給予朱普夫人使用權，讓她在出租房間時可以附有家具，同時不向我們索取保管家具的費用。爾內斯特一聽說衣櫥在我這兒，就從其中取出他在未接受聖職之前所擁有的一套衣服，立刻穿上去，於是就像我所料想的那樣，他的外表有了很大的改善。

然後我們談到他的金錢問題。他在被逮捕之前才一兩天，曾從普利耶那兒取得了十鎊，入獄時錢包中有七、八鎊。出獄時，他重新獲得這筆錢。先前，他無論買什麼東西都付現金，所以如今不必還債。除此之外，他擁有衣服、書以及家具。我說過，如果他要移民的話，可以從父親那兒獲得一百鎊，但是，爾內斯特和我都同意最好婉拒這一百鎊（他說服我接受他的意見）。以上就是他所知道的屬於他的一切。

他提議立刻去租一間最安靜的房子中沒有家具的後閣樓，租金一星期三、四先令，然後去找裁縫的工作。我認爲，無論他開始做什麼工作，都不重要，因爲我確知，只要他能夠以任何工作做爲開始，那麼，不久就會找到適合的工作。困難的是要如何開始。能夠剪裁以及縫製衣服並不夠——還必須擁有裁縫師的工具。他必須到一家裁縫店，由一個知道如何以及在哪方面幫助他的人指導他一段時間。

那一天其餘的時間，他都在找房間（他不久就找到了），也在熟悉自己所獲得的自由。晚上，我帶他到「奧林匹克」。當時羅伯遜在那兒的一齣《馬克白》滑稽戲中演出；如果我沒有記錯的話，基勒夫人飾演馬克白夫人的角色。在謀殺前的那一景之中，當馬克白看到鄧肯的長靴出現在樓梯平台時，他說他無法殺掉鄧肯。馬克白夫人擁抱她的丈夫，鼓勵他，解除他的猶疑心理，在他踢著腳與尖叫著的同時把他帶離舞台。爾內斯特大笑，終至哭出來。「之後莎士比亞可眞爛啊，」他情不自禁叫出來。我記起他所寫的那一篇有關希臘悲劇的文章，更加爲他所吸引。

第二天，他開始去找工作。我一直到大約五點鐘才看到他；他說沒有找到工作。第二天以及第三天也一樣。無論他到哪裡，總是嚐到閉門羹，時常直截了當被打發走。雖然他沒有說什麼，但是我從他臉部的表情可以看出，他是很驚恐，於是我開始認爲必須幫他忙了。他說他探詢了很多地方，但總是得到同樣的回應。他發覺，繼續舊行業很容易，但是要投入新的行業很困難。

他到「皮巷」買一隻燻鯡魚，做爲佐茶之用。在那兒，他不經意地跟魚販談話，好像出於好奇心，並沒有任何自私的動機。「談到賣東西，」老闆說，「嗯，沒有人會相信，以正當的方式可以賣得一兩個便士。就以蛾螺爲例子好了。上星期六夜晚，我和我小艾瑪賣了七鎊價值的蛾螺，是在八點和十一點半之間——幾乎全是一便士和兩便士的金額——有些半便士，但不很多。這是蒸氣造成的。我們一直讓蛾螺保持在熱騰騰的狀態中；每當強烈的蒸氣從地窖散播到鋪道上時，人們就跑來買，但是每當蒸氣消退時，他們就不再買。所以我們就不斷把蛾螺煮沸，直到全都賣完爲止。情況就是這樣。如果你很精明的話，你就能夠賣東西，如果你不精明的話，不久就會弄得一團糟。嗯，要不是因爲蒸氣的緣故，我整個夜晚也賣不到十便士的蛾螺。」

這個故事，以及從其他人那兒聽來的很多其他類似的故事，使得爾內斯特更加決定要以裁縫爲賭注，做爲他有所了解的一種行業。然而，三、四天過去了，工作似乎還是遙遙無期。

此時我做了我早應該做的事，也就是說，我去拜訪那位我光顧了四分之一世紀多的裁縫師，要求他的忠告。他宣稱，爾內斯特的計畫是沒有希望的。「如果，」我這個名叫拉金斯先生的裁縫說，「他在十四歲開始做這一行，可能行得通，但是，一個二十四歲的人在一間全是裁縫師的工作坊中工作，會受不了。他無法與他們相處，他們也無法與他相處。你無法期望他成爲友善的人，與他們相處融洽，如此，你也無法期望他的同事們會喜歡他。一個人必須經由喝酒的嗜好，或經由天生對低層階級人物的喜歡而屈尊紆貴，然後才能跟那些教養十分不同的人相處。」

拉金斯先生又說了很多事情，最後帶我去看他自己的人員工作的地方。「比起大部分的工作坊，」他說，「這兒已算是一個天堂。但是，有哪一位男士能夠忍受這種氣息兩個星期之久呢？」

我很高興在五分鐘之後離開這種炎熱又有惡臭的氣息。我知道，如果爾內斯特到工作坊中與裁縫師們一起工作，那無異於仍然待在監獄中。

拉金斯先生最後說，縱使我所提攜的爾內斯特比他更是一位好工人，但是還是不會有老闆給他工作，因爲唯恐在人員之中製造困擾。

我離開了，覺得自己早就應該想到這一切了。我心中更加疑惑，不知道是否應該給我這個年輕的朋友幾千鎊，送他到僑居地。但是，當我在大約五點鐘回家時，卻發現他在等我，容光煥發，宣稱他已找到所想要的一切。

第七十一章

前三、四個夜晚，他好像一直在街上巡逡——我想是要找事情做——無論如何，他知道自己想得到什麼，但卻不知道如何去得到。然而，就因爲他想要得到的東西其實很容易發現，所以像他這樣一位受過高等教育的學者反而無法發現。但是，無論如何，他曾經受到驚嚇，所謂杯弓蛇影，餘悸猶存，每一夜都垂頭喪氣，回到位於雷史托街的住處，一無所成。他並沒有把這種事情告訴我，我也沒有問他晚上都做些什麼事。最後他做了決定：無論事情可能讓他多麼痛苦，他都要去找朱普夫人，因爲他認爲朱普夫人能夠幫助他。他一直在走著，心情很不好，從七點走到大約九點，然後決定直接走到「灰坑區」，趕快去把心事告訴朱普夫人。

在平凡的女人所能做的所有工作之中，朱普夫人最喜歡的，就是爾內斯特想到要她做的那種工作。在爾內斯特那種受驚與落魄的狀態中，他所能做的最好工作，就是他此時所計畫要去做的那種工作。朱普夫人將會讓爾內斯特很容易就對她傾吐悲情。是的，她將會在爾內斯特還不知道自己身置何處時，就誘哄他說出一切。但是，命運卻與朱普夫人作梗。我們的男主角與他這位從前的女房東之間的見面，無限期地延宕了，因爲爾內斯特剛下了決心，朝朱普夫人家的方向走不到一百碼的距離，就有一個女人在對他拋媚眼了。

他避開這個女人，就像他曾經避開很多其他女人，但是這個女人卻向後驚退，那種動作引起他的好奇。他幾乎沒有看到她的臉孔，但是他決定看一眼，所以就在她匆匆走開時跟隨著她，走過她身邊，然後轉過身，看出她就是愛倫，也就是八年前被他母親解雇的那位女僕。

他本應該去追究愛倫不願見他的眞正原因，但是由於他心中有鬼，所以就以爲她已聽說他做了可恥的事，不屑見到他。儘管他曾勇敢地下定決心，要面對這個世界，但是，這件事卻是他萬萬沒有預料到的。「什麼！愛倫，妳也要避開我？」他叫出來。

女孩哭得很傷心，不了解他的意思。「哦，爾內斯特少爺，」她哭泣著說，「讓我走吧，你太好了，像我這樣的人不配跟你說話。」

「爲什麼。愛倫，」他說，「妳在說什麼廢話？妳並不曾入獄，有嗎？」

「哦，沒有，沒有，沒有到這個地步，」她很激動地說。

「嗯，我是有，」爾內斯特說，勉強笑了一聲，「我在服滿六個月的刑期和勞役後，於三、四天前出獄。」

愛倫不相信他說的話，但是她看著他，說道，「天啊，爾內斯特少爺，」然後立刻擦乾眼睛。兩人之間的僵局打破了，因爲事實上愛倫曾幾次入獄。雖然她不相信爾內斯特所說的話，但這就讓她覺得比較能夠自在的面對他了。她認爲，人有兩種，就是曾經入獄的人和不曾入獄。她把第一種人視爲同胞，多多少少是基督徒；至於第二種人，除了極少數的例外，她都以懷疑的眼光看待，加上輕視的心理。

然後，爾內斯特把過去六個月所發生的事告訴她，不久她就相信了。

「爾內斯特少爺，」他們在談了大約一刻鐘後，她說，「這條路那兒有一個地方賣牛肚洋蔥。我知道你一直很喜歡牛肚洋蔥，我們去吃一點，在那兒談話比較方便。」

於是兩個人就越過街道，進入牛肚店；爾內斯特叫了晚餐。

「爾內斯特少爺，你親愛的媽媽、爸爸怎麼樣了，」愛倫說，此時她已恢復正常，面對我們的男主角十分自在。「哦，天啊，」她說，「我眞的很喜愛你的爸爸，他是一個有教養的好人，是的，你的媽媽也是，我敢說，任何人跟她生活在一起都會獲得好處。」

爾內斯特很驚奇，幾乎不知道要說什麼。他本來預期愛倫會對所受到的待遇憤恨不平，把自己淪落到目前這種地步歸咎於他的父母。但是她並沒有這樣做。她只記得自己在巴特斯比有很多東西吃、喝，不必做很多辛苦的工作，也沒有受到責罵。她聽爾內斯特說，他跟父母反目，當然就認爲這完全是爾內斯特的錯。

「哦，你可憐、可憐的媽！」愛倫說。「爾內斯特少爺，她總是那麼喜歡你：你一直是她所寵愛的人；我不忍想到你和她之間有任何摩擦。現在我想到，她經常要我進入餐廳，教我教義問答，她眞的是這樣！哦，爾內斯特少爺，你眞的必須去跟她和解，眞的，你必須這樣。」

爾內斯特感到很悲傷，但是，他已經很英勇地抗拒了，魔鬼休想藉著愛倫在他父母的事情上賄賂他。他改變話題，於是兩個人一面吃牛肚、喝啤酒，一面彼此產生了好感。在世界上的所有人之中，愛倫也許是爾內斯特在這個時機之中最能自由交談的人。爾內斯特把自己認爲不可能告訴別人的事情都告訴了她。

「愛倫，妳知道，」他最後說，「我在男孩時代學到了不應該學到的事情，從來沒有機會接觸到那些會導正我的事情。」

「家世好的人總是像那樣的，」愛倫沉思著說。

「我相信妳說得對，但是，愛倫，我不再是一個家世好的男人了，並且，親愛的，我也看不出爲何應該再『像那樣』。我要你盡快幫助我，讓我能夠像另外一種人。」

「天啊！爾內斯特少爺，你到底是什麼意思？」

這兩個人不久之後就離開飲食店，一起走上「腳鐐巷」。

愛倫自從離開巴特斯比後，就過著艱苦的生活，但艱苦的生活沒有在她身上留下什麼痕跡。

爾內斯特在她身上只看到清新、微笑的臉孔，有酒渦的臉頰，清澈的藍眼睛，以及可愛、神祕的嘴唇，都是他在男孩時代所記得的。當時在十九歲時，她看起來比實際的年齡還大，如今她看起來年輕很多了。是的，她看起來幾乎不會比爾內斯特上一次見到她時年紀更大。只有比爾內斯特遠更有經驗的人才會看出：她已經從最初的狀態完全墮落。爾內斯特從來沒有想到，她的衣著之所以那麼差，是歸因於她喜歡喝烈酒，也從來沒有想到，她總共入獄的次數比他多了五、六倍。他認為，她穿得不好是試圖表現得有體面；關於這一點，愛倫在吃晚飯時已不只暗示過一次。她說，她喝一品特的啤酒就會醉，而經過爾內斯特多次勸酒之後，她才勉強喝完——她這種表現讓他著迷。在他看來，她就像一位自天空墜下的天使，而因為是一位墮落天使，所以更加容易相處。

他跟她走上「腳鐐巷」，朝「雷史托街」前進，想到上帝對他表現出美妙的善意，在他生命的途中特別賜給他這個人，是他最高興看到的。儘管愛倫住在很靠近他的地方，要不是幸運之神眷顧，他也許永遠不會與她邂逅。

如果有人認為，萬能的上帝特別眷顧他，那麼一般而言，他最好言行謹慎。如果他自認特別清楚地看透魔鬼的意圖，那麼他就要記住，魔鬼的經驗比他豐富，也許正沉思著對他使壞。

吃晚飯時，爾內斯特的心頭已經掠過一種想法：他終於可以好好愛著愛倫，跟她生活在一起，跟她結婚。他們越在一起閒聊，他就越有理由認為，一般情況中的愚蠢行為，在他的情況中並非如此。

他必須跟一個人結婚；這件事已經確定了。他不能跟一個淑女結婚，那是很荒謬的。他必須跟一個貧窮的女人結婚。是的，但是，一個墮落的女人呢？難道他自己不墮落嗎？愛倫不會再墮落了。他只要看著她，就可以確定這一點。他不可能跟她生活在罪惡之中——最多是他們結婚之前那段非常短的時間而已。他已不再相信基督教的超自然因素，但是基督教的道德無論如何是無庸爭論的。除外，他們可能會有孩子，父母的恥辱會使孩子蒙羞。此時，除了他自己之外，他還必須向誰諮詢呢？他的父母從來就不需要知道；就算他們知道，他們也會很欣慰，因爲看到他娶了像愛倫這樣會讓他快樂的女人。至於說，經濟情況不允許他們結婚，那麼，窮人又是怎麼結婚的呢？難道好妻子不會有所幫助嗎？一個人能夠生活，兩個人也能夠生活。就算愛倫比他大三、四歲——嗯，那又怎麼樣？

高貴的讀者，你曾經有過一見鍾情的經驗嗎？當你一見鍾情時，請問，你是經過多久的時間才準備把所有其他考慮拋諸腦後，一心一意只想擁有所愛的人？或者，我換成這種問法好了：如果你沒有父母，並且在金錢、地位、朋友、職業的升遷等等方面都沒有什麼好損失的，而你所鍾愛的對象也沒有這一切「累贅」，那麼，你會經過多久的時間才準備把所有其他考慮拋諸腦後，一心一意只想擁有所愛的人？

如果你是年輕時代的約翰．史都華．彌爾（Jonh Stuart Mill），也許要經過一段時間。但是，假定你的本性很像唐吉訶德，很衝動，很不自私，很坦率，假定你是一個飢渴的人，渴望有愛和依賴的對象，渴望與一個人分擔痛苦，而這個人也可能有助於分擔你的痛苦，又假定你命運多舛，仍然被一次可怕的衝擊所驚嚇，而這種暗示未來的幸福的光明遠景，忽然在你眼前浮現，那麼，在這種情況下，你認爲會沉思多久的時間，然後就決定去擁抱幸運之神所賜給你的禮物？

我們這位男主角並沒有沉思很久的時間，因爲在他還沒有走過靠近「腳鐐巷」巷頭的火腿與啤酒店之前，他就告訴愛倫說，她必須跟他一起回家，跟他住在一起，一直到他們能夠結婚，並且只要法律許可的那一天到來，他們就要結婚。

我想，魔鬼想必呵呵笑著，對這次所要玩的把戲相當有把握。

第七十二章

爾內斯特告訴愛倫說，工作很難找。

「但是，親愛的，爲何要到別人的店工作呢？」愛倫說，「爲何不自己開一間小店呢？」

爾內斯特問她要花多少錢。愛倫說，可以在一條小街上租一間房子，譬如說，在靠近「大象與城堡區」的地方，一個星期租金十七先令或十八先令，然後以十先令的代價出租上面兩樓，自己保留後面的客廳和店面。如果爾內斯特能夠籌到五、六鎊，去買一些二手貨的衣服，儲存在店裡，那麼，他們就可以將衣服修補、洗淨，由她來照顧女人的衣服，而他則照顧男人的衣服。然後，如果他能夠獲得訂單，情況就會有所改善。

如果以這種方式進行，他們不久就能夠一星期賺兩鎊。她有一個朋友就是這樣起家的，現在已搬到一間較好的店裡，一星期至少賺五、六鎊——而她，愛倫，做了大部分的買賣工作。

這確實是一種新希望。看來好像他已經突然之間賺回了那五千鎊，也許以後還會賺得更多。愛倫似乎更加是他的保護神了。

愛倫出去買了一些鹹肉火腿片，當他們的早餐。她把這些火腿片烹調得很好吃，是他所做不到的。然後她爲他準備早餐，泡咖啡，烤了一些很不錯的棕色吐司。爾內斯特最近幾天都自己煮飯、料理家事，並沒有感到很滿足。此時他忽然發現，又有一個人在服侍他了。本來除了他自己之外，沒有人知道如何給他忠告，如今愛倫不僅告訴他如何謀生，並且她又是那麼漂亮，微笑著，甚至照顧他的舒適生活，在他很在意的各個方面都讓他恢復自己所失去的地位——或者說，都讓他處在自己更加喜歡的一種地位中。難怪，當他來對我說明計畫時，顯得容光煥發。

他很難說出事情的經過。他猶疑不決、臉紅、支吾其詞。當他發覺必須把自己的故事告訴別人時，心中開始感到疑懼。他想要含糊帶過，但是我卻想獲知事實，所以我就幫助他度過難關，質問他，直到我了解到大約是上述的整個經過。

我希望自己沒有表現得很生氣，但是我確實很生氣。我那時已經開始喜歡爾內斯特了。我也不知道為什麼，但是事實就是事實：我每次聽到自己所喜愛的年輕人要結婚，總是會本能地憎惡他未來的那一半——儘管我不曾看過她。我觀察到，大部分的單身漢都有同樣的感覺，只不過我們一般而言都會努力去隱藏事實。也許，這是因為我們知道自己早該結婚了，但卻沒有結婚。通常，我們都會說，我們很高興——就爾內斯特這件事而言，我並不覺得我必須這樣做，只不過我也很努力去隱藏自己的痛苦感覺。一個很有前途的年輕人，將繼承一筆很大的財產，卻投向一個像愛倫這樣的人，這是很令人生氣的，並且由於整個事情來得很意外，更加令人生氣。

我請求爾內斯特還不要與愛倫結婚——至少要等到他認識她更長的時間。他不聽我的話。他已經向愛倫承諾了；縱使沒有承諾，也會立刻去向她承諾。在這之前，我發現，他在大部分的事情上都表現得很溫順，容易應付，但是在這件事情上，我卻對他莫可奈何。他最近佔了父母的上風，更增加了他的力量，我拿他沒有辦法。我本來要把眞實的情況告訴他，但是我很清楚，這樣只會使得他更加獨斷獨行——因為一旦有了那麼多錢，他為何不該隨心所欲而為？因此我在這方面什麼都沒有說，然而，我所能使出的力量，並沒有在他這個自認只是工匠或一無是處的人身上發揮什麼作用。

從他自己的觀點來看，他所做的事情確實沒有什麼放肆的意味可言。他先前認識愛倫很多年，並且很喜歡她。他知道愛倫出身體面的父母，品格良好，在巴特斯比普遍為人所喜愛。當時她是一個敏捷、聰明、努力工作的女孩——也是很漂亮的女孩。當他們終於又相見時，她表現出最佳的行爲——事實上，她非常謙虛又端莊。爾內斯特無法去想像八年的時光所造成的變化，但這又有什麼奇怪之處呢？他太清楚自己的缺點，在愛情方面太缺乏經驗，所以不會表現得很拘謹。就算愛倫只是爾內斯特心日中的愛倫，就算爾內斯特的前途實際上只是他自認爲的那種，我也認爲，爾內斯特所計畫要做的事情，比每一天所發生的婚姻關係中的一半更加謹愼。

無論如何，面對這種情況，我只能善加利用無法逃避的事實，所以，我就祝福我的這位年輕朋友好運，並且告訴他說，如果他手頭的錢不夠，那麼，無論他開店需要多少錢，我都可以給他。他謝謝我，提議要修補我所有的衣服，也要我盡可能幫他找到客戶。然後，他離開了我，留下我一個人在那兒沉思。

他離開後，我感覺比跟他在一起時更加生氣。他那坦誠的孩子氣臉孔上，洋溢著一種以前很少見的快樂神情。除了在劍橋的時候，他很少體驗到快樂是什麼。甚至在劍橋時，他的生命也蒙上一層陰影，好像智慧的最重要入口被封閉了。我對於這個世界，對於他，已經有足夠的了解，所以觀察到了這一點，但是，我本來是不可能幫助他的——或者，我認爲本來是不可能幫助他的。

我現在並不知道當時是否應該努力去幫助他，但是我確知，小動物在某些事情方面確實需要幫助——就是任何人都會以推論的方式指出不會有困難的那些事情。人們會認爲，我們不必教小海豹如何游泳，不必教鳥兒如何飛翔，但是事實上，如果海豹的父母還沒有教小海豹游泳之前，就把牠放在海的深處，牠是會溺死的，同樣的，甚至小鷹也必須學習如何飛翔。

我承認，各個時代的人都很容易誇張教導的好處，但是我們在大部分的事情上都教導得太多，結果忽略了其他方面——其實在這些其他方面，一點點明智的教導是不會有什麼害處的。

我知道，流行的說法是：年輕人必須自己去發現成功的途徑。如果他們有公平的機會，不會在途中遭遇障礙，那麼，他們也許會發現成功的途徑。但是，他們卻很少有公平的機會；一般而言，他們都會遭遇到不公。有些人對他們不公，因爲這些人用石頭模仿各種形狀與大小的麵包，充當麵包賣給他們。

有些人很幸運，幾乎沒有遭遇到阻礙，有些人很大膽，克服了阻礙。但是在大部分的情況下，如果人們免於一劫，那也會傷痕纍纍。

當爾內斯特跟我在一起時，愛倫正在靠近「大象與城堡區」的泰晤士河南邊尋找一間店，那個地方在當時幾乎是一個新興地區。一點鐘的時候，她已經找到了幾間店，準備從其中選出一間。夜晚的時光還沒有來臨時，這兩個人就已經做了選擇。

爾內斯特帶著愛倫來找我。我不想見她，但卻不好意思拒絕。爾內斯特給了她幾先令去買衣服，所以她穿得很整齊。她確實看起來很美，很善良。如果再把這件事情的其他情況列入考慮，那麼，我幾乎就不會對於爾內斯特的著迷感到驚奇了。當然，我們彼此一看到對方，就在本能上憎惡對方，但是我們卻各自告訴爾內斯特說，我們對對方留下了非常好的印象。

然後，他們帶我去看那間店。一間空空的房子就像一隻迷途的狗，或者像一具行屍走肉。房子的每一部分都出現了腐敗的氣息。霉、風與天氣所不會侵犯的部分，通常都會被街上的男孩所毀。爾內斯特的這間店，在沒有人住的情況下是一個很骯髒、討人厭的地方。房子並不古老，但卻是一位偷工減料的建商所匆匆建造出來的，結構上完全沒有支撐力。只因爲它曾保持在溫暖與安靜的狀態中，才會連續很多個月處在健全的狀況中。此時房子已空了幾個星期，貓在夜晚跑了進去，而男孩們則在白天打破窗子。客廳的地板滿是石頭和髒東西，庭院有一隻死狗，是在街上被人打死，然後丟進所能發現的第一個沒人住的地方。整個房子散發出一種強烈的氣味，但是我卻無法認定是什麼氣味：可能是臭蟲、老鼠、貓、排水管，或者四者的混合。窗框不合，脆弱的門很不牢固地懸垂在那兒。有幾個地方，壁腳板不見了。地板中有很多洞；鎖鬆脫了。壁紙又破又髒；樓梯脆弱無力，走上樓梯時讓人覺得要塌下去了。

除了這些缺點之外，房子也是惡名昭彰的，因爲前任房客的妻子幾星期前才在裡面上吊。她烤了一塊鮮魚，準備給丈夫喝茶用，又爲他準備了一份吐司。然後她離開房間，好像不久就要回來，但是她並沒有回來，反而走進後面的廚房，在那兒默默上吊了。就因爲如此，所以儘管房子位置很棒，可以當街角店鋪，但還是空了很長的時間。上一位房客在驗屍工作一完成就離開了。如果屋主對房子進行整修，那麼人們也許會忘記曾經發生在裡面的悲劇。但是，由於房子的情況不佳，加上名聲不好，所以很多人都裹足不前——儘管他們像愛倫一樣看出房子潛藏很大的商機。幾乎任何東西都可以在那兒出售，但是附近剛好沒有二手貨衣服店，所以，除了骯髒與名聲不好之外，其他一切都是有助於它的有利條件。

當我看到這間店時，心中想著，我寧死，也不住在這樣一個可怕的地方——但是過去二十五年我一直住在「法學協會」，因此才有這種想法。爾內斯特是住在「雷史托街」，才剛出獄。在這之前，他住在「灰坑區」，所以他並不害怕這間房子——只要他能夠將它加以整修。問題是，他們很難說服房東整修房子。最後，我出錢去做所需要做的一切，將房子租下來，爲期五年，房租跟上一位房客一樣。然後我把房子分租給爾內斯特，當然要他比身爲房東的我更加有效地整修房子。

一個星期後，我去看他，發現一切已全部改變，幾乎認不出房子。所有的天花板都漆上白漆，所有的房間都貼上壁紙，破掉的玻璃都取了下來，裝上新的，有缺陷的木造部分都重新整修，所有的窗框、食櫥以及門都油漆了，排水管都徹底翻修了。事實上，能夠做的事都做了。此時，所有的房間看起來令人精神爲之一振，就像我上一次看到它們時令人感到厭惡一樣。那些整修這間房子的工人，在離開前已經將房子打掃乾淨，但是，愛倫卻在他們離開後親自從頂端到底端再擦洗一次，所以房子乾淨得一塵不染。我幾乎感覺到好像自己可以住在裡面了。至於爾內斯特，他更是樂翻天了，他說，這全是我和愛倫的功勞。

店裡面已經有一個櫃枱以及一些設備，所以此時只有進貨，開始出售了。爾內斯特說，他最好是開始出售自己的教士衣服和書，因爲雖然這間店是特別用來賣二手貨衣服的，然而愛倫卻說，他們沒有理由不也賣一些書。所以，他們將要開始出售爾內斯特在中學和大學時所擁有的書，一本平均大約一先令。我曾聽他說，他把書放置在店前的一張長椅上出售，從此事之中學到了很多對他有實際用途的事情，比他多年來研讀這些書的內容還要多。

顧客會問及他是否有某一本書，於是他就知道什麼書可以賣，什麼書不能賣，某一本書可以賣多少，另一本書又可以賣多少。由於賣書有了這種小小的開始，所以他除了賣衣服之外也賣書了。不久之後，他的事業的這個分支就變得跟裁縫業一樣重要了；如果當初父母要他成爲商人的話，我確知他會完全安於賣書的行業。但這些是後事。

我做了捐獻，也做了協定。爾內斯特想要完全隱藏家世良好的身分，一直到能夠東山再起的時候。如果他能自己做主的話，他要跟愛倫住在店中、後客廳與廚房中，根據原來的計畫出租上面兩樓。然而，我不想讓他荒廢音樂、文學與高雅的生活。我認爲，除非他擁有一間私室，能夠退隱其中，不然，他不久就只會成爲一名商人。因此，我堅持保有二樓的前面和後面，用他留在朱普夫人那兒的東西做爲擺設。我以一筆小錢買了他的這些東西，把它們搬進他現今的居所。

我到朱普夫人那兒去安排這一切，因爲爾內斯特不喜歡到「灰坑區」。我以爲朱普夫人會把那些家具賣掉，人也走了，但事實上並不然。這個可憐的老年女人儘管有缺點，卻是一個非常誠實的女人。

我告訴她說，普利耶已經取走爾內斯特所有的錢，潛逃了。她很憎惡普利耶。「我不曾知道有人，」她說，「像普利耶那樣，臉上露出膽怯的神色；他的整個身體沒有一條正直的血管。嗯，他每天早晨來跟爾內斯特先生吃早餐，我就非常懷疑他的作爲。任何事情都無法取悅他。最先，我爲他們買蛋與鹹肉，他卻不喜歡，然後我爲他買一點魚，他也不喜歡，不然就說太貴，而你知道，魚比以前貴了。然後我爲他買一點德國菜，他說德國菜讓他噁心。然後我試試香腸，他說香腸比德國菜更讓他不順眼。哦！我時常在房間走來走去，內心很煩躁，哭了好幾小時，全是爲了微不足道的早餐——並不是爾內斯特先生的緣故，任何人給他什麼，他都喜歡。

「那麼，鋼琴是要搬走了，」她繼續說，「爾內斯特先生眞的在上面彈出多麼美妙的曲子啊。有一個曲子我很喜歡，比我所曾聽過的任何曲子更加喜歡。有一次他彈這個曲子時，我剛好在房間，我說，『哦，爾內斯特先生，我就是那種女人，』他說，『不，朱普夫人，不是的，因爲這個曲子很老，但是沒有人會說妳很老。』但是，他這句話並沒有什麼意思，只是他陳腐的諂媚話。」

她跟我一樣爲爾內斯特即將結婚感到苦惱。她不喜歡他結婚，也不喜歡他不結婚——但是，無論如何，那是愛倫的錯，不是他的錯，她希望他會快樂。「但是，畢竟，」她最後說，「這不是你、不是我、不是他，也不是她的緣故。這只能說是所謂的婚姻之神的緣故，我沒有別的字眼來形容。」

下午的時候，家具送到了爾內斯特的新住所。我們在二樓放置了鋼琴、餐桌、畫、書架、兩三張安樂椅，以及爾內斯特在劍橋買的所有小擺設。後面的房間佈置得跟他在「灰坑區」的臥房完全一樣

——樓下的新娘房準備了新的東西。我堅持二樓的這兩個房間爲我保有，但是無論爾內斯特何時喜歡，他都可以使用。他甚至不能把臥房分租出去，只能自己保留，以便妻子在任何時候生病或者他自己生病時可以使用。

他出獄不到兩個星期，所有這一切就安排好了。爾內斯特覺得自己再度跟未入獄之前所過的生活結合在一起——其間是有一些重要的差異，但都對他很有利。他不再是一位教士了；他將跟自己很喜歡的一個女人結婚，並且已經永遠離開父母了。

是的，他已經失去了所有的金錢、名譽，以及家世良好的身分。事實上，他必須把房子燒成平地，才能獲得烤乳豬。但是，如果被問及他是喜歡處在現今的情況，還是處在未入獄之前的情況，他會毫不猶疑地表示喜歡現今的情況，勝於過去。就算他只能夠以曾經經歷的一切爲代價，來購得現今的情況，那仍然是値得的。如果必要的話，他願意再經歷一次。金錢的損失是最糟的，但是愛倫說，她確知他們會成功，她對一切了然於心。至於名譽的損失——由於還有愛倫與我，這損失並不算什麼。

我在一切都準備就緒的那一天下午看到了房子，剩下的事情就是進貨以及開始出售了。爾內斯特喝完茶後，我就走了。然後，他悄悄走到他的「城堡」——二樓的前面——點起菸斗，在鋼琴旁邊坐下來。他彈了大約一小時的韓德爾，然後在桌旁安頓下來，開始閱讀與寫作。他取出當教士的期間所開始寫的所有講道與神學作品，把它們放進火中。當他看到它們化爲灰燼時，覺得好像已經驅除了另一場惡夢。然後，他取出在劍橋後期所寫的一些小文章，開始大幅修改與重寫。他很安靜地工作，一直到聽見鐘響了十下，是睡覺的時間了。他覺得此時不僅是快樂而已，而且是無比地快樂。

第二天，愛倫帶他到德本罕的拍賣場所，他們檢視了掛在拍賣場所各地讓人參觀的很多衣服。愛倫已有足夠的經驗，知道每件衣服應該有的價格。她徹底檢視每件衣服，進行估價。在很短的時間後，爾內斯特自己也開始很清楚每件衣服應該有的價格。早晨的時間還沒有結束，他已經估價了十幾件衣服；愛倫說，如果他能以那種價錢購得，是不會吃虧的。

爾內斯特完全不厭惡這種工作，也不認爲這種工作枯燥無味，反而是非常喜歡。是的，只要工作不過分花費體力，並且有希望爲他帶來金錢，他都會喜歡。愛倫不讓他在這個拍賣的場合買進任何東西。她說，他最好先看一次拍賣，看看價錢的實際情況。所以，在十二點鐘拍賣開始時，他看到自己和愛倫做了記號的衣服都賣出去了。當拍賣結束時，他已經了解足夠的行情，無論他何時眞的要買進，都能夠安全地出價了。只要一個人眞正想要獲得這種知識，他就會很容易獲得。

但是，愛倫不希望爾內斯特在拍賣的地方買貨——至少目前不很希望這樣。她說，私人的交易是最好的方式。例如，如果我有任何不要的衣服，爾內斯特就可以向我的洗衣女工購買，並且跟其他洗衣女工連繫，購買主人所可能給予她們的任何衣服，價錢比她們現今的價錢高一點點，卻仍然可以賺到好利潤。如果有男士們要賣東西，他就設法要他們賣給他。他毫不畏縮。如果他知道自己的作爲多麼奇特，也許他就會畏縮了。但是，他對這個已經毀了他的世界一無所知，而這種無知開始以一種可喜的反諷進行治癒的工作。如果有惡意的妖精意想在這方面詛咒他，那是太過分了。他不知道自己在做任何奇異的事情。他只知道自己沒有錢，必須養活自己、一個妻子以及一個可能的家庭。不只如此，他想要在晚上擁有閒暇的時間，用來閱讀、寫作，以及從事音樂方面的事情。如果有人告訴他如何做得比現在好，他都會非常感激他們，但是他卻自認做得足夠好了，因爲第一個星期結束時，兩個人發現他們淨賺了三鎊。幾個星期後，三鎊增加到四鎊，到了新年的時候，他們已經一個星期賺五鎊了。

此時，爾內斯特已經結婚大約兩個月，因爲他堅持原定的計畫：法律一旦許可的那一天就跟愛倫結婚。由於住所從「雷史托街」改到「黑色托缽僧」，所以結婚日期有點拖延，但是一旦能夠結婚，他們就結婚了。甚至在他最富裕的時候，他也不曾一年有兩百五十鎊以上的收入，所以如果能夠穩定地維持一個星期賺得五鎊，他在收入方面就可以恢復舊觀了。雖然他必須養活兩個人，而不是一個人，然而，他在其他方面的花費，已因社會地位的改變而大大削減，所以一般而言，他的收入實際上是十二個月前的情況。接著要做的事情是增加收入以及存錢。

我們全都知道，一個人的成功大部分是取決於精力與明智，但也在相當的程度上取決於運氣——也就是說，取決於某些關係，而這些關係很是複雜，努力去追蹤它們是很難的，說它們不存在反而比較容易。某一個地區可能因爲有發展的潛力而非常出名，然而卻可能因爲另一個沒人認爲有前途的地區出現而忽然失色。一間治療熱病的醫院可能分散掉購物人潮，或者，一座新車站可能引來人潮。我們確實無法確知什麼事情，所以最好只去了解每個人所說出來的那些事情，把其餘的留給運氣。

在這之前，幸運之神確實沒有太眷顧我們這位男主角，然而現在卻似乎已經開始保護他了。他的店鋪所在的地區變得繁榮起來，而他也隨著變得成功了。看來好像他一買來一件東西，放進店中，就立刻會賣掉，賺得三到五成的利潤。他學會記帳，很小心地注意自己的帳目，哪一件事情獲得成功，就立刻緊追不捨。他開始買進衣服以外的東西——諸如書、樂譜、零碎的家具等等。我說不出這是運氣、做生意的本領、精力，還是對待所有顧客所表現的彬彬有禮。但是，最讓他感到驚奇的是，生意很快速地興隆起來，是他自己所沒有預料到的，甚至在最狂野的夢境中也沒有夢想到。到了復活節，他就穩佔了一種優勢，擁有了一種事業，一年賺得四、五百鎊，並且他也知道如何去擴展這種事業。

第七十三章

愛倫和他相處得非常好，情況越來越好，也許是因爲他們兩人之間存有很大的差異，所以愛倫不想讓爾內斯特提升她的地位，爾內斯特也不想提升她的地位。爾內斯特很喜歡她，對她很好。他們有些興趣可以共享。他們先前有過一些經驗，其中大部分兩人都很熟悉。他們兩人各有很好的脾氣。這一切就很足夠了。一天工作結束後，爾內斯特大部分的時間都喜歡坐在二樓前面的地方，我也時常去看他。愛倫似乎不會因此嫉羨他。如果她喜歡的話，她也可以去跟他一起坐在那兒，只是不知什麼原因，通常樓下都有足夠的工作讓她做。她也很老練，會鼓勵爾內斯特心情好的時候在晚上出去走，一點也不介意是否帶她同行——這樣很合爾內斯特的心意。我應該說，他的婚姻生活比一般人的婚姻生活更加快樂。

最初，他偶爾會見到老朋友，覺得很痛苦，但是這種情況很快就過去了。有時老朋友假裝沒看見他，有時則是他假裝沒有看見他們。最初一兩次，老朋友假裝沒看見他，令他感到不是滋味，但是以後卻令他感到很愉快了。一旦他開始看出自己很成功，他就幾乎不去介意人們對他的過去可能有什麼說詞。這種考驗很痛苦，但是，如果一個人的道德與智力本質天生很健全的話，是不會有什麼事情能夠削弱他的品格力量的。

他很容易減少自己的花費，因爲他的嗜好並不奢侈。他喜歡看戲，喜歡在星期日到鄉村郊遊，也喜歡抽菸，但除此之外，並沒有其他嗜好——除了寫作與音樂。至於平常的音樂會，他是很厭惡的。他崇拜韓德爾，喜歡奧芬巴哈，以及在街上所播放的曲子，但是介於這兩個極端之間的音樂，他卻不喜歡。因此，音樂並沒有花他很多錢。至於看戲，我盡量爲他和愛倫取得很多免費票，所以他們不必花錢。星期日出去郊遊是小事，只要花一、兩先令就可以買一張來回票，到一個足夠遠離城鎮的地方，讓他好好散一個步，徹底改變一天的生活。前幾次，愛倫都跟他一起去，但是她說，她發覺這樣太花時間了。她有時想見見自己的一些老朋友，而這些老朋友和爾內斯特也許不會很合得來，所以他最好自己一個人去郊遊。這似乎是很明智的事，並且很合爾內斯特的意，所以他很樂於接受。他也沒有懷疑到其中有危險：其實，當我聽到愛倫如何處理這件事情時，我就很明顯地看出其中的危險了。然而我卻保持沉默；有一段時間，大家繼續處得很好。我說過，爾內斯特的主要樂趣之一是寫作。如果一個人隨身帶著一本小小的寫生簿，不斷素描著，那麼他就具有藝術的本能。也許有數以百計的事情阻礙他正當的發展，但是本能還是存在。文學的本能可以由以下的情況看出來：一個人在馬甲的口袋中放著一本小小的筆記簿，記下感動他的任何事情，或者他所聽說的任何好事情，或者自認會很有用的任何段落。爾內斯特身邊總是帶著這樣一本筆記簿。甚至當他在劍橋時，他就開始有這種習慣，並沒有任何人建議他這樣做。他不斷把這些筆記抄進一本簿子之中；當筆記累積很多時，他不得不做出粗略的索引。當我發現這件事情時，我知道他有文學的本能；而當我看到他的筆記時，我開始希望他做出偉大的事情。

有一段很長的時間，我很失望。他所選擇的主題——一般而言是形而上方面的——其性質對他造成阻礙。我努力要他放棄這些主題，轉向一般大衆較感興趣的事情，但是沒有用。我請求他嘗試一些美麗、優雅的小故事，故事中充滿人們最了解與喜歡的事情，但他卻立刻去寫一篇論文，指出一切信仰所依賴的基礎。

「你在攪動濕泥，」我說，「或者在刺戳一隻睡覺的狗。你是在讓人們重新意識到一些事情，但是對於明智的人而言，這些事情已經進入無意識狀態中。你所要騷動的人是在你前面，不是像你想像的那樣是在你後面。落伍的人是你，不是他們。」

他不明白。他說，他正專心寫一篇文章，論聖文生·德雷倫斯有名的「經常、無所不至、所有的人」。這是更加具有挑釁意味的，因為他顯示出自己能夠表現得更好——只要他喜歡的話。

我當時正在寫我的滑稽戲《沒有耐心的格麗色妲》，有時絞盡腦汁，找不到靈感。他給了我很多建議，全都非常明智。然而，我卻無法說服他把哲學放在一邊，因此只好不去管他了。

我已說過，有一段很長的時間，他所選擇的主題都是我所無法贊同的。他繼續研究科學性與形而上的作家，希望能夠自己發現或構建一種點金石，也就是一種體系，適用於各種情況，而不是遇到狀況就很容易變得混亂，就像當時所傳播的每種體系一樣。

他長久地追求這種虛幻的東西，所以我就放棄希望了，認為他是被捕蠅紙捕捉到的另一隻蒼蠅，而捕蠅紙上塗著一些黏黏的東西，甚至沒有甜味。但是，讓我很驚奇的是，他終於宣稱自己覺得很滿足，已經發現了自己想要的東西。

我以為他又發現了什麼新奇的東西，結果還好，他告訴我說，他已認定不可能有完全適用於各種場合的體系，因為沒有人能夠支持巴克萊（Berkeley）主教的論點，因此，我們無法提出絕對無可爭辯的第一前提。發現了這一點後，他覺得很滿意，就好像發現了所能想像到的最完美體系。他說，他只想知道會是哪一種情況——也就是說，某種體系是否可能，如果可能，那麼這種體系會是什麼。他發現，基於絕對必然性的體系是不可能的，心中感到很滿足。

我只約略知道巴克萊主教是誰，但是我卻很感謝他，因為他替我們免除了一種無可爭辯的第一前提。我想，我當時曾暗示說，爾內斯特在大費周章之後所得到的結論，卻是明智的人不用很動腦筋就獲得的結論。

他說，「是的，但我不是天生明智的。一個具有普通能力的小孩會在一、兩歲時學習走路，對走路的了解並不很多。如果沒有普通能力，他最好辛苦地學習，不要永遠不學習。很遺憾，我並沒有比別人強，但是繼續這樣做下去是我唯一的機會。」

他看起來那麼溫順，所以我對於自己所說的話感到很不安，特別是我記起了他所受的教養，因爲那會大大傷害到他，使他無法以常識的觀點看待事物。他繼續說：

「我現在全都明白了。只有像唐尼雷那樣的人，才了解任何值得了解的事情。當然，我永遠無法像那樣。但是，要成爲像唐尼雷那樣的人，就必須有砍材的人和挑水的人——事實上，有意識的知識必須先經由他們，才能傳達到一些人身上，讓這些人能夠以優雅和本能的方式應用這種知識，就像唐尼雷所能做的那樣。我是一個砍材的人，但是，如果我坦率地接受目前這種狀態，並不努力去成爲一個像唐尼雷一樣的人，那也不要緊。」

因此，他仍然依附科學，並不像我所希望的那樣轉向文學本身，但是他從此以後只限於探討特定的主題，也就是可能增加我們的知識——他是這麼說——的那些主題。事實上，在經歷無止境的精神困惱之後，他獲得了一種打擊一切知識之本的結論，然後他就安於知識的追求，並且從此以後一直追求著，只是偶爾會脫離主題，進入文學本身的領域。

但這是後事，並且也許會傳達一種錯誤的印象，因爲他從一開始就偶爾會把注意力轉向一些作品，而這些作品的適當稱呼想必是「文學」，不是「科學」，也不是「形而上學」。

第七十四章

在開店後的大約六個月，生意興隆達到了最高點。甚至在那個時候，看來好像生意也可能繼續快速地興隆。如果成功與不成功完全取決於爾內斯特自己一個人，我確知情況會是如此。很不幸，他並不是唯一要考慮的人。

有一天早晨，他出去參加拍賣會，妻子待在家裡，跟平常一樣心情很好，看起來很美。他回來時，卻發現妻子坐在後客廳的一張椅子上，頭髮蓋在臉上，哭泣著，好像心要破裂了。她說，她在早晨被一個男人嚇到了，這個男人假裝是一位顧客，威脅她要給他一些東西。爲了免於遭受到暴力，她只好給他了。自從這個男人離開之後，她就處在歇斯底里的狀態中。這是她的說詞，但是她的言詞卻很矛盾，要了解她所說的內容並不容易。爾內斯特知道她有身孕，認爲也許跟懷孕有關，所以提議請一位醫生來，但是愛倫卻請求他不要這樣做。

只要曾經面對過喝醉酒的人，一眼就可以看出這是怎麼回事，但是，我們的這位男主角卻對喝醉酒的人一無所知——也就是說，對於習慣喝醉酒的人一無所知，而習慣喝醉酒是很不同於偶爾喝醉酒的。他不曾想到他的妻子會喝酒。沒錯，她時常吵著要多喝一點啤酒，但卻不曾碰過烈酒。爾內斯特不大了解歇斯底里，就像他不大了解喝醉酒，但是他經常聽說，即將爲人母的女人容易情緒不穩定，時常心情很浮動，所以，他並不很驚奇，並且他也發現，即將成爲人父有其令人愉快的一面，也有其令人困惱的一面，如此，他自認解決了這件事情。

愛倫遇見了爾內斯特並結了婚，因此生活產生了很大的變化，使得她脫離了往昔的生活方式，確實有一段時間不再喝酒。喝酒是習慣問題，而習慣是環境問題，所以，如果你完全改變環境，有時是會完全戒掉喝酒的。愛倫打算從此不再喝酒。由於以前不曾有那麼長的時間不喝酒，所以她自認已經戒了酒。要是她沒有見到老朋友，也許她就會戒掉了。然而，一旦她的新生活開始失去新奇的特性，而老朋友開始來看她，她此時的環境就變得更像過去的環境，而她自己也開始變得像過去的她。最初她只是喝得微醉，努力不要故態復萌，但是並沒有用，她不久就不再有勇氣抗拒了。此時她的目標是：不要禁酒，喝一喝烈酒，不要讓丈夫發現。

於是，歇斯底里的情況持續下去。她設法讓丈夫仍然認爲，歇斯底里是歸因於她即將爲人母。她的情況越惡劣，丈夫就越專心照顧她。最後，他堅持要請一位醫生來看她。醫生當然一眼就看出情況，但只是以一種謹愼的方式對爾內斯特說話，所以爾內斯特並不了解其中的暗示。他的性情太率直，太實事求是，無法很快了解這種暗示。他希望，妻子一旦分娩之後就會恢復健康；他只想到要盡可能原諒她，一直到快樂的時光來臨。

早晨的時候，她的情況通常比較好，也就是說，只要爾內斯特在家的話。但是，他必須出去買貨，回來時通常會發現，她在他一離家時就又發作了。她有時會又笑又哭達半小時之久，有時則會半昏迷地躺在床上，等到他回來時，會發現店裡疏於照顧，所有的家事都沒有做。但他仍然認爲，這是女人要成爲母親的過程的一部分。當愛倫的那一份工作慢慢落在他肩上時，他全部承擔下來，辛苦地工作，沒有怨言。然而，他卻開始在隱約中更感覺像當初在「灰坑區」、羅波羅文法學校，或巴特斯比時一樣，並且也不再顯得那麼樂觀，而在他結婚的前六個月之中，正是這種樂觀使得他變成了另一個人。

他不僅必須做很多家事，因爲甚至煮飯、洗衣、整理床以及生火的工作不久都轉移到他身上了，他的生意也不再興隆了。他能夠照樣買貨，但是愛倫卻似乎無法像最初那樣賣貨。事實上，她賣得跟以前一樣好，但卻私自保有部分的所得，以便買烈酒。她的行爲越來越明顯，一直到沒有猜疑心的爾內斯特也應該看出她沒有說實話了。當她賣得比較好的時候——也就是說，一旦她認爲保有的私房錢超過某一個數目會引起懷疑時，她就向爾內斯特要錢，藉口是她想要買某種東西，如果不給的話，可能會對嬰兒造成無可彌補的傷害。一切似乎都很正確、合理、不可避免，然而爾內斯特卻看出，除非到分娩後，不然他可能要經歷一段艱難的時光。然而，一切又都會恢復正常的。

第七十五章

一八六〇年的九月，一個女孩誕生了，爾內斯特既驕傲又高興。由於嬰兒誕生，加上醫生對愛倫說了一番警戒的話，所以她有幾星期沒有喝酒。爾內斯特的希望好像眞的要實現了。妻子分娩的花費很大，爾內斯特不得不動用自己的儲蓄，但是他確知不久就會補回來，因爲愛倫又恢復正常了。有一段時間，爾內斯特的生意確實稍微復甦了，然而，那段中斷的時間，卻似乎以某種方式破除了開始時陪伴他的幸運符咒。但是他仍然滿懷希望，日夜懷著堅定的意志工作著，只不過不再有音樂、閱讀或寫作了。他的星期日郊遊停止了。要不是二樓是我自己保有，他也會失去在二樓的根據地的。但是，他很少使用這個地方，因爲愛倫越來越需要照顧嬰兒，因此，爾內斯特越來越需要照顧愛倫。

有一個下午，大約是嬰兒誕生後的兩、三個月，當時我們這位不快樂的男主角正開始感覺更加有希望，因此更能夠忍受自己的重擔，他從拍賣場回來，發現愛倫處在春天時他所發現的同樣歇斯底里狀態中。她說她又懷孕了，而爾內斯特仍然相信她。

六個月前的一切困惱就又開始了，並且情況持續惡化。錢賺得並不快，因爲愛倫欺騙他，自己存私房錢，以不當的方式處理他所買來的貨。等到錢賺得快時，她就像以前一樣找藉口向他要錢，而去追究她的藉口，似乎不合人之常情。說詞總是一樣。不久，一種新的特徵開始出現了。爾內斯特在金錢方面繼承父親的守規矩與精確性。他喜歡立刻知道最多必須花多少錢。他不喜歡忽然來一筆預先不知道的花費；他要每一筆花費都可能預先知道，也應該預先知道。但是，此時他開始接到帳單，是愛倫沒有知會他就去訂的東西，或者是他已經給了愛倫錢去買的東西。這是很可怕的，甚至爾內斯特也抓狂了。一旦他責備她——不是責備她買東西，而是責備她沒有把欠錢的事告訴他——愛倫就會歇斯底里，兩人就會吵起來。愛倫此時忘記了當初孤立無援時的艱困時光，反而很直率地責備他跟她結婚——在這樣的時刻，爾內斯特看清了眞相，就像當初唐尼雷說「不、不、不」時，他看清了眞相一樣。他沒有說什麼，但是他終於驚覺一個事實：他結婚是錯了。一種點醒的力量再度出現，讓他看清了自己。

他上樓到荒廢了的「根據地」，投進安樂椅中，兩手遮住臉。

他仍然不知道妻子喝酒，但是他不再能夠信任她了。他的快樂夢想已經結束了。他已經逃過英國國教的一劫——傷痕纍纍，但仍然逃過了——但是，他要如何逃過婚姻的一劫呢？他犯了同樣的錯誤，就像他與英國國教結合時所犯的錯，但是結果卻惡劣一百倍。他從經驗中並沒有學到教訓：他是一位以掃（Esau），也就是一個可憐的人，上主讓他的心腸變得很硬，有耳朵卻聽不到，有眼睛卻看不到，縱使流著眼淚去尋求悔改，卻找不到悔改的地方。

然而，整體而言，他難道不曾努力要去發現上帝之道並一心一意要遵從嗎？就某種程度而言沒錯，但是，他並沒有表現得很徹底，他並沒有爲了上帝而放棄一切。他知道得很清楚。比起他所可能做的，以及應該做的，他做得非常少。但是，如果他因此而受到處罰，那麼，上帝算是一個很嚴厲的主人，不斷埋伏著，要襲擊不幸的人。他跟愛倫結婚，本來是想避開一種罪的生活，走上自認是道德又正確的途徑。由於他過去的經驗加上環境的緣故，他這樣做是最自然不過的。然而，他的「道德」卻使他陷入多麼可怕的境地。就算任何的「不道德」也不可能使他陷入比這更惡劣的境地。如果道德一般而言不會終究爲人們帶來平和，那麼它又有什麼價值呢？有誰能相當確定婚姻會帶來平和嗎？他認爲，當他努力要表現得有道德時，卻一直跟隨著一位魔鬼，因爲這位魔鬼僞裝成一位亮光天使。但是，如果是如此的話，一個人又有什麼基礎可藉以穩住腳掌，踏出相當安全的步伐呢？

他仍然太年輕，無法獲得「以常識爲基礎」這個答案。他會認爲，這個答案不適合具有理想標準的人。

無論如何，顯然他已經爲自己盡力了。他一生都是如此。只要在任何時間出現一線溫暖與希望之光，就會立刻被遮蔽——嗯，監獄比這種情況還令人快樂呢！至少，他在獄中並沒有金錢方面的擔憂，而現今這擔憂正開始以非常可怕的方式壓迫在他身上。他此時是比在巴特斯比或羅波羅文法學校時更快樂；縱使他能夠的話，他也不會想回去過劍橋的生活。但是儘管如此，此時的前途卻是那麼黯淡，事實上，那麼無望，所以他感覺到自己會很樂於在安樂椅上一睡不起。

他這樣沉思著，認爲希望破滅了——他很清楚，只要他跟愛倫結合在一起，他就永遠無法像自己所夢想的那樣出人頭地。就在此時，他忽然聽到下面一陣噪音，不久就有一位女性鄰居跑上樓，匆匆走進他的房間。

「天啊，爾內斯特先生，」她大聲說，「請趕快下來幫忙，夫人很可怕——她很不雅觀。」

這個不快樂的男人按照吩咐下樓去，發現妻子陷入酒瘋狀態中。

現在他一切都明白了。鄰人以爲他一定知道妻子一直在喝酒。但是，愛倫手段很高明，而他卻很單純，所以就像我說過的，他並沒有起疑心。「哎，」那個去叫他下來的女人說，「只要她受得了、付得起，她都會盡量去喝。」爾內斯特幾乎無法相信自己的耳朵，但是一旦醫生看過他的妻子，妻子也變得比較安靜，他就到附近的酒店詢問，結果讓他以後更深信不疑。酒店老闆利用這個機會，拿了一張帳單給我們這位男主角看，帳單上載明他的妻子賒欠了幾鎊的酒錢。由於妻子生產，加上生意不好，他並沒有錢可以付給老闆，因爲總數超過他所剩下的存款。

他來找我——不是爲了錢，而是要來告訴我這個可悲的消息。我已經有一段時間看出情況有問題，並相當精明地懷疑到問題的所在，但是，我當然沒有說什麼。爾內斯特和我已經疏遠了一段時間。我對於他的結婚感到很苦惱，雖然我盡量隱藏，但他還是知道。

一個人的友誼就像他的意志一樣，會因爲自己的婚姻而失去作用——但同樣也會因爲他的朋友的婚姻而失去作用。兩人之中無論誰結了婚，友誼一定會出現裂痕，並且裂痕也一定會很快擴大，在結婚的一方和未結婚的一方之間形成很大的鴻溝。我開始不去管我所提攜的這個人，讓他任命運擺佈，因爲我沒有權力也沒有力量去干涉命運。事實上，我已經開始感覺到他是一種負擔。當我對他有用時，我並不很介意這一點，但是當我對他沒有用時，我就有怨言了。他必須自做自受。爾內斯特已經感覺到這一切。他很少接近我，一直到一八六〇年末的一個晚上，他才來看我，露出很悲傷的臉色，把自己的困境告訴我。

一旦我發現他不再喜歡自己的妻子，我就立刻原諒他，跟以前一樣關心他。像我這樣一個年紀很大的單身漢，最喜歡的事情是：知道有一個已婚的年輕人後悔結了婚——特別是當情況已經演變到很極端的程度，我不必假情假意希望情況會再度好轉，也不必鼓勵這位年輕朋友善處逆境。

我自己很贊成他們分居，所以我就說，我會付給愛倫津貼——當然我是想要從爾內斯特的錢之中支付。但是他卻不同意。他說，他已經跟愛倫結婚了，必須努力讓她改過自新。雖然他很不喜歡這樣做，但是他必須去試。我發現他跟平常一樣很倔強，只好默默同意，只不過我對結果並沒有什麼信心。我看到他把精力浪費在這樣一件無益的事情上，心裡感到很苦惱，又開始感到他是個很大的累贅。恐怕我當時是顯示出這種感覺了，因爲他又有一段時間避開我。我確實有很多個月幾乎完全沒有看到他。

愛倫有幾天的時間病得很重，然後逐漸復原。一直到她脫離險境，爾內斯特才離開她。她復原後，爾內斯特要醫生告訴她說，如果她再發作一次，一定會沒命。她非常驚恐，因此她發誓不再喝酒。

然後爾內斯特又感覺有希望了。愛倫不喝酒時，就像結婚的最初幾天一樣，所以爾內斯特很快就忘記了痛苦，幾天之後又跟以前一樣喜歡她了。但是愛倫不能原諒他，因爲她知道了他所做的事。她知道他在監視她，以免她受到誘惑。雖然他盡量讓她認爲，他不再對她感到不安，但是，她卻發現，她不得不過著體面的生活，壓力越來越大；她也越來越以渴望的心情，回顧遇見丈夫之前所過的那種不受法律拘束的自由生活。

我不再詳述故事的這一部分。一八六一年的春天，愛倫表現得很正常——她已經放蕩過了，加上她已發誓不再喝酒，對她有了約束力，所以她有一段時間顯得很馴服。店裡的生意很不錯，使得爾內斯特能夠收支平衡。一八六一年的春天和夏天，他甚至又存了一點錢。秋天時，他的妻子又生了一個男孩——每個人都說是很棒的男孩。她不久就復原了。爾內斯特正開始要呼吸自由的空氣且幾乎是滿懷希望時，暴風雨卻在沒有預警的情況下又發作了。爾內斯特在結婚後大約兩年的一個下午回家，發現妻子躺在地板上，失去了知覺。

自此以後，他變得很絕望，並且開始明顯地走下坡。他已經受到太多的折磨了，命運長久以來都與他作對。最近三年來身心方面的耗損，已經使他身心俱疲，雖然並沒有眞正生病，卻已經工作過度，情況每下愈況，無法再承受任何重擔了。

有一段時間，他努力不去發現這一點，但是事實太強有力，無法逃避。於是他又來找我。把所發生的事情告訴我。我很高興危機來臨了。我爲愛倫感到難過，但是，完全與她分居卻是她的丈夫的唯一機會。然而，縱使最近突然發生了這件事，爾內斯特還是不同意分居，並且提到有關「盡忠職守」的無稽之談，我都厭倦了他。我每次看到他，都發現往昔的陰鬱神情更加深沉地籠罩在他臉上。我正想下決心藉著「突襲」的方式結束這種情況，諸如賄賂愛倫跟別人遠走高飛，或類似的事情，但是，事情卻以一種我不曾預期到的方式恢復正常了。

第七十六章

那年冬天很難捱。爾內斯特賣掉自己的鋼琴，度過了難關。賣了鋼琴之後，他似乎阻斷了與較早的生活的最後一層關係，永遠淪爲小小的店主。他認爲，無論自己陷入多麼卑低的境地，他的痛苦都不會再持續下去，因爲如果持續的話，他就只有死路一條。

此時他很憎惡愛倫，兩個人在生活中顯然彼此扞格不入。要不是爲了孩子們，他就會離開她，前往美國，但是他不能把孩子留給愛倫，至於隨身帶著孩子，他則會不知道怎麼做，也不知道一旦把孩子們接到美國，要怎麼處理他們。如果他還有力氣，也許最後會帶著孩子們離開，但是，他已喪失勇氣，所以日子一天天過去，他並沒有採取任何行動。

此時，他只剩下幾先令，加上存貨的實値，但也不大。藉著出售樂譜以及仍然屬於他的少數畫作與家具，也許可以獲得三、四鎊。他曾想到要靠搖筆桿來生活，但他在很久以前就停止寫作了，腦中不再有什麼想法了。無論往什麼方向看，他都看不到希望。就算末路還沒有眞正出現，至少也在不遠的地方了；他幾乎面對眞正的匱乏危機了。看到人們穿得很不好，甚至沒有穿鞋子與襪子，他就懷疑自己是否會在幾個月內陷入同樣的境地。命運的那隻殘酷又無法抗拒的手已經抓住他，正把他往下拖，往下拖，往下拖。他仍然踉蹌前進，每天做例行的工作，買二手貨衣服，利用晚上的時間將它們洗淨、修補。

有一個早晨，他到「西端」一個僕人的家買了一些衣服，回家時爲一小群人所困，因爲這小群人聚集在一片空地的四周。這片空地位於靠近「格林公園」的一條小徑的草地上，用欄杆圍起來。

那是三月末一個天氣溫和的可愛春晨，就一年的那個時間而言，算是透露不尋常的芳香氣息。那種瀰漫著土地與天空的春色，甚至有一段時間抒解了爾內斯特憂鬱的心情。但是，憂鬱的心情不久又回歸了，他露出憂傷的微笑時自己說：「春天可能為其他人帶來希望，但是對我而言，從此再也沒有希望。」

他心中想著這句話，同時加入聚集在欄杆四周的那小群人，原來他們在看著三隻羊以及一些才出生一兩天的小羊。為了免於那些在公園漫遊的人的傷害，牠們被圍了起來。

羊兒很漂亮。倫敦人很少有機會看到小羊，難怪每個人都駐足觀看著。爾內斯特觀察到，最喜歡小羊的人似乎是一位大塊頭的肉店男孩。這個男孩靠在欄杆上，肩膀上扛著一盤肉。爾內斯特看著這個男孩，笑著他那怪異的讚賞模樣，忽然意識到有一個人正專心注視著他。這個人穿著車伕的衣服，也停下來觀賞小羊，靠在園欄的對面。爾內斯特一會兒就認出他是約翰，也就是他父親在巴特斯比的老車伕，於是立刻走過去找他。

「嗯，爾內斯特少爺，」車伕以濃厚的北方腔說，「我今天早晨才想到你呢，」於是兩個人很高興地握手。約翰住在「西端」一個非常好的地方。他說，自從離開巴特斯比後，除了前一、兩年，他都過得很好。然後他緊繃著臉孔說，前一、兩年幾乎毀了他。

爾內斯特問他是怎麼回事。

「嗯，你知道，」約翰說，「我一直很喜歡那個少女愛倫，爾內斯特少爺，你應該記得，你曾追著她，把你的錶給她。我想你並沒有忘記那一天，有嗎？」說到這兒他笑出來。「我不知道她離開巴特斯比時所懷的孩子是我的，但這是很可能的。無論如何，在離開你爸爸的房子幾天後，我就寫一封信給愛倫，寄到我們所同意的一個地址，告訴她說，我要做應該做的事，並且我也眞的做了，因為不到一個月後我就跟她結婚了。啊，天啊，到底是怎麼回事了？」——原來，當他說完自己的故事的最後幾句話時，爾內斯特的臉色變得像一張紙那樣白，靠在欄杆上。

「約翰，」我們的這位男主角說，喘著氣，「你確定你所說的話嗎？——你確定你眞的跟她結婚了嗎？」

「當然，」約翰說，「我在一八五一年八月十五日在雷奇伯利與她公證結婚。」

「請你幫幫忙，」爾內斯特說，「扶我到皮卡狄里，幫我坐進一輛出租馬車。如果你有時間的話，立刻跟我一起到住在『法學協會』的歐維頓先生那兒。」

第七十七章

爾內斯特發現，他的婚姻無效，他其實沒有結婚，但我不認爲他比我更高興。無論如何，對他而言，驚喜的強度確實變得令人麻木了。當他感覺重擔除去時，由於不習慣輕鬆的動作，所以就站立不穩了。他的地位受到嚴重的打擊，所以他的身分似乎也受到了打擊。他就像一個人從可怕的惡夢中驚醒，發現自己安然無恙躺在床上，但卻相信房間裡面充滿武裝的人，就要撲向他。

「而我，」他說，「不到一小時前還在抱怨自己沒有希望了。幾個星期以來，我一直在責備幸運女神，說她眷顧別人，卻不曾眷顧我。嗯，其實沒有任何人有我一半的幸運。」

「是的，」我說，「你已接種了婚姻疫苗，已經復原了。」

「然而，」他說，「我在她喜歡喝酒之前是很喜歡她的。」

「也許，但是丁尼生不是說過嗎：『愛過又失去，比完全沒有愛過好。』」

「你是個不可救藥的單身漢，」他這樣回答。

然後，我們跟約翰長談，我當場給他五鎊。他說，愛倫在巴特斯比時就喜歡喝酒，是女廚子教她的。他知道這件事，但是因爲很喜歡她，所以就冒險跟她結婚，使她免於流落街頭，並希望能夠導正她。她對他的表現，就像對爾內斯特的表現一樣——只要不喝酒，就是一位很棒的妻子，但是之後就一個很差勁的妻子了。

「在整個英國之中，」約翰說，「沒有一個女孩比她脾氣好、溫順、美麗，沒有一個女孩比她更了解男人喜歡什麼，以及如何讓男人快樂——只要你能夠讓她不喝酒，但是你就是做不到。她的手腕是那麼高明，她會當著你的面喝酒，但你卻不知道。縱使她拿不到你的東西去當或賣，她也會偷鄰人的東西。我第一次跟她在一起時，她就是這樣惹上麻煩的。她在獄中的六個月中，只要想到她會再出獄，我就很不快樂。然後她確實出獄了。在成爲自由身還不到兩個星期，她就又開始在店裡偷東西，又開始放蕩了——全是爲了拿錢去買醉。我看出，我拿她沒辦法，她會要了我的命，所以我就離開她，來到倫敦，又當起僕人。一直到你和爾內斯特先生告訴我，我才知道她的情況。我希望你們兩人都不要說曾見過我。」

我們向他保證，我們會保守祕密，然後他離開我們，對於他一直很喜歡的爾內斯特一再表示自己內心深情的感覺。

我和爾內斯特討論情況，首先決定要把孩子們送走，然後跟愛倫談妥孩子未來的監護問題。至於愛倫自己，我的建議是：只要她不惹麻煩，就一星期給她一鎊的津貼。爾內斯特不知道這一筆一星期一鎊的錢要從哪裡來，所以我就讓他放心，告訴他說由我來付。不到兩個小時，我們就接到了愛倫一直很冷漠地對待的兩個孩子，把他們交給我的洗衣女工照顧，因爲她是一個慈祥的善良女人。她立刻喜歡上小孩，小孩也立刻喜歡上她。

然後就是一件討厭的工作：擺脫掉孩子們那位不快樂的母親。爾內斯特內心很痛苦，因爲他想到，這樣的分離會讓她很震驚。他總是認爲，人們提供了他寶貴的幫助，或者他對人們造成了無可彌補的傷害，所以，人們有權利對他提出要求。然而，目前這件事很清楚，因此爾內斯特並沒有表示很大的疑慮。

我不認爲爾內斯特應該費心再跟妻子面談一次，所以我就要律師歐特利先生處理整件事情。雖然愛倫再度成爲放逐者後內心會感到很痛苦，但是我們卻不必那麼折磨自己。理查茲夫人是爾內斯特的鄰居，在爾內斯特第一次發現妻子喝醉酒的那個夜晚，理查茲夫人曾叫他下樓去。爾內斯特看到了理查茲夫人，並從她口中獲知愛倫對這件事的詳細看法。愛倫似乎一點也沒有感到良心不安；她說，「謝天謝地，終於解決了！」雖然她知道自己的婚姻無效，但卻顯然認為這只是個細節，不值得任何人花時間特別詳細去探討。至於爾內斯特與她分離，她說，這對他和她都是好事一樁。

「這一生，」她繼續說，「並不適合我。爾內斯特對我而言是太美好了。他要一個比我好一點的女人，我要一個比他差一點的男人。如果我們不以結婚的身分生活在一起，是會處得很好。但是多年來，我都習慣擁有自己的一個小地方，無論多麼小。我不要爾內斯特或任何其他男人經常在四周徘徊。除外，他太一成不變了：他的入獄經驗對他一點好處也沒有——他就像那些完全不曾入獄的人那樣嚴肅，永遠不會詛咒或罵人，無論可能用什麼樣的語言。我很怕他，因此我喝酒喝更兇了。像我們這種可憐的女孩所想要的，並不是突然躍上龍門，嫁一個如意郎君。這對我們而言是奢望，只會挫我們的銳氣。我們所想要的是一兩個固定的朋友，讓我們免於挨餓，讓我們不得不為了一點錢時而表現得很好。這是我們所能容忍的。他可以擁有孩子，他對孩子們會比我對他們更好。至於他的錢，他可以給，也可以不給，隨他喜歡。他不曾對我造成任何傷害，我不會去管他。但是，如果他要給我錢，我想我最好接受。」——於是她就接受了。

「而我，」安排好了之後，爾內斯特又在心中想著，「卻認為自己很不幸，」

我大可以在這兒說出必要進一步說出的一切，我是說有關愛倫方面的。以後的三年時間，她都固定在每個星期一早晨到歐特利先生那兒去取那一鎊的津貼。她總是穿得很整齊，看起來很安靜，很漂亮，沒有人會懷疑她過去的一切。最初，她有時會要求預支津貼，但是在嘗試三、四次不成之後——其間每次都提出非常可憐的說詞——她就放棄了，只是固定領走津貼，沒有說一句話。有一次，她來的時候，眼圈發黑，「一個男孩誤擲石頭，擊中她的眼睛」。但是，整體而言，三年結束時，她看起來跟開始時一樣，沒有改變。然後，她說她又要結婚了。歐特利先生為此跟她見面，告訴她說，如果她再結婚，很可能又犯重婚罪。「隨便你怎麼說好了，」她回答，「但是我要跟肉商畢爾到美國，我們希望爾內斯特先生不要對我們太嚴苛，不要停止給津貼。」爾內斯特很不可能這樣做，所以他們兩人就平安地離開了。我想是畢爾把她的眼睛打黑了，但是，她卻更加喜歡他。

從一兩件事，我猜出他和畢爾相處得很好，她認為，畢爾是比約翰和爾內斯特更適合她的伴侶。爾內斯特在生日的時候，通常都會收到一個蓋著美國郵戳的信封，裡面有一個書籤，附有炫耀性的經文，或者一個具有寓意的茶壺支撐物，或者其他表示感謝的類似小禮物，但是裡面並沒有信。至於孩子，她並沒有提起。

第七十八章

此時爾內斯特已超過二十六歲，再過一年半就可以擁有他的那筆錢了。我認爲，他可以比他的姑媽彭提菲小姐所規定的日期早一點得到錢。同時，我不喜歡他在經歷這個危機之後，繼續經營位於「黑托鉢僧」的那間店。一直到此時，我才充分了解到他受了多少苦，也才了解到他所謂的「妻子的習慣」幾乎讓他陷入實際的匱乏狀態中。

我早就注意到，往昔蒼白、疲倦的神色籠罩在他臉上，但是我太懶惰，或者覺得無法與愛倫進行一場拖長的戰爭，並在其中獲勝，所以就沒有對他表示同情，也沒有像我應該做的那樣去關心他。然而，我卻幾乎不知道我自己可能做些什麼：如果爾內斯特沒有發現他自己所發現的事情，他就不會與他的妻子分開，而只要他繼續與她生活在一起，就對他不會有很大的好處。

畢竟，我還是認爲我是對的。就因爲我讓事情自然解決，所以事情最後確實好轉了——無論事情是否好轉了，總之整個事情是處在一團亂的狀態中，只要愛倫參與其中，我就無法冒險去處理。然而，此時既然愛倫被排除了，我就又恢復對我的教子的關心，並且多次在心中盤算著最好怎麼去面對他。

自從他到倫敦來過所謂的自立的生活以來，已經過了三年半。在這幾年之中，他有六個月是當教士，六個月在獄中，有兩年半的時間則一直在獲取生意與婚姻方面的雙重經驗。我可以說，他所從事的每件事情都失敗了，甚至身爲犯人也是如此。然而，我卻認爲，他的失敗一直都像是勝利，所以我相信，他值得我對他付出所有的苦心。我所唯一擔心的是：在最好不去管他時卻去干涉他。整體而言，我認定，三年半學習時間過著艱辛的生活，是足夠了。那間店對他有很大的幫助，讓他在非常艱困時以某一種方式堅持下去。那間店讓他學會自行設法，教他看出四周有利的機會，而幾個月前，他卻只看到無法克服的困難。那間店擴大了他的同情心，因爲他了解了下層階段的人，不局限於家世良好的人的人生觀。他走在街上，看到舊書攤外面的書、古董店中的小古玩，以及在我們四周無所不在的無止盡商業活動，於是，他有了了解與同情；如果他不曾自己開過店，是永遠不可能這樣的。

他時常告訴我說，當他坐火車俯視擁擠的郊區，看著一條街又一條街的骯髒房子，他心中都會想著：什麼樣的人住在裡面呢？他們在做什麼？有什麼感覺？跟他自己所做的和所感覺的，有多大的相同程度呢？他說，他此時就了解一切了。我並不很熟悉《奧德賽》的作者（順便一提，我深深覺得是一位教士），但是這位作者確實表現得一針見血，因爲他把典型明智人物的定義簡化爲「知曉很多人的行爲與經歷」。有什麼文化足以與此相比呢？比起爾內斯特在獄中的生活以及在「黑托缽僧」當裁縫的生活，他的中學與大學生涯，此時在他看來就像一則謊言，一種無精打采、令人衰弱的放蕩生活。我曾聽他說，他會再去經歷自己所遭受的一切痛苦，就算只爲了更深沉地洞識希臘與薩里啞劇的精神。他在最近這三年所獲得的經驗，使他再度對自己的力量有了信心：就算被丟進深水之中，他也能夠游泳。

但是我已說過，我認爲，我的教子此時已經看到了很多生命的暗流，這些暗流可能對他有用，他應該開始以一種更適合於自己前途的方式去生活了。他的姑媽曾希望他「接觸土地」，而他已經非常努力這樣做了。但是，我不喜歡想到他從一位小店員忽然變成一年收入在三、四千鎊之間的人。壞運太突然轉變爲好運是很危險的，就像好運突然轉變爲壞運也是很危險。除外，貧窮是很累人的。雖然那是一種類似胚胎的狀態，如果一個人以後要安全地發展，最好經歷這種狀態，但是，就像痲疹或猩紅熱，最好情況很溫和，並且很早就復原。

除非一個人曾經遭受過意外的打擊，不然，他就有可能失去所擁有的每一分錢。我時常聽到中年女人與安靜的顧家男人說，他們沒有投機的傾向，他們只曾接觸（也永遠只會接觸）最健全、最有名譽的投資。至於無止境的負債，哦，天啊！天啊！他們舉起雙手、抬起雙眼，表示不敢領教。

只要有人這樣談著，我們就可以認爲，他很容易在遇到第一位投機份子時受到誘惑。他通常最後會說，儘管他天性很謹慎，也很了解投機是多麼愚蠢的事，然而，卻有些投資雖然稱之爲投機，但實際上並非如此；他會從口袋中取出康瓦爾一處金礦的企劃書。只有在眞正損失了金錢之後，一個人才會體認到損失金錢是多麼可怕的事情，並發現，最容易損失金錢的人，是那些冒險脫離熟路之中道的人。爾內斯特曾遭受過意外的打擊，因爲他遭受到貧窮的打擊，是在年輕的時候，並且情況足夠惡劣，明智如他是不可能遺忘的。我幾乎想不到有任何人獲賜這麼好的運氣，當然，我是說，我幾乎想不到有什麼人不曾遭受重大傷害卻獲賜這麼好的運氣。

我對這個問題的感覺很是強烈，所以如果我能夠做到的話，我會在每間學校安置一位教投機生意的老師。我會鼓勵男學童閱讀《金錢市場評論》、《鐵路消息》，以及所有最佳的金融報紙，並且要他們創設一個證券交易所，以「便士」代表「英鎊」從事交易。然後讓他們在實際的操作中看看這種快速致富的過程。校長可以頒獎給最謹愼的「商人」，而一再損失金錢的學童應該被開除。當然，如果有任何學童證明有做投機生意的天分，並賺了錢——那麼很好，就讓他無論如何去做投機生意吧。

如果大學不是世界上最差勁的導師，那麼，我倒想看到牛津與劍橋中有教投機生意的教授。然而，我想到，牛津與劍橋所能夠做得很好，且唯一值得做的一些事情是：烹調、板球、划船以及球賽，而這些方面並沒有教授，所以我唯恐，一旦有了教投機生意的教授，則最後年輕人既不知道如何做投機生意，也不知道如何不做，只會成爲很惡劣的投機者。

我聽說，有一個父親確實把我的想法付諸實行。他要兒子不要信任冠冕堂皇的企劃書和誇張的文章，只給他五百鎊，要他按照自己的觀點去投資。父親以爲他會虧損掉這筆錢，但結果並非如此，因爲這個男孩很用心，很謹慎地運作，結果錢一直增加。後來父親才把錢取回去，連本帶利取回去——他喜歡以自衛的口氣這樣說。

我在大約一八四六年時犯了金錢上的錯誤，其實當時其他的人都在犯同樣的錯誤。有幾年的時間，我感到很驚恐，遭受很大的痛苦，所以，一旦我（獲得曾經替我的父親和祖父獻計的某位經紀人的忠告）最後賺了錢而不是虧錢，我就不再亂搞，從此以後盡可能保持中道。事實上，我是努力去保有自己的錢，不是賺更多的錢。我處理爾內斯特的錢，就像處理我自己的錢——也就是說，一旦按照彭提菲小姐的指示把錢投資在「中部」股票後，就不再去管它了。我一點也不花費心思去處理，但我的教子的財產卻增加了；當初就算我再怎麼花費心思去處理，他的那些財產也不可能比我一點也不費心思去處理時增加一半之多。

一八五〇年的八月底，我賣出彭提菲小姐的證券，當時「中部」股票是每一百鎊利潤三十二鎊。我以這個價錢投資了爾內斯特所有的一萬五千鎊，一直到幾個月前才改變投資——也就是說，一直到一八六一年的九月。那時我以每股一百二十九鎊賣出，去投資「倫敦與西北」股票，因爲我聽說，這家股票比「中部」股票容易漲。我是以每一百鎊利潤九十三鎊的代價買了「倫敦與西北」股票，而我的教子在現在的一八八二年仍然持有這些股票。

在十一年之中，原來的一萬五千鎊已經增加到六萬鎊以上。所累積的利息——我當然將之再投資——已經達到大約一萬鎊以上，所以，爾內斯特當時的財產超過七萬鎊。目前他的財產幾乎是這個數目的兩倍，而這全是不費心思去處理所獲得結果。

雖然他當時已擁有一大筆財產。但是在他達到法定年齡之前的一年半之間，應該會再增加，所以在他達到法定年齡時，應該至少有一年三千五百鎊的收入。

我希望他學會複式簿記。我自己年輕時曾被迫精通這種不很困難的技術。一旦精通之後，我就很著迷了，認為這是任何年輕人在學會閱讀與寫作之後最必要的一部分教育。因此，我決定要讓爾內斯特精通此道，於是建議他當我的管家、簿記員，以及我的儲蓄方面的經理人，而所謂的我的儲蓄，是指我的總帳簿所顯示的數目：已經從一萬五千鎊累積到七萬鎊。我告訴他說，一旦數目達到八萬鎊，我就要開始去花費所得了。

話說爾內斯特此時發現自己仍然是單身漢，再度過著未婚生活，還在所謂蜜月時光的開始期間。幾天之後，我把我的計畫告訴他，希望他放棄那家店，並提議給他一年三百鎊，管理他自己的財產（如果需要管理的話）。當然，我要他從財產中支出這個一年三百鎊的數目。

如果他一直需要什麼力量來讓自己的快樂變得很完美，那就是這件事了。他在不到三、四天之中就免除了一種最可怕又無望的「婚姻」關係，同時從一種幾乎是卑劣的生活中提升到另一種境界：享受心目中的豐富收入。

「一個星期一鎊，」他想著，「給愛倫，其餘的歸我自己。」

「不，」我說，「愛倫的一個星期一鎊也是從財產中支出。你自己必須有完整的三百鎊。」

我決定了這個數目，因為當孔寧斯比(Coningsby)在命運的最低潮時，狄斯累利（Disraeli）先生就是「給了」他這個數目的錢。狄斯累利先生顯然認為，一年三百鎊是孔寧斯比能夠賴以生活以及收支平衡的最低數目。無論如何，他認為，他筆下的這位男主角靠著這筆錢能夠度過一兩年的時光。在一八六二年——我現在就是在寫及這一年——物價已經上漲，只不過沒有像從此以後所上漲的那樣高。另一方面而言，爾內斯特過去並不像孔寧斯比那樣花了很多錢，所以，整體而言，我認爲一年三百鎊對他而言是很適當的。

第七十九章

此時的問題是：兩個孩子要如何處理？我對爾內斯特說，孩子的費用必須從財產中支出。我讓他知道，我所建議要從財產中支出各個項目，在我所能支配的收入之中只佔了很小部分。他開始要表示異議，於是，我要他安心，告訴他說，錢全是他的姑媽給我的，只是當初他不知道，並且我也提醒他說，他的姑媽和我之間有一種默契：如果有情況發生，我可以做我此時正在做的事情。

他想要讓他的孩子在清新、純淨的空氣中成長，與其他快樂又滿足的孩童生活在一起。但是，他當時仍然不知道那位在等待他的幸運女神，所以他堅持孩子應該在窮人而不是在富人之中度過早年的時光。我勸誡他，但是他意志很堅決。我想著，這兩個孩子其實是私生子，於是我就認爲，爾內斯特的計畫也許終究對每個人都好。孩子仍然很小，置身何處並不很重要——只要他們跟仁慈、體面的人待在一起，住在一個健康的地區。

「我不會對我的孩子表現得很仁慈，」他說，「就像我的祖父對我的父親，或我的父親對我一樣。如果他們兩人無法讓他們的孩子愛他們，我也無法讓我的孩子愛我。我對自己說，我想要讓我的孩子愛我，但是我的祖父和父親以前也是這樣對自己說。我可以做到的是，不讓孩子們跟我涉及相當的關係，因此他們就不會憎恨我。我只能這樣做。如果我必須毀了他們的前途，請讓我在一個合理的時間這樣做：在他們年紀還不夠大，還不會感覺到的時候。」

他沉思了一會，發出笑聲，補充說道：

「一個人在誕生之前先跟父親爭吵了大約九個月。他堅持建立一種分離的體制。一旦這一點獲得同意，則以後分離的情況越完全，對兩人越好。」然後他以較嚴肅的口氣說：「我要讓孩子們置身在一個地方，讓他們健康又快樂，不會陷入錯誤的經驗所帶來的痛苦。」

最後，他記得，在星期日散步時曾不只一次看到一對夫妻，住在格拉維森下面幾哩遠的海濱，就在海域開始的地方。他認爲可以把孩子托付給他們照顧。他們有一個屬於自己的家庭，快速地成長，孩子們似乎欣欣向榮。父親與母親確實過著很自在的生活，他們的成長也很健全。在他們照顧之下，孩子們很可能有機會獲得美好的發展，就像在爾內斯特所認識的任何人的照顧之下一樣。

我們去看這對夫妻。我跟爾內斯特一樣對他們很滿意，所以我們提議給他們一個星期一鎊的代價，要他們照顧小孩，撫養他們長大，視同己出。他們欣然同意。過了一兩天，我們就把孩子帶過去，讓他們留下來，覺得我們已盡量做得很好，至少目前是如此。然後，爾內斯特把少量的店中存貨送到德本罕，放棄已經住了兩年半的房子，回到文明的社會中。

我期望他此時會迅速復原，但是，我卻看到他的情況確實變得更糟，心中感到很失望。是的，不久之後，我就認爲，他看起來像是生了病，所以就堅持要他跟我去看倫敦一位最有名的醫生。結果這位醫生說，我的年輕朋友並不是患急性病，只是苦於神經衰弱，是長期嚴重的精神痛苦所造成的，除了「時間」、「幸運」和「休息」之外，沒有其他治藥。

他說，爾內斯特以後一定會精神崩潰，但還可能維持現況幾個月之久。是突然解除緊張使他受不了。

「立刻進行『基因交換』，」醫生說，「『基因交換』是這個時代偉大的醫學發現。把別的東西灌輸進他身上，如此灌醒他。」

我沒有告訴醫生，金錢對我們而言不是問題。我想，他並不認爲我是過分有錢的人。他繼續說：

『看』是一種觸碰的方式，觸碰是一種滿足慾望的方式，滿足慾望是一種同化的方式，同化是一種再創造和繁殖的方式，而這就是『基因交換』——把你自己灌輸進別的東西，把別的東西灌輸進你自己。」他笑著說，但顯然是很嚴肅的。他繼續說：

「人們經常來找我，他們想要進行『基因交換』或改變——不知道你是否喜歡這個字眼——我知道，他們沒有足夠的錢，無法離開倫敦。因此，我就想著：就算他們無法離開家，我也要設法以最佳的方式進行『基因交換』。我把在倫敦的廉價娛樂方式列成一張表，推薦給我的病人。其中沒有一種娛樂方式花費超過幾先令，所需要的時間也不超過半天或一天。」

我說，就這件事而言，不必要考慮金錢的問題。

「我很高興，」他說，仍然笑著。「順勢療法醫生會使用黃金做爲一種藥品，但是他們不會提供足夠多的劑量。如果你能夠自由提供你這位年輕朋友這種東西的劑量，不久他就會復原。無論如何，爾內斯特先生身體還不夠健康，無法經得起出國這樣大的改變。根據你所說的，我認爲，他最近已經經歷了很多對他有好處的改變。如果他現在就出國的話，也許不到一星期就會生重病。我們必須等到他稍微恢復身心正常狀態。我開始時要以倫敦做爲治療他的對象。」

他想了一會，然後說道：

「我已發現，動物園對我的很多病人很有用。我建議爾內斯特先生去經歷較大的哺乳動物的生活。不要讓他認爲，他這樣做是基於醫學的目的，而是要讓他到這些動物所居住的地方去，一個星期兩次，達兩星期之久，跟河馬、犀牛以及大象待在一起，一直到這些動物開始厭倦他。我發現，這些野獸有益於我的病人，勝過其他的野獸。猴子在『基因交換』方面的好處並不夠廣泛：牠們不會提供足夠的刺激。較大的肉食類動物沒有同情心，爬蟲類完全沒有用，而有袋動物不見得比較好。鳥類之中除了鸚鵡之外並沒有很大的好處；爾內斯特先生可以時而看看鳥類。但是，就大象和一般豬類而言，他必須盡可能跟牠們打成一片。

「然後，你知道，爲了避免單調，在他去之前，我會叫他到西敏寺大教堂做晨間禮拜。他所待的時間不必超過唱讚美詩的時段。我不知道爲什麼，但是事實就是事實：詩篇第一百篇很少令人感到滿意。就讓他看看西敏寺大教堂，安靜地坐在『詩人角落』，一直到音樂的主要部分結束了。讓他這樣做兩、三次，不要超過，然後，他才去動物園。

「然後在第二天用船送他到格拉維森。晚上一定要讓他到戲院——兩個星期後再讓他來找我。」

要不是這位醫生是那麼有名，我就會懷疑他是不是很眞誠。但是，我知道他是一個專業人士，不會浪費自己與病人的時間。一離開他的地方，我們就坐一輛出租馬車到「攝政公園」，花了兩、三小時在動物不同的居住地方四周漫步。也許是因爲醫生告訴了我那些事；無論如何，我確實有了一種以前未曾有過的感覺。我是說，我正在接受一種新生活的注入力量，或者在過程中獲致看待生命的新方式——兩者是一樣的。我發現醫生說得很對：根據他的估計，較大的哺乳動物整體而言是最有好處的。雖然爾內斯特並沒有聽到醫生所告訴我的話，但是，我卻觀察到，他本能地在這些動物前面徘徊。至於大象，特別是幼象，他似乎非常沉迷於牠們的生活，結果他重新創造、更生了自己的生活。

我們在花園吃飯。我很高興，因爲我注意到，爾內斯特的食慾已經改進了。從此以後，每當我自己感覺有點不舒服，就會立刻前往「攝政公園」，總是獲益匪淺。我在這兒提到這件事，是希望有哪一位讀者會發現這則提示確實有用。

兩星期結束後，我們這位男主角情況變得好多了，甚至比我們的醫生朋友所期望的還好。「現在，」醫生說，「爾內斯特先生可以出國了，並且越快越好。讓他在國外待兩、三個月。」

這是爾內斯特第一次聽到有關他出國的事。他說，我長久以來都無法放過他。我不久就解決了這個問題。

「現在是四月的開始，」我說，「立刻去馬賽吧，然後坐船到尼斯。然後漫步走上里維拉，到熱那亞——從熱那亞到佛羅倫斯、羅馬和拿不勒斯，取道威尼斯和義大利的湖泊回家。」

「你不跟我一起去嗎？」他以渴望的口氣說。

我說，其實我不介意跟他同行，所以我們第二天早晨就開始安排，不到幾天的工夫就準備好了。

第八十章

我們坐夜船離開，從多佛渡海。夜很柔和，海上有一輪明月。「你難道不喜歡英吉利海峽輪船的引擎散發出油味嗎？其中不是隱含很多希望嗎？」爾內斯特對我說，因爲他在男孩時代曾有一個夏天和父母到諾曼第，此時這種氣味使他回想起還沒有開始抗拒有力的外在世界，還沒有受傷纍纍的那些日子。「我一直認爲，出國最美好的一部分是，活塞發出第一陣砰然的聲音，船槳開始擊水時傳來第一陣汩汩聲。」

那就像夢幻般：在卡萊斯地方下船，在我們通常都躺在床上睡得很熟的時辰，拿著行李在一個異國的城鎮到處蹣跚地走著。但是，一旦坐進火車車廂，我們就安頓下來睡覺，一直睡到我們經過了阿敏斯。然後，清新早晨的初兆開始出現，我醒了過來，看到爾內斯特已經表現出敏銳、專注的好奇心，大肆欣賞著掠過我們眼前的每一種景物。農夫穿著上衣，適時沿路驅車到市場；信號員的妻子戴著丈夫的帽子，穿著丈夫的外衣，揮著綠色的旗子；牧羊人把羊兒趕到多露的草地；經過鐵路路塹時，堤岸上綻開著櫻花草。爾內斯特醉飲著這一切，那種歡喜之情太深沉了，無法以言語形容。載著我們前進的那列火車名叫「莫札特」，爾內斯特也很喜歡。

我們在六點鐘到達巴黎，剛好有時間越過城鎮，乘坐早晨的快車到馬賽。但是，中午的時間還沒有到，我這位年輕的朋友就開始筋疲力盡，連續不斷地睡著，中斷的時間很少超過一小時。有一段時間，他勉強打起精神，但是最後還是以一種說詞來安慰自己：樂趣多的是，眞棒。他大可以捨棄其中不少的樂趣。一旦找到一種理論來自圓其說，他就睡得很安穩了。

我們在馬賽休息。我已經感到有點擔心了：生活的改變所帶來的興奮之情太強烈了，我的教子那種仍然很脆弱的身體狀態承受不了。有幾天的時間，他眞的生病了，但是之後他就復原了。至於我自己，我把生病視爲生命中一種很大的快樂——只要沒有病得太重，只要身體還未復原就不必工作。我記得我有一次在一家外國旅館生病了，反而覺得很喜歡。躺在那兒，什麼事都不擔心，安靜又溫暖，心中沒有壓力；聽到遠方的廚房傳來佣人洗盤子、放好盤子時發出叮噹聲；注視著淡淡的陰影在天花板上飄來飄去，同時太陽露出臉來，或者隱藏在烏雲後面；聽著下面庭院的噴泉傳來愉快的喃喃聲，馬軛上鈴鐺搖動的聲音，以及蒼蠅折磨馬蹄時，馬蹄踐踏在地上的聲音；不僅成爲一個忘憂的人，也知道有義務成爲忘憂的人。「哦，」我在心中想著，「但願我現在能夠這樣，忘記憂慮，永遠陷入睡眠之中，這難道不是比我所希望的幸運更美妙嗎？」

當然是這樣。但是，就算這種幸運提供給我們，我們卻不會去接受。反而是，無論我們可能遭遇到什麼不幸，我們大部分都會接受，始終如一。

我可以看出，爾內斯特的感覺跟我很一樣。他沒有說什麼話，但卻注意著一切。他只有一次讓我感到很驚恐。正當黃昏要來臨時，他把我叫到他的床邊，以一種嚴肅、安靜的模樣說，他要跟我談談。

「我一直在想，」他說，「我也許永遠無法從這種病中復原。萬一是如此，我要你知道，只有一件事壓在我心頭上，我是說，」停了一會兒，他繼續說，「我對於父母所表現的行爲。我對他們太好了，我太體貼他們了，」說完他忽然露出微笑，讓我知道他並沒有什麼不對勁。

在他的臥室的牆壁上有一系統的法國大革命版畫，描述李卡格斯一生的經歷。其中有〈李卡格斯的崇高精神〉、〈李卡格斯諮詢神諭〉，還有〈宮廷中的卡喜波〉，下面用法文與西班牙文寫著：「年輕的卡喜波是美麗與優雅的化身，既乖巧又美麗。她贏得才華洋溢的李卡格斯的尊重與喜愛。李卡格斯深深迷戀她的魅力。這個傑出的哲學家帶著她到朱諾的神廟，在神聖的誓言下舉行婚禮，然後在莊嚴的儀式結束後，急忙帶著年輕的妻子前往兄長波利德特——拉色德蒙的國王——的王宮。『陛下啊，』他說，『才華洋溢的卡喜波已經在葡萄架下接受我的求婚，我膽敢請求您同意我們的結合。』國王起初感覺有點訝異，但是基於對兄弟的尊重，他表現出滿懷善意的回應，立刻走近卡喜波身邊，溫柔地擁抱她，也立刻對李卡格斯表達殷切、體貼的關心，並透露出非常滿意的神色。」

他要我去注意這段文字，然後很膽怯地說，他寧願與愛倫結婚，也不要與卡喜波結婚。我看出他硬起心腸，立刻提議在一兩天後繼續我們的旅程。

我不想告知讀者們陳腐的事情，以免他們感到厭倦。我只想說，我們停留在希爾那、可托那、歐維托、培魯吉亞，以及很多其他城市。在羅馬與拿不勒斯之間度過了兩個星期後，我們就到威尼斯各省，走訪所有那些美妙的城鎮。這些城鎮位於阿爾卑斯山南方山坡和亞平寧山北方山坡之間。最後我們取道S．哥沙德回來。我不知道爾內斯特是否比我更喜歡此行，但一直到我們快要回來時，他的體力才足夠恢復，稱得上情況良好。他不曾有那麼多個月的時間完全不再感覺到前四年加諸身上的創傷，感覺到好像只剩下一個疤痕。

人們說，一旦一個人失去一隻手臂或一隻腳，他們會在經過很久之後還時而感到疼痛。在爾內斯特回到英國後，他本來已經幾乎遺忘的一種痛苦却回歸了，我是指他的入獄經驗的痛苦。當他只是一名小小的店主時，這種入獄經驗並不算什麼；沒有人知道此事，就算有人知道，他們也不會介意。然而，此時雖然他已回歸往昔的狀態，但在回歸時卻感覺到恥辱。他剛處在很新的環境時，幾乎認不清自己的身分，所以不會感到痛苦，但是，此時這種痛苦卻再度降臨，好像來自昨日所受到的創傷。

他想到自己在獄中下了重大決心：要把自己的恥辱當做一種象徵力量的優勢，而不是努力讓人們忘記這種恥辱。「這在當時是很好的，」他心中這樣想著，「當時我吃不到葡萄，但是現在情況不一樣了。」何況，只有自命不凡的人才會設定很高的目標，下定重大的決心。

他的一些老朋友聽說他已擺脫掉他所謂的「妻子」，再度過著很不錯的生活，都想要重新與他交往。他很感激他們，有時努力要與他們妥協，但並沒有用。不久，他又縮回了，假裝不認識他們。一種象徵「誠實」的惡魔纏著他，使得他在心中想著：「這些人知道得很多，但不知道一切——等到他們知道一切，他們就會傷害我——因此我沒有權利認識他們。」

他認爲，除了他自己之外，每個人都沒有恐懼，沒有恥辱。當然，他們必須如此，因爲如果不如此，他們就一定會讓那些與他們交往的人看到缺點。嗯，他不能這樣做；他不會基於虛僞的藉口與人交往，所以他甚至不渴望復原，而是回歸往昔對音樂與文學的喜好。

當然，他早就發現，這一切是多麼愚蠢，我是說在理論上多麼愚蠢，因爲在實際上，這一切發揮了很大的力量，比應該發揮的力量更大，讓他免於「婚姻關係」，不然這種婚姻關係就會使他噤若寒蟬，無法獲得應得的成功。他以本能的方式去做事，其唯一的原因是：這對他而言是最自然的。只要他去思考，他的思考就是錯誤的，但是，他所做的事卻是正確的。不久以前，我有一次對他談到這種事，告訴他說，他的目標總是訂得很高。「我不曾有目標，」他有一點憤怒地回答，「你可以確定的是，如果我自認有了機會，我的目標會訂得足夠低。」

畢竟，我認爲，只要一個人心智沒有變態——說得委婉些——他都不會出於純粹惡意的預謀而把目標訂得很高。我有一次看到一隻蒼蠅停棲在一杯熱咖啡上，因爲牛奶在杯子上形成薄薄的一層。蒼蠅知覺到自身處在極端的危險中。我注意到，牠以多麼大的步伐和幾乎超肌肉的努力越過危險的表面，向杯子的邊緣前進——因爲地上不夠堅實，不足以讓牠藉著翅膀飛高。我注視著牠，幻想著一件事：這樣一種至高無上的困難與危險時刻，可能增強牠的道德與生理的力量，甚至可能在某種程度上遺傳給牠的後代。但是，如果可能的話，牠確實不會去獲得這種增強的道德力量。牠不會有意地停棲在另一杯熱咖啡上。我越看到這種情況，就越確知一件事：只要一個人去做一件正確的事，則做這件事的理由並不重要；如果一個人做了一件錯誤的事，則做這件事的理由也不重要。結果是取決於所做的事，動機並不重要。我記不起在什麼地方讀到一篇文章，說在某一個鄉村地區有一次大鬧飢荒，窮人苦不堪言，有很多人確實餓死了，大家都不知所措。然而，在某一個村莊之中，卻有一個窮苦的寡婦以及幾個小孩，雖然這位寡婦的生活費非常微薄，但她卻看起來吃得很飽，過得很舒適，她所有的小孩也是如此。「他們是如何，」每個人都在問，「做到的呢？」顯然他們有一個祕密，並且祕密也顯然不可能是好的，因爲只要有人暗示說，這個可憐的女人和孩子們在別人挨餓時卻以某種方式過得很舒適，這個可憐的女人的臉上就會匆匆掠過一種痛苦的表情。尤有進者，人們時常看到這家人在夜晚的不尋常時辰外出，顯然帶回來路不明的東西。他們知道人們在懷疑他們，而他們名譽一直很好，所以他們感到很不快樂：我們必須坦白說，他們認爲自己所做的事縱使不是絕對邪惡的，至少是很離奇的。無論如何，他們還是過著很舒適的生活，在所有的鄰居都陷入困境時，他們仍然保有精力。

最後，事情到達攤牌階段。教區的牧師很仔細地盤問這個可憐的女人，於是她淚流滿面，感覺很沒面子，坦白說出眞相；原來她和孩子們是去籬笆收集蝸牛，煮成濃湯來吃——大家可以原諒她嗎？在做了這種很不自然的事情之後，她有希望在此生以及來世得救嗎？

我也聽說有一位喪偶的老伯爵夫人，錢全部拿去買公債。她有很多兒子。由於急著要讓較小的兒子們開創一番好事業，所以她需要有比公債所能提供她的更大筆收入。她去找律師商量，律師要她賣公債，投資在「倫敦與西北鐵路」股票上，那時一股大約八十五鎊。這對於她而言，就像我剛說的故事中，吃蝸牛之於那個可憐的寡婦一樣。她懷著羞愧與悲傷的心情，就像一個人在做見不得人的事，但是她的男孩們必須開創事業，於是她按照律師的指示去做。然後有一段很長的時間，她夜晚睡不著覺，一種災難的預兆糾纏她。然而結果怎麼樣呢？她幫助她的男孩們開創了事業，並且在幾年之後，她的本金也加倍了，於是她把股票賣掉，又買了公債，去世時擁有充分的資金。

她本來以爲自己做了一件錯誤又危險的事，但其實絕非如此。假定她在投資時，完全相信一位傑出的倫敦銀行家的不智見解，結果損失了所有的錢，又假定她以輕鬆的心情這樣做，沒有罪惡感——那麼，縱使目的正當，動機優越，但會對她有任何好處嗎？不會的。

但是還是話說回頭吧。唐尼雷讓我們的男主角感到非常困惱。我說過，唐尼雷知道爾內斯特不久就會擁有財產，但是爾內斯特當然不知道唐尼雷知道這件事。唐尼雷本身很富有，此時已結婚。爾內斯特不久就會很富有，曾確實想要結婚，並且無疑會在以後娶一位合法的妻子。這樣一個人是值得費心的。有一天，唐尼雷在街上遇見爾內斯特，而爾內斯特想要避開，但唐尼雷不放過他。唐尼雷基於平常那種敏捷又善良的性情看出了爾內斯特的心思，可以說「抓住了他的頸背」，笑著「把他的內裡全部翻轉過來」，告訴他說，唐尼雷不吃這一套。

唐尼雷就像以前一樣是爾內斯特的偶像。天生很容易感動的爾內斯特，對他更加感激，更加感到溫暖。但是由於心中有一種潛意識的成分，比唐尼雷強烈，所以我們這位男主角就很堅決地決定與他絕裂，其堅決的程度，勝過他決定與任何人絕裂的程度。此時爾內斯特以一種低沉、匆促的聲音謝謝唐尼雷，壓著他的手，同時淚水湧進眼睛，儘管他努力要去壓制也沒有用。「如果我們再見面，」他說，「請不要看著我，但是，如果你此後聽到我寫了你不喜歡的東西，請盡可能以慈善的心情想到我，」說完兩人就分離了。

「唐尼雷是一個好人，」我很嚴肅地說，「你不應該冷落他。」

「唐尼雷，」他回答，「不僅是一個好人，並且也絕對是我一生見過的最好的人——除了，」他接著說出來的那個字恭維了我，「你。唐尼雷讓我知道，我最想成爲什麼樣的人——但是，我們之間沒有眞正的休戚與共的關係。我永遠在害怕：如果我說出他不喜歡的事情，他會對我有壞印象，而我卻想說出很多事情，」他以更愉快的口氣繼續說，「是唐尼雷會不喜歡的事情。」

我已經說過，大部分而言，一個人很容易爲了基督而放棄父母，但是要放棄像唐尼雷這樣的人並不那麼容易。

第八十一章

所以，爾內斯特脫離了所有的老朋友——除了我以及我的三、四位密友。這三、四位密友一定會喜歡他，就像他一定會喜歡他們；他們也像我自己一樣，喜歡把握住一個心智清新的年輕人。只要我有簿記的事情要做，爾內斯特都會幫忙做，只是這方面的事情很少。他大部分的時間都用來寫更多的筆記和試驗性的文章——這些東西已經在他的卷宗之中累積了很多。凡是習慣寫作的人一眼就可以看出：文學是他自然發展的方向。我很高興看到他那麼自然地安於文學之中。然而，讓我比較不高興的是，我觀察到，他仍然專心於最嚴肅——幾乎可說是最一本正經——的題材，就像他一直只喜歡最嚴肅的音樂。

有一天我對他說，上帝對於進行嚴肅探討的人，只給予很微薄的回報，這一點就足以證明上帝並不贊同嚴肅的探討，或者無論如何，祂並不很看重，也不鼓勵。

他說，「哦，不要談到回報。看看彌爾頓（Milton）吧，他的《失樂園》一書只獲得五鎊的報酬。」

「這算是太多了，」我很快回答。「如果他不寫這部作品，我會給他兩倍的報酬。」

爾內斯特有一點震驚。「無論如何，」他笑著說，「我並不寫詩。」

這句話刺痛了我的心，因爲我的滑稽戲當然是用詩寫成的。所以我不再談這件事了。

過了一段時間，他想到要重新提出那個問題，也就是說，他不想在不做事情——如同他所說的，完全不做任何事情——的情況下卻每年獲得三百鎊。他說，他要去找工作，賺足夠的生活費。

我嘲笑他這種想法，但不去阻止他。他很辛苦地嘗試了一段長時間，但無疑是沒有成功。我年紀越大，就越相信大衆既愚蠢又輕信，但是，同時也看出，人們也越難表現得愚蠢又輕信。

他把一篇篇的文章寄給很多編輯。有時會有一位編輯讀他的文章，要他把文章留在那兒。但是，最後編輯幾乎總是把文章退還給他，附上一張措詞文雅的小紙條，說文章不適合他所寄的特殊報紙。然而，很多的這些文章卻出現在他以後的作品中，沒有人抱怨過這些文章，至少沒有抱怨說文學技巧很差。「我知道，」有一天他對我說，「需求很迫切，而供應想必是不足。」

有一次，一家重要月刊的編輯確實接受了他的一篇文章，於是他認爲自已在文學世界中獲得了一個立足點。這篇文章將在下下期登出，他將會在大約十天或兩星期後收到印刷廠的校樣。但是一個星期又一個星期過去了，並沒有校樣出現。一個月又一個月過去了，仍然沒有容納爾內斯特的文章的篇幅。最後，在大約六個月之後，有一天早晨編輯告訴他說，以後十個月的各期文章都滿了，但是他的文章一定會登出。於是，他堅持要他們把原稿退回。

有時，他的文章確實登出來了，卻發現編輯隨心所欲加以增刪，加進編輯自認爲好笑的笑話，不然就刪去爾內斯特認爲是全篇重點的段落。縱使文章登出來了，但是付稿酬卻是另一回事，他不曾收到錢。「編輯們，」他大約在這個時候有一天對我說，「就像〈啓示錄〉中那些做買賣的人，每個人都有野獸的特徵。」

最後，經過幾個月的失望，以及在骯髒的接待室浪費了很多沉悶的時辰之後（在所有的接待室之中，我認爲編輯的接待室最爲可怕），他獲得一家一流週報眞正提供他的一份工作，那是因爲我找到了一位對這家週報有強大影響力的人，把他介紹給週報。編輯寄給他十幾本很厚的書，涉及各種困難的題材，要他在一星期之內寫一篇評論的文章。其中一本書之中有一則編輯的筆記，大意是說，該書的作者應該受到譴責。但爾內斯特卻特別讚賞這本編輯希望他加以譴責的書，並覺得他無法公正地評論這些書，就把書退還了。

最後，有一家報紙確實接受了他大約十二篇的文章，每一篇付給現金兩、三個金幣，但是這家報紙在爾內斯特最後一篇文章出現後不到兩個星期就停刊了。看來好像其他的編輯都知道如何婉拒跟我這位不幸的教子扯上關係。

我並不爲他在期刊文學方面的失敗感到難過，因爲爲雜誌或報紙寫文章，對一個想要寫出永久性作品的人而言並不是很好的訓練。一個年輕的作家應該有時間思考。但如果他爲日報或甚至週刊寫文章，他就沒有時間思考了。然而，爾內斯特一旦發現自己「沒有銷路」，就覺得很懊惱。「嗯，」他對我說，「如果我是一匹好品種的馬或羊，或一隻純種的鴿子或垂耳的兔子，我就會比較有銷路。如果我甚至是一個殖民地城鎮中的一間大教堂，人們也會提供我什麼東西。但是，事實上他們就是不要我。」由於他的身體已經很好了，也獲得了休息，所以他想要再開一家店，但是，我當然不同意。

「我爲何要在乎，」有一天他對我說，「成爲他們所謂的家世良好的人呢？」他的模樣兒幾乎顯得很兇猛。「成爲一個家世良好的人對我有什麼用呢？只會讓我比較不可能傷害別人，比較容易受到別人傷害。成爲一個家世良好的人改變了人們欺騙我的方式，如此而已。要不是你對我那麼好，我會一文不名的。謝天謝地，我把孩子們安置好了。」

我請求他再保持一段時間的安靜，不要談到開店的事。

「難道成爲一個家世良好的人，」他說，「終究會爲我帶來錢嗎？有什麼東西會像錢那樣終究爲我帶來安寧嗎？他們說，富有的人很難進入天國。天啊，富有的人確實很難進入天國；富有的人就像那些史特魯布拉格人，縱使他們沒有變窮，無法進入天國，但是他們還是活著，活著，很快樂，經歷很多年的時間。我要活得很久，我要養育我的孩子——如果我知道他們會因爲我的養育而更加快樂。這是我想要的，而我現在所做的事不會對我有幫助。成爲一個家世良好的人是我承受不起的奢侈，所以我不想要這樣。讓我再回到我的店中，去爲人們做一些事吧——他們要我做這些事，也會因爲我做這些事而付給我錢。他們比我更知道他們要什麼，也比我更知道什麼對他們是有益的。」

這種說法很正確，我很難去否認。如果他只是依賴從我身上所獲得的一年三百鎊，我就會勸他在第二天早晨再去開店。但事實上不然。於是我敷衍他，爲難他，盡量要他安靜下來。

當然，達爾文所有的書一出版，他都讀了，並且也信仰了進化論。「我認爲，」他有一次說，「我就像一隻毛毛蟲，如果在做吊床時被打斷，必須從頭開始。當初，我從社會階層中後退了很長的路，情況很是順利，要不是愛倫的緣故，就會賺到錢了。但是，當我努力要從事較高階段的工作時，就完全失敗了。」我不知道這種類比是否適當，但是，我確知爾內斯特的本能是正確的，因爲他的本能告訴他說，在經過很大的失敗後，最好在很低的階段重新開始。我剛說過，要不是我知道眞實的情況，我就會讓他回去開店。

當他的姑媽所擬定的時間越來越接近時，我就越來越讓他有心理準備接受即將來臨的事情。最後，在他二十八歲生日時，我終於能夠把一切告訴他，把他的姑媽臨死前所簽名的那封信給他看。信的大意是說：由我替他保管錢。那一年（一八六三年），他的生日剛好是某一個星期日，但是第二天，我就把他那筆錢轉到他的名下，把他最近一年半一直在記的帳簿交給他。

儘管我讓他有心理準備，但是，他還是經過很久之後才眞正相信錢是他自己的。他沒有說很多話——我也沒有說很多話：我長期保管金錢，獲得令人滿意的結果，覺得很感動，就像爾內斯特發覺自己擁有七萬鎊以上的錢也覺得很感動。當他確實把話說出來時，他是突然一次說出一兩句沉思的話。

「如果我把這個時刻譜成音樂，」他說，「我會自由使用增六和弦。」我記得，他在一會兒後發出一種遺傳自他姑媽的笑聲說：「我喜歡的並不是此事爲我帶來快樂，我喜歡的是，此事將爲所有的朋友帶來痛苦——除了你和唐尼雷。」

我說，「你不能告訴你的父母——他們會瘋掉的。」

「不，不，」他說，「告訴他們會太殘酷；這會像以撒獻出亞伯拉罕，沒有樹叢中的一隻公羊。何況，我爲何要這樣做？我們這四年來彼此都不見面了。」

第八十二章

我們在不經意中提到希波德和克麗絲蒂娜，好像以某種方式激發他們，把他們從一種靜止的狀態推向一種活動的狀態。從他們上一次出現到此時，已經經過了幾年。在這幾年之中，他們都待在巴特斯比，把感情專注在他們其他的孩子身上。

希波德再也沒有力量折磨自己的長子，這對他而言是一種很痛苦的事。如果他知道眞相的話，我相信，他的感覺會很強烈，比當初爾內斯特入獄所帶給他的恥辱更加強烈。他曾有一兩次嘗試經由我重開磋商之門，但是我不曾跟爾內斯特提到此事，因爲我知道他會感到很不安。然而，我卻寫信給希波德，告訴他說，我發覺他的兒子不爲所動，建議他目前無論如何不要回歸這個問題。我認爲，這會是爾內斯特所最喜歡的，也會是希波德所最不喜歡的。

然而，在爾內斯特繼承財產後的幾天，我收到希波德寫來的一封信，信中附上另一封給爾內斯特的信。我不能不公開。

信是這樣寫的：

給我的兒子爾內斯特：雖然你不只一次拒絕我所提議的事，但我還是再次訴諸你較佳的本性。你的母親一直生病，已經很久了，我相信她將不久於人世。她吃不下任何東西，馬丁醫生認為她沒有什麼復原的希望。她曾表示希望要見你，她說，她知道你不會拒絕見她。就她的情況而言，我很不願意認為你會拒絕。

我寄給你一張郵局匯票，做為你的交通費，我也會負擔你回程的費用。如果你想穿什麼衣服回來，就去訂你認為適合的衣服，帳單寄給我，我會立刻付清，金額不超過八鎊或九鎊。如果你讓我知道坐什麼火車回來，我會派馬車去接你。請相信我

愛你的父親T．彭提菲

爾內斯特當然毫不猶疑。他可以微笑了：他的父親要為他付錢買衣服，又寄給他一張郵局匯票，剛好可以買一張二等車票。知道母親的情況，他當然很震驚，對於母親想見他，他也很感動。他打了一通電報，表示會立刻回去。我在他出發前不久與他見面，很高興他的裁縫師對他很好：就算唐尼雷也不會穿得比他更得體。他的旅行皮箱，他的坐火車服裝，他身上的一切，都顯得很協調。我認爲，他比二十二、三歲時更加好看了。一年半的安靜生活，消除了以前受苦所導致的不良影響。由於此時他已變得眞正很富有了，所以臉上都透露一種無憂無慮、性情溫和的神色，像是一個人一切都非常順利，會使得一個外表比他更加平凡的人也變得很好看。我爲他感到自豪，爲他感到高興。「我確實知道，」我在內心想著，「無論他可能做其他什麼事，他就是永遠不會再結婚了。」

旅程很令他感到痛苦。一旦他接近車站，看到各種熟悉的情景，聯想力不禁變得很強烈，所以覺得繼承姑媽的錢好像是一場夢。如今他又要回到父親的房子，就像在讀劍橋時回去度假一樣。無論他怎麼抗拒，往昔那種陰沉的「思鄉病」重擔又開始壓迫他，想到將要與父母見面，心臟不禁快速地怦怦跳。「而我不得不，」他在內心想著，「親吻夏洛蒂。」

他的父親會來車站接他嗎？他的父親會跟他打招呼，好像不曾發生過任何事情嗎？或者父親會顯得冷淡又疏遠呢？還有，父親會如何看待兒子好運降臨的消息呢？當火車在月台上停下來時，爾內斯

特的眼光匆匆掃過車站中的少數幾個人。他的父親那熟悉的身影並沒有在其中，但在那些將車站圍場與月台分開的柵欄的另一邊，他卻看到那輛小馬車。他認爲，這輛馬車相當破舊，同時他也認出父親的車伕。又過了幾分鐘，他就坐在要駛往巴特斯比的馬車中了。車伕發現他外表有了很大的改變，露出驚奇的神色，他看到了，不禁微笑出來。車伕更加驚奇，因爲爾內斯特上一次回家時是穿著教士的衣服，此時他不僅是一位普通信徒，並且是一位大肆裝扮的普通信徒。改變是那麼大，一直到爾內斯特眞正跟車伕講話，車伕才認出是他。

「我的父母怎麼樣？」他一坐進馬車就匆匆地問。「先生，男主人很好，」車伕回答，「但是女主人很不好。」馬兒知道自己要回家，用力扯著韁繩。天氣濕冷——典型的十一月天。在道路的某個部分，漲水已退去；在這兒附近，他們必須經過很多騎馬的人，還有狗，因爲那天早晨有獵狗在靠近巴特斯比的一個地方聚集。爾內斯特看到自己所認識的幾個人，但是他們很可能沒有認出他，不然就是不知道他好運當頭。煙囪剛好出現在周圍無葉的樹木上方，於是他在馬車中往後躺靠，兩手遮著臉。

旅程結束了，就像一個小時中最難挨的幾刻鐘結束了。幾分鐘後，他就踏在父親房子前面的梯階了。他的父親聽到馬車到達，稍微走下梯階去迎接他。他像車伕一樣，一眼就看到爾內斯特衣著的模樣好像腰纏萬貫，並且看起來很強壯，非常健康又有活力。

這是他所沒有預想到的。他要爾內斯特回來，但是要像任何體面又正常的浪子應該有的樣子——顯得可憐、傷心，要求世界上最溫柔、受苦最久的父親原諒他。之所以要爾內斯特買鞋子、襪子和所有的衣服，只是因爲他已經丟棄了破衣服。然而，他此時卻是昂首闊步，穿著一件灰色長大衣，結著藍白相間的領帶，看起來比希波德一生中所看過的他更加好看。這是很不道德的。希波德難道是爲了這樣，才慷慨提議要爲爾內斯特買高尙的服裝，穿著來看臨死的母親？爾內斯特非常卑鄙地利用了他。嗯，他答應給爾內斯特八、九鎊買衣服，絕不會多給一便士的。所幸他給了一個上限的數目。嗯，他——希波德——一生不曾買得起這樣一種旅行皮箱。他仍然在使用父親在他去讀劍橋時所給他的舊旅行皮箱。何況他只說衣服，沒有說旅行皮箱。

爾內斯特看出父親心中的想法，覺得應該事先讓父親對現在所看到的情況有心理準備。但是，他在收到父親的信時就立刻送出電報，接著很快就出發，所以縱使他想到了，也不會很容易做到。他伸出手，笑著說，「哦，一切全都付清了——恐怕你並不知道，歐維頓先生已經把亞蕾希姑媽的遺產交給我。」

希波德臉變得深紅。「但是，如果錢不是要給他的，」他說，這是他最先說出來的話——「爲何他沒有交給我的哥哥約翰和我？」他非常結結巴巴地說，看起來很怯懦，但還是把話說出來了。

「因爲，親愛的父親，」爾內斯特說，仍然笑著，「我的姑媽把錢交給他，讓他爲我保管，不是爲你或爲我的伯父約翰保管——並且錢已經累積，現在超過七萬鎊了。對了，請告訴我，我的母親怎麼樣了？」

「不，爾內斯特，」希波德緊張地說，「事情不能就此打住。我必須知道，這一切都是公開又光明正大的。」

這就是希波德的眞正本色，立刻引發了爾內斯特心目中對於父親的一連串想法。外在的環境是往昔熟悉的環境，但是內在的一切已經改變，幾乎無法認出來。他立刻激烈地攻擊希波德。我不想寫下他所說出的語詞，因爲他在毫沒有考慮的情況下說出來，我的一些讀者會深深覺得無禮。他所說出的話並不多，但卻很有效。希波德沒有說什麼，但是臉色幾乎變得灰白。他從此不再以這種方式跟兒子講話，以免重複他在這一次所說的話。爾內斯特很快又平心靜氣下來，再度問及母親。希波德很高興利用這個機會，立刻回應了，那種聲調顯示出他特別想要與對方修好。他回答說，儘管他已經對爾內斯特的母親盡了一切力量，她的情況還是迅速惡化中。他最後說，三十多年來，她一直是他的生命的安慰與依靠，但是，這種情況恐怕無法再持續下去了。

兩個人上樓到克麗絲蒂娜的房間，也是爾內斯特在其中誕生的房間。他的父親走在他前面，讓他母親對於兒子的到臨有心理準備。這個可憐的女人在爾內斯特走向她時，在床上撐起身體，一面抱著他，一面哭著說，「哦，我知道他會來，我知道，我知道他會來。」

爾內斯特崩潰了，哭了出來，他已有很多年沒有這樣哭了。

「哦，我的孩子，我的孩子，」一旦能夠再說話，她就這樣說。「這幾年來，你眞的不曾很接近我們嗎？啊，你不知道我們多麼愛你，多麼爲你傷心，爸爸也跟我一樣。你知道，他比較不顯露出感情，但我一直無法告訴你，他是多麼深深地關心著你。有時在夜晚，我都以爲聽到花園中有腳步聲，然後悄悄地下床，以免驚醒他，然後走到窗旁，望出窗外，但卻只看到黑暗或早晨一片灰濛濛，於是又哭著回到床上。我仍然認爲你很接近我們，只是你太自傲，不讓我們知道——現在我終於再度把你抱在懷中，我最親愛的孩子。」

爾內斯特認爲自己是多麼殘酷，表現得多麼絕情。

「母親，」他說，「請原諒我——錯在我；我不應該那麼無情；我錯了，我做出很大的錯事。」這個哭著的可憐人兒說的是眞心話，他很憐憫母親，從來沒有想到會再憐憫母親。「但是你難道不曾來過嗎？」她繼續說，「只不過是在黑暗之中，而我們不知道——哦，請讓我認爲，你其實並不像我們所認爲的那樣殘酷吧。請告訴我說，你來過，就算只是爲了安慰我，讓我更快樂。」

爾內斯特準備好了。「母親，我沒有錢來，一直到最近才有錢。」

這是克麗絲蒂娜所能夠了解又體諒的藉口：「哦，那麼你還是想要來，雖然沒有成行，我還是體諒你的心意——既然你又安然在這兒，請你說你會永遠、永遠不離開我——一直到——一直到——哦，我的孩子，他們有告訴你說，我快要不久於人世了嗎？」她傷心地哭著，頭埋在枕頭中。

第八十三章

喬伊和夏洛蒂都在房間。喬伊此時已經接受聖職，是希波德的副牧師。他和爾內斯特不曾有所交感。爾內斯特一眼就看出，他們兩人之間並沒有和睦相處的機會。他有一點驚奇，因為他看到喬伊穿著教士的服裝，看起來很像自己幾年前的樣子：兩個人之間有很多遺傳的相似之處。但是，喬伊的臉孔顯得很冷漠，沒有閃爍著玩世不恭的亮光。喬伊是一位教士，就要去做其他教士所做的事，情況不會更好，也不會更糟。他以一種優越感的模樣跟爾內斯特打招呼，也就是說，開始時試圖這樣做，但卻變得虎頭蛇尾。

他的妹妹對著他伸出臉頰，要讓他親吻。他多麼憎惡啊；他過去三小時以來一直在怕這件事。她的模樣也顯得很冷淡，露出譴責的神色——這樣一位有優越感的人一定會這樣的。她對爾內斯特很不滿，只因為她還沒有結婚。她將此事歸罪於爾內斯特。她暗中堅稱：由於爾內斯特行為不檢，所以年輕人都不向她求婚。她把因此所受到的傷害都算在他的帳上。她和喬伊從開始就發展出一種「以獵犬去打獵」的本能，而此時這兩個人已經相當認同於年紀較大的一代——也就是說，如此以抗拒爾內斯特。在這件事情上，他們之間形成一種攻防的聯盟，然而在他們之間，卻有一種低姿態但卻互相傷害的戰爭進行著。

至少，這是爾內斯特所猜測到的情況，部分是由於他記得他們兩人的事情，部分則是由於他觀察到，他們兩人在他到達後的前半小時中，表現出卑劣的行徑。當時他們全都在母親的臥房中——當然他們兩人還不知道他已經繼承了遺產。他可以看出，他們時而以一種驚奇的神色看著他，透露出憤慨的意味。他很清楚他們在想什麼。

克麗絲蒂娜看到他所呈現的變化——他在身心兩方面都似乎比上一次她看到他時更加堅強有力。她也看到他穿得多麼好。儘管她對長子的深情回歸了，但是，她卻跟其他人一樣，對於希波德的金錢情況感到有點不安。她認為，如要希波德為他買這麼華麗的衣服，只有以強取的方式才能做到。爾內斯特知覺到這一點，就要她寬心，當著弟弟和妹妹面前把姑媽贈予財產以及我如何節約用錢的事情告訴她——然而，他的弟弟和妹妹卻假裝不去注意，或者無論如何注意了，卻視為他們不可能感興趣的事情。

他的母親最初有一點反彈：錢竟然到了他手中，而「他的爸爸卻不知道」——她是這樣說。「嗯，親愛的，」她以一種不以為然的聲調說，「這是超過你的爸爸所曾經擁有的錢。」但是爾內斯特要她鎮定下來，暗示說，如果姑媽彭提菲小姐當初知道這筆錢會累積得那麼多，她就會把其中的大部分留給希波德。克麗絲蒂娜接受這種妥協的說法。雖然她病得很重，卻立刻很熱心地融入新狀況，視之為一種新的出發點，開始花爾內斯特的錢了。

我可以順便一提，克麗絲蒂娜說得很對：希波德不曾擁有過像他的兒子此時所擁有的那麼多錢。首先，希波德不像兒子那樣有十四年的未達法定年齡，不像兒子那樣不用支出費用，可以累積金錢。其次，像我自己以及幾乎其他每個人一樣，他在一八四六年年代受過不景氣的苦，雖不足以使他一蹶不振，甚至不足以使他受到嚴重傷害，但卻足以使他受驚，餘生都靠債券過活。兒子比父親富有，並且這麼年輕就這麼富有，這個事實比兒子只是有錢的事實更加使他心存怨恨。如果他的兒子必須等到六十歲或六十五歲，如果他又因為長久的失敗而病倒，那麼，他也許是可以獲得一筆錢，以免住進貧民習藝所，也可以付臨死前的費用。然而，他竟然在二十八歲時獲得七萬鎊，沒有妻子，只有兩個孩子，這是令人無法忍受的。克麗絲蒂娜病得很重，並且太忙著花爾內斯特的錢，不去介意這些細節，何況她天生性情比希波德溫和很多。

「這種好運臨頭」——她一眼就看出來——「解除了他入獄的恥辱。不應該再講那些無稽的話了。整個事情是一樁錯誤，一樁不幸的錯誤，是的，但是，現在少說為妙。當然，爾內斯特會回來，住在巴特斯比，一直到他結婚，他會慷慨地支付他父親的食宿費用。事實上，希波德獲得好處也是對的，而爾內斯特自己也希望那會是很大的好處。這是最美好也是最簡單的安排。他會把妹妹帶進社會，會比希波德和喬伊更喜歡這樣做，並且他在巴特斯比無疑會更慷慨地招待客人。

「當然，他會為喬伊買得聖俸，每年送給他妹妹很大的禮物——還有其他事嗎？哦！有的——他會成為一名鄉村要人。一個年收入幾乎四千鎊的人，確實應該成為一名鄉村要人。他甚至可能進入議院。他有很不錯的能力，雖然不像史金納博士那麼有天分，甚至不像希波德那麼有天分，但仍然有潛力。如果他進入議院——也是那麼年輕——他也可能在去世之前成為首相。如果這樣的話，他當然會成為一位貴族。哦！為何他不立刻就開始進行，好讓她可能聽到人們叫她的兒子『爵士』——她認為『巴特斯比爵士』會是很棒的。如果她身體情況足夠好，可以坐起來，他一定會請人畫她的全身像，掛在他的大餐廳的一端。畫像應該在皇家學院展出：『巴特斯比爵士的母親畫像』，她心中這樣想著，心中顫動著習慣性的充沛活力。就算她無法坐起來，所幸她不久以前才照過相。她的臉部完全取決於表情，就臉部而言，畫像跟任何照片一樣成功。也許畫家可以充分地取材於這張照片。還有，畢竟爾內斯特最好放棄英國國教——上帝為我們安排事情，比我們為自己安排事情明智多了！她此時看清一切了——喬伊會成為坎特伯里的大主教，而爾內斯特會當一位普通信徒，成為首相」……以及等等的，一直到她的女兒告訴她說，吃藥的時間到了。

這種幻想只是掠過克麗絲蒂娜腦中的思緒的片斷。我想，這種幻想在她腦中出現了大約一分半鐘之久，但是，這種幻想，或者她兒子的出現，似乎以美妙的方式更新了她的心靈。雖然她病重，其實處在臨死狀態中，並且感到很痛苦，但是，她卻露出喜色，在下午的時光之中有一兩次笑得十分開心。第二天，馬丁醫生說，她好很多了，所以都幾乎開始對她的復原燃起一線希望了。每當說到復原的可能性，希波德就會搖著頭，說道，「這種情況恐怕無法再持續下去了，」然後夏洛蒂在爾內斯特冷不提防時說道，「親愛的爾內斯特，你知道，談話起起伏伏，非常騷動爸爸的內心。任何事情發生，他都能夠忍受，但是，在二十四小時之中來來回回、起起伏伏地想到六、七種不同的事情，對他而言是很累人的。你好心一點，不要這樣做了——我是說，縱使馬丁醫生確實認爲有希望，你也不要對他說任何事情。」

夏洛蒂所要暗示的是：是爾內斯特導致了希波德、她自己、喬伊以及其他每個人所感覺到的不方便。並且，她實際也上說出了一些話，傳達出這個意思。是的，她是不敢堅持這些話，並且將它們岔開，但是，她無論如何在短暫的時刻中說出了自己的意思，這是聊勝於無的。在母親整個生病期間，爾內斯特都注意到，每當醫生或護士宣稱母親情況好一點時，夏洛蒂就立刻做出令他很不愉快的事。她寫信到克南斯福地方，希望會衆爲母親禱告（她確知母親會希望如此。而克南斯福地方的人也會很高興她還記得他們），但她同時也寫另一封內容十分不同的信，結果把兩封信放錯了信封。她要爾內斯特把信拿到村莊的郵局去寄，他不加思考就幫她做了。在發現錯誤時，克麗絲蒂娜剛好情況好一點，夏洛蒂立刻對爾內斯特生氣，把過錯全都歸罪於他。

除了喬伊和夏洛蒂長得更高之外，房子與裡面的東西，無論是有生命的或無生命的，比起爾內斯特上一次所看到的，並沒有什麼改變。家具與壁爐架上的裝飾品，跟他記憶中完全一樣。客廳中壁爐的兩邊掛著卡羅．多爾希與沙索非拉托的畫，跟以前一樣。有一張水彩畫，畫的是馬吉歐雷湖的景色，由夏洛蒂根據圖畫老師借給她的一張原作加以臨摹，並在老師的指導下完成。有一位僕人曾說，這想必是一張好畫，因爲彭提菲先生曾花了十先令買了畫框，把它裝起來。牆壁上的壁紙沒有改變；玫瑰花仍然在等著蜜蜂，全家人仍然日夜禱告，以便成爲「眞正誠實與有良知的人」。

只有一張照片被拿掉了——是他自己的一張照片，本來掛在他的父親的一張照片下面，位於他的弟弟與妹妹的照片之間。爾內斯特是在禱告的時間注意到的，當時父親正在朗讀一段經文，是有關諾亞的方舟以及他們如何在方舟上塗上黏土，而這一段剛好是爾內斯特小時候最喜歡的。然而，第二天早晨，照片卻又出現了，上面有一點灰塵，相框的一個角落有一點點鍍金脫落了，但確實是有相片。我想，他們是在發現爾內斯特已變得很富有後，把相片掛回去的。

在餐廳中，壁爐上方仍然掛著那幅畫：那些渡鳥仍然在努力要餵以利亞東西吃。這幅畫讓他回想起多麼多的事情啊！望出窗外，他看到前花園中的花壇完全跟原來一樣。爾內斯特仔細地看著花園盡頭的那扇藍門，看看是否有在下雨。他小孩時代跟父親一起做功課時都習慣這樣做。

很早吃完飯後，只剩下喬伊、爾內斯特和他們的父親。希波德站在那張畫著以利亞的畫下面的爐前地毯中間，跟平常一樣心不在焉地吹著口哨。他只知道兩首歌曲——其中一首是〈在靠近森林的小屋中〉，另一首是復活節讚美歌。他一生之中都努力要以口哨的方式吹出這兩首歌曲，但一直沒有成功。他吹口哨的方式很像一隻聰明的照鷽——抓到了曲調，但是沒有抓得很正確。每吹到第三個音符，就會有一個半音不準，好像回歸到一個遙遠的音樂祖先，這個祖先只知道里底亞人或佛里幾亞人的調式，或者只會吹出非常錯誤的曲調，然而卻足夠近似，可以聽得出來。希波德站在爐火前，以自己平常的方式輕吹著這兩首歌曲，一直到爾內斯特離開房間。外在的情況沒有改變，但內心已經感覺到改變，此情此景很可能使爾內斯特完全失去平衡。

爾內斯特漫步走出門口，進入房子後面濕透的雜樹林，抽著菸斗，舒慰自己的心情。不久，他就走到父親的車伕的小屋門口。車伕娶了他的母親的一位老女僕。爾內斯特一直很喜歡這位女僕，女僕也很喜歡他，因爲她從他五、六歲時就看著他長大。她的名字叫蘇珊。爾內斯特在她的爐火前的搖椅中坐下來，而蘇珊繼續在窗前的桌旁熨著東西，廚房充滿熱法蘭絨的氣味。

蘇珊一直安然跟著克麗絲蒂娜，不可能突然站在爾內斯特那一邊。爾內斯特很清楚這一點，他不是來尋求她的支持——無論是道德或其他方面的支持。他來看她，是因爲他喜歡她，也因爲他知道，從與她的閒談中，他會獲知很多事情，是他以別的方式所無法獲知的。

「哦，爾內斯特少爺，」蘇珊說，「你爲何沒有在你可憐的爸爸和媽媽需要你的時候回來？我確知，你媽曾對我說過不只一百次，縱使她有一次曾說，一切都會跟以前一樣。」

爾內斯特自顧微笑著。但對蘇珊說明他爲何微笑，是沒有用的，所以他沒有說什麼。

「最初的一、兩天，我認爲她不會恢復平靜。她說，這是對她的一種天罰，她繼續說著很多年以前還沒有認識你的爸爸之前所說、所做的事。要不是我阻止她，她什麼都會說出來。她似乎有點心智不正常了，她說，沒有一位鄰居會再跟她講話。但是，第二天布希比夫人（你知道她以前是柯維小姐）來訪，你媽一直很喜歡她。她這次來似乎對你媽很有好處，因爲第二天，她就開始檢視自己所有的衣服，而我們也決定要如何修改這些衣服。然後方圓幾哩的鄰居都來訪。你媽來這兒，說她一直在經歷苦難惡水，如今上帝已經把它們變成了一口井。

『哦，是的，蘇珊，』她說，『確實是如此。蘇珊啊，上帝磨練他所愛的人，』說到這兒她又哭起來。『至於他，』她繼續說，『他自作就必須自受。等到他出獄，他的爸爸就會知道最好怎麼做。

爾內斯特少爺會很感激自己有一個爸爸那麼好，那麼長久受苦。』

「你不與他們見面，這對於你媽是一種殘酷的打擊。你爸沒有說什麼。你知道你爸不會說很多話，除非他很生氣。但是有幾天的時間，你媽的情況糟透了，我不曾看到男主人表情那麼陰鬱。但是，謝天謝地，幾天之後一切都過去了，從此之後，我看不出他們兩人有很大的異樣，一直到你的媽媽生病了。」

爾內斯特到達的那一夜，他在家庭禱告中表現得很不錯，第二天早晨也是如此。父親在朗讀大衛王臨死前對所羅門指示有關希美的事，但是爾內斯特並不專心。無論如何，白天的時候，他的感情已經多次受到傷害，所以他在到達後的這第二個夜晚，心情很不對勁。他跪在夏洛蒂身邊，禱告時敷衍地應和著，敷衍的程度不會讓夏洛蒂確知他心存惡意，但卻會讓她不確知他是否可能心存惡意。當他必須在禱告中說出希望「成爲眞正誠實與有良知的人」時，他特別強調「眞正」這個字眼。我不知道夏洛蒂是否注意到任何事情，但是她以後每次都是跪在離他一段距離的地方。他告訴我說，這是他待在巴特斯比的整段時間之中所做出的唯一透露憎意的事情。

說句公道話，他們是爲他的臥室準備了爐火。上到臥房時，他注意到一件事，也是他在到達後一被引進臥房時就注意到的事情：他的頭上方有一張飾有亮光的卡片，裝上框子，鑲著玻璃，上面的文字是：「無論白天多麼令人厭倦，或者無論白天多麼漫長，它終究會敲響晚禱的鐘聲。」他在心中想著：這些人怎麼可能在一個房間中留下這樣一張卡片；他們的房客必須在這個房間中度過晚上的最後時辰，不是白天。但是，他不去管它。「『令人厭倦』和『漫長』之間並沒有很大的差異，並不需要用『或者』來連接，」他說，「但是，我想這是沒有問題的。」我相信，克麗絲蒂娜是在一次贊助鄰近一間教堂重建的義賣中買了這張卡片，既然買了，就要加以使用——何況，其中所透露的情操是多麼動人，而所裝飾的亮光眞是很可愛。無論如何，把它留在我們這位主角的臥房，其諷刺意味是再完整不過了，只不過當事者確實並不在意諷刺。

爾內斯特到達的第三天，克麗絲蒂娜的情況又惡化了。在最近的兩天之中，她都沒有感覺痛苦，睡了很長的時間。她的兒子的到臨似乎仍然鼓舞著她的精神。她時常說，她是多麼感激，因爲臨死之前，一家人圍著她，每個人都那麼快樂，那麼敬畏上帝，那麼團結。但是，此時她卻開始精神錯亂，由於更加知覺到死神的接近，所以在想到審判日子時似乎也更加驚恐。

她不只一兩次回歸到自己的罪的問題，要求希波德確定她的罪被寬恕了。她暗示說，她認爲希波德的職業名聲面臨危機；身爲妻子的她一定要過關。此事感動了希波德柔軟的心腸。他畏縮著，回答時不耐煩地搖著頭，「但是，克麗絲蒂娜，妳的罪是被寬恕了。」然後，他以一種堅定但卻尊嚴的模樣專注於主禱詞之中。他站起來，離開房間，但把爾內斯特叫出去，對他說，情況總不能再拖下去了。

喬伊不再能夠安撫母親焦慮的心情，就像希波德一樣——事實上，他比希波德更糟。最後。不喜歡干涉事情的爾內斯特接下此事。他坐在母親身邊，讓她盡情對他傾吐悲愁。

她說，她知道自己並沒有爲了基督放棄一切；就是這件事壓在她心頭上。她已經放棄很多，每年都一直努力要放棄更多，但是她卻很清楚，她並沒有像應該做的那樣修養靈性。如果有的話，就應該獲賜一種直接的靈視或靈交。然而，雖然上帝已經把這種直接又可見的天使聖臨賜給她的一個親愛的孩子，但是她自己卻沒有這種福分——甚至希波德也沒有。

她在這樣說的時候，是在跟自己說，而不是在跟爾內斯特說，但是，爾內斯特還是注意聽著。他想知道天使是否出現在喬伊或夏洛蒂眼前。於是他問母親，但是母親似乎很驚奇，好像她本來以爲他知道一切。然後，好像記起來了，她抑住自己的情緒，說道，「啊！是的，你對這一切一無所知，也許這是很好的。」當然，爾內斯特無法去追究這個問題，所以他一直不知道自己的哪一位近親曾與不朽的天使有過直接的靈交。其他人不曾跟他說過此事，不過他無法決定是哪一種情況：是因爲他們很羞愧？還是因爲他們唯恐他不會相信這種說詞，如此增加他下地獄的可能？

自此以後，爾內斯特時常想到此事。他努力要從蘇珊口中知道其中的事實，他確知蘇珊知道。但是夏洛帶已經先跟蘇珊講好了。「不，爾內斯特少爺，」當他開始詢問蘇珊時，蘇珊這樣說，「你媽叫夏洛蒂送一則口信給我，叫我完全不要談到此事，所以我永遠不會說。」當然，他無法進一步詢問了。爾內斯特不只一次想到，夏洛蒂實際上並不相信這種事，就像他自己不相信一樣。這件事增強了他的推想，但是他還是猶豫不決，因爲他記起夏洛蒂曾把請求會衆禱告的信裝錯信封。「我想，」他在心中苦悶地想著，「她畢竟還是相信的。」

然後，克麗絲蒂娜回歸到另一個話題：她自己缺少靈性修養。她甚至喋喋不休談到往昔的苦惱：曾吃過黑香腸。是的，她在很多年前已經不再吃了，但是，問題是，在她懷疑這種東西不能吃之後，還是繼續吃了很多年！然後在她結婚之前所發生的一件事壓在她心頭上；她想要——

爾內斯特打斷她。「親愛的母親，」他說，「妳生病，妳很神經質。現在其他人對妳的判斷會勝過妳對自己的判斷。我向妳保證，在我心目中，妳是世界上最忠誠無私的妻子與母親。縱使妳沒有眞正爲了基督而放棄一切，但是妳已實際上盡力這樣做了。我們不能要求任何人做出比這更多的事。我相信，妳不僅會成爲一位聖者，也會成爲一位很傑出的聖者。」

聽了這些話，克麗絲蒂娜臉上露出了喜色。「你給了我希望，你給了我希望，」她哭出來，擦乾眼淚。她要他不斷告訴她說，這是他嚴肅的信念。此時她不介意是否成爲傑出的聖者了；她會十分滿足於成為最卑下的天使，只要她能夠逃過那可怕的地獄。她對於地獄的恐懼顯然是無所不在的；無論爾內斯特可能說什麼，都無法排除她的這種恐懼。我必須坦白說，她是很忘恩負義的，因為在爾內斯特安慰了她一個多小時後，她開始為爾內斯特祈禱，願他獲得這個世界的所有祝福，但原因竟是：她總是唯恐爾內斯特是孩子之中唯一不會與她在天堂中見面的。但是，然後她就顯得很迷惘，幾乎沒有意識到他在場。她的心智事實上正要回歸到生病前的狀態。

星期日，爾內斯特當然上教堂，他注意到，福音主義那種不斷消退的潮流，在他不在的時候已經衰退了很多層次。他的父親以前都是穿過教區牧師住宅花園，走路到教堂，越過介於其間的一小片田野。他以前走到教堂時都戴著一頂高帽子，穿著宗師的禮服，裝飾著兩片面紗，此時爾內斯特注意到，面紗不見了，並且看啊！更奇妙的是，希波德講道時不是穿著宗師的禮服，而是穿著白色法衣。整個禮拜儀式的性質改變了。甚至此時你也不能說它是「高教會」了，因為希波德無論如何不可能變得像高教會的樣子，但是舊有與隨和的懶散氣息——如果我可以這樣說的話——永遠不見了。在我們的男主角還是小孩的時代，唱讚美詩的管弦樂伴奏就不見了，但是在引進小風琴之後，已經有多年的時間沒有讚美詩吟唱了。爾內斯特在劍橋時，夏洛蒂和克麗絲蒂娜曾說服希波德准許唱聖歌，是和著老式的雙重讚美詩來唱，也就是摩寧頓爵士和杜普伊斯博士以及其他人所寫的讚美詩。希波德並不喜歡這樣，但他還是做了，或者允許他們去做。

然後克麗絲蒂娜說，「親愛的，你知道嗎，我眞的認為」（克麗絲蒂娜總是「眞的」認為）「人們非常喜歡讚美詩吟唱，這將是一種方法，可以把很多離開教會的人帶回教會。我昨天才跟古德休夫人和老萊特小姐談及此事，她們十分同意我的看法，但是她們全都說，我們應該在每首聖詩結束時吟唱〈榮耀歸主〉，不是用唸的。」

希波德露出陰鬱的神色——他感覺到吟唱的浪潮在他身上節節升高，但是不知爲什麼，他也感覺到自己必須屈服，而不是抵抗。所以他下令將來要吟唱〈榮耀歸主〉，但是他並不喜歡它。

「眞的，親愛的媽媽，」一旦戰勝了，夏洛蒂就說，「妳不應該稱呼它爲〈榮耀歸主〉——妳應該說〈榮耀頌歌〉。」

「當然，親愛的，」克麗絲蒂娜說。從此以後，她永遠都說〈榮耀頌歌〉了。然後，她想著：夏洛蒂是一個多麼聰明的女孩，她不應該嫁給一位比主教地位更低的人。不久之後，有一個夏天，希波德離開，去度過一個非常長的假日，只能找到一個「高教會」的教士取代他的職位。這位先生是地區上一個很有份量的人，擁有相當多的私人財產，但無法晉升。夏天的時候，他時常會幫助他的教士兄弟。由於他願意在巴特斯比取代幾個星期天的職位，所以希波德才能夠離開那麼久。然而，希波德回來時，卻發現他們在吟唱〈榮耀頌歌〉以及所有的聖詩。一旦希波德回來，這個有影響力的教士、克麗絲蒂娜以及夏洛蒂就毅然面對他，一笑置之。這個教士笑著，跳著，克麗絲蒂娜笑著，哄著，而夏洛蒂則說出無懈可擊的見解。事情既然做了，就不能改，抱怨也沒有用。從此以後，大家都吟唱聖詩，但是希波德心中感到很痛苦；他不喜歡。

同樣在爾內斯特不在的時候，古德休夫人和老萊特小姐在重複唸著「信仰經」時面向東方。希波德不喜歡她們這樣做，甚於他不喜歡吟唱聖詩。他在禮拜儀式後的餐會中，以一種膽怯的方式談到此事，夏洛蒂則說，「眞的，親愛的爸爸，你必須稱呼它爲『教義』，不是『信仰經』。」希波德以不耐煩的姿態表示退縮，噴著鼻息說出溫順的挑戰語詞，但是夏洛蒂遺傳了姨媽與姑媽珍妮和伊莉莎強烈的個性，而這件事太微小，不值得爭論，所以希波德就笑一笑，把話題岔開。「至於夏洛蒂，」克麗絲蒂娜想著，「我相信她知道一切。」所以，古德休夫人與老萊特小姐繼續在唸「教義」時面向東方。不久，其他人都模仿她們；不久，少數堅持的人也屈服了，也面向東方了。然後，希波德表現得好像從一開始就認為這是很正確又適當的事，但是他其實並不喜歡。不久，夏洛蒂努力要讓他說「阿利路亞」，而不是「哈利路亞」，但是這樣太過分了，於是希波德生氣了，而她害怕了，逃跑了。

他們把雙重吟唱改為單一吟唱，每一首聖詩都加以改變，在中途加以改變。大而化之的讀經師認為沒有理由改變，他們卻把主要聖詩改為次要聖詩，把次要聖詩又改為主要聖詩。然後，他們獲得了《古今聖詩》這部作品。如同我說過的，他們不讓希波德戴上他所喜愛的裝飾面紗，要他穿白色法衣講道。他必須一個月舉行一次聖餐禮，而不是一年只舉行五次。他努力要抗拒一種看不見的影響力，但是沒有用。他感覺到，無論是在適當的時節，還是不適當的時節，這種看不見的影響力，都與他習慣自認是最大的特點有所牴觸。他不知道這種影響力在何處，也不知道它是什麼影響力，也不知道它接著會發生什麼作用，但是，他卻非常清楚，無論他到何處，這種影響力都在暗中影響他；這種影響力對他而言太頑固了：克麗絲蒂娜和夏洛蒂比他更加喜歡這種影響力；這種影響力最後只會終結於羅馬教會。復活節裝飾，眞是的！聖誕節裝飾——在道理上——是很合適的，但是復活節裝飾！嗯，這可能在他一生之中持續下去。

這是過去四十年以來英國國教的情況。趨勢朝一個方向持續著。一些有心人士利用了像克麗絲蒂娜和夏洛蒂這樣的人；像克麗絲蒂娜和夏洛蒂這樣的人利用了像古德休夫人和老萊特小姐這樣的人；像古德休夫人和老萊時小姐這樣的人告訴像古德休先生和年輕的萊特小姐這樣的人要怎麼做；當像古德休先生和年輕的萊特小姐這樣的人去做的時候，像小古德休這樣的人和其餘的精神信衆就跟著他們去做，而希波德家的人則一無所得。一步又一步，一天又一天，一年又一年，一個教區又一個教區，一個主教管轄區又一個主教管轄區，事情就是這樣做的。然而，英國國教卻以不友善的眼光看待「進化論」或「修正過的遺傳論」。

我們這位男主角思考著這些事情，記起克麗絲蒂娜與夏洛蒂的很多「謀略」，記起很多掙扎的細節，我在這兒不便提及，以免再度打斷我的故事。他也記起父親最喜歡提出的反駁：這只會終結於羅馬教會。他在男孩時代很堅信這一點，但是他現在卻微笑了，因爲他想到另一個選擇。這個選擇他很清楚，但卻很可怕，甚至希波德也沒有想到——我是說，整個體系的瓦解。在那個時候，他欣然懷一個希望：英國國教的荒謬與不眞實成分會在崩潰中結束。但從此以後，他的想法就很不同了，他並不是比以前更相信母牛會躍過月亮，也並不是比十分之九的教士——他們跟他一樣了解到自己的外在與可見的象徵已過時了——更相信母牛會躍過月亮，而是因爲他知道，一旦決定實際要怎麼做，問題是非常困難的。還有，既然他已經看得非常仔細，他就更加了解那些披著羊皮的狼本質何在。這些狼渴望喝飲受害者的血，很喧噪地歡迎受害者如所預期那樣很早就落入爪牙中。隱藏在英國國教後的精神是眞實的，只不過其字面意義雖然一度是眞實的，但此時已不再眞實了。隱藏在「精神療法大祭司」背後的精神與字面意義都是虛假的。希波德家人做他們所做的事情，因爲那似乎是正確的事情，但是內心卻既不喜歡也不相信。就對人類的和平與自由而言，他們實際上是所有階級中最沒有危險的。値得害怕的人是以下這種人：他們著手做事時，表現出獨斷的作風，去強加粗俗的成分與自負的態度。如果我們把這些惡德歸罪於英國的教士，那是不公平的。

禮拜儀式結束後，很多農人都來找爾內斯特，跟他握手。他發覺每個人都知道他繼承了一筆遺產。事實上，希波德已經立刻把此事告訴村莊中兩、三位最喜歡蜚短流長的人，於是這件事不久就開始散播著。「這樣就把事情變得簡單了，」他在內心中這樣說，「簡單多了。」看在古德休夫人的丈夫的份上，爾內斯特對古德休夫人很有禮貌，但是他卻不去理睬萊特小姐，因爲他知道她只是個僞裝的夏洛蒂。

一個星期慢慢過去了。家人有兩、三次在克麗絲蒂娜的病床旁一起進聖餐。希波德的不耐煩表現，一天比一天明顯，但是，所幸克麗絲蒂娜（就算她處在健康狀態中也會樂於視而不見的）也越來越虛弱，神智越來越不清，所以她幾乎沒有知覺到希波德的不耐煩。爾內斯特在家中待了大約一星期後，他的母親陷入昏迷狀態中，持續了兩、三天，最後很安祥地離開人世，就像在一個天氣溫和又朦朧的日子，人們分不清土地終於何處，天空始於何處，海空在大洋中間融合在一起。是的，她在面對生命的眞實時死去，比她從很多生命的幻象中醒過來時更加沒有痛苦。

「有三十年以上的時間，她一直是我的生命的安慰與唯一依靠，」一旦一切都過去了，希波德就這樣說，「但情況總不能再拖下去了，」說完，他把臉孔埋在手帕中，隱藏那沒有感情的表現。

在母親去世後過一天，爾內斯特回到城裡，然後又自己一人回去參加葬禮。他要我去看他父親，以免父親對他的姑媽彭提菲小姐當初的意向可能有所誤會。我是他們這家人的老朋友，如果我去參加葬禮，並不會讓任何人感到驚奇。雖然克麗絲蒂娜犯了一些錯，我還是一直很喜歡她。她會把爾內斯特或任何其他人剁成碎肉，以滿足丈夫最微小的希望，但是她卻不會爲任何其他人把丈夫剁碎。只要丈夫沒有阻礙她，她都會很喜歡他。她天生性情溫和，寧願被討好，也不願意被激怒，並很樂於做善良的事情——只要她不用很費勁，也不必讓希波德花錢。她自己荷包中的錢並不多。任何人都可以擁有像希波德或她一樣多的錢——扣除她買衣服絕對需要的錢之後。每次聽到爾內斯特對我描述她如何離開人世，我都會對她感到很同情，甚至她自己的兒子也不可能比我更感到同情。因此，我立刻同意下鄉去參加葬禮。也許，我也想去看看夏洛蒂與喬伊。在聽到我的教子所告訴我的事情之後，我對他們感到很有興趣。

我發覺，希波德看起來非常不錯。每個人都說，他表現得很出色。他確實有一兩次搖著頭說，三十多年以來，他的妻子一直是他的安慰與唯一的依靠，但他也僅止於這樣說。我待到第二天星期日，在把爾內斯特希望我告訴希波德的所有事情告訴他之後，於第二天早晨離開。希波德要我幫助他處理克麗絲蒂娜的墓誌銘的事。

「我要，」他說，「盡量少說。對於死者的頌詞大部分都是不必要又不眞實的。克麗絲蒂娜的墓誌銘不要包括不必要又不眞實的部分。我要提供她的名字以及生死日期，當然要說她是我的妻子，然後我想以一則簡單的經文做爲結束──例如，她最喜歡的一則經文，這是最適當不過了：『心中純潔的人有福了，因爲他們將會看到上帝。』」

我說，我認爲這樣會是很理想的，於是事情就這樣決定了。然後，爾內斯特被派遣去下訂單，給最近的城鎭的石匠普羅色先生。這位石匠說，這份訂單是至福之賜。

第八十四章

在我們回城的途中，爾內斯特談到他計畫如何度過以後的一兩年時光。我要他試著再度走進社會之中，但他立刻表示拒絕，認爲這是他最不喜歡做的事。他對於各種社會存有一種無法克服的嫌惡心理——當然，除非是幾個親密朋友所形成的社會。「我總是憎惡那些人，」他說，「而他們總是憎惡我，也將一直憎惡我。我在本能上，在後天的環境上，都是被社會唾棄的人。但是如果我遠離社會，就比較不會像被社會唾棄的人那樣受到傷害。一個人一旦進入社會，他就會到處受到傷害。」

我聽到他這樣說，感到很難過。無論一個人可能擁有什麼力量，只要他以同心協力的方式而不是以單獨的方式去行動，那麼，他一定能夠更善加利用所擁有的力量。於是，我把這種看法說出來。

「我並不介意，」他回答，「是否善加利用自己的力量。我不知道自己是否有任何力量，但是如果我有的話，我敢說，它會自然發揮出來的。我要以自己喜歡的方式去生活，不是以別人喜歡的方式去生活。由於我的姑媽和你的緣故，我有能力過著一種安靜又不引人注目的自我放縱生活，」他一面說一面笑著，「我眞的想要這樣。你知道，我喜歡寫作，」他在停了幾分鐘後又說，「我一直塗鴉已經有很多年。如果我要出人頭地，就必須靠寫作。」

我自己早就這樣認爲了。

「嗯，」他繼續說，「有很多事必須說出來，是別人不敢說的。有很多虛僞的事，必須加以攻擊，卻沒有人攻擊。我認爲，我能夠說出一些事情，是整個英國之中除了我之外沒有別人敢說出來的，然而卻需要趕快說出來。」

我說，「但是，誰會聽呢？如果你說出別人不敢說的事情，那就意味說，所說出的事情，除了你自己之外，每個人都知道最好此時不要說出來。」

「也許是，」他說，「但是我不知道。我心中充滿這樣的事情，我註定要把它們說出來。」

我知道無法阻止他，所以就屈服了，並問他首先特別想要大膽說出來的事情是什麼。

「婚姻，」他很快回答，「以及在遺囑中處理財產的能力。基督教的問題實際上已經解決了，或者如果沒有解決的話，也不乏有人努力要去解決。當前的問題是婚姻以及家庭體系。」

「這一方面，」我冷冷地說，「確實是棘手的事。」

「是的，」他也同樣冷冷地說。「但是棘手的事正是我所喜歡的。然而，在我還沒有開始挑動這件特別棘手的事之前，我打算旅行幾年，特別想要發現現存的國家中，哪些是最美好，最適宜以及最可愛的國家，還有哪些國家在過去是這樣的國家。我想去發現這些人如何生活，曾經如何生活，以及他們有什麼習俗。

「我對於這個問題只有很模糊的觀念，但是我的一般印象是：我們自己的國家不談的話，已知的民族中最有精力和最和藹可親的是義大利人、古老的希臘人與羅馬人，以及南海的島民。我相信，這些美好的民族一般而言並不是純粹主義者，但是，我想看看他們之中那些還可以被人看到的人：他們是一個問題的實際權威——『什麼事對人類是最佳的？』我想看看他們，了解他們都做些什麼。讓我們先解決這個事實，然後才為道德的趨勢奮鬥。」

「事實上，」我笑著說。「你想回到高尚的古老時代。」

「既不更高尚，也不更卑低，」他回答，「不比我所認為的各個時代中最佳的民族更高尚，或更卑低。但是，我們改變話題吧。」他把手伸進口袋，掏出一封信。「我的父親，」他說，「今天早晨給了我這封信，封口已經裂開。」他把信交給我，我發現是克麗絲蒂娜在生最後一個孩子之前所寫的那封信，我在先前某一章已經提供其內容了。

「你並不認爲這封信，」我說，「會影響你剛告訴我的有關目前的計畫？」

他微笑，回答說，「不會。但是，如果你去做你有時談到的那件事，把我這個不足取的人的奇遇寫成一本小說，請務必披露這封信。」

「爲什麼？」我說，感覺到好像這樣一封信應該被視爲神聖，不應該讓大衆看到。

「因爲我的母親會希望登出這封信。如果她知道你在寫及我，並且又擁有這封信，她尤其會希望你公開這封信。因此，如果你寫到我的話，請公開這封信。」

所以我才按照他的意思去做了。

不到一個月，爾內斯特把自己的意願付諸實行了。在爲自己的孩子的福祉做了必要的安排後，他在聖誕節之前離開英國了。

我時而聽到他的消息，知道他幾乎造訪世界各個地方，但是他只待在一些地方，因爲他發現那些地方的居民非常好看，十分令人愉快。他說，他已寫滿了大量的筆記簿，我確信他是如此。最後，在一八六七年春天，他回來了，行李貼滿了英國與日本之間那些旅館的各種廣告。他膚色曬黑了，看起來很健康，顯得很好看，想必從那些與他住在一起的人那兒沾上了光，自己也變得很好看了。他回到位於「法學協會」的那些古老房間，很自在地安頓下來，好像不曾離開過一天。

我們首先去做的一件事情是，去看他的孩子。我們坐火車到格拉維森，從那兒沿著河邊走了幾哩路，到達那間單獨的房子——爾內斯特所託養孩子的那兩個好心的人就住在裡面。那是一個可愛的四月早晨，但是有新鮮的空氣從海上飄過來。潮水很高，河流之中有船隻隨著風與潮駛進來，呈現一片生動的景象。海鷗在我們頭上方盤旋，海草到處依附在漲潮還沒有淹蓋的堤岸，一切都充滿海的氣息。在水上方飄著的美好空氣令人精神清爽，讓我覺得比很多天以來更加飢餓。我認爲，孩子們住在這樣的環境，是最美好不過了，所以很讚賞爾內斯特爲了孩子選了這個地方。

在離房子還有四分之一哩時，我們就聽到叫聲和孩童的笑聲，可以看到很多男孩與女孩在一起玩耍，彼此追逐著。我們無法分辨出我們自己的兩個小孩，但是等到我們走近時，就很快辨認出他們了，因爲其他孩童都是藍眼睛、淡黃頭髮的小傢伙，而我們的孩子卻是暗色皮膚與直頭髮的。

我們已經先寫信說要去，但卻希望不要告訴孩子，所以他們並沒有注意我們，就像他們也不會去注意任何其他陌生人，我是說，陌生人會湊巧造訪一個除了航海者之外人跡罕至的地方，而我們顯然並不是航海者。然而，一旦他們發現我們的口袋裝滿了柳橙與糖果，感興趣的程度就增加了，因爲我們的口袋裝滿了這些東西，是他們小小的想像力所無法想像的。最初，我們很難讓他們接近我們。他們就像一群小野馬，很好奇，但是又很羞怯，不容易受到哄誘。孩童一共九個——五個男孩和兩個女孩屬於羅林斯先生與夫人，兩個小孩屬於爾內斯特。我不曾看過比羅林斯家的小孩更優秀的了——男孩是身體強健、無所畏懼的小傢伙，眼睛清澄如鷹；那個年紀較大的女孩則高雅美麗，但較小的那一位只是一個嬰孩。當我看著他們時，心中想著：如果我有自己的小孩，也無法奢望有比這更美好的家給他們住，有比這更美好的同伴跟他們玩。

爾內斯特的兩個小孩喬治與艾麗絲，跟其他小孩在一起，顯然就像一家人一樣，稱呼羅林斯先生與夫人爲叔叔與阿姨。在第一次被帶到這間房子時，他們年紀是那麼小，所以被視爲是在家庭中誕生的新寶寶。他們對於每星期以很高的代價雇來照顧他們的羅林斯先生與夫人一無所知。爾內斯特問他們大家想要做什麼。他們只有一個想法。大家——喬治就是其中之一——都想要當駁船的船伕。他們對水的渴望比小鴨子更明顯。

「艾麗絲，妳想要做什麼？」爾內斯特問。

「哦，」她說，「我要與這兒的賈克結婚，成爲船伕的妻子。」

賈克是年紀最大的男孩，此時幾乎十二歲了，是一個身體結實的小傢伙，羅林斯先生在像他這樣的年齡時，想必是這種模樣。我們看著他，他是那麼挺直，各方面發育是那麼好。我可以看出，爾內斯特和我都認爲，艾麗絲找不到比他更好的對象。

「賈克，我的孩子，來這兒，」爾內斯特說，「這兒是給你的一先令。」這個男孩臉紅起來，儘管我們先前逢迎他，他卻不走上前來。以前有人給過他便士，但不曾有人給他先令。他的父親善意地拉起他的耳朵，把他拖到我們這兒。

「他是一個好男孩，我是說賈克，」爾內斯特對羅林斯先生說，「我很清楚。」

「是的，」羅林斯先生說，「他是一個很好的男孩，只不過他就是不想學習閱讀與寫作，我拿他沒辦法。他不喜歡上學——這是我唯一對他不滿的地方。我不知道我所有的孩子是怎麼回事了，而你的孩子，爾內斯特先生，也是一樣不好。雖然他們學習其他方面的事情很快速，但就是沒有一個人喜歡唸書。嗯，至於這個賈克，他幾乎跟我一樣是一位好船伕。」他露出愛憐與眷顧的神色看著自己的孩子。

「我想，」爾內斯特對羅林斯先生說，「如果他長大時想跟艾麗絲結婚，那是很好的事，他想要多少隻駁船，就可以有多少隻。同時，羅林斯先生啊，請你說說錢在哪一方面對你有用。只要你能派上用場的錢，我都可以給你自由使用。」

毫無疑問，爾內斯特盡量讓這對照顧他的孩子的好心夫妻生活過得很舒適。然而他卻堅持一個條件，那就是，他們不要再走私，不要讓小孩涉及此事，因爲有一個小孩子告訴他說，走私是羅林斯家的金錢來源之一。羅林斯先生很勉強答應。我想，水上警察已經有很多年不再懷疑羅林斯家的任何人違反稅收法了。

「我爲何要把他們從現在的地方帶走？」我們回家時，爾內斯特在火車上對我說，「把他們送到學校，過著不會比現在一半快樂的生活，讓他們的私生子身分爲他們帶來困擾？我的兒子喬治想成爲船伕，就讓他成爲船伕，越快越好。他與其從事其他行業，不如就成爲船伕。然後，如果他有了發展，我可以贊助他，讓他生活過得很順利；要是他不想繼續做下去，那麼催促他又有什麼用？」

我想，當時爾內斯特繼續提出了道德見解，談到一般的教育，以及年輕人應該以什麼方式經歷胚芽階段：藉助於金錢，也藉助於四肢，開始生活時，處在比父母更低的社會地位中。他還提出很多其他見解，以後他都寫成文章發表。但是，我年事已高，並且由於走了不少的路，加上空氣清爽，不禁想要睡覺，所以在回程中還沒有經過格林海色車站，就陷入深睡之中了。

第八十五章

爾內斯特已經大約三十二歲，過去三、四年都過著放縱的生活，所以此時就在倫敦安頓下來，開始不斷地寫作。在這之前，他承諾了很多事情，但卻沒有什麼成果，也有三、四年的時間沒有出現在大衆面前。

我已說過，他過著很安靜的生活，幾乎不與任何人見面——除了我，以及多年來與我很親密的三、四個老朋友。爾內斯特和我們形成小圈子，在這個小圈子之外，我的教子幾乎不爲人所知道。

他的主要花費是在旅行方面，他耽溺於旅行之中，次數很頻繁，但每次的時間都很短。無論如何，他一年的花費不會超過一千五百鎊，其餘的收入都捐獻出去，也就是說，如果他發現一件讓他認爲值得捐錢的義舉。不然他就把錢存起來，一直到他有機會用在有益的事情上。

我知道他在寫作，但是我們在這方面有很多意見上的小小差異，所以，基於一種默契，我們很少提到這件事情。我本來不知道他在發表作品，一直到有一天，他爲我帶來一本書，告訴我那是他的著作。我把書打開來，原來是一連串半神學、半社會學的文章，是由六、七個不同的人寫出來，從不同的觀點看待同樣的問題。

當時人們還沒有遺忘有名的《文章與評論》一書。爾內斯特至少在兩篇文章中以不懷好意的方式寫了幾行，曖昧地暗示是由一位主教所寫。所有的文章都支持英國國教，從內在的暗示以及初步印象的意圖看來，似乎是由大約六個人寫成的，都是有經驗又擁有高地位的人。他們決定從英國國教的內部大膽地面對當時的困難問題，就像英國國教的敵人從外部大膽地面對這些問題一樣。

有一篇文章談及「耶穌復活」的外在證據；有一篇談及過去與現今世界上最著名國家的婚姻法律；有一篇的主題是：如果不再讓英國國教的教義擁有道德的權威，則要考慮很多問題，必須重新討論與考慮這些問題的優點；有一篇討論比較具有純粹社會意味的「中產階級的窮困」問題；有一篇討論第四福音書的眞實性，或者說，不眞實性；還有一篇文章的題目是〈非理性的理性主義〉；此外還有兩、三篇文章。

文章全是以有力又無懼的方式寫成，好像寫的人都習慣了權威。所有的文章都承認，英國國教公開要求人們相信很多事情，而凡是習慣於考慮證據的人卻不會接受這些事情。但文章指出，很多有價值的眞理已經與這些錯誤緊密混雜在一起，所以我們最好不要去炒作這些錯誤。強調這些錯誤就像無端反對王后的統治權利，就因「征服者威廉」是私生子。

有一篇文章堅稱，雖然改變我們的祈禱書與教規的用語會很不方便，但是，如果以一種溫和的方式去改變我們加諸這種用語的那些意義，卻不會是不方便的。文章辯稱，法律方面就是這樣做的。這是法律的成長與適應方式，在各個時代都被認爲是促成改變的一種正確與方便的方法。文章建議英國國教應該採用這種方法。

另一篇文章大膽地否認英國國教是依賴理性的。文章以不容置疑的方式證明，英國國教的最終基礎是（也應該是）信心，因爲就人的任何信仰而言，這是唯一的最終基礎。作者宣稱，如果是這樣的話，英國國教就不可能被理性推翻。英國國教就像其他一切一樣，是基於最初的假設，也就是說基於信心。如果要推翻它，就要以信心去推翻它，也就是以像以下這樣的人的信心去推論它：他們在生活中顯得比較溫文，比較可愛，事實上比較有教養，並且比較有能力克服困難。凡是在這些方面表現得優越的教派，都可能獲得很大的成功，其他的教派則無法長久有所進展。基督教之所以眞實，是在於它培養了美的成分，培養了很多美的成分。基督教之所以虛假，是在於它培養了醜的成分，培養了很多醜的成分。因此，基督教不是一點點眞實，也不是一點點虛假。整體而言，一個人可能更加前進，而情況卻更糟。最明智之舉是接受它，做最好的打算，不是做最壞的打算。這位作者強調，一旦我們開始對任何問題有很強烈的感覺，我們當然就會成爲迫害者。因此我們不應該這樣。我們甚至不應該對這位作者最珍視的體制——英國國教——有很強烈的感覺。我們應該成爲信徒，但卻是溫和的信徒，因爲那些非常在乎宗教或非宗教的人，很少是教養良好或令人愉快的人。英國國教本身應該盡量接近拉塔基亞的教會，可以繼續成爲一種國教，並且每一位個別的成員應該努力盡量成爲溫和的成員。

這本書透露出堅信的勇氣，也透露出完全不堅信的勇氣。這本書的作者們似乎根據一種經驗法則，在「打倒偶像」和「輕易相信偶像」之間取得平衡。如果方便的話，他們當然會快刀斬亂麻。他們勇於在理論上提出結論，也勇於在實際上表現得不合邏輯，因爲他們故意不合邏輯，心目中的充足理性也是不合邏輯的。結論是保守的、寂靜主義的、令人舒慰的。他們用以獲致結論的那些論辯，是源自當時最前進的作家。這些人所主張的一切都交給了他們，但是成功的果實大部分都交給了那些已經擁有的人。

本書之中最引人注意的段落也許是取材自一篇文章——論及世界上各種婚姻制度——內容如下：

「如果人們要求我們建構一種制度，」這位作家說，「我們會把良好的遺傳做爲我們的建構基石。我們會讓良好的遺傳有意識或潛意識地經常存在於所有人的心中，做爲中心信仰，據以生活、行動以及擁有生命，也做爲各種事物的試金石，根據試驗的結果之是否有利於良好的遺傳，而知道各種事物的良窳。

「一個人應該自己獲得良好的遺傳，也應該讓別人獲得良好的遺傳。他的身材、頭部、手部、腳部、聲音、儀態和衣服，都應該專注在這點上，如此，人們一看到他，就會看出他出身良好的家系，可能衍生良好的家系，這是人們所渴望的。女人也是如此。這些遺傳良好的男人與女人的最多數，這些遺傳良好的男人與女人的最大快樂，就是最大的善。所有的政府，所有的社會傳統，所有的藝術、文學與科學，應該直接或間接朝這個目標努力。神聖的男人與神聖的女人在任何時候，無論是在工作或休閒時，都會在潛意識中以此爲目標。」

如果爾內斯特以自己的名字出版這部作品，我想它會在印刷時夭折，但是他所選擇的形式，在當時是意在引起好奇心。我已經說過，他以不懷好意的方式加進一些暗示，讓評論家認爲，只有主教才會有這種冒失的表現，或者無論如何只有權威人士才會這樣做。有人說，某一位知名的法官是其中另一位作者，於是不久就有一種說法傳開了，那就是，有六、七位重要的主教和法官合作寫出一本書，聲勢高於《文章與評論》一書，並抵制了這本當時仍然很著名的作品的影響力。

評論家跟我們有同樣的愛好。對他們而言，就像對其他人而言一樣，「凡是未爲人所知的事情都是很優越的」。這本書確實是一本透露才華的作品，充滿了幽默、公正的諷刺以及美好的見地。這本書創造出一種新意。有一段時間，大家忙著猜測此書的作者是誰，因此很多本來不會去注意這本書的人，也開始去注意了。一份最激烈的週刊爲此抓狂，宣稱它是自從巴斯噶（Pascal）的《鄉村信札》以來最好的作品。這份週刊大約一個月有一次會發現一張畫，說是自從古老的大師以來最好的畫，或者發現一篇諷刺文，說是自從史威夫特（Swift）以來最好的諷刺文，或者發現什麼東西，說是自從什麼以來最好的東西。如果爾內斯特把自己的名字寫在這本書上，而評論家知道他是無名小卒，就一定會以很不同的口氣去寫評論。評論家喜歡認爲，就他們所知，是在讚美一位公爵或者甚至一位王子，所以盡量寫些溢美之詞，後來才發現原來只是在讚美一個三教九流的人。然後他們會很失望，一般而言會對這個所謂三教九流的人「挾怨報復」。

爾內斯特不像我那樣了解文學世界的內幕。我想，當他有一天早晨醒過來發現自己成名時，他會有一點暈眩。他是克麗絲蒂娜的兒子，有其母，必有其子；如果他無法偶爾感受到過分的得意，他也許就不會去做自己已經做過的那些事。然而，他不久之後就發現了一切，安靜地安頓下來，寫出一連串的書，堅持在其中說出一些事情——別人縱使能夠說出這些事情，卻不想說，或者，縱使想說，卻不能夠說。

他已經成爲一個很壞的文學人物。有一天我笑著對他說，他就像一個上一世紀的人，只有這樣的一個人物才能夠貶抑這樣的角色。

他笑著說，他寧願像這樣，也不要像他能夠說出名字的一兩位現代作家，他們的角色很差，只能由這樣一個人物來提升。

我記得，在其中一本書出版後不久，我剛好遇見朱普夫人——順便一提，爾內斯特每一星期給她一點津貼。地點是在爾內斯特的套房。不知道是什麼原因，我們單獨相處了幾分鐘，於是我對她說：「朱普夫人，爾內斯特先生已經寫了另一本書。」

「天啊，」她說，「眞的嗎？親愛的人兒！是關於愛情的嗎？」這個不信神的老女人，從那雙老化的眼皮蓋下面拋給我一個不懷好意的媚眼。我忘記我的回答中有什麼部分激起她的興致——也許沒有——但反正她是非常快速地談個不停，大意是說，貝爾給了她一張歌劇的票。「所以，當然，」她說，「我去了。我一句話也聽不懂，因爲全是用法文唱的，但是我看到他們的腿。哦，天啊，哦，天啊，恐怕我不會活很久了。當親愛的爾內斯特先生看到我躺在棺材時，他會說，『可憐的老朱普，她永遠不會再說粗鄙的話了，』但是，天啊，我並沒有那麼老，我現在還在學跳舞呢。」

就在這個時刻，爾內斯特走了進來，話題改變了。朱普夫人問他是否要繼續寫更多的書，因爲那一本已經完成了。「當然要，」他回答，「我一直都在寫書。這兒是我的內文的原稿，」說完他讓她看一堆稿紙。

「嗯，」她大聲說，「天啊，這就是原稿嗎？我時常聽到人們談到原稿，但是我不曾想到會在有生之年親自看到。嗯！嗯！那麼這眞的是原稿了？」

窗子中有一些天竺葵，看起來不是很好。爾內斯特問朱普夫人是否懂得有關花的事情。「我懂得花的語言，」她說，露出最迷人的媚眼。說完，我們就送她走，一直到下一次她想要再度來訪——她知道自己有特權時常來訪，因爲爾內斯特喜歡她。

第八十六章

現在，我必須把故事做一個結束。

我寫上一章的時間，是在其中所紀錄的事件發生後不久——也就是一八六七年的春天。那個時候，我的故事已經寫到這兒，但是時而在什麼地方更動一下。現在是一八八二年的秋天，如果我要再多說一點，應該快一點，因爲我已八十歲，雖然健康情況很好，卻要面對一個事實：我不再年輕了。爾內斯特自己已四十七歲了，只不過他看起來不像這個年紀。

他比以前更富有，因爲他一直沒有結婚，而他的「倫敦與西北」股票已經幾乎加倍了。由於完全無法花完自己的收入，所以他只好存起來，以防萬一。他仍然住在「法學協會」的同樣房間，也就是他放棄他的店時我爲他安排的房間，因爲沒有人能夠說服他去買一間房子。他說，只要什麼地方有一間好旅館，那就是他的房子。當他在城裡時，他喜歡工作，喜歡安靜。出了城後，他感覺身後沒有什麼會出錯的事。他不想被束縛在一個單一的地方。「買牛奶比養一隻母牛便宜，」他說，「這個規則是沒有例外的。」

既然我已經提到朱普夫人，我不如在這兒談談有關她的一點事情。此時她是一個很老的女人了，但是她很得意地說，此時活著的人都無法說出她有多老，因爲那個住在「老肯特路」的女人已經死了，可能把她的祕密帶到墳墓去了。然而，雖然她很老了，卻住在同樣的房子，很難維持生計。但是，我不認爲她很介意此事。並且，她因此也無法喝太多的酒而傷害身體。除了每星期給她津貼並絕對不預支之外，爲她做任何事都沒有用。她每個星期六都把熨斗拿去當鋪當四便士，每個星期一早晨在拿到津貼後，又以四又二分之一便士的代價取回熨斗。她最近十年都這樣做，每週都固定不變。只要她不放棄熨斗，我們就知道，她還能夠以自己的祕密方式解決金錢問題，所以最好不要管她。如果熨斗一去不回了，我們就知道應該去干預她了。我不知道爲什麼，但是事實就是事實：她本身有一種成分，總是讓我想起一個女人，跟她非常不同——我是說爾內斯特的母親。

最後一次我跟她有長時間閒談，是大約兩年前，當時她來找我，不是找爾內斯特。她說，正當她正要進入樓梯間時，看到一輛出租馬車駛過來，看到爾內斯特先生的爸爸那老惡魔似的頭從馬車的窗子探出來，所以她來找我，因爲她沒有卑屈地行屈膝禮，沒有對像他那樣的人行屈膝禮。她自稱很倒楣。她的房客欺詐她，離開時沒有付錢，也沒有留下一件家具，但是，今天她卻很高興。她吃了很不錯的一餐——一塊火腿和一些綠豌豆。她爲此大哭一場，但她這樣做很蠢，很蠢。

「那個貝爾啊，」她繼續說，只不過我看不出她所要說的話有什麼關聯。「任何人看到他開始去做禮拜，都會心情鬱悶。他的母親準備要見耶穌了，以及那一切的。現在她不會死了，一天都喝半瓶香檳。然後格利格，你知道，就是那個講道的，他問貝爾說我是否眞的很淫蕩。年輕的時候在霍爾波恩，我會對於任何卑鄙的傢伙彈指頭，表示很輕蔑。要是我穿上漂亮的衣服，牙齒沒有掉光，我現在就會這樣做。我失去了我的可憐的、親愛的華金斯，但是當然這是免不了的。然後我失去了我的親愛的羅絲。她眞是愚蠢的女人，竟然去坐運貨馬車，結果染上了支氣管炎。我在『普倫通道』吻我的親愛的羅絲，她對我伸出下巴；我從來沒有想到永遠不會再見到她。她的男朋友也很喜歡她，只不過他已經結婚了。我敢說羅絲現在已化爲灰了。如果她能夠復活，看到我受傷的手指，她會哭出來，而我會說，『不要緊。親愛的，我沒有問題。』哦！天啊，要下雨了。我眞的很討厭下雨的星期六夜晚——可憐的女人，穿上很棒的白長襪，要設法謀生，」等等，等等。

雖然年紀大了，但是這個不信神的老女人卻沒有顯出凋萎不振的模樣，雖然人們說她應該是這樣子。無論她曾經歷過什麼生活，她都過得很自在。她有時會告訴我們說，仍然有很多人在追求她，有時則口氣十分不同。這十年之中，她甚至不允許喬伊．金吻她。她寧願在任何日子吃一客羊排。「但是，啊，你應該看到我在可愛的十七歲時的樣子。我是我那個可憐又親愛的母親的學習對象。她是一個很美的女人，只是我不應該這樣說。她有一口很棒的牙齒。把她的牙齒跟她一起埋葬，眞是罪過。」

她聲稱只對一件事感到震驚，那就是，她的兒子湯姆和妻子桃普希竟然教幼兒說詛咒的話。「哦！這眞是太可怕了，」她說，「我不知道那些話的意思，但是，我告訴湯姆說，他是一個酒鬼。」我認爲這個老女人其實很喜歡這樣。

「但是，眞的，朱普夫人，」我說，「湯姆的妻子並不是桃普希。妳都叫她菲碧。」

「啊！是的，」她回答，「但是菲碧行爲不檢，現在是桃普希了。」

爾內斯特的女兒艾麗絲，在一年多以前與那個曾是她玩伴的男孩結婚了。爾內斯特給了他們所想要的一切，又加上很多東西。他們已經爲他生了一個孫子，我確知還會生很多個。爾內斯特的兒子喬治雖然才二十一歲，但是已經擁有一艘很好的汽船，是父親買給他的。他在大約十三歲時，就開始跟老羅林斯和賈克，坐著運磚的駁船從羅卻斯特駛到上泰晤士河。然後，他的父親爲他與賈克買了他們自己的駁船，之後，他爲他們兩人買了普通的船，再來就是汽船。我不確實知道人們是如何藉著汽船賺錢的，但是喬治做的都是平常的事。據我的推測，他獲得很大的回報。他的臉孔很像父親，但是，就我所能觀察到的，他並沒有任何文學才華。他很有幽默感，有豐富的常識，但是他的本能顯然是很實際的。他使我想起一件事：如果希波德（我反而比較沒想到爾內斯特）當初當了海員的話，會是什麼情況呢？爾內斯特一年有兩次都到巴特斯比跟父親希波德待幾天，一直到他去世。儘管鄰近的教士們說「爾內斯特．彭提菲先生寫了可怕的書」，但父子兩人還是相處得很好。也許，這兩個人之間的那種和諧或沒有衝突的狀態，是歸因於一個事實：希波德不曾看過他的兒子所寫的作品，而爾內斯特當然也不曾在父親面前提到這些作品。我已經說過，這兩個人處得很好，但是，爾內斯特去看父親的時間卻很短，也不是很經常。有一次，希波德要爾內斯特把孩子帶去，但是，爾內斯特知道孩子不會喜歡，所以並沒有這樣做。

有時希波德爲了小事進城，到爾內斯特的套房去看他；他通常會帶去兩、三棵萵苣，或一棵捲心菜，或六顆蕪菁，包在牛皮紙中，告訴爾內斯特說，他知道新鮮的蔬菜在倫敦是很難買到的，所以才帶一些給他。爾內斯特時常對他說，蔬菜對他沒有用，最好不要帶去。但是希波德還是堅持，我想是基於他喜愛做一種事情：兒子不喜歡，但卻微不足道，不值得去注意。

希波德一直活到大約十二個月之前，是在某一天早晨被人發現死在床上，臨死之前寫了以下這封給兒子的信：

親愛的爾內斯特：我沒有特別要寫的事情，但是，你的信已經有幾天一直放在我的口袋中，沒有回，現在是回信的時候了。

我的身體保持得很好，能夠很舒適地散步五、六哩路。但是我的年紀這樣大了，沒有人知道還能活多久，而時間又過得很快。整個早晨，我一直在忙著整理盆栽，但是今天下午天氣卻很潮濕。

這個可怕的政府要怎麼處理愛爾蘭的問題呢？我並不真正希望他們會幹掉格拉斯頓先生，但是，如果有一隻瘋牛要追逐他，而他永遠不會再回來，那麼我也不會難過。我並不真正想要讓哈丁頓爵士取代他的職位，但是他會勝過格拉斯頓無數倍。

我想念你的妹妹夏洛蒂，是言語無法表達的。她處理我的家務帳目，我可以把我擔心的所有小事向她傾訴。由於喬伊也結婚了，要是他們其中有一人沒有時常來照顧我，我不知道要怎麼辦。我唯一的安慰是，夏洛蒂會讓她的丈夫快樂；就一位丈夫而言，他非常配得上她。請相信我——

愛你的父親希波德．彭提菲

我可以順便一提的是，雖然希波德談到夏洛蒂的婚姻，好像她結婚是最近的事，但其實是大約六年以前的事了，她當時大約三十八歲，她的丈夫比她小七歲。

希波德無疑是在睡眠中安詳地離開人間。一個人這樣死了可以算是死了嗎？他把死的現象呈現給其他人看，但是，就他自己而言，他不僅沒有死，並且甚至不認爲自己要死了。這樣並沒有多於一半的死，但是他的生命也沒有多於一半的活。他呈現很多活的現象，所以我想，整體而言，我們寧願認爲他是活著，而不認爲他不曾誕生，但是，這之所以可能，只因爲聯想並不拘泥於嚴格的關係文字。

然而，這並不是有關他的一般論斷，而一般論斷時常是最眞實的。

爾內斯特面對人們的哀悼之意，面對人們對父親的尊敬追憶，幾乎受不了了。「他不曾，」那位把爾內斯特接生到這個世界的老醫生馬丁醫生說，「說過任何一個人的壞話。他不僅爲人所喜歡；凡是跟他接觸過的人都喜愛他。」

「我不曾接觸過，」家庭的律師說，「像他那樣行事公正、行爲正道的人——也不曾接觸過像他那樣認眞履行每種責任的人。」

「我們將會哀念他，」主教寫信給喬伊，使用最溫馨的語詞。「一些窮人都很驚慌。「一口井，」

一個老年的女人說，「要到乾枯時，才會爲人所想念，」她說出了其他每個人的感覺。爾內斯特知道，在面對一種不容易彌補的損失時，一般人的哀悼都是很眞摯的。他認爲，世界上只有三個人並沒有很眞誠地表示對父親的讚賞，而這三個人也最會表現出同情心。我是指喬伊、夏洛蒂和他自己。他爲自己感到很痛苦，因爲他在任何方面都跟喬伊或夏洛蒂意見一致。他很慶幸自己必須盡量隱藏這一點，並不是因爲他父親曾經對他如何——這些令他不平的事現在太遙遠了，都記不得了——而是因爲他不想對父親存有他一直存有的那種感覺。只要溝通是限於最普通的事物，一切就都很順利，但是，只要稍微有一點偏離最普通的事物，他一定會感覺到父親的本能顯示出來，即刻與他自己的本能形成對立狀態。當他受到攻擊時，他的父親都盡量強調對手所說的一切。如果他遭遇到任何阻礙，他的父親顯然都很高興。老醫生說，希波德不曾說任何人的壞話——這種說法對其他人而言是眞實的，但對爾內斯特自己而言則不然。他很清楚，沒有人敢像他自己的父親那樣，以一種祕密的方式傷害他的名譽。這是很常見的狀況，也是很自然的狀況。時常，如果兒子對的話，父親就錯了。而父親如果能夠避免的話，都不會讓這種情況發生。

然而，就目前這件事而言，我們很難說出不和的主要原因是什麼。並不是因爲爾內斯特曾經入獄。希波德比大部分的父親都更快忘記這一切了。無疑的，其中一部分是歸因於脾氣不相投合，但是，我認爲不和的主要原因是在於一個事實：爾內斯特在仍然很年輕時就那麼獨立，那麼富有，這個老年人因此就無法以自認有權利的方式逗弄他、揶揄他。他的父親曾告訴保姆說，他要故意繼續雇用她，以便折磨她。從那個時候起，喜愛以自認安全又不傷大雅的方式去逗弄別人，就成爲這位父親的本性的一部分了。我想，我們大家都是如此。無論如何，我確知大部分的父親都像希波德，特別如果他們是牧師的話。

我相信，希波德喜歡喬伊或夏洛蒂的程度，實際上並不比他喜歡爾內斯特的程度多一點。他並不喜歡任何人或任何東西，或者，如果他喜歡任何人的話，那就是他的男管家。男管家在他身體不好時照顧他，非常關心他，認爲他是世界上中最美好、最有能力的人。後來希波德的遺囑公開了，留給這個忠實又深情的僕人的遺產，竟是那麼不堪。這個僕人是否繼續認爲他是那麼美好呢？這我就不知道了。在他的孩子之中，那個在出生一天後就夭折的嬰兒，是他認爲唯一對他十分孝順的一位。至於克麗絲蒂娜，他則不曾裝出想念她的樣子，也不曾提到她的名字。但是，這卻被認爲是一種證據，證明他太強烈地感覺到喪妻之痛，所以無法談起她。也許是如此，但我不以爲然。

希波德的動產被以拍賣的方式出售，其中有《舊約與新約的和諧》一書，是他以多年的時間編輯而成，透露出精緻的勻整性。除外，還有所收集的大量講道原稿——事實上是他自己所寫出的一切講道。這些講道以及《舊約與新約的和諧》合起來有一推車之多，售得九便士。我聽到了一件事，感到很驚奇，那就是，喬伊並沒有拿出三、四先令買下所有的東西。但是爾內斯特告訴我說，喬伊比他自己更加強烈地不喜歡父親，希望擺脫讓他想起父親的一切東西。

看來，喬伊與夏洛蒂都已經結婚了。喬伊有一個家，但是他和爾內斯特之間很少有交往。當然，根據父親的遺囑，爾內斯特沒有得到任何東西。關於這一點，長久以來就有默契了，所以另外兩個人就頗有收獲了。

夏洛蒂跟以前一樣聰明，有時邀請爾內斯特到靠近多佛的地方，去跟她和她丈夫待幾天。我想，這是因爲她知道，爾內斯特並不會喜歡這種邀請。她所寫的信中都透露出一種優越感的口氣。她的信很難令人看出其中的本質，不過每次爾內斯特收到她的信，總是覺得，寫信給他的這個人，已經跟一位天使有過直接的靈交。「如果這個天使，」他有一次對我說，「造成了夏洛蒂這種樣子，那麼這個天使想必是多麼可怕啊。」

「你會喜歡嗎？」夏洛蒂在不久以前寫信給爾內斯特說，「喜歡想到這兒有點急遽的改變嗎？懸崖的頂端不久就會出現石南，顯得亮麗。金雀花想必已經綻開了。從位於爾威爾的那座小山的狀態來判斷，我想石南是開始長出來了。無論有沒有石南，懸崖總是很美。如果你來的話，你的房間會很舒適，所以你會有自己的隱密休憩地方。來回票是十九先令六便士，期間一個月。請你隨自己喜歡做決定。只是，如果你來的話，我們希望努力讓你過得很亮麗。但是，如果你不想來，也請不要覺得心理有壓力。」

「當我做惡夢時，」爾內斯特對我說，笑著拿這封信給我看，「我都是夢到我必須去夏洛蒂那兒待幾天。」

夏洛蒂的信被認爲寫得非常好。我想，他們家的人都說，夏洛蒂擁有比爾內斯特更眞實的文學能力。有時我們認爲，她寫信給爾內斯特，好像在說，「看啊——你不是自認是我們之中唯一能夠寫作的人嗎？讀讀這封信吧！如果你想在下一本書之中表現有效的描述性寫作，你可以隨你喜歡使用這封信。」我敢說，她是寫得很好，但是她已迷上一些字眼，諸如「希望」、「認爲」、「感到」、「努力」、「亮麗」以及「有點」，每寫一頁就要引進這些字眼，且有的字眼不只引進一次。所有的這一切都使得她的文體顯得很單調。

爾內斯特跟以前一樣喜愛音樂，也許更加喜愛，最近幾年又從事作曲的工作。他仍然覺得作曲有一點困難，經常以C調爲開始，但卻演變成升C調，無法回到原來的C調。

「演變成升C調，」他說，「就像一個沒有受到保護的女人坐『大都會火車』旅行，結果發覺自己置身在『牧羊人樹叢』，不大知道自己要到何處去。這個女人要如何安全回到『克拉罕交叉站』

呢？而『克拉罕交叉站』也不行，因為『克拉罕交叉站』就像減七和弦——它很容易造成不和諧的變化，你可以把它導入所有的音樂可能性。」

談到音樂，我就想起不久以前發生在爾內斯特和史金納博士的大女兒史金納小姐之間的一件小事。那時，史金納博士早已離開羅波羅文法學校，來到我們中部的一個郡，當一間大教堂的副主教——這個職位很適合他。有一次，爾內斯特到了這個地方，基於舊識的緣故就去拜訪他，並在午餐時接受好客的款待。

經歷三十年的時光，史金納博士的眉毛變白了——但是頭髮卻無法變白。我相信，要不是那頂假髮作祟，他是會成為一名主教的。

史金納博士的聲音與儀態並沒有改變。爾內斯特注意到掛在大廳中的一張羅馬平面圖，就很粗心地談及 Quirinal⑮，而史金納博士表現出習慣性的浮誇模樣回答說：「是的，Quirĭnal —或者，我喜歡稱它為 Quirĭnal。」在這種得意的表現之後，他用嘴角長長地吸了一口氣，對著天堂的表面吐出去，就像他在當校長時的那種最為美妙的姿態。吃午飯時，他確實有一次說，「幾乎不可能想到任何其他事，」但是他立刻加以改正，代之以「幾乎不可能懷有不恰當的想法，」之後似乎感到舒服多了。爾內斯特在副主教的餐廳的書架上看到史金納博士幾卷熟悉的作品，但卻沒有看到那本《羅馬還是《聖經》？——是哪一者呢？》

「爾內斯特先生，你仍然跟以前一樣喜歡音樂嗎？」在吃午餐時，史金納小姐對爾內斯特說。

「是的，喜歡某些種類的音樂，史金納小姐，但是妳知道，我不曾喜歡現代音樂。」

「這不是很可怕嗎？——你難道不認為你」——她想加上「應該？」但是卻沒有說出來，因為她

---

⑮羅馬市政中心—譯註。

確知自己已經充分傳達了自己的意思。

「如果我能夠的話，我會喜歡現代音樂。我一生都努力要去喜歡，但是年紀越大，就越做不到。」

「請告訴我，你認爲現代音樂從什麼地方開始？」

「從巴哈開始。」

「你不喜歡貝多芬嗎？」

「不喜歡。我年紀較輕的時候，自認喜歡貝多芬，但是現在我知道我不曾眞正喜歡他。」

「啊！你怎麼能夠這樣說？你無法了解他——如果你了解他了，就永遠不會這樣說。對我而言，貝多芬的一個簡單的和弦就足夠了。這就是快樂。」

史金納小姐在遺傳上很像父親，爾內斯特覺得很有趣——隨著年紀的增大，這種遺傳上的相像也增加了，甚至伸延到說話的聲音與模樣。爾內斯特記得聽過我描述以前跟史金納博士下棋的情況；他的內心似乎聽到史金納小姐在說著話，好像是在說著一則墓誌銘：

暫停

我可以很快取得

貝多芬的一個簡單的和弦

或一個小小的十六分音符

從孟德爾遜的一首無言歌

午飯之後，爾內斯特跟這位副主教單獨相處了大約半小時。他對這位副主教大肆恭維，所以這個老年人感到非常高興又得意。他站起來，欠欠身。「這些措詞，」他說，聲音很甜美，「對我而言是很有價值的。」「先生，這些只是一小部分，」爾內斯特回答，「也就是你很久以前的任何一位學生對你的感覺的一小部分，」說完，兩個人就在餐桌的盡頭跳舞，好像在跳著小步舞，就在那扇俯視刈過的平整草地的古老凸窗前面。然後爾內斯特離開。但是幾天之後，史金納博士寫給他一封信，告訴他說，批評他的人以希臘文來說是σχληροὶ χαὶ ἀντιτυποι（尖銳且違反傳統），同時又ἀνέκπληχτοι（沒有根據）。爾內斯特記得σχληροί（尖銳），知道其他字屬於同樣性質，所以沒有問題。一兩個月後，史金納博士就上西天去跟他的祖先們會合了。

「爾內斯特，他是一個老傻瓜，」我說，「你不應該憐憫他。」

「我禁不住要這樣，」他回答，「他是那麼老，我感覺幾乎就像跟一個小孩子在玩。」

就像所有心智靈敏的人一樣，有時爾內斯特會工作過度，然後時而會在夢中遭遇到史金納博士或希波德的猛烈言詞譴責——但是除此之外，這兩個傑出人物此時都再也無法侵犯他了。

在我看來，爾內斯特曾經爲人子，並且不僅爲人子。時常我會有一點害怕——例如當我跟他談到他所寫的書時——害怕我對他而言會過分像是一位父親。如果我曾這樣的話，我相信他已經原諒我了。他所寫的書是我們之間爭論的焦點。我要他像別人一樣寫作，不要冒犯那麼多讀者。他說，他無法改變自己的寫作方式，就像他無法改變自己的髮色；他必須照樣寫下去，不然就完全不要寫。

一般而言，他不是大衆喜歡的人。人們承認他有才賦，但是一般而言，他的才賦被認爲是那種怪異、不實際的才賦。無論他多麼嚴肅，總是被指控嘻笑人生。他的第一本書很獲得成功，其理由我已經說明過。但是，他其他的書卻都是光榮的失敗。他是一個不幸的人，每部作品一出版就被文學批評家所嘲笑，但是，一旦接著出現一本可能被人詛咒的作品，前一本作品就變成「優秀的讀物」。

他一生之中不曾邀請一位評論家吃飯。我曾一再告訴他說，這是很瘋狂的事。我發現，這是我唯一會惹起他生氣的一句話。

「人們讀不讀我的書，」他說，「對我有什麼關係呢？這可能對他們有關係——但是我已有太多的錢，不會想要更多。如果書中有任何料子的話，它不久就會發揮作用。我不知道它們是不是好書，也不很介意它們是不是好書。任何心智健全的人，又能夠爲自己的作品說出什麼看法呢？有些人必須寫愚蠢的書，就像必須有等級較低的音樂作品和三流的畢業生一樣。我爲何要抱怨自己是一個凡人呢？只要一個人不是下愚，他就要心存感激了——何況，書有一天必須自身獨立存在，所以越快開始越好。」

我在不久前跟他的出版商談到他。「爾內斯特先生，」他的出版商說，「是一個無知的人，但是這樣告訴他並沒有用。」

我可以看出，這個有自知之明的出版商，已經對爾內斯特的文學地位完全失去信心，他認爲，就因爲這個人曾有一次獲得成功，所以他的失敗更加無可救藥。「歐維頓先生，他是處在很孤獨的情況中，」這位出版商繼續說，「他沒有形成聯盟，不僅與宗教世界爲敵，也與文學和科學同志爲敵。這在今天是行不通的。如果一個人想要有所進展的話，他必須屬於一群志趣相投的人，而爾內斯特先生不屬於任何一群人——甚至不屬於一個俱樂部。」

我回答說，「爾內斯特先生完全像奧塞羅（Othello），但是有一個地方不同——他的恨不是很明智，而是很深。如果他認識文學與科學的大人物，而這些人物也認識他，那麼，他就會很不喜歡他們。他和他們之間並沒有自然的休戚與共的關係。如果他與他們接觸的話，那麼，他最後的狀態會比最初的狀態更糟。他的本能告訴他這一點，所以他避開他們，並且，只要他認爲他們活該遭受攻擊，他就去攻擊他們——也許是希望較年輕的一代會比現在的一代更願意聽他的想法。」

「難道會有什麼事情，」這位出版商說，「比這更不實際又魯莽的嗎？」

對於這一切，爾內斯特只用一個字眼回答——「等待。」

這就是我的這個朋友的最近發展。是的，他現在不會冒險去創立一間「精神病理學學院」，但是我必須讓讀者去決定一件事：我們看到兩個爾內斯特，一個是「精神病理學學院的爾內斯特」，另一個是「堅持說服下一代而不是說服他自己這一代的爾內斯特」，而兩者之間，是否有很強烈的血緣相似性呢？他認爲，這兩者之間並沒有血緣的相似性。他每年按時接受一次聖餐，做爲對復仇女神的賄賂，唯恐他又會再度對任何問題產生強烈的感覺。他爲此感到很疲倦，但是，「除非，」他有時會說，「一個人知道如何以慈悲爲目標，時而輕易又得體地否定自己的想法，不然，他的想法就不值得保有。」在政治上，就他的投票傾向與興趣而言，他是一位保守派。在所有其他方面，他是一位前進的激進派。他的父親與祖父不可能懂得他的心態，就像他們不可能懂得中文。但是，那些非常了解他的人，卻不希望他表裡很不一致。

肉身之道／桑謬爾・巴特勒 (Samuel Butler) 著
：陳蒼多譯. - - 初版. - - 臺北市：臺灣商務,
2003 [民 92]
面：　　公分. - -（Open ：3:27）
譯自：The way of all flesh

ISBN 957-05-1829-4（平裝）

873.57　　　　　　　　　　92019010

OPEN系列／讀者回函卡

感謝您對本館的支持，為加強對您的服務，請填妥此卡，免付郵資寄回，可隨時收到本館最新出版訊息，及享受各種優惠。

姓名：＿＿＿＿＿＿＿＿＿＿＿＿＿＿＿＿　性別：□男　□女

出生日期：＿＿＿年＿＿＿月＿＿＿日

職業：□學生　□公務（含軍警）　□家管　□服務　□金融　□製造
□資訊　□大眾傳播　□自由業　□農漁牧　□退休　□其他

學歷：□高中以下（含高中）　□大專　□研究所（含以上）

地址：＿＿＿＿＿＿＿＿＿＿＿＿＿＿＿＿＿＿＿＿＿＿＿＿＿＿＿＿

＿＿＿＿＿＿＿＿＿＿＿＿＿＿＿＿＿＿＿＿＿＿＿＿＿＿＿＿

電話：（H）＿＿＿＿＿＿＿＿＿＿＿＿（O）＿＿＿＿＿＿＿＿＿＿

E-mail: ＿＿＿＿＿＿＿＿＿＿＿＿＿＿＿＿＿＿＿＿＿＿＿＿＿＿

購買書名：＿＿＿＿＿＿＿＿＿＿＿＿＿＿＿＿＿＿＿＿＿＿＿＿

您從何處得知本書？

□書店　□報紙廣告　□報紙專欄　□雜誌廣告　□DM廣告
□傳單　□親友介紹　□電視廣播　□其他

您對本書的意見？（A/滿意　B/尚可　C/需改進）

內容＿＿＿　編輯＿＿＿　校對＿＿＿　翻譯＿＿＿
封面設計＿＿＿　價格＿＿＿　其他＿＿＿＿＿＿

您的建議：

＿＿＿＿＿＿＿＿＿＿＿＿＿＿＿＿＿＿＿＿＿＿＿＿＿＿＿＿

＿＿＿＿＿＿＿＿＿＿＿＿＿＿＿＿＿＿＿＿＿＿＿＿＿＿＿＿

＿＿＿＿＿＿＿＿＿＿＿＿＿＿＿＿＿＿＿＿＿＿＿＿＿＿＿＿

臺灣商務印書館

台北市重慶南路一段三十七號　電話：（02）23116118・23115538
讀者服務專線：0800056196　傳真：（02）23710274
郵撥：0000165-1號　E-mail：cptw@ms12.hinet.net
網址：www.commercialpress.com.tw